Elias Haller
Tod und kein Erbarmen

AF201856

Das Buch

An einem Januarmorgen verschwindet die achtjährige Violetta. Akribisch rekonstruiert die Polizei ihren Weg zur Schule und entdeckt Indizien, die auf eine Entführung hindeuten. Doch das Mädchen wird nie gefunden.

Zehn Jahre später verbringt Kriminalhauptkommissar Erik Donner ein paar Tage in dem Ort und will dort eigentlich nur sein privates Unglück im Alkohol ertränken, als er von Violettas Cousine aufgesucht wird. Angeblich gibt es einen neuen Hinweis auf den Verbleib des Mädchens. Doch Donner glaubt nicht an die Aufklärung eines so alten Falls. Im Streit schickt er Violettas Verwandte weg. Ein folgenschwerer Fehler, denn am nächsten Tag steht der Kommissar plötzlich unter Mordverdacht ...

Der Autor

Elias Haller, Jahrgang 1977, lebt in einer sächsischen Großstadt. Den Zündstoff für seine packenden Thriller bezieht er aus seiner beruflichen Erfahrung mit Rechtsbrechern und deren Opfern. Seine Leidenschaft fürs Schreiben ermöglicht es ihm, kaltblütige Mörder und tragische Helden aufeinander loszulassen, ohne dabei ein schlechtes Gewissen zu haben.

ELIAS HALLER

TOD UND KEIN ERBARMEN

Thriller

Deutsche Erstveröffentlichung bei
Edition M, Amazon Media EU S.à r.l.
38, avenue John F. Kennedy, L-1855 Luxembourg
Dezember 2019
Copyright © der deutschsprachigen Ausgabe 2019
By Elias Haller
All rights reserved.

Umschlaggestaltung: semper smile, München, www.sempersmile.de
Umschlagmotiv: © Martin Ruegner / Getty; © R-studio / Shutterstock;
© Kalle Pihelgas / Shutterstock
Lektorat und Korrektorat: Verlag Lutz Garnies, Haar bei München,
www.vlg.de
Gedruckt durch:
Amazon Distribution GmbH, Amazonstraße 1, 04347 Leipzig /
Canon Deutschland Business Services GmbH, Ferdinand-Jühlke-Straße 7,
99095 Erfurt /
CPI books GmbH, Birkstraße 10, 25917 Leck

ISBN 978-2-49670-253-8

www.edition-m-verlag.de

Für den königlichen Inquisitor Sand dan Glokta.

Prolog

Dreieinhalb Minuten bis zum Verschwinden

Manchmal tritt jemand in dein Leben, der versucht, dir etwas wegzunehmen. Wenn das passiert, wird sich zeigen, wie sehr du eine Sache liebst und was du bereit bist dafür zu tun, um sie in deinem Besitz zu halten. So ähnlich hatte es seine Mutter damals ausgedrückt.

Gott hab sie selig! Von ihr hatte er nicht nur etliche Weisheiten und die Vorliebe für die Farbe Weiß geerbt, sondern auch die alte Schänke mitten im Wald. Hier auf der Anhöhe, an der sich das Pöhlwasser vorbeischlängelte, an dessen Ufern Weiße Teufelskralle und Bachnelkenwurz gediehen, lebte es sich vorzüglich. Vor allem, wenn man ungestört sein wollte. Denn neugierige Nachbarn sind die schlimmste aller Plagen.

Neugier tötet Harmonie.

»Es wundert mich, warum darüber nichts in der Bibel steht«, murmelte er und putzte dabei das Glas seines Feldstechers.

Dann trat er zum Fenster. Unter seinen Pantoffeln knarrten die hölzernen Dielen, draußen pfiff ein Bergfink. *Schrill, schrill!* Was für eine romantische Stimmung! Kein Vergleich zum früheren Geklapper und Gelärme aus dem Untergeschoss. Den Schankbetrieb hatte seine Mutter bereits drei Jahre vor ihrem Tod eingestellt, als die Krankheit auf ihrer Haut sichtbar geworden war und die Gäste fernblieben. Ihre Geschwüre und die blutunterlaufenen Hautstellen waren im Dorf zum Gerede geworden. Nach ihrem Ableben hatte er nie vorgehabt, die Wirtschaft weiterzuführen, sondern sich eine Arbeit als Angestellter gesucht, bei der sich der Kontakt zu anderen Leuten in Grenzen hielt. Er war einfach kein geselliger Typ.

Aber auch ungesellige Menschen durften verliebt sein. So wie er.

»Siehst du sie schon?«, fragte er und schob die Gardine einen winzigen Spalt zu Seite.

Er war zu konzentriert, um zu hören, was Katja ihm antwortete. Laut Außenthermometer war es an diesem Montagmorgen knapp über null Grad kalt. Seit Tagen steckte der Frost im Boden. Wenn es nach ihm gegangen wäre, hätte es am Wochenende stürmen und schneien können, dann hätte man das Steigerfestival vielleicht abgesagt. Den Krach des Orchesters und den Jubel der Zuschauer hatte er selbst durch die geschlossenen Fenster gehört. Er konnte sich beileibe nicht vorstellen, was Menschen dazu trieb, mit Wildfremden zu feiern.

»Gleich müsste sie um die Kurve biegen«, sagte er. »Hast du gehört, Katja? Willst du nicht herkommen und deiner Freundin zuwinken?«

Weil Katja wieder nicht antwortete, schaute er nach ihr. Sie stand schweigend in ihrer Ecke und stierte ihn bloß an.

»Schon klar«, sagte er. »Du willst wissen, wann wir sie endlich zu uns einladen. Dann können wir zu dritt etwas spielen. *Das Spiel des Lebens* vielleicht. Aber da gewinne ich bloß. Eher ein Kartenspiel? *Mau-Mau* ist kinderleicht. Das kann sie bestimmt.«

Während er sich darüber Gedanken machte, wuchs seine Anspannung. Ein letztes Mal prüfte er den richtigen Stand der Kamera, dann hob er das Fernglas abermals zum Gesicht.

Endlich erblickte er das Mädchen. Fast automatisch ging sein Finger zum Schalter, um die Kamera zu aktivieren.

Das Mädchen hieß Violetta. Jedes Mal fragte er sich, wer zum Teufel sich solche Namen ausdachte. Aber dafür konnte er dem Kind unmöglich die Schuld geben. Wie die Wochen zuvor trug sie eine hässliche braune Jacke, aus viel zu dünnem Material für diese Jahreszeit. Dank des Feldstechers konnte er sogar erkennen, dass der Ärmel eingerissen war und das hellbeige Futter herausschaute. Am Kragen fehlte eine Öse. Darüber ärgerte er sich, denn ihre Eltern hatten die Pflicht, ihr gefälligst einen anständigen Anorak zu kaufen.

»Wenn sie die Jacke wenigstens repariert hätten«, schimpfte er. »Aber was rege ich mich auf? Ihr Vater ist ein Taugenichts und ihre Mutter eine Hexe.«

»Du könntest ihre Jacke flicken«, sprach Katja ihn auf einmal an.

»Ich?« Für einen Augenblick stierte er in die schneebedeckten Baumkronen. »Du meinst, Karlchen könnte das hinbekommen?«

In vielen Dingen war er geschickt. Wie könnte er sonst seinen Lebensunterhalt bestreiten? Also würde er ja wohl auch die schadhafte Stelle an einer alten Jacke reparieren können.

Sogleich ärgerte er sich, weil Katja ihn mit ihrem Kommentar abgelenkt hatte. Er musste schließlich das Mädchen im Auge behalten, so wie er ein Auge auf seine Siebensachen hatte, wie man es in der Gegend so schön ausdrückte. Sie gehörte ihm. Zumindest an jedem Morgen, an dem sie pünktlich zur Schule ging.

Sie trödelte nicht, schaute nicht nach links oder rechts, sondern lief schnurstracks den Weg entlang. Zielstrebigkeit gefiel ihm. Außerdem trug sie einen bunten Ranzen mit einem Katzenmotiv. Inzwischen war er besonders an den Ecken dreckig, weil er täglich benutzt wurde und niemand ihn zwischendurch reinigte.

»Kleine Violetta«, wisperte er, während er jeden ihrer Schritte beobachtete. »Komm näher. Komm zu Karlchen.«

Plötzlich blieb sie wie angewurzelt stehen. Dieses Zögern machte ihn unruhig, weil sie sonst niemals anhielt. Nicht einmal, um sich nach einem Stöckchen oder einem besonders schönen Stein zu bücken. Niemals.

Er biss sich auf die Unterlippe und schwenkte den Feldstecher hin und her, ob er etwas Ungewöhnliches entdeckte. Aber da waren nur die Eschen, Spitzahorne und Bergulmen, die den freien Blick auf das Pöhlwasser versperrten.

»Was zum …?«

Sein Fernglas erfasste einen schwarzen Kleintransporter, der unerwartet aus dem Grün auftauchte und sich schnell auf dem Waldweg näherte. Zu schnell! Wenn der Fahrer nicht aufpasste, würde er das Kind frontal erfassen.

»Achtung, Violetta!«

Natürlich konnte sie ihn durch das geschlossene Fenster nicht hören. Und er würde einen Teufel tun, es zu öffnen. Was er hier machte, durfte niemand wissen. Lieber tröstete er sich mit dem Gedanken, dass sie den Wagen schon bemerkt hatte, sonst wäre sie wohl kaum stehen geblieben. Gleichzeitig beunruhigte ihn das Fahrzeug, denn sonst kam niemand hier entlang. Selbst der zuständige Jagdpächter ließ sich selten in dieser Gegend blicken.

Wenn er doch wenigstens den Fahrer erkennen könnte! Doch der hatte den Sitz offenbar weit hochgestellt, außerdem die Sonnenblende nach unten geklappt und seine Mütze tief ins Gesicht gezogen. Wenigstens konnte er das Kennzeichen ablesen. Es handelte sich um kein einheimisches.

»Was ist denn das für eine Kombination aus Buchstaben und Zahlen?«, fragte er.

»Tschechisch«, antwortete Katja. »Das weiß doch jeder.«

Da wurde ihm schlagartig klar, was passieren würde. Jemand war gekommen, um ihn zu bestehlen.

Prompt bremste der Transporter auf Höhe des Mädchens scharf. Egal, wie er das Fernglas und die Kamera ausrichtete, die Karosserie verdeckte Violetta. Es dauerte kaum zehn Sekunden, dann brauste der Wagen davon. Zurück blieb die Leere im Herzen des Voyeurs.

Noch lange schaute er auf die Stelle, wo eben noch Violetta gestanden hatte. Schockiert ließ er den Arm mit dem Fernglas sinken.

»Was soll ich denn jetzt machen?«, fragte er in die Stille hinein.

»Du musst die Polizei anrufen!«, kam es als Antwort.

»Damit die hier herumschnüffeln und Dinge finden, die geheim bleiben sollen?«

»Dann geh sie suchen, verdammt! Sie gehört schließlich dir!«

Er nickte. Aber vorher musste er dafür sorgen, dass die Polizei niemals hierherkam und dumme Fragen stellte.

KAPITEL 1

Heute (zehn Jahre danach)

Fliegen sind Allesfresser. Daran wurde Kriminalhauptkommissar Erik Donner erinnert, als sich eines dieser Insekten auf dem Tellerrand seines Tischnachbarn niederließ und mit seinem Rüssel an einer dort haftenden Fleischfaser saugte. Der Bürgerpolizist, vor dem der Teller stand und der mit einem herzhaften Schmatzen den letzten Bissen die Speiseröhre hinunterjagte, zählte definitiv zu der Spezies Allesfresser. Sogar das Salatblatt, dessen Rand bereits bräunlich verfärbt war, hatte er verspeist. Ein Wunder, dass er sich nicht noch die Serviette in den Mund stopfte.

Donner trank sein Glas leer und lauschte der Musik im Hintergrund.

»Kannst mich übrigens Lars nennen«, sagte der Bürgerpolizist, der mit Nachnamen Deutschmann hieß und im Takt zum Weihnachtslied *'s is Feierobnd* schunkelte. Er legte geräuschvoll Messer und Gabel ab, woraufhin die Fliege davonstob. »Also was macht eine Ikone wie du in diesem Ort?«

Bei dieser Frage wäre Donner am liebsten abgehauen. Er hatte nicht darum gebeten, dass sich der Kollege zu ihm setzte und ihn den ganzen Abend mit seinem stark verkürzten, nuschelnden Erzgebirgsdialekt löcherte. Besonders die Verniedlichung des Vokabulars nervte. In Donners Welt war zum Beispiel ein Haus ein Haus und kein Heisl, wie man hier sagte.

Tja, was mache ich eigentlich in diesem Kaff, in einer Kneipe, die sich Hutzenstube *nennt?*

Er zuckte mit den Schultern. »Momentan möchte ich einfach nur sterben.«

»Was?«, fragte der Kollege bestürzt.

»Ich meinte, der Fliege beim Sterben zusehen«, wich Donner aus, weil er das Thema nicht vertiefen wollte. »Die Fliege eben, da auf deinem Teller, die hat sich ihre letzte Mahlzeit geholt. Zu dieser Jahreszeit sind die meisten längst tot. Liegt hauptsächlich am Fliegenschimmel. Im Winter, wenn ihr Immunsystem geschwächt ist, dringt er in ihren Körper ein und saugt ihn regelrecht aus.«

»Aha, Fliegen, hab gehört, damit kennst du dich aus wie kein Zweiter.«

»Wo Fliegen sind, ist der Tod oftmals gleich um die Ecke.«

Jetzt lachte Deutschmann so heftig, dass die an seinem Schnurrbart haftenden Essensbröckchen auf den Tisch fielen. »Es ist Adventszeit und du redest vom Tod. Schau!« Er zeigte in eine Ecke, wo der Gasthausbetreiber allerlei Weihnachtsdeko aufgestellt hatte. »A Schwibbugn und 's Raachermannel, nur darauf kommt es bei uns an, Erik. Ich darf doch Erik sagen, oder?«

Nein. Nur meine besten Freunde dürfen das. Und da ich keine besten Freunde habe, reden mich alle mit Herr Donner an. Oder wahlweise mit Monster, denn unter diesem Namen kennt mich schließlich jeder. Kommissar Monster.

Genervt nickte er und winkte den Jungen heran, der ihm seit Stunden half, sein Gedächtnis mit jeder Menge Alkohol zu betäuben. Denn das war es, was Donner in Wirklichkeit wollte: vergessen.

»Hey«, redete der Bürgerpolizist weiter auf ihn ein. »Tut mir wirklich leid, was deiner Freundin passiert ist. Ich war erschüttert, als ich es erfahren habe.«

Was das Thema Annegret betraf, wollte Donner erst recht nicht darüber reden. Bevor Deutschmann nachhaken konnte, stand zum Glück die Bedienung am Tisch.

»Darf es für Sie noch ein Wodka sein?«

»Nein«, knurrte Donner. »Zwei … oder besser, du holst gleich die ganze Flasche her.«

Der Junge, der aussah wie der ehemalige Filmstar, der die Titelrolle in *Kevin allein zu Haus* gespielt hatte, beäugte ihn auch nach der fünften oder sechsten Runde mit offenem Mund. Dabei konnte Donner regelrecht spüren, wie er mit verlegen niedergeschlagenem Blick seine Gesichtsentstellungen und Narben abtastete. Er war hässlich, das wusste Donner, und er verübelte es niemandem, der ihn anstierte, als wäre er einem Gruselkabinett entflohen.

Sieh es dir gut an, das Monster.

»Wie lange willst du denn noch herumstehen?«, sprach der Bürgerpolizist den Jungen an, sehr zu Donners Wohlwollen, und schob ihm den leeren Teller zu. »Los, räum das weg und bring meinem Kollegen seinen Schnaps.«

Mit dem Geschirr und der Bestellung trabte der Junge davon.

»Er ist kürzlich achtzehn geworden und soll später im Forstamt arbeiten wie sein alter Herr«, erklärte der Bürgerpolizist weiter, obwohl Donner nicht danach gefragt hatte. »Bis dahin hilft er hier oft in der Küche aus. Meist darf er die Essensreste für die Hunde mit nach Hause nehmen. Sein Vater ist der zuständige Jagdpächter in Pöhla. Der hat zwei Weimaraner und einen

Gordon Setter. Die Tiere sind dermaßen bissig, denen möchte man im Gelände weder am Tag noch in der Nacht begegnen.«

Bevor der Kollege den gesamten Lebenslauf des Teenagers vor ihm ausbreiten konnte, ging die Tür auf. Ein Mann in dunkler Lederkutte fegte, vom Windstoß getragen, in die Gaststube. Er klopfte den Schnee von seinen Stiefeln ab und zog den schwarzen Hut vom Kopf. Etliche der Anwesenden begrüßten ihn überschwänglich.

»Das ist Theodor Uhlig, der Ortsvorsteher«, flüsterte der Bürgerpolizist. »Hat viel für Pöhla getan. Demnächst soll hier ein riesiges Skigebiet mit künstlicher Beschneiung entstehen. Laut Theo sind die Gelder vom Freistaat schon bewilligt.«

Aufgrund der Nähe zum Wintersportstandort Oberwiesenthal hielt Donner diese Idee zwar für Schwachsinn, aber das behielt er für sich. Eigentlich wollte er nämlich nur noch trinken. Als er sich die Augen rieb, um den verschwommenen Blick zu korrigieren, registrierte er, dass ein Gast mit einem Seitenscheitel in Richtung des Neuankömmlings abwinkte und das Lokal verließ. Möglicherweise war der Ortsvorsteher doch nicht ganz so beliebt, wie der Kollege behauptete.

»Was ist denn das für eine Begrüßung, Wirtin?«, hörte er Uhlig belustigt rufen. »Spiel das Steigerlied!«

Gehorsam unterbrach die Frau hinter der Theke das aktuelle Lied und startete an der Musikanlage das gewünschte.

»*Glück auf, Glück auf!*«, ertönte es nicht nur aus den Lautsprechern, sondern sogleich auch aus sämtlichen Mündern. Selbst Donners Tischnachbar sang aus voller Kehle. »*Der Steiger kommt!*«

Auf einmal konnte er sich nicht gegen das Kribbeln an der Stelle wehren, wo er sein Herz vermutete. Das Herz, das gebrochen war. Er merkte, wie ihm die Augen feucht wurden, so unheimlich wirkte das Lied auf ihn. Einige Männer und Frauen waren sogar aufgestanden und drückten ihre Hände auf ihre

Brust, während sie sangen. Wie gern hätte er in diesem Moment Annegret in seinen Armen gehalten.

»Und er hat sein helles Licht bei der Nacht ...«

Sieben Strophen ging das so. Die anderen sangen, Donner stierte schwermütig auf die Tischplatte und wartete auf seinen Drink. Mit dem Verklingen des letzten Tones ging erneut die Eingangstür auf. Eine Frau mit wilder schwarzer Mähne und irrem Blick stolperte herein. Sie öffnete den Reißverschluss ihrer roten Daunenjacke und lockerte den Schal, in den silberglänzende Fäden eingewebt waren. Weil sie sich den Bauch hielt, dachte Donner zuerst, sie wäre verletzt, aber da sich niemand weiter um sie sorgte, blieb auch er an Ort und Stelle sitzen. Irgendwie sah die Frau nach Ärger aus. Und er brauchte definitiv keinen Ärger.

»Erik Donner?«, rief sie seinen Namen. »Sie sind doch Erik Donner, oder nicht?«

Der Ärger spricht mich an.

Obwohl er sie ignorierte, hielt sie das nicht davon ab, sich an seinen Tisch zu stellen. Weil er nicht reagierte, stieß sie ihn sogar an.

»Hey, ich rede mit Ihnen!«

»Was soll denn das, Linda?«, fragte der Bürgerpolizist, während Donner stumm wegschaute.

»Halt gefälligst den Mund, Lars! Ich will mit einem richtigen Polizisten sprechen.« Sie zog sich einen Stuhl an den Tisch, legte ihr Smartphone hin und tippte auf das Display. »Sie müssen mir helfen, meine Cousine zu finden, Herr Donner. Es gibt ein Lebenszeichen von Violetta.«

»Welche Violetta?«, lallte Donner. »Ich kenne nicht *eine* Person mit diesem absonderlichen Namen.«

»Hartwig«, konkretisierte der weibliche Ärger.

Violetta Hartwig? Redet sie etwa von dem Mädchen, das vor etlichen Jahren spurlos verschwand?

Obwohl ihm das Auftreten der Frau missfiel, horchte Donner auf. Schlagartig erinnerte er sich an den Vermisstenfall. Um die Ermittlungsgruppe zu entlasten, waren er und einige Kollegen des K11 damals sogar ein paar Bürgerhinweisen nachgegangen. Hinweisen, die allesamt ins Leere geführt hatten.

»Hören Sie nicht auf sie«, wandte der Bürgerpolizist ein und machte eine unauffällige Scheibenwischergeste. »Und du, Linda, belästige meinen Kollegen nicht.«

Einige der Anwesenden stimmten ihm zu oder äußerten sich abfällig über die Irre. Sogar ein paar Beleidigungen fielen.

»Violetta lebt!«, kreischte sie und wischte über das Display ihres Smartphones. »Schauen Sie sich ihre Nachricht auf meinem Handy an. Inzwischen ist sie volljährig und sie hat endlich meinen Internetaufruf entdeckt und mir eine Mail geschrieben. Sogar ein Foto hat sie beigefügt. Es zeigt eine Kette mit einem Anhänger, den ich für sie gebastelt habe und der am Tag ihres Verschwindens an ihrem Schulranzen hing. Das muss etwas bedeuten.«

Mehr aus Mitleid warf er einen flüchtigen Blick auf den Text. Tatsächlich gab es einen Bildanhang. Trotzdem winkte er ab. »Denken Sie doch mal nach, diese Mail kann jeder geschrieben haben. Und der Anhänger …« Er unterbrach sich und schaute sich um, wann der Junge endlich seinen Drink brachte. Länger wollte er sich nicht mit dieser Linda beschäftigen, denn sie gehörte eindeutig zu der Sorte Frau, bei der jeglicher Einwand abprallte. »Ach, ist mir egal …«

»Ja, ich war auch skeptisch und habe deshalb auf die Mail geantwortet und einen weiteren Beweis gefordert.«

»Das bringt doch nichts«, mischte sich der Bürgerpolizist erneut ein.

Tief in seinem Inneren rührte sich die Neugier. Bevor er es verhindern konnte, fragte Donner: »Und weiter?«

»Passen Sie auf!«, sagte sie und tippte wieder auf ihrem Smartphone herum. »Ich habe noch ein Foto. Es zeigt einen handschriftlichen Brief, den ich vor knapp drei Wochen erhalten habe. Lesen Sie sich die Zeilen durch. Er stammt eindeutig von Violetta.«

»Warum zeigen Sie mir nicht das Original?«

»Der Brief liegt in meiner Wohnung.«

»Na klar, und ich habe keine Lust, mir diesen Blödsinn länger anzuhören, weil ich nämlich gar nicht im Dienst bin.«

»Das sehe ich«, kam es vorwurfsvoll von ihr. »Sie sitzen hier, besaufen sich und tun nichts. Genau wie alle anderen.« Ihr Blick ging in die Runde.

Einige schüttelten den Kopf, andere senkten ihn beschämt.

»Jetzt reicht's«, schritt Deutschmann vehementer als zuvor ein, indem er aufstand und die Frau am Arm packte, um sie vom Stuhl hochzuziehen.

Aus der Musikbox erklang *Lichterglanz im Arzgebirg*. Donner wollte einschreiten und Handgreiflichkeiten verhindern, doch vom hastigen Aufstehen sah er auf einmal nur noch wirre Lichter um sich herum. Offensichtlich hatte er deutlich mehr getrunken, als ihm guttat.

»Anscheinend sind all die Heldentaten, die man über Sie erzählt, erstunken und erlogen«, beschimpfte sie ihn. »Sie sind ein genauso erbärmlicher Bulle wie alle anderen. Schauen Sie sich doch nur an! Aus jeder Ihrer Poren trieft der Alkohol.«

Lautstark beorderte Deutschmann sie zur Tür. Weil seine Aufforderung keine Wirkung zeigte, zerrte er sie nun tatsächlich vom Stuhl und drängte sie mit beiden Händen aus der Gaststube.

»Fass mich nicht an, du Dorfpolizist!«

Donner stolperte hinterher, weil er die Beschimpfungen nicht auf sich sitzen lassen wollte.

»Sie sind tot, verdammt noch mal!«, brüllte er, berauscht von zu viel Wodka und ergriffen von den persönlichen Schicksalsschlägen. »Sie sind alle tot, verstehen Sie das nicht?«

»Schlappschwanz!«, hörte er sie noch sagen, bevor sie ihm mitten ins Gesicht spuckte.

Beim Abwischen des Speichels verlor Donner gänzlich das Gleichgewicht und krachte der Länge nach auf einen der Nachbartische. Dabei riss er das Geschirr mit sich. Sekunden später fand er sich bekleckert von Bier und Essen auf dem Boden wieder. Aber die Erzgebirgler sind ein freundliches Volk und so halfen Deutschmann und einige andere Gäste ihm auf die Beine.

»Können Sie stehen?«, vergewisserte sich der Bürgerpolizist. »Soll ich Sie zu Ihrer Unterkunft bringen?«

Donner schüttelte den Kopf wie ein verwundeter Stier und stolperte zum Ausgang. Als er vor die Tür trat, traf ihn die Kälte der Region wie ein Faustschlag. Für ein paar Sekunden fehlte ihm jegliche Orientierung. Als er sich gefangen hatte, wollte er der Frau hinterher, aber von der roten Daunenjacke war weit und breit nichts mehr zu sehen.

KAPITEL 2

»Frühstück«, summten die Fliegen um Donners Kopf.

Mit einem Handstreich versuchte er, die Plagegeister zu vertreiben. Doch je mehr er wedelte, umso mehr Verwandte riefen die Insekten herbei.

»Geht weg!«, nuschelte er. »Ich vertrage kein Frühstück.«

»Du bist unser Frühstück, verdammtes Monster!«

Sie starteten ihren Angriffsflug, und wo sie auf seinen Schädel trafen, fühlte es sich an wie Faustschläge.

Er blinzelte. Von Fliegen keine Spur, höchstens in seinem Kopf. Dort, wo die Schmerzen anklopften. Mit einem fürchterlichen Kater realisierte er, dass er im Bett lag. Licht flutete durch die Fensterscheibe. Die Helligkeit brannte in seinen Augen. Er rollte zur Seite, dabei stieß es ihm sauer auf. Der Alkohol von letzter Nacht zeigte erschreckende Nachwirkungen. Um ihn herum drehte sich der Raum.

»Frühstück, Herr Donner!« Jemand klopfte an die Zimmertür, der Stimme nach die Herbergsmutter. »Sie sind spät dran.«

Mühsam richtete er sich auf. »Ich …«

Der Rest blieb ihm im Halse stecken. Plötzlich fand er sich in einem Albtraum wieder, der zu absurd war, um real zu sein. Dass er noch Hemd, Jeans und Schuhe trug, war weder sonderbar noch grausam, das viele Blut war es jedoch in jeder Hinsicht. Es klebte an seinen Händen, am Bettzeug und am Laken. Im Schlaf musste er sich regelrecht darin gesuhlt haben, denn seine komplette Kleidung war davon durchtränkt.

Das muss ein verdammter Traum sein.

»Herr Donner?«, riss ihn die Frauenstimme in die Realität zurück.

»Kein Frühstück für mich«, plärrte er nach draußen, damit sie verschwand. Und damit es nicht so unfreundlich klang, schob er ein »Danke« nach.

Wahrscheinlich hatte er die Tür gar nicht abgeschlossen. Aus Sorge, die Herbergsinhaberin könnte rein aus Neugier die Klinke betätigen, wälzte er sich aus dem Bett, stolperte durchs Zimmer und warf sich gegen das Türblatt. Es polterte überlaut, als sein Körper auf das Holz traf. Auf der Suche nach dem Schlüssel tastete er seine Hosentaschen ab und spähte umher.

Irgendwo muss er doch stecken.

»Ist alles in Ordnung?«, kam prompt die Frage.

»Ich brauche heute auch keine Zimmerreinigung. Die Handtücher sind kaum benutzt und mit dem bisschen Staub komme ich klar.«

»Wie Sie wünschen.«

Erleichtert nahm er ihre sich entfernenden Schritte wahr. Als vollkommene Stille eintrat, drückte er die Türklinke. Wie erwartet, ging die Tür auf. Nur einen Spalt, aber der reichte, um sich zu vergewissern, dass sich niemand mehr auf dem Flur befand. Geräuschlos drückte er die Tür zu. Er schüttelte sich in der Hoffnung, die fürchterlichen Kopfschmerzen zu vertreiben.

So viel Blut, verdammt.

Er musste klar denken, schrittweise die Situation analysieren. Entweder erlaubte sich hier jemand einen bitterbösen Scherz oder letzte Nacht war etwas Schreckliches geschehen.

Auch wenn sein Organismus noch mit Müdigkeit und Alkoholrausch zu kämpfen hatte, arbeitete sein Gespür für Tod und Verbrechen längst auf Hochtouren.

Ein Mensch, der so entsetzlich viel Blut verloren hat, dürfte sich in einem kritischen Zustand befinden. Von mir stammt es jedenfalls nicht, sonst könnte ich wohl kaum stehen.

Er hatte in der *Hutzenstube* getrunken, sich mit einem Kollegen unterhalten und der Erzgebirgsmusik gelauscht. Dann war die schwarzhaarige Frau aufgetaucht. Sie hatte ihn auf ihre Cousine angesprochen. Auf Violetta Hartwig, das Mädchen, das spurlos verschwand, das einige für einen Geist hielten und von dem andere erzählten, der Steiger habe sie sich geholt. Wenn ihm nur einfiele, mit welchem Namen sein Kollege die Frau angesprochen hatte ... Aus irgendeinem Grund war er ihr nach dem Streit nach draußen gefolgt, daran konnte er sich dumpf erinnern.

Verwirrt betrachtete er seine blutigen Hände. Er versuchte zu begreifen, was danach geschehen war. Nichts. Absoluter Filmriss. Mit etwas Anstrengung bekam er ein paar Namen von den gestrigen Gästen zusammen. Linda! Ihr Name war Linda. Dann noch Lars und Theo ...

Wie hieß doch gleich der Junge?

Allmählich rief er sich auch die Gesichter der Anwesenden in Erinnerung. Auch von den Leuten, deren Namen er nicht kannte.

Noch nicht.

Zuerst musste er diese Linda finden. Allerdings konnte er so, wie er aussah, keinesfalls auf die Straße treten. Er eilte in das winzige Bad, riss sich die Kleidung vom Leib und betrachtete sich nackt im Spiegel. Selbst sein Gesicht war mit getrocknetem Blut beschmiert. Schnell wusch er sich und stopfte die beschmutzten Stoffe in eine Einkaufstüte und anschließend in seinen Rucksack. Nachdem er sich frisch angezogen hatte, überlegte er, was er mit dem blutigen Bettzeug machen sollte.

Nach reiflicher Abwägung riss er das Laken herunter und wickelte darin Decke und Kissen ein. Die Matratze wendete er. Mangels Platz im Rucksack wollte er das Bettzeug im ersten Moment im Schrank verstecken, doch dann kam ihm eine bessere Idee. Sofort spähte er in den Flur. Als er sich vergewissert hatte, dass er allein war, trat er hinaus und öffnete die Luke zur Bodenkammer mittels der daran befindlichen Schnur. Er klappte die Leiter herunter, schnappte sich das Bettzeug und stieg hinauf zum Dachboden. Was er hier tat, war eine reine Vorsichtsmaßnahme. Solange er nicht wusste, von wem das Blut stammte und wie es in sein Zimmer gekommen war, wollte er kein Risiko eingehen. Falls die Inhaberin der Pension ihre Bettwäsche vermisste, fand sich dafür leichter eine Erklärung als für ein Blutbad.

Bald fand Donner ein geeignetes Versteck für die Wäsche. Hinter einem Stapel alter Fliesen, einem ausrangierten Lampenschirm und einer Kiste mit Gläsern entdeckte er eine größere Lücke zwischen den an den Holzbalken angebrachten Gipskartonplatten. Hinter die Verkleidung stopfte er das Bettzeug. Er wankte zurück zum Ausstieg, um die nächsten Schritte zu planen. Doch kaum hatte er den Fuß auf die erste Leitersprosse gesetzt, sprach ihn die Herbergsmutter von unten an.

»Was suchen Sie denn da oben?«

KAPITEL 3

Donner kletterte die Leiter hinab, klappte die Bodenluke zu und baute sich vor der Herbergsmutter auf.

»Die Nacht hat es bei mir im Zimmer gezogen«, log er. »Da dachte ich, dass eventuell im Dachboden ein Fenster offen steht.«

Von dieser Erklärung schien die Herbergsmutter nicht überzeugt. Statt sogleich den Dachboden zu inspizieren, kniff sie die Augen leicht zusammen. »Haben Sie sich beim Rasieren geschnitten?«

Wie automatisch fasste er sich ans Kinn und rieb die Stelle, die sie betrachtete. Als er seine Hand betrachtete, hingen daran Krümel von getrocknetem Blut. »Das ist nichts«, beeilte er sich zu sagen und rubbelte die Hautstelle, bis er glaubte, die verräterische Blutspur beseitigt zu haben.

»Jetzt ist es weg«, bestätigte ihm die Herbergsmutter.

Er nickte dankbar und zwang sich zu einem Lächeln. Am liebsten wäre er schleunigst zurück ins Zimmer geeilt, aber er bemerkte, wie die Frau die Bodenluke in Augenschein nahm. Vermutlich hegte sie Zweifel an seiner Erklärung und würde später nachsehen.

»Kennen Sie eine Linda?«, fragte er.

»Linda Groß, meinen Sie? Was wollen Sie denn von der?«

»Ich muss wissen, wo sie wohnt.«

»Die wohnt Am Pfeilhammer, unweit des ehemaligen Hammerwerks. Aber vor der sollten sie sich in Acht nehmen.« Ihre Warnung unterstrich sie mit einer Scheibenwischerbewegung ohne weitere Erklärung.

Dumpf erinnerte Donner sich an die gleiche Geste des Bürgerpolizisten. »Weil jeder denkt, sie sei verrückt?«

»Nein, weil sie sich jedem Mann an den Hals wirft.« Diesmal griente die Herbergsmutter abfällig. »Fragen Sie mal den ehemaligen Bürgermeister oder den hiesigen Sheriff. Wie etliche andere haben die sich von ihr um den Finger wickeln lassen. Ehrlich, Sie sollten auf sich aufpassen. Sie ist hübsch, aber sie hat komplett den Verstand verloren. Seit zehn Jahren sucht Linda vergeblich ihre Verwandte und macht damit den ganzen Ort wahnsinnig.«

Bestimmt würden Sie auch den Verstand verlieren, wenn Sie am Morgen in einer Blutlache aufwachen.

»Ja, ich kenne die alte Geschichte von der Kleinen. Äußerst tragisch. Was glauben Sie denn, was damals passiert ist?«

Sie zuckte mit den Schultern. »Es geht das Gerücht um, der Steiger habe sich die Violetta geholt, aber ich denke, ihre Eltern haben mit der Sache zu tun.« Offenbar bemerkte sie, welche schwere Anschuldigung ihre Äußerung enthielt, woraufhin sie abwehrend die Hände hob. »Ist aber nur eine Möglichkeit von vielen. Letztlich ist die Aufklärung Angelegenheit von Polizei und Behörden. Und wenn die bisher nichts gefunden haben …«

Ihr unvollendeter Satz sollte wohl Spielraum für Interpretationen lassen.

»Können Sie mir Lindas genaue Anschrift geben?«

Bereitwillig nannte die Herbergsmutter die Adresse.

»Haben Sie zufällig auch ihre Telefonnummer?«

»Sehe ich aus, als wäre ich eine Freundin von Linda?«

Das bedeutet wohl Nein.

Donner bedankte sich für die Auskünfte und ging seinen Rucksack holen. Im Zimmer wartete er noch ein paar Minuten, bis sich die Eigentümerin der Pension entfernt hatte. Er zog seine Jacke an und tastete die Taschen ab. Zu seinem Erstaunen fand er weder Zimmer- noch Fahrzeugschlüssel. Infolgedessen schaute er im Rucksack, unterm Bett und in jedem Schubfach nach. Beide Schlüssel blieben unauffindbar.

So viel hast du doch gar nicht getrunken, Erik.

Er schaute zum Fenster hinaus, ob sein Wagen noch dort stand, wo er ihn am Vortag abgestellt hatte. Schneegestöber schränkte zwar die Sicht ein, aber augenscheinlich war sein alter Volvo S60 keinen Meter bewegt worden. Trotzdem verstärkte sich sein ungutes Gefühl im Bauch. Eiligen Schrittes verließ er die Pension und ging zu seinem Fahrzeug. Draußen schlugen ihm eisige Temperaturen und Schneeflocken ins Gesicht. Über Nacht hatte es Neuschnee gegeben. Nicht nur auf den Gehwegen und den Hausdächern lag dieser zentimeterhoch, sondern auch auf dem Volvo.

Mit dem Ärmel beseitigte Donner den Schnee vom Türgriff. Wie vermutet, war die Tür verschlossen.

»Blöde Karre«, ließ er seine Wut am Wagen aus.

Falls er beide Schlüssel im trunkenen Zustand auf der Straße verloren hatte, würde er sie angesichts der Schneedecke frühestens bei der Schmelze wiederfinden. Vorerst verschlechterte sich das Wetter jedoch von Minute zu Minute. Vor allem der Wind schien stärker zu werden.

Ratlos kratzte er die Fensterscheibe der Fahrertür frei und spähte ins Fahrzeuginnere. Keine Auffälligkeiten. Er trat zum Heck und versuchte, den Kofferraum zu öffnen. Doch dort hatte er ebenso wenig Glück wie auf der Fahrerseite. Natürlich war es fraglich, ob es bei diesem Schneefall überhaupt Sinn hatte, den Motor anzuwerfen, aber darum ging es ihm auch nicht. Er brauchte seinen Schlüssel wieder und außerdem musste er irgendwie diese Linda Groß erreichen.

Ein letztes Mal rüttelte er an der Kofferraumklappe, dann trat er gegen die ohnehin schon verbeulte Stoßstange. Ein Großteil des Schnees rutschte von der Karosserie, aber der Kofferraum blieb zu. Donner wollte sich gerade abwenden, als er an der Stoßstange an mehreren Stellen eine rötliche Verfärbung entdeckte. Sofort wusste er, dass es sich nicht um Rost handelte. Am Lack klebte gefrorenes Blut.

Das stammt garantiert auch nicht von mir.

Er kniete sich hin, betrachtete die Kleckse und zog ein Taschentuch hervor. Damit wollte er das Eis erwärmen und das Sekret abtupfen.

»Was entdeckt?«, kam es von hinten.

Donner fuhr herum und blickte in das skeptische Gesicht des Bürgerpolizisten, mit dem er gestern an einem Tisch gesessen hatte. Wie beiläufig wischte Donner das Blut weg und ließ das Taschentuch verschwinden.

»Sämtliche Türen sind eingefroren.« Mit dem Daumen deutete er hinter sich. »Einschließlich des Kofferraums.«

»Keinen Hirschtalg benutzt, was?«

»Von dem Zeug bekomme ich Blähungen.«

Der Bürgerpolizist zog erst die Augenbrauen hoch, dann lachte er auf. Ein Wunder, denn gewöhnlich fand niemand Donners Witze amüsant.

»Willst du schon wieder abreisen? Ziemlich riskant bei dem Wetter.«

Donner schüttelte den Kopf. »Wollte eher den Kater durch einen Spaziergang loswerden.«

»Na dann, pass auf dich auf.«

KAPITEL 4

Der verfluchte Ort war weitläufiger als angenommen. Fast eine halbe Stunde brauchte Donner, bis er das Haus von Linda Groß fand. Inzwischen klebte ihm der Schnee im Nacken, seine Haare waren durchnässt und die Kälte kroch in seine Handschuhe. Wenigstens hielten seine Winterschuhe der Feuchtigkeit stand. Groß wohnte in einer heruntergekommenen Mehrfamilienvilla. Zum Gesamteindruck passten die defekte Regenrinne und auffällige Schimmelbildung unter den Fensterbrettern. Donner konnte sich gut vorstellen, wie das Gebäude aussah, wenn der Schnee schmolz. Augenscheinlich bot die Villa Platz für insgesamt sechs Mietparteien. Am Klingelbrett fand er auch den Namen der Frau.

Während er mit dem Daumen auf den Klingelknopf drückte, fragte er sich, ob Groß vielleicht auf Arbeit und demzufolge nicht zu Hause war. Bisher wusste er nicht einmal, ob sie mit jemandem zusammenlebte. Womöglich öffnete ihr Lebensgefährte gleich die Tür.

Nichts geschah.

Mehrfach klingelte er erfolglos. Zuletzt blieb er nachdenklich vor dem Haus stehen. In seinem Rucksack befand sich seine blutige Kleidung, und er suchte eine Frau, über die er im Prinzip rein gar nichts wusste. Und das nur deshalb, weil ihm die Erinnerungen an letzte Nacht fehlten und er von einem Gewaltverbrechen ausging, in das er mehr oder weniger verwickelt schien.

»Denk nach«, redete er mit sich selbst, um sich sogleich über diese Unart zu ärgern, die er sich in den Monaten seiner Trauer und Einsamkeit angeeignet hatte.

Das muss ich schleunigst wieder loswerden, wenn ich nicht auch noch den letzten Funken Achtung vor mir verlieren will.

In seinen Augen waren Menschen, die ständig mit sich selbst redeten, die ärmsten Schweine auf Erden.

Er wollte schon unverrichteter Dinge davonziehen, als plötzlich ein Mann um die Ecke kam und ihn mit dem Bergmannsgruß ansprach.

»Glück auf!«

Der Mann wirkte rein äußerlich wie das Klischee eines Einheimischen: grüne Strickmütze, dichter Bartwuchs und leicht gebeugter Gang, als wäre er direkt aus einem der unzähligen Schächte gekrochen. Gedankenabwesend antwortete Donner lediglich mit Gemurmel, schaute ein letztes Mal die Fensterfront hinauf und wollte dann an dem Unbekannten vorbeitreten.

»Sind Sie zufällig der Polizist, von dem alle reden?«

Donner blieb stehen. Bestimmt hatten seine Gesichtsentstellungen ihn verraten. »Kommt darauf an, wen Sie mit *alle* meinen und ob es da nicht noch andere Polizisten gibt, über die man sich eher das Maul zerfetzen sollte.«

»So war das nicht gemeint«, wehrte der Mann ab, lächelte und zog seine Handschuhe aus, um Donner per Handschlag zu begrüßen. »Ich heiße Lutz Fromm, und Sie sind garantiert Polizeihauptkommissar Donner.«

»Ja, so in etwa nennt man das«, entgegnete Donner, statt die Amtsbezeichnung zu korrigieren. Einem ersten Drang folgend, wollte Donner sich umdrehen, um einem nutzlosen Gespräch aus dem Weg zu gehen. Doch da regte sich in ihm sein kriminalistischer Spürsinn. »Wollen Sie zufällig zu Frau Groß?«

»Ach, Sie etwa auch?« Fromm kniff die Augen leicht zusammen und hielt den Kopf schief. »Ist sie denn nicht zu Hause?«

So wie du mich anschaust, wolltest du bestimmt fragen, woher ich sie kenne.

»Probieren Sie es ruhig«, forderte Donner ihn auf und deutete zum Klingelbrett. »Womöglich hat sie mir nur nicht geöffnet, weil sie über die Jahre das Vertrauen in die Polizei verloren hat.«

»Sind Sie etwa wegen Violetta Hartwig hier? Das Mädchen, das damals spurlos verschwunden ist? Das ist echt seltsam.«

»Wieso seltsam?«

»Oh, ich meinte, dass Linda nicht zu Hause ist.« Er streckte den Arm und zeigte auf einen uralten roten Fiat. »Dort steht nämlich ihr Wagen.«

Donners Blick folgte dem Fingerzeig. Sonderbarerweise stand besagtes Fahrzeug mit einem dicken Schneebelag etwas schräg zwischen zwei anderen Autos, als hätte die Fahrerin betrunken eingeparkt. Sofort wollte er zu dem Fiat eilen, doch dann ermahnte er sich zur Besonnenheit. Auch wenn er und dieser Mann sich nicht kannten, würde Donners Hektik Fromm garantiert stutzig machen. Und dann gäbe es zusätzlichen Zündstoff für Gerede im Ort.

»Haben Sie zufällig Lindas Handynummer?«, fragte er.

»Sicher«, antwortete Fromm und zückte sein Mobiltelefon. Nach wenigen Klicks auf dem Display diktierte er die Telefonnummer und Donner tippte sie in den Speicher seines Handys. »Ich gehe davon aus, dass Sie im Dienst sind und die Nummer für Ihre Ermittlungen brauchen.«

Erwischt. Aber ich habe schon in weniger verfänglichen Situationen gelogen.

»Da können Sie jeden in der Direktion fragen: Ich bin quasi so vertrauenswürdig wie der Papst.«

»Leider bin ich Protestant.«

»Dafür müssen Sie sich nicht entschuldigen.«

»Sie kennen Linda noch nicht sehr lange, habe ich recht?«, schwenkte Fromm um.

»Und Sie?«, stellte Donner eine Gegenfrage. Trotz seiner privaten Nachforschungen sah er sich voll und ganz in der Position des Ermittlers.

»Wenn nur die Hälfte von dem stimmt, was die Leute über Sie sagen, dann brauche ich gar nicht erst zu versuchen, Sie anzulügen.«

Fromm machte eine Pause, in der Donner sich fragte, was die Leute sich wohl alles über ihn erzählten. Einen Schuldigen für das Gerede hatte er längst ausgemacht …

Wenn dieser Bürgerpolizist noch mehr Legenden über mich verbreitet, werde ich in diesem Ort noch für das Bundesverdienstkreuz vorgeschlagen. Vorausgesetzt, es stellt sich nicht heraus, dass das Blut in meinem Rucksack von einer Einheimischen stammt.

»Nur zu, versuchen Sie zu lügen«, forderte er Fromm heraus, der den Appell mit einem Schmunzeln nahm.

»Nein, ich rede schon, wenn Sie mir im Gegenzug versprechen, dass das Gespräch diskret behandelt wird.«

»Jetzt bin ich neugierig.«

»Linda und ich hatten lange Zeit ein Verhältnis.«

»Das kann ich verstehen, Sie sind ein attraktiver Mann.«

Ein vollbärtiger Gartenzwerg mit Riesenwuchsproblem.

Donner setzte eine erstaunte Miene auf, obwohl ihn diese Information nach den Worten der Pensionsbetreiberin über Linda Groß nicht sonderlich überraschte.

»Mein Gott, jetzt schauen Sie mich an wie Columbo«, reagierte Fromm eher belustigt als von Scham geprägt. »Gestern

Abend erhielt ich einen Anruf von Linda auf meinem Handy, konnte jedoch nicht abheben.«

»Wegen Ihrer Frau?«, fragte Donner.

Fromm wackelte leutselig mit dem Kopf. »Ich bin glücklich in zweiter Ehe mit einer Krankenschwester verheiratet. Obwohl da längst nichts mehr läuft zwischen mir und Linda, will ich meine Frau nicht mit alten Geschichten beunruhigen. Heute früh habe ich versucht, Linda zurückzurufen, doch ich erreiche sie nicht.«

»Telefonieren sie öfter miteinander?«

Er winkte ab. »Ich kann mich nicht einmal daran erinnern, wann sie mich davor das letzte Mal angerufen hat. Genau aus diesem Grund dachte ich mir, ihr gestriger Anruf wäre wichtig gewesen. Und nur deshalb bin ich hergekommen.«

»Aber Sie hatten seither doch bestimmt öfter Kontakt zu ihr«, blieb Donner hartnäckig. »Oder irre ich mich?«

»Pöhla hat zwar mehr als zehn Straßen, aber hier läuft man sich zwangsläufig über den Weg.«

In der Tat bin selbst ich inzwischen bekannt wie ein bunter Hund. Und dabei ist jeder Straßenköter ansehnlicher als ich.

»Ich finde es bemerkenswert, dass Sie sich nach dem verpassten Telefonat mit Frau Groß sofort auf den Weg zu ihr gemacht haben«, sagte Donner. »Müssen Sie denn nicht arbeiten?«

»Genau wie Sie in Ihrem Job habe ich gewisse Spielräume, was die Arbeitszeiten anbelangt.«

»Und was arbeiten Sie?«

»Ich bin Touristenführer, wobei ich in den Wintermonaten meist die Touristinfo betreue.«

Donner überlegte, ob er nachfragen sollte, worin Fromms Aufgabe genau bestand, doch eigentlich interessierte er sich nur für Linda Groß und ihren Wagen. Bevor er sich endgültig verabschieden konnte, redete Fromm ihn abermals an.

»Rollen Sie den Vermisstenfall wieder neu auf?«

Donner zuckte mit den Schultern. »Wohl eher nicht.«

»Mit einer solchen ausweichenden Antwort habe ich gerechnet«, erwiderte sein Gegenüber diesmal hörbar unzufrieden. »Lernt man diese Taktik auf der Polizeischule?«

»Das klingt wie ein Vorwurf.«

Fromm winkte ab und lächelte verbissen. »Ach, ich wünschte, Ihre Kollegen wären damals bei ihren Ermittlungen erfolgreich gewesen. Violettas Verschwinden hat mich damals mein Amt als Bürgermeister gekostet und außerdem dazu geführt, dass eine Mehrheit der Bevölkerung für eine Eingemeindung gestimmt hat. Seitdem ist Pöhla ein Ortsteil der Stadt Schwarzenberg.«

»Was ist an Schwarzenberg schlecht?«

»Prinzipiell nichts, aber die Eingemeindung hat sich damals angefühlt, als verliere man persönlich an Selbstbestimmung und Identifikation. Aber Sie haben natürlich recht, letztlich ist das pure Einbildung.«

»Hat Frau Groß Ihnen kürzlich eine E-Mail und einen handschriftlichen Brief gezeigt?«, nahm Donner den Faden wieder auf.

»Na ja, sie hat ständig von irgendwelchen Hinweisen und neuen Spuren zum Verbleib von Violetta geredet. Das hängt mit ihren Suchaktivitäten im Internet zusammen. Fast täglich durchstöbert sie Facebook, Instagram und einschlägige Portale. Geben Sie bei Google ruhig mal die Stichworte *Vermisste Kinder* ein und schauen Sie sich dann in den Foren um, dort werden Sie früher oder später auf Lindas Einträge treffen. Im Laufe der vergangenen zehn Jahre hat sie enorme Resonanz von Menschen rund um den Globus erhalten. Mal will jemand Violettas Gesicht in irgendeinem zwielichtigen Video gesehen haben, mal habe jemand ihre Leiche in einem Massengrab in Thailand entdeckt, mal versicherte jemand, die erwachsene Violetta arbeite in einer Bar in Panama als Bedienung. Wenn Sie mich fragen, ich finde das gesamte Thema einfach nur traurig – und, mit Verlaub, mittlerweile sogar richtiggehend gruselig.«

Besser als jeder andere konnte Donner nachempfinden, wie erschreckend Unglücksfälle mit Kindern auf Menschen wirkten. »Ich spreche von einem Brief, den Violetta geschrieben haben soll. Frau Groß war davon überzeugt, denn im Mailanhang befand sich ein Foto, das angeblich einen von Frau Groß selbst gebastelten Anhänger zeigte, der damals an Violettas Ranzen hing. Sagt Ihnen das irgendetwas?«

Fromm kratzte sich am Kopf und schien ernsthaft erstaunt. »Jetzt, wo Sie es konkretisieren, kann ich mich erinnern. Ja, davon hat sie tatsächlich gesprochen, aber ich habe ihr keinen Glauben geschenkt, denn in der Vergangenheit redete sie viel zu häufig von ihren Hirngespinsten, dass ich es inzwischen leid bin.«

»Haben Sie das Foto gesehen?«

»Nein, ich wollte es mir nicht ansehen, sondern habe sie an die Polizei verwiesen, die gezwungen ist, solchen Hinweisen nachzugehen. Habe ich recht?«

Kein Bulle geht einem vagen Verdacht während seines Urlaubs nach. Erst recht nicht, wenn er betrunken ist.

»Und was hat sie darauf geantwortet?«

»Wollen Sie das ernsthaft hören?«

»Klar, jemanden mit meinem Gesicht kann nichts schockieren.«

An Fromms Hals hüpfte der Adamsapfel. Es war ihm unangenehm, es auszusprechen. Schließlich fasste er sich ein Herz. »Sie bezeichnete alle Polizisten als Hurensöhne und Kinderficker.«

Na schön, wer von meinen Kollegen hat dich enttäuscht, Linda Groß?

Donner verstand. »Schade, ich dachte schon, sie hätte eine wirklich innovative Beschimpfung benutzt. Mit diesen

Bezeichnungen wurde ich im Laufe meiner Dienstjahre mehr als einmal betitelt. Solange wir Polizisten auf alles eine Antwort haben, sind wir für die Menschen Heilige. Aber wehe, wir zeigen die kleinste Schwäche. Dann sind wir auf einmal nichts mehr wert.«

»So denke ich nicht«, widersprach Fromm. »Hier in der Umgebung arbeiten einige feine Polizeibeamte.«

In Schwarzenberg? Die Stadt hat ja nicht mal mehr ein richtiges Revier.

Längst plante Donner die nächsten Schritte. Er musste herausfinden, ob Linda Groß sich zuletzt in der Kriminalpolizeiinspektion oder einer anderen Dienststelle gemeldet hatte. Deshalb musste er mit einem Kollegen in der Polizeidirektion telefonieren. Er kramte sein Handy hervor und wollte sich mit einem Handgruß verabschieden, aber Fromm hielt ihn auf.

»Haben Sie eine Visitenkarte eingesteckt, dann könnte ich Sie anrufen, wenn mir noch etwas einfällt oder Linda sich meldet.«

Solche Visitenkarten mit der Anschrift und der Erreichbarkeit der Mordkommission gab es, nur verstaubten sie in einem Büro, das Donner seit seiner Krankschreibung vor Monaten nicht mehr betreten hatte.

»Geben Sie mir einfach Ihre Nummer«, entgegnete Donner. »Sie kennen sich in der Gegend offenbar gut aus, also ist es eher wahrscheinlich, dass ich mich bei Ihnen melde, wenn ich Hilfe brauche.«

Kapitel 5

Unter den alltäglichen Schmerzen schlurfte Kriminalhaupt-
kommissar Sokrates Vogel durch sein Büro und betrachtete
die kahlen Wände. Aus einem uralten CD-Spieler schmetterte
Schlagersänger Christian Anders *Einsamkeit hat viele Namen.*
Dazu lag wie immer ein dezenter Duft von Fäkalien in der
Luft. Dieser kam jedoch nicht von der Schnulze, sondern vom
Pfusch, den die Sanitärfirma beim Einbau des Abwassersystems
fabriziert hatte. Abhilfe in Sachen Geruchsbelästigung war nicht
in Sicht. Erstens, weil sich die Polizeidirektion schon seit fünf
Jahren wegen der Baumängel vor Gericht stritt, und zweitens,
weil Vogels Abteilung so unwichtig war, dass sie auf keinem
Organigramm auftauchte – zumindest auf keinem offiziellen.

»Findest du nicht, dass wir hier langsam ein paar Bilder auf-
hängen sollten?«, fragte er nach einer Weile seinen Assistenten
Albrecht Semmler, der für ihn sorgfältig jedes einzelne Blatt der
alljährlichen Belehrungsmappe unterschrieb. Inzwischen konnte
er Vogels Unterschrift derart sauber nachmachen, dass Vogel sie
nicht von seiner eigenen unterscheiden konnte. »Am besten ein
Gemälde, das dem Kommissariat 77 mehr Charakter verleiht.
Mir schwebt da irgendetwas aus der schwarzen Romantik vor.
Was hältst du davon?«

Natürlich wusste Vogel, dass sein einziger Mitarbeiter unter Mutismus litt und sich dementsprechend nicht zu Wort melden konnte. Außerdem interessierte Vogel sich kaum für die Meinungen anderer.

Irgendwann schnippte er mit dem Finger, weil ihm eine Idee kam. »Albrecht, kümmere dich darum, dass uns das Referat Haushalt schleunigst ein großflächiges Leinwandgemälde von *Der Nachtmahr* von diesem Johann Heinrich Füssli besorgt.«

Semmler notierte sich den Auftrag auf einem Zettel. Unterdessen fingerte Vogel ein paar Heustängel aus einer Tüte und steckte sie von oben durch die Gitterstäbe eines Kleintierkäfigs. Mit dankbarem Quieken stürzte sich sein Meerschweinchen auf das Futter. Minutenlang beobachtete Vogel das Tier beim Fressen.

»Ich … ich …«, stotterte plötzlich jemand. Überrascht und zugleich gestört in seiner hochwichtigen Tätigkeit fuhr Vogel herum. Eine junge Dame mit kahl rasiertem Schädel hatte sich anscheinend lautlos durch den Gang geschlichen und stand nun im Türrahmen. »Ich so… sollte mich hier melden.«

»Wie sind Sie hier runtergekommen?«, fuhr Vogel die Unbekannte an.

»Mit dem Fahr…Fahrstuhl.«

Vogel rückte sich seine Brille zurecht und kniff die Augen zu Schlitzen zusammen. Niemand verirrte sich so einfach in das Untergeschoss von Haus 2, denn dafür brauchte man eine spezielle Berechtigung.

»Mit der hier.« Sie hielt einen roten Transponder im Chipkartenformat hoch.

»Von diesen Zugangskarten gibt es in der gesamten Direktion nur fünf Exemplare. Nicht einmal der Polizeipräsident besitzt eine eigene. Also wo haben Sie die her?«

»Von Ihrem Vorgesetzten Herrn Moll«, stotterte sie ununterbrochen beim Reden. »Er hat sie mir überreicht, nachdem ich den Einstellungstest bestanden habe.«

Ungläubig stierte Vogel sie an. »Blödsinn, den Test kann man unmöglich bestehen, denn ich habe ihn persönlich erstellt.«

»Stimmt, zu Ihrem verschlüsselten Rätsel gibt es keine Lösung, weil es aus völlig sinnlosen Buchstaben und Zahlen besteht. Dafür haben Sie eine Art Easter Egg versteckt. *Nie sollst du schlauer sein als dein Meister,* so lautet das Schlüsselwort. Auf die Lösung kam ich, indem ich jeweils den ersten und letzten Buchstaben der einzelnen Wörter der Aufgabenstellung separiert und neu zusammengesetzt habe.«

Alle Achtung! Bisher hatte kein Anwärter den Test lösen können – nicht einmal Albrecht. Beinahe hätte Vogel vor lauter Anerkennung Beifall geklatscht. Stattdessen ließ er die Fingerknöchel knacken. »Wie heißen Sie?«

»Mein Name ist Lia Winter und ich will in Ihrer Abteilung arbeiten.«

Bisher war das Kennenlernen nur seltsam gewesen, jetzt wurde es regelrecht bizarr. »Sie stottern und da wollen Sie einen Krüppel unterstützen?«

»Wieso einen Krüppel?«

Vogel schaute zu seinem stummen Assistenten. »Ist das zu fassen, Albrecht? Sie will hier arbeiten, ohne sich vorher über Ihren zukünftigen Chef informiert zu haben.«

»Wozu sollte ich mich über meinen Chef informieren? Chefs können ausgetauscht werden, die Hauptaufgabe der Polizei bleibt dagegen immer die gleiche.«

Gerade als Vogel Gefallen an der Dame mit dem kleinen Sprachfehler gefunden hatte, schrillte das Telefon. Wie immer nahm der stumme Semmler ab, lauschte kurz und reichte den Hörer dann an seinen Abteilungsleiter weiter. In gewohnter Weise krächzte Vogel seinen Nachnamen hinein und empfahl dem Gesprächsteilnehmer vorsorglich, sich unter allen Umständen kurzzufassen. Als er schließlich mitbekam, wer sich da am Ende der Leitung meldete, wusste er nicht, ob er sich freuen oder gleich wieder auflegen sollte.

»Ach, Herr Donner! Ihr Anruf ist heute schon die zweite faustdicke Überraschung für mich«, entschied er sich für die Taktik der Lüge. »Womit habe ich so viel Aufmerksamkeit an einem Tag verdient?«

»Werden Sie nicht albern, sondern hören Sie mir zu«, kam es zurück.

Vogel gab Semmler das Zeichen, die Musik leiser zu drehen. »Ich bin ganz Ohr.«

»Ich rufe an wegen einer Linda Groß.«

Es entstand eine Pause, in der Vogel beobachtete, wie Winter sich im Büro umsah. Im Raum war alles schön trist ausgestattet, genau so, wie er es liebte.

»Ja«, antwortete er gedehnt.

»Klingelt der Name bei Ihnen?«, fragte Donner.

»Nein, ist das eine weitere Frau in Ihrem Leben, die Sie verloren haben?«

Im Telefon kehrte abermals Stille ein. Während sie sich anschwiegen, überlegte Vogel, ob er mit dieser Äußerung zu weit gegangen war. Er schnappte sich ein Stück der mitgebrachten geschnittenen Möhre und steckte es durch die Gitterstäbe direkt zwischen die Zähne des Meerschweinchens. »Entschuldigung, das wollte ich nicht sagen, ich bin zur Zeit einfach nur etwas überarbeitet.« Vergnügt sah er zu, wie das Tier mit ihm um die Vorherrschaft über das Gemüse kämpfte.

»Dann frage ich direkt nach Violetta Hartwig«, sagte Donner. »Soweit ich weiß, schlummert diese Akte nämlich in Ihrem Archiv.«

KAPITEL 6

Donner war überrascht gewesen, dass er Kriminalhauptkommissar Vogel gleich beim ersten Anwahlversuch ans Telefon bekommen hatte. Weitaus mehr überraschte ihn nun, dass der Alte sich auch noch auf eine Unterhaltung einließ. Nachdem sie zuletzt vor Jahren miteinander gesprochen hatten, wäre es denkbar gewesen, dass Vogel inzwischen in seinem Bunker verweste und sich höchstens ein paar Fliegen um die Beseitigung seines Kadavers kümmerten.

»Sind Sie noch am Leben?«, fragte Donner, weil das Wetter den Empfang störte und er zudem den Eindruck hatte, Vogel mache sich einen Spaß daraus, nicht zu antworten.

»Wenn sich jemand nach meinem Befinden erkundigt, wieso sollte ich da auflegen?«, redete Vogel im gewohnt süffisanten Tonfall. »Erst recht, wenn es sich bei dem Anrufer um einen alten Wegbegleiter handelt.«

Mit gemischten Gefühlen erinnerte Donner sich an die kurze gemeinsame Zeit beim K11. »Ihr Gesundheitszustand interessiert mich herzlich wenig. Um ehrlich zu sein, hatte ich gehofft, Sie hätten längst das Zeitliche gesegnet.«

Ein Kichern ertönte. »Das höre ich in letzter Zeit öfter, aber Sie wissen ja, wie schwer es mir fällt, jemandem einen Gefallen zu tun.«

Mit dem Handy am Ohr stapfte Donner durch den Schnee. Er näherte sich dem schlampig geparkten Fiat von Linda Groß. Mehrfach blickte er sich dabei beim Gehen nach dem ehemaligen Bürgermeister um, ob der ihn noch beobachtete. Fromm nahm allerdings nicht wirklich Notiz von Donners Treiben, sondern klingelte am Wohnhaus. Da auch ihm niemand öffnete, hob er schließlich den Arm als Zeichen der Verabschiedung und zog von dannen.

»Also, Violetta Hartwig …«, redete Donner wieder in sein Handy.

»Den Fall Violetta Hartwig kenne ich wohl«, bestätigte Vogel. »Allerdings finde ich es seltsam, dass Sie sich nach der Akte erkundigen. Soweit ich weiß, sind Sie momentan gar nicht im Dienst. Bitte korrigieren Sie mich, wenn meine Informationen dahin gehend überholt sein sollten.«

Donner war es nichts Neues, dass der andere Kriminalhauptkommissar ein schwieriger Charakter war – sogar deutlich schwieriger als Donner selbst.

Und das muss erst mal jemand schaffen.

»Linda Groß ist die Cousine von Violetta Hartwig«, erklärte Donner. »Frau Groß sucht ihre Verwandte seit nunmehr fast zehn Jahren.«

»Offenbar mit mäßigem Erfolg«, unterbrach Vogel.

»Das liegt vielleicht auch daran, dass der zuständige Sachbearbeiter bei der Polizei mit mäßigem Engagement dem Verschwinden des Mädchens nachgeht.«

»Ja, da könnten Sie recht haben, aber wie es der Begriff *Cold Cases* bereits ausdrückt: Bei Gekühltem schaut niemand auf das Verfallsdatum. Wenn Sie sich beschweren wollen, dann bei den Leuten, die die Akte vor mir in den Händen hatten.«

»Ich will mich nicht beschweren, sondern ich übernehme gerade Ihre Arbeit.«

»Indem Sie was tun: mich um Hilfe bitten?«

»Ich gehe einem Hinweis nach und brauche eine Auskunft.«

»Ach, und was ist das für ein Hinweis?«

Blut. Jede Menge Blut.

Er hatte den roten Kleinwagen erreicht und prüfte die Türen. Verschlossen. Mit der freien Hand kratzte er je ein Guckloch in die gefrorenen Seitenscheiben. Wenigstens lag im Inneren kein regloser Mensch, das ließ Donner geringfügig aufatmen.

»Linda Groß kam zu mir und zeigte mir einen handschriftlichen Brief, der von Violetta Hartwig stammen könnte. Im Briefkopf stand ein Datum. Demnach wurde der Text vor drei Wochen verfasst. Laut meinen Informationen hat sie sich damit bereits an die Polizei gewandt. Ich muss wissen, mit welchem Kollegen sie gesprochen hat.«

»Verstehe, und da glauben Sie, der Brief sei auf meinem Tisch gelandet. Tja, da muss ich Sie leider enttäuschen, ich habe keinerlei Kenntnis von einem solchen Brief.«

An dieser Behauptung hegte Donner Zweifel. »So schnell, wie Sie gerade geantwortet haben, konnte Ihr altersschwaches Hirn meine Information gar nicht verarbeiten. Also denken Sie besser noch einmal darüber nach. Denn wenn ich erfahren sollte …«

»Warten Sie, ich frage Albrecht.« Vogel würgte ihn ab, indem er vermutlich seine Hand auf die Sprechmuschel legte und mehrere Sekunden verstreichen ließ. »Nein, er schüttelt den Kopf.«

Es brachte nichts, Vogel zu beschimpfen oder ihm sogar zu drohen. Der alte Mann war der starrsinnigste, selbstgefälligste Mensch, den Donner kannte. Und seine Selbstgefälligkeit rührte daher, weil er in den Neunzigern das Kind eines damaligen sächsischen Staatsministers der Justiz aus der Hand eines Geiselnehmers gerettet hatte. Bei der Befreiungsaktion hatte Vogel mehrere Zehen und beinahe sein eigenes Leben eingebüßt. Für diese Heldentat hatte er später das Sächsische Lebensrettungsehrenzeichen und obendrein von der Staatsregierung lebenslange Narrenfreiheit erhalten. Seitdem verhielt er sich so, als stünde er über den Dingen.

»Sie wollen mir nicht helfen«, sagte Donner.

»Sagen wir, ich wüsste nicht, weshalb.«

Verärgert trat Donner gegen einen Reifen, wodurch etlicher Schnee vom Wagendach und der Frontscheibe des Fiat rutschte.

»Ich …«, setzte er an, doch da erspähte er durch eine frei gewordene Stelle der Windschutzscheibe etwas auf dem Armaturenbrett, das ihn stutzig machte.

Er schaute genauer hin und erkannte eine blau-schwarze Mütze. Exakt die Wintermütze, die ihm seine verstorbene Freundin einst geschenkt hatte.

Kapitel 7

»Kann es sein, dass Sie in Schwierigkeiten stecken, Herr Donner?«, fragte Vogel ins Telefon, während er die neue Kollegin keine Sekunde aus den Augen ließ. »Wäre ja nicht das erste Mal.«

Aus dem Augenwinkel bemerkte er, wie Winter die Kritzeleien auf seiner Schreibunterlage neugierig beäugte. Wenn er nachdachte, sich langweilte oder nachts schlecht geträumt hatte, malte er manchmal Karikaturen von seinen Vorgesetzten, die an Gestalten aus einem Horrorcomic erinnerten.

»Das ist wirklich interessant«, kommentierte sie die Zeichnungen.

Schnell trat er zu ihr, riss das oberste Blatt ab, knüllte es zusammen und warf es in den Papierkorb. Mittels Fingerzeig bedeutete er ihr, dass sie bloß nichts anfassen sollte.

»Nein, keine Schwierigkeiten«, hörte er unterdessen Donner sagen.

Das minimale Zaudern in der Antwort ließ Vogel am Wahrheitsgehalt der Aussage zweifeln. »Ach, kommen Sie, mir können Sie ruhig die Wahrheit sagen.«

»Wenn Sie mir bezüglich Linda Groß nicht weiterhelfen wollen …«

»Was dann? Legen Sie dann einfach auf?«

Einen Atemzug später vernahm Vogel nur noch das Besetztzeichen im Ohr. Sekundenlang stierte er den tutenden Hörer an. Irgendetwas verheimlichte Erik Donner. Und wenn der Kriminalhauptkommissar, den etliche in der Direktion nur *Monster* nannten, sich für einen alten Fall interessierte, handelte es sich womöglich um das nächste *große Ding*. Bei Gelegenheit würde Vogel sich die Akte vorknöpfen. Etwas anderes blieb ihm wohl nicht übrig. Bis dahin allerdings musste er sich überlegt haben, was er mit der Neuen anstellte.

»Das Gespräch eben klang nicht besonders positiv«, sprach Winter ihn prompt an, als er Luft zu einer Ansage holte. »Reden Sie immer so mit den Leuten?«

»Wie denn?«

»Unfreundlich.«

»Sie verwechseln unfreundlich mit zynisch. Sobald Sie einmal mein Alter erreicht und festgestellt haben, dass das Leben ein entsetzlicher Sacktreter ist, begegnen Sie dem Leben zwangsläufig mit Zynismus. Andernfalls landen Sie in der Klapsmühle oder unter der Erde.«

»Echt? Ich kenne Menschen, die sind deutlich älter und glücklicher als Sie.«

»Dann kennen Sie die falschen Menschen.«

Vogel merkte, wie ihm die Knie vom Herumlaufen schmerzten. Bevor er vor der jungen Dame zusammenbrach, rettete er sich auf seinen Bürostuhl, wo er sich wie ein kleiner Herrscher niederließ.

»Nehmen Sie es mir nicht übel«, redete sie weiter, inzwischen ohne zu stottern. »Aber es ist erstaunlich, dass jemand, der so wenig Schönes vom Leben erwartet, sich um ein Haustier kümmert.«

Sein Blick ging zum Käfig, wo das Meerschweinchen an den Körnern knabberte. Gleichzeitig wog er ab, ob er ihr die vorlaute Klappe übel nehmen sollte. »Das ist kein Haustier, sondern ein Mitarbeiter.«

»Und hat der Mitarbeiter auch einen Namen?«

»Ja, er heißt Diktator.«

»Was hat das Tierheim gesagt, als Sie ihn so genannt haben?«

»Oh, er stammt nicht aus dem Tierheim, ich habe ihn einfach einem Beschuldigten weggenommen. Falls Sie es schaffen, länger hier zu arbeiten, werden Sie feststellen, dass ich das öfter tue: Menschen etwas wegnehmen.«

Diesmal weiteten sich Winters Augen vor Erstaunen. Oder doch eher vor Neugier? Auf jeden Fall sah sie dadurch beinahe aus wie eine seiner Karikaturen – genauer gesagt wie ein kahl geschorenes Kuscheltier. Und stumm wie ein Kuscheltier schaute sie zu Semmler, der seinerseits nickte. Wenn Vogel das Lachen nicht so viele Schmerzen verursachen würde, hätte er sich liebend gern über ihr verdutztes Gesicht lustig gemacht.

»So«, sagte er lang gedehnt. »Sie haben also meinen Test bestanden, fein, aber mit was wollen Sie mich denn zukünftig beeindrucken?«

Im Stillen hoffte er, dass Winter wie eine unerfahrene Praktikantin ins Stottern kam – also noch mehr ins Stottern als zu Beginn der Unterredung –, doch sehr zu seinem Erstaunen konnte er auf einmal keinerlei Verunsicherung in ihrem Gesicht feststellen. Beinahe schien es, als hätte sie auf den Moment gewartet, wo er sie herausforderte. Mangels eines dritten Stuhls lehnte Winter sich an den Kühlschrank, der schon seit einem Jahr nicht mehr funktionierte und in dem Vogel ebenfalls etwas lagerte, was er jemandem weggenommen hatte. Er beobachtete, wie sie Arme und Beine verschränkte und tief Luft holte.

»Draußen an der Tür steht K77«, sagte sie. »Offiziell gibt es kein K77. Die Bezeichnung haben Sie sich selbst ausgedacht. Vermutlich steht das K für Königreich, das würde zu Ihrem Ego passen. Ihre Passion sind ungeklärte Verbrechen, sogenannte Cold Cases. Angeblich haben Sie sogar die ehemalige Polizeipräsidentin erpresst, damit diese Abteilung gegründet wird. Innerhalb der Direktion gehen die Meinungen über Sie weit auseinander: Etliche halten Sie für ein Genie, der Rest für einen Hochstapler. Einigkeit herrscht darüber, dass Sie ein Sadist sind. Was Ihren Gesundheitszustand angeht, hätte man Sie längst ausmustern müssen. Laut Ihrer Krankenakte leiden Sie an mindestens acht schweren bis minderschweren Krankheiten, darunter Arthrose in den Knien, Arthritis in den Gelenken, chronischer Bauchspeicheldrüsenentzündung, was zu Oberbauch- und Rückenschmerzen und außerdem zu eingeschränkter Fett- und Eiweißverdauung führt. Das erklärt auch Ihr geringes Gewicht. Einhergehend damit leiden Sie unter Übelkeit und Erbrechen. Ihr bester Freund heißt übrigens Morbus Basedow – gemeinhin als Schilddrüsenüberfunktion bekannt.«

»Woher kennen Sie meine Krankenakte?«, entrüstete Vogel sich, doch Winter redete einfach weiter.

»Auf Ihr Konto gehen eine Reihe von dienstlichen Verfehlungen, aber davon tauchen nur die wenigsten in Ihrer Personalakte auf. Das Innenministerium hält schützend seine Hand über Sie. Das verleiht Ihnen einen gottgleichen Status. Sie haben keine Ahnung von Computern, deshalb brauchen Sie jemanden wie mich. Außerdem ist Ihr Gehilfe nicht außendiensttauglich.« Obwohl Semmler aufschaute, als es um ihn ging, würdigte sie ihn keines Blickes, sondern fixierte ununterbrochen Vogel. »Im Notfall kann er Ihnen also dringend benötigte Medizin nicht besorgen. Und das Offensichtlichste: Er kann nicht reden. Was wollen Sie noch wissen?«

Statt sie für ihre Forschheit zu maßregeln, kniff Vogel die Augen zu Schlitzen zusammen und überlegte, ob das hier *Versteckte Kamera* werden sollte. Unterbelichtet war die Dame jedenfalls nicht. Schließlich hatte sie nicht nur den Weg in die Katakomben gefunden, sondern besaß auch die rote Zugangskarte. Und das kam in etwa einem der neun verfluchten Menschenringe aus *Der Herr der Ringe* gleich. In gewisser Weise waren er und sie ein Bündnis eingegangen.

»Eigentlich wollte ich, dass der KPI-Leiter mir einen Hundert-Kilo-Folterknecht zur Verfügung stellt; was schickt er mir stattdessen?«, schimpfte Vogel. »Wie viel wiegen Sie? Fünfundvierzig, fünfzig Kilo? Haben Sie wenigstens einen Dienstgrad?«

»Da muss ich Sie leider enttäuschen, ich bin nur Verwaltungsangestellte.«

»Ach herrje! Was soll ich dann mit Ihnen anfangen?«

»Wie Sie vielleicht mitbekommen haben, bin ich extrem gut im Recherchieren. Außerdem brauche ich mir Texte nur einmal durchzulesen und kann sie fast wortwörtlich wiedergeben. Hilft Ihnen das?«

Ein Nein lag ihm bereits auf der Zunge, aber seine Neugier war geweckt, deshalb wollte er abwarten, wohin das Gespräch führte. »Wenn Sie so gut sind, warum sind Sie dann keine Polizeibeamtin?«

Winter tippte sich auf den Nacken. »Wegen eines schiefen Wirbels bin ich durch die ärztliche Untersuchung gefallen.«

»Na und? Mir fehlen drei Zehen und ich leide an Knochenabbau im Kiefer, trotzdem bin ich Beamter. Jemand, der Ausreden parat hat, wird mir früher oder später widersprechen. Wer mir widerspricht, bringt für diese Abteilung nicht die Eigenschaft mit, die von allen die höchste ist: Bedingungslosigkeit.«

»Nein, so war das nicht gemeint, Sie können sich auf mich verlassen.«

»Erwischt!« Sein Zeigefinger zielte auf sie. »Sie haben es eben getan, mir widersprochen.«

»Das ist unfair.«

»Und schon lernen Sie mich richtig kennen. Nehmen Sie sich ein Beispiel an Albrecht, der hat mir noch nie widersprochen.«

Sie verstummte und schaute auf die Schuhspitzen ihrer Sneakers. Erst nach einer Weile der Besinnung sah sie auf. In ihrem Blick blitzte nun etwas Furioses auf, das Vogel imponierte. »Worum geht es bei dem Fall Violetta Hartwig?«

»Schon besser«, sagte Vogel erfreut, denn es zeigte ihm, dass sie sich, wenn es darauf ankam, auf das Wesentliche zu fokussieren wusste. »Leider geht Sie das nichts an. Ich will nicht, dass Sie Ihre Nase in eine meiner Akten stecken. Sie dürfen sich einen Putzlappen und einen Eimer besorgen und vor uns alten Männern mit ihrem süßen Hintern wackeln. Vorher gehen Sie mir Kompressen für meine eiternden Waden kaufen, haben wir uns verstanden?«

Sie setzte an, um ihm zu widersprechen, aber er brauchte nur seine täglich dünner werdenden Augenbrauen zu heben und sogleich biss sie die Zähne zusammen. »Ich nehme an, ich soll das Geld vorschießen.«

Zufrieden nickte er. »Vielleicht verstehen Sie jetzt, wie ich meine Abteilung führe. Wenn ich mitten in der Nacht Lust verspüre, jemandem die Daumenschrauben anzulegen, dann interessiert mich Ihr Schönheitsschlaf herzlich wenig, stattdessen möchte ich von Ihnen gefälligst nur eine einzige Frage hören: wie viele Daumenschrauben Sie mitbringen sollen. Denken Sie, dass Sie das hinbekommen?«

»Ich bin Single, Überstunden machen mir nichts aus.«

»Nehmen Sie das bloß nicht auf die leichte Schulter. Ich habe keine Frau, keine Kinder und demzufolge auch keine Enkel. Weder Katze noch Hund. Auf mich wartet zu Hause nicht einmal eine Zimmerpflanze. Manchmal vergesse ich sogar, dass ich ein Zuhause habe, weil mir meine Arbeit in diesem Bunker enorm viel Spaß macht. So viel, dass ich mein

Pensionseintrittsalter freiwillig um zwei Jahre verlängert habe. Wie alt sind Sie überhaupt?«

»Knapp vierzig Jahre jünger als Sie.«

»Normalerweise reißen sich die Küken nicht darum, in den Spähkreis eines Aasgeiers wie mir zu kommen.« Vogel leckte sich die Lippen. »Meinetwegen dürfen Sie heute hierbleiben. Einen eigenen Bürostuhl müssen Sie allerdings allein von der Ausgabestelle im Haus 1 hier runterbuckeln. Sie wissen ja, ich habe es im Kreuz.«

»Ich denke, das schaffe ich trotz meines deformierten Halswirbels. Wie darf ich Sie anreden?«

Jetzt musste er breit grinsen, wodurch er seine fehlende vordere Zahnreihe im Oberkiefer offenbarte. »Wie alle anderen auch: mit Herr Großinquisitor.«

»Fein, Herr Großinquisitor, dann besorge ich mir mal einen Stuhl.«

Gnädig nickte Vogel. Er wurde jedoch das Gefühl nicht los, dass die Dame irgendetwas anderes im Schilde führte.

Kapitel 8

Damals (zehn Jahre zuvor)

Fünfzehn Minuten war der Uhrzeiger seit Violetta Hartwigs Entführung vorgerückt. So akribisch er die Gegend mit dem Feldstecher absuchte, das brachte das Mädchen garantiert nicht zurück. Der Transporter war einfach weggefahren und hatte sie mitgenommen.

»Ich muss sie finden«, murmelte er ununterbrochen wie ein Tattergreis. »Sie gehört zu mir. Mein Gott, ich muss sie finden!«

»Und wie willst du das anstellen?«, kam es aus der Ecke, wo Katja noch immer verharrte.

»Ich weiß es nicht.«

Nervös knabberte er an seinen Fingernägeln. Er wusste es wirklich nicht. Seit über einem Dreivierteljahr hatte er Violetta Tag für Tag beobachtet und sie dadurch ein Stück auf ihrem Schulweg begleitet. Jedes Mal hatte es sich angefühlt, als wäre er ihr Schutzengel. Ständig hatte er sich vorgestellt, wie er das süße Ding in seine Arme nahm, liebkoste und ganz fest drückte. Sie wollte ihn doch irgendwann einmal besuchen … wegen Katja und so.

Stattdessen war heute etwas eingetreten, mit dem er niemals gerechnet hatte. Jemand hatte ihm Violetta weggenommen. Aus heiterem Himmel.

»Karlchen, Karlchen!«, säuselte Katja. »Du hast meine Freundin verloren, dabei wolltest du sie beschützen.«

»Ja, ja, verflucht! Violetta gehört mir! Mir allein.«

»Wie oft willst du das noch wiederholen? Ruf endlich die Polizei an und gib ihnen das Kennzeichen durch.«

»Nein, nein, das geht nicht. Dann suchen sie mich zu Hause auf, stellen mir kritische Fragen und finden womöglich dich. Und dann nehmen sie dich mir weg.«

»Du könntest anonym den Münzfernsprecher an der Hauptstraßenecke zum Luchsbachtal benutzen.«

»Und was soll ich denen am Notruf sagen? Sie suchen ein Schulkind. Es wurde auf dem Waldweg zur alten Schänke weggefangen … Was glaubst du denn, zu wem es die Bullen dann führt?« Er rieb sich die Stirn und wanderte im Zimmer auf und ab. Ununterbrochen ging sein Blick zur Wanduhr. In weniger als einer Stunde musste er am Arbeitsplatz sein. »Nein, ich muss sie selbst finden. Niemand nimmt mir ungestraft meine kleine Violetta weg!«

»Früher oder später finden die Bullen eine Spur und dann klingeln sie ja doch bei uns.«

Das stimmte wohl und es war der eigentliche Grund für seine Panik – neben der Sorge um Violetta.

»Nicht, wenn es keine Spuren mehr gibt«, sagte er entschieden. Er pfefferte den Feldstecher auf das Sofa, hängte sich seine Kamera um den Hals und stürzte aus dem Zimmer ins Erdgeschoss. Die Rufe hinter ihm nahm er nur noch verwaschen wahr.

Als er die Tür zur Abstellkammer aufriss, war er längst in seine eigene Gedankenwelt abgetaucht. Er fühlte sich wie ein Detektiv in einem Kriminalfilm.

»Denk nach, worauf würden die Bullen im *Tatort* achten?«

Plastiktüten! Reißfeste Plastiktüten für die Füße. Am besten mit Kabelbindern zwischen Knie und Wade befestigen, damit die provisorischen Überzieher auch ja nicht verrutschten. Zu seiner Freude fand er eine Rolle schwerer schwarzer Plastiksäcke, die er irgendwann im Baumarkt in Schwarzenberg gekauft hatte. Sogar die Banderole mit dem Preis haftete noch drumherum.

»Und weiter?«, überlegte er laut. »Handschuhe, verdammt!«

Was für ein Anfängerfehler! Er musste ab sofort Handschuhe tragen. Auf keinen Fall durfte er dabei seine Winterhandschuhe benutzen. Ganz bestimmt verloren sie Fasern, die später leichte Beute für die Spurensicherung der Polizei darstellten. Er schaute sich nach Lederhandschuhen um, aber dann besann er sich, dass auch die keine hundertprozentige Sicherheit versprachen. Aus einem Regal kramte er ein Paar Gartenhandschuhe. Die bestanden aus Gummi und seine Mutter hatte sie höchstens einmal benutzt. Wenn überhaupt. Sie sahen zumindest nagelneu aus. Schutz vor der Kälte boten die Dinger zwar nicht, aber er schwitzte ja schon jetzt wie ein Baumfäller. Draußen würde sich das trotz der niedrigen Temperatur nicht ändern. Allein der erneute Blick auf die Uhrzeit trieb ihm das Wasser aus den Poren.

Ich komme zu spät zur Arbeit, dachte er. In all den Jahren war er noch nie zu spät gekommen. Seine Unpünktlichkeit würde auffallen, denn die Nachtschichttruppe wartete auf ihre Ablösung. Vielleicht würden seine Arbeitskollegen einen Witz darüber machen, ob er verschlafen hätte, und danach kein weiteres Wort darüber verlieren, denn schließlich hatte er sich auf der Arbeit nie etwas zuschulden kommen lassen. Später jedoch, wenn das Verschwinden von Violetta im Dorf die Runde machte, würde sich jemand an seine Verspätung erinnern. Und dann würden die Unterstellungen beginnen und schließlich eins zum anderen führen. Dann hätte er wieder die Polizei an der Backe.

So weit durfte es nicht kommen. Er musste schleunigst handeln und dann zur Haltestelle laufen und den Bus erwischen. Krankschreiben lassen ging auf keinen Fall. Das würde ihn erst recht verdächtig machen. Nein, Punkt acht Uhr musste er die Stechkarte lösen. Bis dahin blieben ihm noch knapp vierzig Minuten.

In provisorischer Schutzbekleidung, mit Fotokamera, einer Taschenlampe, einem Zollstock, einer kleinen Umhängetasche, einer Schaufel, einem Reisigbesen und einem Eimer zum Wasserschöpfen aus dem Fluss, verließ er das Haus. Für den Moment war er ein Kriminalist, der einen Tatort untersuchen musste. Auch wenn er eine vage Vorstellung hatte, was er tun musste, fühlte er sich zugleich ratlos, als er zu der Stelle eilte, an der vor einer halben Stunde der Transporter gehalten hatte. Seine Aufregung steigerte sich noch mehr, als er im Schnee die Reifenabdrücke, die Kampfspuren und den erstklassigen Schuhabdruck eines Erwachsenen feststellte.

»Jetzt hast du echt viel zu tun«, sagte er zu sich selbst und machte Zollstock und Kamera bereit.

Als er kurz darauf noch etwas entdeckte, drohte ihm sein Herzschlag den Brustkorb von innen zu zertrümmern. Im gefrorenen Gras lag doch tatsächlich ein daumenlanger rosafarbener Gegenstand, der Violetta gehörte.

KAPITEL 9

Heute

Ein wirres Geflecht an Gedanken durchströmte Donner beim Betrachten der eigenen Wintermütze. Eingesperrt lag sie hinter der Frontscheibe des fremden Fiats. Weil er von einer Falle ausging, blieb er nachdenklich vor dem Wagen stehen. Erst als er die Kälte spürte, regte er sich wieder. Auf einmal fror er nicht nur an den Ohren, sondern vor allem an der Stelle, wo Ärzte ihm vor Jahren eine Metallplatte in den Schädel eingesetzt hatten und seitdem ein Stück Kopfhaar fehlte.

Wie bist du dort hineingekommen?

Weder die Mütze noch sonst jemand beantwortete ihm die Frage.

»Ist alles in Ordnung?«, kam es stattdessen von hinten.

Donner wirbelte erschrocken herum, weil er kurz davor gestanden hatte, die Seitenscheibe einzuschlagen, um sich sein Eigentum zurückzuholen. Abermals blickte er in das Gesicht von Lutz Fromm. Anders, als Donner vermutet hatte, war der ehemalige Bürgermeister nicht davongezogen. Im ersten Moment wollte Donner ihn für das Anschleichen maßregeln, doch dann redete er sich ein, dass ihre Begegnung vielleicht ein Glücksumstand war.

»Wissen Sie zufällig, wo Frau Groß arbeitet?«

»Klar, ich kann Ihnen die Adresse und die Telefonnummer nennen«, antwortete der ehemalige Bürgermeister. »Der Geschäftsführer der Seifenfabrik Pöhla ist ein langjähriger Freund von mir. Sein Unternehmen produziert hier seit vier Generationen.«

»Ja, ja, schon gut, ersparen Sie sich die Firmenhistorie und geben Sie mir einfach die Nummer, einverstanden?«

Schulterzuckend rief Fromm ein zweites Mal die Telefonliste seines Smartphones auf. Zuerst diktierte er die Firmenanschrift, danach die Telefonnummer. Selbst für einen einsilbigen Dank war Donner gedanklich viel zu beschäftigt. Nachdem Hauptkommissar Vogel sich am Telefon wie gewohnt abweisend verhalten hatte, fiel ihm für den Moment kein Kollege ein, an den er sich in seiner Not wenden konnte.

So fühlt es sich also an, wenn man als einsames Monster durch eine Welt voller Engel wandert. Ich bin ein Totengräber, der sein eigenes Grab schaufelt. Ein abgefuckter Superbulle, dem jemand die Mütze geklaut hat.

Peinlicher Zynismus und falscher Stolz hinderten ihn in Wahrheit daran, sich Hilfe zu holen. Obwohl er das wusste, weigerte er sich beharrlich, beim K11 anzurufen. Monatelang hatte er sich nicht ein einziges Mal in seiner Abteilung gemeldet.

»Ist wirklich alles in Ordnung?«, erkundigte sich Fromm erneut. »Soll ich Sie irgendwohin mitnehmen?«

Am liebsten wollte Donner schleunigst zurück zur Unterkunft. Deshalb klang das Angebot verlockend. In Anbetracht der Tatsache, dass Fromm ziemlich redselig und im selben Maße neugierig war, hielt Donner es jedoch für keine gute Idee, sich mit ihm abzugeben. Der Mann kannte vermutlich Hinz und Kunz im Ort und damit wäre Donner die perfekte Zielscheibe für Klatsch und Tratsch. Solange er selbst nicht wusste, was hier los war, wollte er allein weitermachen.

Verstohlen ging sein Blick ein letztes Mal ins Wageninnere. Auf dem Rückweg würde er aufpassen müssen, dass er sich keine Mittelohrentzündung holte.

»Ich denke, ich schaue mal bei ihr auf Arbeit vorbei«, sagte er. »Die Adresse finde ich auch allein.«

»Falls Sie Hilfe brauchen, meine Nummer haben Sie ja. Sie können sich jederzeit an mich wenden, ich kenne hier Hinz und Kunz.«

Voilà, Erik der Prophet hat wieder zugeschlagen.

»Rechnen Sie lieber nicht damit, dass ich mich melde«, wiegelte er ab und ging einige Meter rückwärts, bevor er sich umdrehte. »Ich bin gut darin, Menschen zu versetzen. Und falls doch, laufen Sie besser um Ihr Leben.«

»Und falls Sie mit Linda sprechen«, rief Fromm ihm nach, »können Sie ihr bitte ausrichten, sie soll sich bei mir melden?«

Vielleicht gebe ich ihr die Nummer deiner Frau.

Donner hob den Arm und gab kein Versprechen ab. Erst als er mehr als einhundert Schritte gegangen war, blickte er kurz über seine Schulter. Fast wie ein Detektiv schlich jetzt Fromm um Groß' Wagen. Selbst wenn Donner ihm keinen konkreten Hinweis gegeben hatte, irgendeinen Verdacht hatte der ehemalige Bürgermeister bestimmt geschöpft. Dabei konnte Donner selbst nicht sagen, was es da genau zu *schöpfen* gab. Zu heftig wirkte das Blackout nach. Sein letzter übler Filmriss lag zwei Jahrzehnte zurück. Damals, mit Anfang zwanzig, hatte er bei einer Party eine Wette gegen ein sechzehnjähriges Mädchen verloren und sich daraufhin volllaufen lassen. Bis heute konnte er sich weder an den Wetteinsatz noch an den Namen des Mädchens erinnern.

Ich weiß nur noch, dass ich an dem Abend ein halbes Hühnchen gegessen und am Folgetag ein ganzes ausgekotzt habe.

Wann er aktuell seine letzte Mahlzeit eingenommen hatte, wusste er ebenfalls nicht mehr. Natürlich stellte er Vermutungen über die gestrige Nacht an, aber er konnte schwerlich abschätzen, was passiert oder eben auch nicht passiert war. Bestenfalls stellte sich das viele Blut als riesengroßes Missverständnis heraus.

Klar, Erik, würdest du darauf wetten?

Unterwegs rief er die eingespeicherte Nummer der genannten Seifenfabrik auf und führte bereits das Handy zum Ohr. Letztlich entschied er sich dagegen, sich nach Groß zu erkundigen. Vielleicht weckte er dadurch nur schlafende Hunde. Stattdessen rief er die Auskunft der umliegenden Krankenhäuser an. Eine Anfrage, ob man Linda Groß aktuell als Patientin führte, hielt er für unverfänglich. Leider fiel die Suche negativ aus. Groß war letzte Nacht nirgendwo mit einem Rettungswagen transportiert oder eingeliefert worden.

Bedingt durch seine für einen Zweiundvierzigjährigen denkbar schlechte Kondition und den immer stärker werdenden Schneesturm, brauchte er über eine Dreiviertelstunde, bis er die Pension erreichte. Zu seinem Erstaunen wartete am Eingangsbereich bereits der Bürgerpolizist, von dem er wusste, dass er mit ihm gestern in der *Hutzenstube* zusammengesessen hatte. Sogar Verstärkung hatte der Kollege mitgebracht. Zwei weitere Uniformierte flankierten ihn.

»Sollten wir uns Sorgen machen, Erik?«, sprach der Bürgerpolizist ihn sofort an. Dabei streckte er den Bauch heraus und hakte die Daumen wie ein Sheriff in die Gürtellaschen.

Donner versuchte, in seiner Mimik zu erkennen, worauf er hinauswollte. Dann musterte er die beiden anderen Beamten. Einer erinnerte mit seinen stechend blauend Augen an den jungen Terence Hill, und der andere trug eine Russenfellmütze, als hätte er sich aus Sibirien hierher verfahren. Alle drei sahen entschlossen aus, sogar regelrecht grimmig. Leider ließ sich der Zweck des kleinen Polizeiaufgebots nicht von ihren Gesichtern ablesen.

»Kommt darauf an, wer mit *wir* gemeint ist«, fiel Donner nichts Besseres ein.

»Hab ich dir nicht gesagt, dass er einen auf unwissend macht, Lars«, flüsterte ein Kollege dem Bürgerpolizisten so laut ins Ohr, dass selbst Donner es verstand.

Lars ... und weiter? Der Nachname wäre echt hilfreich für den Anfang.

Sosehr er sich anstrengte, die Erinnerung an den vergangenen Abend wollte nicht zurückkehren.

»Emma hat mich angerufen«, redete der Bürgerpolizist wieder und seine rechte Hand rutschte unauffällig zum Pistolengriff. »Sie dachte, du wolltest dich, ohne die Übernachtung zu bezahlen, aus dem Staub machen.«

»Und da hat die Pensionsbetreiberin in meinem Zimmer nachgesehen«, schlussfolgerte Donner und ahnte, was als Nächstes kommen würde.

»Sie hat Blut entdeckt«, sprach es der Bürgerpolizist prompt aus.

»Und deine Bettwäsche«, ergänzte der Kollege, der von den dreien bisher noch nichts gesagt hatte.

Donner nickte. »Verstehe, ihr wollt nun eine Erklärung.«

Mit versteinerter Miene schüttelte der Bürgerpolizist den Kopf. »Wir wollen, dass du den Kofferraum deines Wagens öffnest.«

Kapitel 10

Nicht nur das Wetter schien von Minute zu Minute schlechter zu werden, sondern auch die Gastfreundschaft der Einheimischen. Wie einen ertappten Pferdedieb musterten der ortsansässige Gesetzeshüter und seine zwei Hilfssheriffs Donner. Sie hatten das blutige Bettzeug gefunden – so viel zum Stand. Auch wenn er zugeben musste, dass der Fund und sein Verhalten selbst den lahmsten Schutzmann in Alarmbereitschaft versetzt hätte, bewies das überhaupt nichts.

Indizien können trügerisch sein und sogar einen besonnenen Polizeibeamten zu falschen Annahmen verleiten. Erst recht, wenn der Polizeibeamte in einer Gegend Dienst schiebt, wo das größte Verbrechen ein verunglückter Schneeballwurf nach einem alten Mütterchen ist.

Exakt ein solches Szenario spielte sich nämlich in Sichtweite ab. Tobende Kinder mit Schlitten zwischen Eis, Wind und Schneeflocken und einem Rodelhang. Davor eine Frau, auf einen Krückstock gestützt, die ein Reisiggebinde auf dem Rücken schleppte. Äußerlich eine glückliche Welt. Während Donner die Umgebung beobachtete, suchte er den Notausgang aus diesem surrealen Film.

»Ich …«, setzte er zu einem neuen Erklärungsversuch an, brach jedoch sogleich ab. Ein Weihnachtsmann, der auf der anderen Straßenseite durch den Schneesturm stapfte und zu den einheimischen Polizisten herübergrüßte, lenkte ihn ab. Von irgendwoher erklang das Steigerlied.

… und er hat sein helles Licht bei der Nacht …

Von plötzlich zunehmender Kälte schmerzten ihm die Wangen. In seinem Hals kratzte es, als hätte er Stacheldraht verschluckt. Eissplitter und glitzernder Frost stachen in seine Augen. Unter seiner Jacke brach ihm der Schweiß aus, denn tief in seinem Innersten tobte ein Feuer der Wut.

… schon angezünd't.

In der Straße roch es nach Kaminholz und Lebkuchen. An den Laternenmasten schlingerten Adventskränze im Wind. Auf einmal fühlte er sich zurückversetzt in die blutige Weihnachtszeit vor drei Jahren. Stück für Stück kehrte der Albtraum von damals in sein Bewusstsein zurück – bis ihn der harte Griff des Bürgerpolizisten am Arm weckte.

»Dein Wagen wartet.«

Donner straffte sich und sagte entschieden: »Ich kann den Kofferraum nicht öffnen, weil ich meinen Fahrzeugschlüssel verloren habe.«

»Ach, sieh an!«

»Was für ein Zufall«, stimmte der jüngere Kollege mit den stechenden blauen Augen ein. »Wenn du mich fragst, Lars, habe ich ein ganz mieses Gefühl bei der Sache. Erst recht, wenn es stimmt, was du über den Großstadtkollegen berichtet hast.«

»Was hat er denn über mich berichtet?«, brauste Donner auf.

»Hey, hey, langsam!«, beschwichtigte der Bürgerpolizist und drängt den Jüngeren zurück.

»Wir wollen keinen Ärger«, mischte sich nun auch der Polizist mit der Fellmütze ein und deutete mit dem Daumen über seine Schulter. »Aber da oben ist wirklich wahnsinnig viel Blut.«

»Das weiß ich selber«, platzte es aus Donner heraus. »Und ich bin wie ihr daran interessiert, herauszufinden, woher es stammt. Gut und schön, ihr habt jede Menge Blut in meinem Zimmer vorgefunden. Und wie soll ich denn letzte Nacht dorthin gelangt sein, ohne Spuren auf der Treppe oder dem Korridor zu hinterlassen? An meinen Schuhen klebte nämlich kein bisschen Blut. Ich meine, ihr habt ja die Matratze gesehen, spätestens beim Verschwindenlassen einer Leiche wäre irgendwo Blut auf die Dielen im Flur getropft. Ist das nicht seltsam? Meinetwegen erkundigt euch bei den Baumärkten und Fachgeschäften im Umkreis, ob ich kürzlich Plastikfolie und Klebeband in Größenordnungen gekauft habe, um einen Menschen spurlos verschwinden zu lassen. Oder wollt ihr mir sagen, ihr hättet unter meinem Bett eine Leiche entdeckt? Einer der anderen Gäste hätte doch mitbekommen, wenn ich die Pension in Begleitung betreten hätte, oder nicht?«

»Das sind in der Tat merkwürdige Umstände«, gab der Bürgerpolizist zu. Gleichzeitig ging sein Blick in die Ferne. »Vielleicht möchtest du den Vorfall ja lieber mit denen da klären.«

Donner drehte sich um und traute seinen Augen nicht. »Das darf doch nicht wahr sein.«

Aus einem alten schwarzen Mercedes stiegen zwei Kollegen aus, die er trotz der weit über die Ohren gezogenen Wollmützen allzu gut kannte.

KAPITEL 11

In todschicken Winterschuhen und edlen silberfarbenen Mänteln entfernten sich die beiden Kollegen vom Mercedes und näherten sich Donner. Vorneweg schritt der dicke Kriminalhauptkommissar Henry Stark, mit dem Donner früher beim K11 zusammengearbeitet hatte und der mittlerweile den lahmsten Posten in der Kriminalpolizeilichen Erstkontaktstelle besetzte. Hinter dem Dicken schlich Donners ehemaliger Schützling Levi Hentschel her. Auch wenn niemand es gern zugab, so war es dennoch Donner gewesen, der den mittlerweile Dreiundzwanzigjährigen von der schiefen Bahn geholt hatte. Seitdem lernte er an der Polizeischule, was Recht und Ordnung bedeuten.

Auf die Fangprämie für die Anwerbung warte ich allerdings heute noch.

Obwohl Donner dankbar war, in dieser Situation zwei vertraute Gesichter zu sehen, verstand er nicht, was ein abgeschobener Kriminalist und ein Polizeischüler im Tal der Löffelschnitzer wollten.

Offenbar hatte Donner seine Verwirrung laut ausgesprochen, denn der Bürgerpolizist klärte ihn auf.

»Der Leiter des K11 wollte sich der Sache persönlich annehmen, als ich in der KPI angerufen habe.«

Schlagartig begriff Donner, dass Stark wieder der Leiter der Abteilung für Straftaten gegen Leib und Leben war. Trotzdem blickte er den Bürgerpolizisten ungläubig an. »Ihr habt bereits die Mordkommission verständigt?«

Entschuldigend hob der Gefragte die Hände. »Hey, wir wollen bloß keinen Fehler machen.«

Das habt ihr längst getan.

Nachdem der neue Leiter des K11 mit jedem einen Handschlag ausgetauscht hatte, legte er prompt mit dem Verhör los. »Was zur Hölle machst du hier, Erik?«

»Weißt du, Henry, wie sehr mir diese Frage derzeit auf den Senkel geht?«, gab Donner zurück. »Außerdem habe ich soeben erfahren, dass du dir deinen alten Posten zurückgeholt hast.«

»Höre ich da einen Vorwurf heraus?«

»Tja, was würde wohl Anne dazu sagen?«, kam Donner auf seine verstorbene Freundin und vorherige Leiterin der Abteilung zu sprechen.

»Ich habe Annegret sehr geschätzt«, rechtfertigte Stark sich. »Jemand muss die Abteilung jetzt weiterführen.«

»Schon klar, einen Besseren gab es anscheinend nicht.« Dabei ließ Donner es bewenden und griff sich ersatzweise Hentschel. »Und du? Solltest du nicht die Schulbank drücken?«

»Guten Tag, Herr Donner!« Hentschel machte eine Verbeugung, die einem halben Affentanz gleichkam. Es war seine gewohnt höfliche, aber gleichzeitig naive Art, mit der er den Leuten begegnete. »Wir haben Ferien und da verbringe ich im Rahmen der Informatorischen Verwendung eine Woche im Kommissariat von Herrn Stark.«

»Ich werde auch gleich informatorisch … Hast du dich mal im Spiegel betrachtet? Seit wann trägst du den gleichen Seidenschal wie er? Und was ist das eigentlich für ein hässlich glänzender Mantel? Und die Schuhe erst! Dein Modegeschmack war zwar nie der beste, aber mit dem Spacelook siehst du aus wie ein missglückter NDW-Star aus den Achtzigern.«

Die Umstehenden schüttelten die Köpfe, allerdings über Donners Auftreten. Es ärgerte ihn jedoch maßlos, dass sein Ziehsohn die Lederkluft gegen den Snobzwirn getauscht hatte. Und obendrein bandelte er mit dem Feind an. Nichts anderes als ein Feind war Stark nämlich für Donner. Und der Dicke war garantiert nicht hier, um ihn aus der Sache herauszuboxen, im Gegenteil.

»Tut mir leid, Herr Donner«, entschuldigte Hentschel sich und band sich den Schal ab. »Ich wollte Sie nicht enttäuschen.«

»Du brauchst dich nicht zu entschuldigen«, sprach Stark ihm Mut zu.

Wieso nicht?

»Musst du wirklich nicht«, stimmte Donner widerwillig mit ein. »Das macht dein Chef schließlich auch nie.«

Daraufhin drehte Stark sich demonstrativ von ihm weg. »Kollege Deutschmann, wir hatten miteinander telefoniert.«

Lars Deutschmann!

Endlich erinnerte Donner sich an den vollständigen Namen des Bürgerpolizisten.

Du bist an meinen Tisch getreten und hast mir deinen Namen genannt. Dann hast du dich hingesetzt und mir ein Bier spendiert. Dann hast du deine Brille abgesetzt, die Gläser angehaucht und mit einem Taschentuch geputzt. Dann hast du geredet und geredet. Zwischendurch hast du einen Rollbraten verspeist. Dann kam Linda Groß … In der Reihenfolge ist es abgelaufen.

Donner war sich sicher, dass ihm sein Erinnerungsvermögen keinen Streich spielte. Vielleicht würde sich das Blackout bald gänzlich auflösen und ihm einfallen, was danach geschah.

»Wir haben die Gegenstände wie besprochen gesichert und das Zimmer versiegelt«, sagte Deutschmann, woraufhin Stark zufrieden, aber nicht unbedingt glücklich nickte.

»Die Tatortuntersuchung überlassen wir euch. Für weitere Ermittlungen habe ich extra meine beiden Kollegen aus Schwarzenberg herkommen lassen.« Nacheinander zeigte er auf den jüngeren Polizisten mit den stechend blauen Augen und den älteren, der sich die Winterfellmütze zurechtrückte und salutierte. »Das sind Polizeikommissar Dany Wolf und Polizeiobermeister Enrico Schlegel. Gemeinsam werden wir uns um Herrn Donner kümmern, während ihr die Leute in der Pension befragt.«

»Eins nach dem anderen«, antwortete Stark. »Zuerst will ich haargenau wissen, was hier los ist.«

Kurz überlegte Donner, ob er den Namen Linda Groß ins Spiel bringen sollte, doch Deutschmann kam ihm zuvor.

»Linda Groß' Arbeitgeber hat bei ihren Verwandten angerufen, da sie heute nicht in der Fabrik erschienen ist und sich auch nicht entschuldigt hat. Und weil niemand mehr etwas von ihr gehört hat, haben sie mich kontaktiert. Tja, und dann kam die Sache mit den Blutspritzern in dem Gästezimmer …«

»Willst du etwas dazu sagen, Erik?«, fragte Stark.

Darüber musste Donner kurz nachdenken, denn wie sollte er sich in einem solchen Fall rechtfertigen?

»Er will ja nicht einmal sein Fahrzeug aufschließen«, antwortete Deutschmann stellvertretend für ihn.

»Genau«, sagte der Polizist mit dem stechenden Blick.

»Mit welchem Recht wollt ihr denn meine Karre eigentlich durchsuchen?«

»Vielleicht weil ein Dutzend Leute gestern Abend mitbekommen haben, wie du mit Linda in Streit geraten bist?«, konfrontierte ihn Schlegel, der Obermeister mit der Russenfellmütze. »Und nun ist sie verschwunden.«

Streit. Verschwunden. Das klingt irgendwie übel, aber auch plausibel, wenn man Blut im Zimmer des Beschuldigten vorfindet.

Für den Moment herrschte Schweigen.

»Ist doch eine reine Routineüberprüfung«, riss Deutschmann wieder das Wort an sich. »Nicht wahr, Kollege Stark?«

Stark schien das Wetter noch weniger als Donner zu vertragen, denn er schlang sich den Schal fester um den Hals und schlug zusätzlich den Mantelkragen hoch. Bei jeder Bewegung schnaufte er, als wäre er die Strecke nach Pöhla gerannt. »Wärst du so freundlich und lässt uns einen Blick in deinen Wagen werfen?«

Demonstrativ verschränkte Donner die Arme. »Ich wiederhole mich nur dieses eine Mal: Ich habe den Fahrzeugschlüssel verloren.«

»Warum habe ich mit einer solchen Antwort von dir gerechnet?«, sagte Stark kopfschüttelnd und gab Hentschel einen Wink. »Wir hatten darüber während der Fahrt geredet, Levi. Jetzt kannst du dich auszeichnen.«

Sofort zückte Hentschel aus seiner Mantelinnentasche ein Universaltüröffnungsset, das Donner von einem früheren Einsatz kannte. Anders als damals nahm der Anwärter keinen gewöhnlichen Dietrich zur Hand, sondern eine Art goldfarbenen Draht mit hauchdünnen Unebenheiten an der Oberfläche.

»Du willst dich doch nicht ernsthaft an meinem Wagen vergreifen«, raunte Donner ihn an, woraufhin der Angesprochene schwer schluckte.

»Ich tue das äußerst ungern, Herr Donner, aber ich glaube, ich muss die Anweisung meines Vorgesetzten befolgen.«

»Hör auf, den Jungen einzuschüchtern«, schritt Stark ein. »Sei einmal in deinem Leben kooperativ, wir machen das hier schließlich nicht zum Spaß.«

»Meinetwegen, versuch dein Glück«, lenkte Donner nach einem Augenblick des Abwägens ein. Denn er wollte Hentschel nicht weiter in einen Konflikt treiben. Einen Nachsatz über das Werkzeug konnte er sich gleichfalls nicht verkneifen. »Mit dem lächerlichen Zahnstocher bekommst du den Kofferraum niemals auf.«

Es dauerte keine halbe Minute, da hörte Donner selbst durch die Windgeräusche das Aufschnappen der Verriegelung.

»Der neueste Schrei aus Asien«, beschrieb Hentschel sein Hilfsmittel, hob die Kofferraumklappe an und trat beiseite.

Schreien wollte auch Donner beim Blick ins Innere. Sie fanden zwar keine Leiche, aber der Inhalt war ihm trotzdem fremd.

»So, so, keine Plastikfolie und Klebeband, was?«, fand Deutschmann zuerst Worte für das, was da im Kofferraum lag. »Und wozu brauchst du vier Paar Gummihandschuhe, eine Rolle Putzpapier, drei Flaschen Intensivreiniger und Desinfektionsspray?«

»Das Zeug gehört mir nicht«, hörte Donner sich reden, weil er nicht glauben konnte, was um ihn herum geschah.

Deutschmann hielt plötzlich einen Hammer ins Licht, der bis dahin verdeckt unter einer Folie gelegen hatte. »Ach, und der Fäustel gehört dir also auch nicht.« Er roch am Holzstiel und am Stahl. »Sieht so aus, als hätte den jemand blitzsauber gemacht.«

»Das ist doch völlig bescheuert«, kommentierte Donner die Situation.

»Da liegt sogar ein Kassenbeleg«, fiel Kommissar Wolf auf. Mit behandschuhten Fingern zog er den Zettel aus einer Ritze und reichte ihn weiter an den Bürgerpolizisten.

»*Lorenz Baumarkt* in Schwarzenberg«, las Deutschmann laut vor. »Datiert auf den gestrigen Tag.«

»Erik, würdest du uns das bitte erklären?«, drängte Stark mit fester Stimme und sah ihn an, als wäre er ein völlig Fremder.

Es war unschwer zu erkennen, was er dachte.

»Denkt doch, was ihr wollt«, äußerte Donner trotzig. »An meinen letzten Baumarktbesuch kann ich mich selbst kaum erinnern.«

Bevor jemand Einwände erheben konnte, klingelte in Deutschmanns Hosentasche ein Handy. Er nahm das Gespräch an, lauschte, blickte Donner finster an, gab ein paar knappe Sätze von sich und legte auf.

»Wie es scheint, hat jemand den Zündschlüssel deines Volvo gefunden …«, Deutschmann holte tief Luft, bevor er weitersprach, »… zusammen mit einer Frauenleiche.«

Kapitel 12

Vogel schaute auf die Wanduhr über dem Türrahmen. Diese hatte ihm der Gewerkschaftsvorsitzende erst vor wenigen Wochen zum fünfundvierzigjährigen Dienstjubiläum überreicht. Ein Geldgeschenk wäre ihm deutlich lieber gewesen. Für die Uhr und eine Urkunde hatte er sich extra die Treppenstufen hinauf bis unters Direktionsdach quälen müssen. Ausgerechnet an dem Tag war nämlich der Paternoster kaputt gewesen. Zu allem Überfluss hatte der feierliche Akt in einem muffigen Büro neben der Waffenkammer stattgefunden. Wahrscheinlich hatte die Delegation gehofft, er würde sich nach der Zeremonie direkt erschießen gehen.

»Bist du eigentlich in der Gewerkschaft, Albrecht?«

Semmler hörte kurz mit Stempeln auf und schüttelte den Kopf.

»Warum nicht? Die Treue der Gewerkschaft ist so sicher wie unsere Pension. Im Gegensatz zu unserer neuen Mitarbeiterin. Sie wollte doch nur einen Stuhl holen …«

Für sein Empfinden war Winter nämlich längst überfällig. Selbst für das Schleppen des Eisernen Throns aus der namengebenden Fernsehserie *Game of Thrones* brauchte niemand so lange. Denkbar, dass sie den Job aufgegeben hatte, weil sie erkannt hatte, welche Sorte Mensch ihr neuer Chef war.

71

Andererseits hatte er beim Kennenlernen nicht den Eindruck gewonnen, als wäre sie eine von den Frauen, die vor einem Despoten in die Knie gingen.

Kurzzeitig überlegte er, ob er vielleicht doch einen Blick in die Personalakte werfen sollte, die vor ihm auf dem Tisch lag. Vorerst entschied er sich dagegen. Eine offizielle Personalakte spiegelte nie die wahre Persönlichkeit eines Mitarbeiters wider, sondern zeigte nur das Bild, das Fremde sich konstruiert hatten.

Von Unruhe getrieben, sprang Vogel von seinem Platz auf.

»Wenn du mich suchst, ruf einfach nach mir«, verabschiedete er sich von seinem Assistenten beim Verlassen des Büros, obwohl er gar nicht so recht wusste, wohin er eigentlich wollte. Vielleicht hatte er kurzzeitig das Bedürfnis gehabt, auf die Toilette zu gehen, es jedoch wieder vergessen. Wie einige andere Organe auch, spielte ihm seine Blase des Öfteren einen Streich.

»Altwerden ist so überflüssig wie ein Kropf«, murmelte er vor sich hin. »Und da behaupte noch mal jemand, die Natur mache keinen Fehler.«

Unschlüssig blieb er mitten im Korridor stehen und lauschte. Hier unten hörte man die Abwasserrohre sämtlicher Abteilungen rauschen. Ein Stromzählerkasten summte, als hätte man darin eine Schar Hummeln eingesperrt. Von der Decke tropfte Kondenswasser und bildete lauter kleine Pfützen.

Auf dem Weg zum Aufzug musste Vogel zwangsläufig die Pfützen umkurven. Doch vielleicht ersparte er sich den Hindernisparcours auch. Aus einer Eingebung heraus drehte er sich um und schaute in die entgegengesetzte Richtung des Ganges. Am anderen Ende waren die hintersten Glühlampen defekt, weshalb die Eingänge der letzten Räume in der Dunkelheit lagen. Lediglich ein kleines rotes Lämpchen durchdrang die Finsternis. Ähnlich einem Leuchtkäfer in tiefster Nacht. Nur war das hier kein Insekt, sondern die Kontrollleuchte am Zugangspanel zu seinem Aktenarchiv.

So unlogisch es erschien, er lief zielstrebig auf den leuchtenden Punkt zu. Er tat es nicht aus einem Bauchgefühl heraus, sondern vertraute stets auf seinen Verstand. Wer auf seinen Bauch hört, landet entweder an einem Imbiss oder in einem OP-Saal. Vogel jedoch kam immer dorthin, wo es notwendig war.

In Windeseile tippte er den sechsstelligen Zugangscode auf dem Display ein. Das Schloss zum Archiv entriegelte. Er riss die Tür auf und ertappte Winter beim Durchstöbern der Aktenschränke.

»Wie sind Sie hier reingekommen?«, fragte er und überprüfte mit einem flüchtigen Blick das Türschloss auf Beschädigungen.

»Die Tür stand offen«, gab sie stotternd Auskunft.

»Ja, sicher, deshalb haben Sie sich hier eingeschlossen.«

»Danach ist sie zugefallen.«

»Ich hielt Sie für eine bessere Lügnerin.« Er trat ebenfalls in den Raum und achtete darauf, ihr den Fluchtweg zu versperren. »Es gibt zwei Wege, um einen Menschen zum Reden zu bringen: Geld und die Peitsche.« Er klopfte sich demonstrativ gegen die Hosentaschen und schielte zur Seite. »Da ich kein Geld bei mir habe, bleibt mir für Sie nur die zweite Option.«

Im nächsten Augenblick hielt er ein abgeschnittenes Stück Elektrokabel in der Hand. Winter war sichtlich überrascht von der blitzschnellen Bewegung, mit der er das peitschenartige Züchtigungswerkzeug aus einer Kiste mit lauter Krempel gegriffen hatte.

»Da…das ist ein Scherz, oder?«, stammelte sie.

»Da…das denke ich nicht«, äffte er sie nach und ließ das Kabelende gegen einen Blechschrank knallen.

Winter zuckte zusammen. Sie setzte sogar einen Schritt zurück, was er zum Anlass nahm, einen nach vorn zu machen. Auffordernd zog er die Augenbrauen hoch.

»Na schön, ich gebe es zu«, lenkte sie ein. »Ich habe nicht nur Ihren Einstellungstest entschlüsselt, sondern mir auch die im Text scheinbar nutzlosen Zahlen gemerkt. Sie ergeben den Zugangscode für dieses Archiv. Eigentlich wollte ich es Ihnen nicht sagen, um die Aura Ihrer Genialität nicht anzukratzen.«

Beeindruckt über so viel Intelligenz, kratzte Vogel sich mit dem Kabelende hinterm Ohr. Weglegen wollte er es vorerst noch nicht. Dafür war es zu früh.

»So, und jetzt erwarten Sie, dass ich Sie streichle und mich vor Begeisterung über Ihre Fähigkeiten einnässe.«

»Ich erwarte gar nichts, ich möchte Ihnen bei Ihrer Arbeit helfen. Ob Sie sich einnässen, überlasse ich natürlich Ihnen.«

Ein zweites Mal knallte das Kabel gegen Blech. »Vorsicht, treiben Sie es nicht zu weit.«

»Vorhin am Telefon sprachen Sie über den Fall Violetta Hartwig.«

Bereits beim Betreten des Raumes hatte Vogel die Akte des verschwundenen Mädchens entdeckt. Offenbar hatte Winter versucht, sie hinter einer ausrangierten Schreibmaschine zu verstecken.

»Na los, geben Sie sie mir«, sagte er und winkte ungeduldig mit den Fingern.

Winter ergriff die Akte und reichte sie ihm. »Es wundert mich, dass die Eltern des Mädchens, trotz mancher behördlicher Auffälligkeiten, nicht schärfer ins Visier der Ermittlungen genommen wurden. Mehrfach war das Ordnungsamt auf dem Gehöft der Hartwigs, weil es Ärger mit Nachbarn gab, und das Jugendamt hatte auch ein paar Nachfragen zu ihren Erziehungsmethoden.«

»Oh, die Eltern wurden seitens der Polizei überprüft, zusammen mit dem vorbestraften Onkel der Kleinen.« Vogel überlegte, ob er die Akte zurück an ihren Platz stellen oder vorsichtshalber mitnehmen sollte. »Sehen Sie, das ist der

Unterschied zwischen Ihnen und mir: Ich kenne alle Akten in diesem Raum und kann einschätzen, wann es sinnvoll ist, eine davon in die Hand zu nehmen.«

»Dann lassen Sie sie mich lesen, damit ich das ähnlich einschätzen kann wie Sie. Vielleicht fällt mir zufällig etwas auf, worüber wir reden können.«

»Das wäre möglich. Aber ich denke, Sie sind noch nicht so weit.«

»Ich habe mir einige Schreiben von dieser Linda Groß angesehen. Die Cousine von Violetta war in den vergangenen Jahren echt fleißig gewesen. Vielleicht hat sie doch etwas entdeckt, dem die Kriminalpolizei hätte energischer nachgehen können.«

Vogel zuckte mit den Schultern. »Auch das liegt im Bereich des Möglichen. Wenn ich es richtig in Erinnerung habe, dann sagte Linda Groß einmal, sie würde mit jedem in dem verdammten Ort ficken, wenn sie dadurch auch nur eine Winzigkeit zum Verschwinden ihrer Cousine herausfinden würde.«

»Sie kennen die Akte tatsächlich. Dann frage ich mich, ob es Ihnen nicht sonderbar vorkommt, dass es drei Tatverdächtige gab, jedoch keine Verurteilung. Die drei Männer stammten aus der Tschechischen Republik und haben anlässlich des Steigerfests in Pöhla gezeltet. Nachweislich fand man im Transporter Spuren von Violetta Hartwig.«

»Ja, eine einzige DNA-Spur, die vermutlich durch Verunreinigungen dorthin gelangt ist«, konterte Vogel, denn er kannte die Protokolle und Berichte weitestgehend auswendig. »Wie lange haben Sie in der Akte geblättert? Eine Stunde? Und da glauben Sie, sämtliche Geheimnisse zu kennen? Die Männer haben sich gegenseitig ein Alibi gegeben, und da die Polizei keine hieb- und stichfesten Beweise für eine Entführung oder ein Verbrechen fand, konnte es zwangsläufig auch nicht zu einer Anklage kommen. So ist das manchmal in unserem Job. Wenn Sie eine richtige Polizistin wären, wüssten Sie das.«

75

»Ich finde es dennoch merkwürdig, dass von den drei Verdächtigen einer Suizid begangen, der Zweite die meiste Zeit seines Lebens in der Klapsmühle verbracht hat und der Letzte offensichtlich komplett von der Bildfläche verschwunden ist.«

»Ein solcher Fall kann eben auf vielerlei Hinsicht Leben zerstören. Für mich ist das alles andere als merkwürdig. Und im Übrigen gab es neben den drei Besuchern, den Verwandten, noch weitere Personen, die polizeilich durchleuchtet wurden.«

»Ja, zum Beispiel ein Bergarbeiter.«

»Ein echter Steiger. Diese Leute genießen im Erzgebirge hohes Ansehen.«

»Angeblich will der Mann den Transporter zum Zeitpunkt des Verschwindens des Mädchens durch Pöhla fahren gesehen haben. Vielleicht hat er ja den Wagen nur gesehen, um von sich abzulenken. Wurde daran gedacht? Am Ende hat er ihn womöglich selbst gefahren.«

»Arbeitet man mit solchen Gedankenspielchen in Fernsehkrimis?« Er lachte auf, um ihr die Absurdität ihrer Theorie zu verdeutlichen. »Der erwähnte Zeuge leidet nachweislich unter Amaxophobie.«

»Fahrangst«, nannte sie den deutschen Begriff. »Ja, darüber steht etwas in der Akte.«

»Der Kerl steigt vielleicht in eine Grubenlore, aber niemals in Ihr Auto ein. Als Jugendlicher ist er ganze vier Mal durch die Fahrprüfung gerasselt. Und das zu DDR-Zeiten! Sie blättern in einem Fall, der einen ganzen Aktenordner füllt, und meinen, Sie wüssten bereits alles.«

»Wow, ein ganzer Aktenordner.« Sie runzelte die Stirn. »Ist das nicht ein bisschen wenig für einen Vermisstenfall, der deutschlandweit für Aufsehen gesorgt hat?«

Diese Besonderheit war Vogel schon früher aufgefallen. »Was schlagen Sie denn vor?«

»Der letzte Vermerk in der Akte datiert von vor drei Jahren. Also meine ich, wir sollten als Erstes den letzten Sachbearbeiter befragen, einen gewissen Andreas Preuß.«

Vogel zischte. Anscheinend wusste die neue Mitarbeiterin noch nicht, dass Preuß sich schon seit einer Weile in vorzeitiger Pension befand. »So, das meinen Sie also.«

»Es wäre ein Ansatz.«

Nach einer Pause wedelte er mit der Akte und schnüffelte laut. »Riechen Sie das auch?«

»Was?«

»Staub. Überall in diesem Raum ist Staub. In jeder kleinsten Ritze. Und während wir reden, setzt er sich sogar in Ihren Ohren und den Nasenlöchern ab. Wer sich mit Staub umgibt, wird zu Staub. Möchten Sie schon so jung zu Staub werden?«

»Ich denke, nicht.«

»Hier!« Er drückte ihr das Kabel in die Hand. »Passen Sie ja gut darauf auf.«

»Als gehörte es Ihnen.«

Er verdrehte die Augen. »Besorgen Sie uns einen Dienstwagen und ein Raumspray mit Vanillenote.«

»Ein Raumspray?«

»Sie haben recht: Besorgen Sie besser zwei.«

Kapitel 13

»Und du bist sicher, dass du einen Führerschein besitzt?«, fragte Donner vom Rücksitz, denn Hentschel kurbelte derart verbissen am Lenkrad, dass der Dienstwagen während der Fahrt durch den verschneiten Ort wie auf Sommerreifen schlingerte.

»Keine Sorge, Herr Donner, nach bestandener Fahrprüfung meinte mein Fahrlehrer sogar, dass bei mir jedes Mal zwei Schutzengel mitgefahren seien.«

»Der Mann hat definitiv nicht gelogen.«

»Würdest du dich bitte zurückhalten, wie du es versprochen hast, Erik«, beendete Stark die Unterhaltung zwischen Donner und seinem ehemaligen Schützling. Vermutlich war der Dicke einfach nur besonders furchtsam, denn er hatte recht bald den Angstgriff umklammert und ihn seither nicht mehr losgelassen. Außerdem knirschte der Beifahrersitz bedenklich, weil er seine gesamte Körperfülle in das Polster presste. »Normalerweise dürften wir dich gar nicht zum Fundort der Leiche mitnehmen. Also verschon Levi mit deinen Ratschlägen und lass ihn einfach fahren, einverstanden?«

»Was heißt denn hier fahren?«, grummelte Donner und rutschte zurück an die Lehne. »Bei dem Geschaukel kommt mir der Schnaps von gestern gleich wieder hoch.«

»Ja, das merkt man«, bekundete Stark und drehte das Gebläse der Lüftung auf volle Stufe. »Hier drin stinkt es wie in einer Destillerie. Mein Gott, eigentlich möchte ich gar nicht wissen, was du wieder für Blödsinn angestellt hast.«

»Ich habe … Ach, vergiss es.«

Mit düsteren Gedanken betrachtete er die Schneelandschaft, die an der Seitenscheibe vorbeiflog. Deutschmann und die zwei Revierkollegen aus Schwarzenberg waren mit Blaulicht und Sirene vorausgefahren. Wenn es stimmt, was der Bürgerpolizist am Telefon erfahren hatte, verfaulte Linda Groß' Leiche im Biocontainer eines Supermarktes.

Als sie den Discounter erreichten, stand bereits eine Traube von Menschen um die Abfallbehälter. Vereinzelt wurden Smartphonekameras hochgehalten, um das Todesszenario bestmöglich einzufangen. Offenbar hielt Deutschmann es nicht für nötig, die Leute aus dem Bereich zu drängen. Vielmehr redete er mit den Einheimischen wie am Stammtisch. Alle Welt sollte mitbekommen, dass in dem beschaulichen Erzgebirgsort eine Bestie frei herumlief.

»Was zum Henker macht er da?«, schimpfte selbst Stark über so viel Dilettantismus. Noch bevor die Räder zum Stillstand kamen, riss er die Beifahrertür auf und wälzte seine Masse ins Freie.

Donner wollte ebenfalls aus dem Wagen steigen, aber Stark stemmte seinen Bauch von außen gegen die Fahrzeugtür.

»Du bleibst schön sitzen, ist das klar?«, redete er von außen durch das geschlossene Fenster.

»Ich werde garantiert nicht zusehen, wie …«, protestierte Donner, doch Stark reagierte ungewohnt resolut.

»Sitzen bleiben!« Und auch für Hentschel hatte er ein Wort. »Das gilt genauso für dich. Du passt auf, dass unser Charmebolzen hübsch brav die Rückbank hütet. Falls er sich vom Fleck rührt, darfst du ihn ohne Vorwarnung erschießen.«

»Ähm, Sie meinen …«, stotterte Hentschel. »Sind Sie denn sicher, dass das nötig sein wird? Ich meine, Herr Donner und ich, wir …«

Da hörte Stark schon längst nicht mehr zu, sondern eilte zum Fundort der Leiche und vertrieb sämtliche Unberechtigte mit seinen voluminösen Armen.

»… sind quasi wie beste Freunde«, beendete Hentschel seinen Satz und schaute nach hinten wie der treuste Hund auf Erden.

»Levi, wir sind keine besten Freunde, sondern Brüder von verschiedenen Müttern. Und jetzt entsperr endlich die Kindersicherung.«

Hentschels freundliches Gesicht verschwand und sein Blick wurde fest wie bei einem Hilfssheriff, der seine Aufgabe etwas zu ernst nahm. »Tut mir leid, Herr Donner, ich würde die Türverriegelung wirklich gern öffnen, aber Sie haben Herrn Stark ja gehört: Ich darf nicht.«

Beeindruckt von der Entschlossenheit des Anwärters, hörte Donner auf, am Türöffner zu ziehen. Er konnte sich nicht erinnern, dass Hentschel ihm gegenüber jemals Widerworte gegeben hatte. »Du würdest mich ernsthaft erschießen?«

»Nur, wenn Sie mir keine andere Wahl lassen. Es wäre mir furchtbar unangenehm, wenn ich …«

Das reicht, du treulose Tomate!

Donner katapultierte seinen Rücken aus dem Polster und griff nach vorn zum Knopf für das Entriegeln der Hintertüren. Hentschel kreischte wie ein Mädchen. Der Wagen wackelte. Für Sekunden kämpften sie um die Hoheit über die Bedienknöpfe, dann klackten die Türschlösser. Für einen Moment sah es tatsächlich so aus, als würde der Anwärter nach seiner Waffe greifen. Da hechtete Donner bereits nach draußen und rutschte auf dem glatten Untergrund aus.

»O Gott, sind Sie verletzt, Herr Donner?«, kam es aus dem Mercedes. »Soll ich einen Krankenwagen rufen?«

Donner fluchte und putzte sich Schneereste ab. Als er wieder auf den Beinen stand und loslief, stieß er mit jemandem zusammen. Es war ein Mann, den Donner am Vorabend im Gasthaus flüchtig kennengelernt hatte.

»Passen Sie doch auf!«, schimpfte der Mann, weil ihm die Brille von der Nase rutschte und in den Schnee fiel. Als er sich aufrichtete, die Gläser von der Nässe befreite und die Brille wieder aufsetzte, wich seine Verärgerung schlagartig. »Ach, Sie sind es! Kriminalhauptkommissar Donner, nicht wahr? Ich bin so schnell gekommen, wie ich konnte. Können Sie schon sagen, was hier geschehen ist?«

»Sie sind der Ortsvorsteher«, fiel es Donner schlagartig ein. »Herr …«

»Uhlig! Theodor Uhlig. Wir sind uns gestern in der *Hutzenstube* begegnet.«

Es folgte ein kräftiger Händedruck. Danach versuchte Uhlig vergeblich, sich das Haar glatt zu streichen. Der Wind zerstörte ihm die Frisur wie jedem anderen auch, der keine Mütze trug. Diese Geste erinnerte Donner jedoch daran, wo seine Wintermütze lag.

Bevor das Gespräch überhaupt in Gang kam, wurden beide unterbrochen. Bürgerpolizist Deutschmann rief quer über den Parkplatz. Er hatte nicht nur einen kräftigen Körperbau, sondern eine ebensolche Stimme. Mit dieser kam er problemlos gegen den vorherrschenden Schneesturm an.

»Theo, hier rüber! Das musst du dir ansehen.«

»Entschuldigen Sie mich«, sagte Uhlig daraufhin.

Donner hielt ihn am Arm fest. »Warten Sie; bevor wir gemeinsam dorthin gehen, sollten Sie wissen, dass Ihr Bürgerpolizist recht schnell mit Urteilen ist.«

»Sie meinen Lars? Ich dachte, es geht hier um einen Mord. Gibt es etwa schon einen Tatverdächtigen?«

Er steht direkt vor Ihnen.

»Ich wollte damit nur sagen, dass Herr Deutschmann keine Erfahrung mit solchen Delikten hat.«

Nachdem das ausgesprochen war, traten sie gemeinsam zum Biocontainer.

Kapitel 14

Während Uhlig sich die flache Hand über Mund und Nase hielt, betrachtete Donner die übel zugerichtete Leiche völlig ungerührt. Kaum fünf Sekunden stand er vor dem Container, da packten ihn die beiden Streifenbeamten von hinten und versuchten, ihn zurückzudrängen.

»Hey, nicht anfassen!«, knurrte er sie an und riss sich los.

»Solange deine Unschuld nicht geklärt ist, darfst du hier gar nicht herumstiefeln«, warf Kommissar Wolf ihm vor und griff ein zweites Mal an Donners Jacke. »Das ist immerhin ein Tatort.«

»Ja, genau«, stimmte Bürgerpolizist Deutschmann zu. Kurz schien es, als wollte er ebenfalls in das Gerangel einsteigen und ihm persönlich die Handschellen anlegen. Doch stattdessen wandte er sich an Stark, der mit seinem Diktiergerät haderte, weil die Kälte der Technik zusetzte. »Ich dachte, du wolltest dich darum kümmern, dass uns der Kollege bei der Spurensicherung nicht in die Quere kommt. Wer weiß, was er vertuschen will.«

»Ach, und aus welchem Grund sollte ich das tun?«, fragte Donner.

»Na, warum wohl?«

»Sprich es ruhig aus.«

»Jetzt ist Schluss«, mischte Stark sich ein, doch es klang nicht ernsthaft wie ein Machtwort. Er steckte das Diktiergerät weg und zeigte auf die beiden Revierkollegen. »Ihr sperrt jetzt erst mal großräumig den Bereich ab und stellt die Personalien vom Marktpersonal und von den Zuschauern fest. Und dann will ich wissen, wer etwas gesehen oder bemerkt hat.«

Unter Protest ließen die beiden Angesprochenen von Donner ab. Diese Verschnaufpause nutzte er, um erneut an den Container zu treten. Auf biologisch abbaubaren Tüten, Obst- und Gemüseresten lag ein toter Mensch, dessen Gelenke unnatürlich verdreht waren. Die Bekleidung und die Hautstellen waren nicht nur von Blut, sondern auch von zerdrückten Tomaten und fauligen Apfelsinen beschmiert. Man musste schon sehr genau hinsehen, um zu erkennen, dass es sich um einen Frauenkörper handelte. Vor allem das Gesicht war ein einziger blutiger Klumpen. Im ersten Moment hatte Donner den Kopf mit einer zermatschten Melone verwechselt.

Zweifelsfrei handelte es sich hierbei um keinen Unfalltod. Höchstwahrscheinlich würde der Rechtsmediziner später zu der Einschätzung kommen, dass der Mörder dem Opfer das Gesicht mit einem Gegenstand zertrümmert hatte.

Mit einem Hammer, wie dem aus meinem Kofferraum.

»Dort im Schnee hat eine Angestellte den Schlüssel seines Volvo gefunden«, sagte Deutschmann und zeigte auf eine Stelle auf dem Parkplatz. »Wenn mich jemand nach meiner Meinung fragt, dann sieht das ziemlich eng aus für Herrn Donner.«

»Komisch«, reagierte Donner auf die Anschuldigung. »Gestern Abend im Gasthaus hast du mich noch Erik genannt.«

»Ich verstehe nicht«, mischte sich nun auch noch Uhlig ein. Angeekelt drehte er sich von der Leiche weg und zog ein Stofftaschentuch hervor, um sich die Nase zu putzen. »Wieso sieht es eng aus für Herrn Donner?«

Deutschmanns ausgestreckter Zeigefinger zielte auf Donner. »Er hat Linda Groß umgebracht.«

»Jetzt reichts!« Donner ballte eine Faust und wollte nach vorn stürmen, doch Stark warf sich rechtzeitig dazwischen.

»Am besten, du sagst jetzt erst mal überhaupt nichts mehr. Wir werden den Sachverhalt in Ruhe aufklären. Voreilige Schlüsse helfen uns hier nicht weiter.« Er nahm sein Mobiltelefon zur Hand und wedelte damit vor den Umstehenden. »Ich werde jetzt Unterstützung von der KPI anfordern. Wir brauchen hier dringend die Kriminaltechniker und einen Arzt für die Leichenschau. Erik verspricht mir, nichts anzufassen, dafür darf er sich hier frei bewegen. Wir wissen ja noch nicht einmal mit hundertprozentiger Sicherheit, um wen es sich bei der Toten handelt.«

Sieh an, wenigstens einer aus dem Tribunal, der seinen Verstand benutzt.

Natürlich wusste Donner, dass Stark bei der Arbeit äußerst gewissenhaft vorging und eine Sache lieber zweimal überprüfte, bevor er ein Urteil fällte. Man hätte meinen können, er hätte die komplette Vorschriftensammlung der Polizei und etliche Kriminologiebücher gefressen, so bedacht war er darauf, jeglichen Fehler bei den Ermittlungen zu vermeiden. Doch wegen ihrer persönlichen Differenzen in der Vergangenheit erstaunte es Donner umso mehr, dass der Dicke ihn so überaus fair behandelte. Zumal er die Chance hatte, seinem ewigen Konkurrenten deftig eins auszuwischen. Denn selbst Donner musste zugeben, dass nach derzeitigem Stand die Fakten zu seinen Ungunsten sprachen. Entsprechend froh war er, dass ein erfahrener Kollege aus dem K11 den Einsatz leitete und nicht die hiesigen Beamten.

»Selbstverständlich wissen wir, wer die Tote ist«, beharrte Deutschmann.

»Und woher wissen wir das?«, wollte Donner wissen.

»Woher wir das wissen? Verflucht, vorhin haben gut ein Dutzend Einheimische in die Tonne geschaut, und alle sind sich einig, dass das da drin Linda ist. Jeder hier im Ort kannte sie.«

»Das mag sein«, stimmte Stark ihm zu, »aber du weißt ganz genau, dass manche Leute nur nachplappern, was der Nachbar erzählt. Bisher sehe ich lediglich eine bis zur Unkenntlichkeit entstellte Leiche.«

»Aber das da drin ist unbestreitbar Linda Groß«, ergriff Uhlig Partei für den Bürgerpolizisten.

»Trotzdem warten wir die kriminalistische Identifizierung der Leiche ab.«

»Soll das ein Spiel auf Zeit werden?«, fragte Deutschmann und zeigte erneut zum Container. »Linda hatte gestern Abend dieselben Sachen an wie die Tote dort.«

Dunkel erinnerte Donner sich an die rote Daunenjacke und den Glitzerschal, die Groß beim Betreten der Gaststube getragen hatte.

»Volltreffer!«, rief Kommissar Wolf aus ein paar Metern Entfernung und hielt in einer Plastiktüte eine dunkelbraune Lederhandtasche mit dem Logo eines berühmten Herstellers hoch. »Wir haben Lindas Handtasche mit sämtlichen Ausweisen gefunden.«

»Braucht es weitere Beweise?«, konnte Deutschmann sich einen Kommentar nicht verkneifen.

Alle betrachteten das Fundstück, als wäre es der fehlende Beweis in einem Jahrhundertverbrechen.

»Eine Handtasche ist auch kein Garant für die Identität«, brachte Donner einen richtigen, wenngleich schwachen Einwand vor. Die Gesamtumstände sprachen allesamt dafür, dass es sich bei der Toten um Linda Groß handelte.

»Abwarten.« Offenbar sollte es gleich noch schlimmer für ihn kommen, denn der Kommissar winkte einen älteren Herrn heran, der leicht hinkte und so finster aussah, als würde er gewöhnlich kein Tageslicht sehen. In grauen Strähnen hing ihm das Haar auf einer Kopfseite übers Ohr. Passend zur Haarfarbe trug er einen verschlissenen grauen Filzmantel. Dieser war komplett aufgeknöpft, als störten ihn das Wetter und die Kälte nicht im Geringsten.

»Den kenne ich doch«, sagte Donner und schaute erst den Bürgerpolizisten, danach den Ortsvorsteher an. »Der Scheitelträger war doch auch in der *Hutzenstube*! Ja, er hat das Lokal verlassen, als Sie es betreten haben, Herr Uhlig. Bestimmt ist er Ihnen beim Kommen aufgefallen.«

Uhlig zuckte nur mit den Schultern. »Da waren viele Leute in der *Hutzenstube*.«

»Guten Morgen, Sandro«, begrüßte Deutschmann den Mann und gab ihm einen freundschaftlichen Klaps auf die Schulter. »Alles okay bei dir?«

»Geht so, war ein ganz schöner Schreck heute früh, als die ganzen Leute hier standen und ich in die Tonne geschaut habe.« Der Angesprochene spuckte aus und fingerte Streichhölzer und Zigaretten aus seiner Manteltasche. Augenscheinlich eine billige Marke von den Tschechen.

»Das ist Sandro Karlsfeld«, stellte Kommissar Wolf den vermeintlichen Zeugen vor. »Hat früher für die *Wismut* im Bergbau gearbeitet.«

»Bis das mit meinen Knochen passiert ist.«

»Sie meinen Ihr Bein?«, fragte Stark und begrüßte ihn per Handschlag.

»Nee, nicht mein Bein.« Karlsfeld klopfte sich gegen den Schädel. »Da drin ist fast alles aus Metall. Grubenunglück. Bin fast sechs Meter tief gestürzt. Dann hat man mich halb tot aus dem Schacht gezogen, mich zusammengeflickt und wieder nach Hause geschickt. Seitdem bekomme ich eine mickrige Invalidenrente und ein anderer macht meinen Job.«

Die geschilderte Episode erinnerte Donner an seinen eigenen Sturz vor etlichen Jahren. Der Sturz von der Hauskante, mit dem all sein Unglück begonnen hatte. Anders als Donner schien dieser Karlsfeld trotzdem irgendwie zufrieden. Anscheinend hatte er sich mit seinem Schicksal arrangiert. Ein Zustand, von dem Donner meilenweit entfernt war.

»Hier im Ort nennen wir ihn alle nur den Steiger«, erklärte der Kommissar.

»Bin fünfundzwanzig Jahre in die Grube eingefahren. War selten krank und Überstunden haben mir nichts ausgemacht. Daher kenne ich sämtliche Bergmannsgeschichten rund um Schwarzenberg.«

»Sei bitte so freundlich und erzähl dem Kriminalhauptkommissar, was du mir erzählt hast.«

»Ich habe ihn gesehen.« Karlsfelds Finger zielte auf Donner. »Wie er sich in Lindas Wagen gebeugt hat.«

»Schwachsinn«, protestierte Donner.

»Wann war das genau?«, wollte Stark wissen.

»Na gestern, 'ne Stunde vor Mitternacht«, gab Karlsfeld sofort Auskunft und zündete sich eine Zigarette an. »Ich war draußen rauchen, so wie jetzt, da kam erst die Frau aus dem Lokal und dann er hinterher wie eine besengte Sau.«

Donner machte eine Wischbewegung. »Wenn du noch einmal mit dem Finger auf mich zeigst, breche ich dir auch diesen Knochen.«

Die Einheimischen lachten freudlos auf, Stark seufzte.

»Erik, entspann dich endlich.«

»Der Kerl lügt doch wie gedruckt.«

»Ich bin doch nicht doof«, redete Karlsfeld voller Überzeugung weiter. »Ich habe mir die parkenden Fahrzeuge angesehen, denn ich achte auf Autos, ist so eine Angewohnheit von mir. Manchmal merke ich mir auch Kennzeichen. Einfach so. Jedenfalls ist er Linda hinterhergelaufen. Sie müssen wissen, ihr Fiat stand auf der Hauptstraße vor der Hausnummer 14.«

»Das ist knapp hundert Meter von der *Hutzenstube* entfernt«, ergänzte Kommissar Wolf.

»Haben die beiden miteinander gesprochen?«, fragte Stark, womit er Groß und Donner meinte.

»Ich denke schon«, antwortete Karlsfeld.

»Denken Sie es oder wissen Sie es?«

»Also ich denke schon, dass Sie miteinander gesprochen haben, aber ich habe das Gespräch natürlich nicht gehört. Dafür stand ich zu weit entfernt.«

»Aber Sie sind sich hundertprozentig sicher, dass er es war?«, forderte Stark eine konkrete Antwort und deutete dabei auf Donner.

Jetzt fängt der auch noch damit an, auf mich zu zeigen.

Donner schlug Starks Hand wie eine lästige Fliege weg.

Karlsfeld nickte zur Bestätigung.

»Und was ist dann passiert?«, fragte Deutschmann ungeduldig. »Was geschah danach, als er an ihrem Wagen stand?«

»Dann sind sie irgendwann zusammen weggefahren.«

»Das ist eine Verschwörung!«, fuhr Donner abermals auf.

Diesmal griff Stark fest an seinen Jackenärmel und schob ihn ein Stück von der Gruppe weg.

»Na schön, Erik, ich weiß nicht, was hier los ist, aber zum gegenwärtigen Zeitpunkt sieht es wirklich übel für dich aus. Ich muss die Zeugenaussage ernst nehmen.«

»Von deiner einseitigen Ermittlungsarbeit war ich schon überzeugt, als du deinen dicken Hintern aus dem Dienstwagen gewälzt hast.«

»Spar dir deine Beleidigungen und hör mir zu! Ich werde in diesem Verfahren alles dafür tun, um dir eine Chance auf Entlastung zu ermöglichen. Unbestreitbar bist du gestern mit Linda Groß in Streit geraten und ihr hinterhergelaufen …«

»Es war anders …«

»Lass mich ausreden! Vielleicht hast du wirklich nichts mit der Sache zu tun, wer weiß. Vielleicht hat das Wetter dem Zeugen einen Streich gespielt. Vielleicht wolltest du mit Linda Groß anbandeln, aber dann seid ihr getrennte Wege gegangen. Das alles gilt es zu überprüfen. Bis ich mir über die Geschehnisse am gestrigen Abend absolut im Klaren bin, muss ich dich von hier wegbringen lassen.«

Auch wenn Donner eine Ahnung hatte, was das bedeutete, wollte er sich vergewissern. »Was willst du mir damit sagen?«

Stark holte tief Luft und schüttelte den Kopf, als könne er es selbst nicht glauben. »Du bist vorläufig festgenommen.«

KAPITEL 15

Damals (zehn Jahre zuvor)

Noch am selben Abend bekam er Besuch von der Polizei. Immerhin musste Violetta auf dem Weg zur Schule regelmäßig an seinem Haus vorbei, entsprechend galt er als potenzieller Zeuge. Als er von der Arbeit nach Hause kam und den Haustürschlüssel aus der Hosentasche zog, stiegen sie aus dem Streifenwagen. Ein Mann und eine Frau. Beide in Uniform. Weil sie die Hände an die Pistolengriffe legten, dachte er schon, sie wären hier, um ihn zu verhaften.

Letztlich hielten sie ihm nur ein Bild von Violetta vor die Nase.

»Haben Sie das Mädchen heute Morgen gesehen oder etwas Ungewöhnliches bemerkt?«

Er schüttelte den Kopf. »Suchen Sie immer noch nach dem Kind?«

»Sie wissen davon?«

Bestürzt verzog er die Mundwinkel und senkte den Blick. »Hab von dem Unglück von meinen Arbeitskollegen erfahren. In einer so winzigen Gemeinde verbreiten sich negative Nachrichten wie ein Lauffeuer.«

In seinen Ohren klang diese Floskel plausibel.

»Warum sprechen Sie von einem Unglück?«

»Weil in dieser Ortschaft ein kleines Kind nicht einfach aus Spaß verschwindet«, antwortete er, ohne zu zögern.

Daraufhin schauten sich die beiden Streifenpolizisten an.

Es folgten Routinefragen, bei denen sich die Beamten ihm gegenüber freundlich verhielten. Lediglich wiesen sie mit Nachdruck darauf hin, er solle bei jeder Antwort gut nachdenken. Auch der kleinste Hinweis könne am Ende von Wichtigkeit sein. Sie wollten die Adresse seines Arbeitgebers wissen und was er am Morgen vor der Arbeit getan habe.

»Ich richte derzeit die alte Gaststube her«, gab er brav Auskunft. »Später will ich einen neuen Pächter finden. Für die Renovierungsarbeiten nutze ich manchmal die Stunden vor der Frühschicht, weil ich nach Feierabend meist zu müde bin.« Er rieb sich demonstrativ die Augen. »Inzwischen müsste die neu aufgetragene Farbe an den Wänden getrocknet sein. Wenn Sie darauf bestehen, können Sie sich die Räumlichkeiten ansehen. Ich kann Ihnen gern Farbe, Pinsel und die Kleckse auf dem Malervlies zeigen.«

Exakt für diese Situation hatte er die Gegenstände nämlich drapiert. Sogar den Deckel auf dem Farbeimer hatte er absichtlich nur halb verschlossen, damit sich der Geruch schön im Raum ausbreitete und jeder Überprüfung standhielt.

»Das wird nicht nötig sein«, sagte die Polizistin.

Sie wollten den vorgerichteten Raum leider nicht sehen. Noch vor der Hauseingangstür verabschiedeten sie sich. Offenbar gab es für die Beamten keinen Grund, sein Alibi anzuzweifeln.

»Viel Erfolg bei der Suche«, wünschte er den beiden.

Vom Obergeschoss aus beobachtete er danach, wie sie Übersichtsaufnahmen von der Umgebung machten.

Er schien wahnsinniges Glück zu haben. Weder hatten sie kritisch nachgehakt noch inspizierten sie den Waldweg vor dem Haus genauer. Keiner der beiden wunderte sich über die Eisfläche, auf der eine feine Schneeschicht lag.

Mit Eimer und Wasser hatte er am Morgen die Spuren der Entführung verwischt. Es war Winter, da schenkte man gefrorenen Pfützen keine Beachtung.

Später erfuhr er aus den Nachrichten, dass die Polizei am Tag einen Suchhund zum Einsatz gebracht hatte. Eine Fährte von Violetta hatte der Hund, sehr zum Bedauern des Pressesprechers, nicht aufnehmen können.

Kapitel 16

Heute

Die Scheibenwischer kämpften gegen den Schneeschauer. Zusehends trübte sich die Sicht ein. Der Allradantrieb des Funkwagens gab sein Bestes. Aus dem CD-Radio dudelten Erzgebirgslieder. Die heile Welt, die ein Frauenchor besang, passte nicht zu den derzeitigen Umständen. Nicht nur draußen herrschte Endzeitstimmung, sondern auch in Donners Innerstem. In Handschellen saß er auf der Rückbank. Obwohl er sich ungerecht behandelt fühlte, hatte Donner Stark versprochen, keinerlei Widerstand zu leisten. Früher wäre er vielleicht geflüchtet, um auf eigene Faust seine Unschuld zu beweisen, doch seit Annes Tod war ihm alles egal.

Fast alles. Mein guter Ruf ist mir nach wie vor wichtig.

Bisher stand er zu seinem Wort und verhielt sich kooperativ.

»Darf ich wenigstens meinem Anwalt eine Nachricht schicken?«, fragte er.

Nicht nur sein Handy hatten sie ihm abgenommen, sondern bis auf die Kleidung auch alle anderen Gegenstände. Deutschmann, der auf dem Beifahrersitz saß, spielte gerade an Donners Mobiltelefon herum.

»Finde ich die Kanzlei in deiner Telefonliste?«

Donner tippte sich gegen den Kopf, auch wenn Deutschmann gar nicht hinsah. »Für genau solche Missverständnisse habe ich die Nummer hier oben abgespeichert.«

»Ein Missverständnis also …«

Nach einigem Zögern warf Deutschmann ihm das Handy in den Schoß. Nachdem die Staatsanwaltschaft Donners Festnahme für rechtmäßig erklärt hatte, hatte der Bürgerpolizist entgegen Starks Auffassung darauf gedrängt, den Verhafteten direkt zur Kriminalpolizeiinspektion zu fahren. Doch die Wetter- und Straßenverhältnisse machten das Vorhaben zunichte. Auf der Bundesstraße 101 hatten sich ein Reisebus und ein Streufahrzeug nach einer Kollision derart heftig ineinander verkeilt, dass man die komplette Fahrbahn sperren musste. Die Bergung der Fahrzeuge würde womöglich den ganzen Tag andauern. Zusätzlich bedeckten Schneeverwehungen sämtliche Zufahrtsstraßen des Ortes, was jede Fahrt zu einem lebensgefährlichen Unterfangen machte. Teilweise verhinderte Astbruch entlang des Waldes ein Vorwärtskommen. Nicht nur Polizei und Abschleppdienst hatten jede Menge zu tun, sondern auch die umliegenden freiwilligen Feuerwehren.

Bis in die Großstadt waren es knapp fünfzig Kilometer. Irgendwo auf der Herfahrt steckten die von Stark angeforderten Kriminaltechniker und Unterstützungskräfte im Stau. Zur Stunde war Pöhla regelrecht von der Außenwelt abgeschnitten. Dem Wetterbericht nach würde der Zustand bis weit in die Nacht andauern. Die einzige Verbindung zur übergeordneten Polizeidienststelle in Aue bestand per Handy und Funk. Aus dem Funkgerät drang unablässig die Stimme des Dienstgruppenführers, der im warmen Revier saß und sich nach dem aktuellen Geschehen erkundigte.

In Absprache mit dem Dienstgruppenführer und nach Zustimmung des Ortsvorstehers brachte man Donner zum Gemeindeamt. Ein schmucker heller Bau, der sich optisch in die Holzarchitektur von Pöhla einreihte und an dessen Fassade man noch das Wort *Rathaus* lesen konnte, obwohl der Ort längst eingemeindet war.

Obgleich Donner ein Kollege war, ließen Deutschmann und die beiden Streifenbeamten aus Schwarzenberg ihn keine Sekunde aus den Augen. Längst war klar, dass sie ihn für einen Mörder hielten und ihm demzufolge nicht über den Weg trauten.

»Die arme Linda«, murmelte Obermeister Schlegel immerzu, bis aus den Lautsprechern das Steigerlied spielte.

Fang jetzt bloß nicht an zu singen.

Während Donner eine Nachricht in sein Handy eintippte, schaute er seinen Sitznachbarn finster an. Zu spät.

»*Glück auf, Glück auf*«, fing der Obermeister an und nahm andächtig seine Fellmütze ab. Darunter kam eine Glatze zum Vorschein. »*Der Steiger kommt …*«

Er sang sogar noch, als der Wagen hielt und die beiden anderen die Gurte lösten.

»Würdest du bitte aufhören«, schnauzte Deutschmann seinen Kollegen überraschend an. »Die Lage ist absolut ernst. Mir ist das alles eine Stufe zu beunruhigend, was derzeit bei uns passiert. Ich möchte unseren Freund am liebsten so schnell wie möglich von hier fortbringen, damit wir uns endlich wieder um Verkehrssünder und Kleinkriminelle kümmern können.«

»Ihr macht einen riesengroßen Fehler«, bekundete Donner wiederholt.

»Abwarten«, antwortete Deutschmann, stieg aus und riss die Hintertür auf.

Ein kalter Windhauch fegte Donner ins Gesicht. Gleich darauf wurde er gepackt und nach draußen gezerrt. Ortsvorsteher Uhlig, der mit seinem eigenen SUV hinter dem Funkstreifenwagen hergefahren war, eilte zum Eingang und hielt die Tür auf. Im Gemeindeamt liefen zwei Frauen über den

Gang. Offenbar Angestellte, die bereits über den Buschfunk erfahren hatten, dass man in Pöhla einen Mörder festgenommen hatte. Und so wie Donner aussah, mit all den Narben im Gesicht und von Statur groß und kräftig, passte er vorzüglich in das Raster eines Killers.

Monster. Sie nennen mich Monster.

Angesichts der Sonderbehandlung, die seine Kollegen ihm zuteilwerden ließen, erinnerte Donner sich nur allzu gut an diese Bezeichnung. Er erduldete es schweigend, als man ihn unsanft durch den Flur schubste. Unterdessen schickte Uhlig die beiden Mitarbeiterinnen in ihre Büros.

»Hinsetzen!«, kommandierte Deutschmann, nachdem sie einen Raum betreten hatten, den Uhlig ihnen als provisorische Gewahrsamszelle zur Verfügung stellte.

Bis auf einen Stuhl, durch dessen abgewetzten Stoff man das Polster sah, und lauter leere Metallregale gab es in der Kammer nichts Wohnliches. Selbst auf ein Fenster hatte der Architekt verzichtet. Anscheinend handelte es sich um einen aufgegebenen Lagerraum.

»Was machen wir jetzt mit ihm?«, fragte der junge Kommissar.

»Mir wäre es sehr recht, wenn wir hier bald eine ordentliche Aufklärung des Verbrechens hätten«, sagte Uhlig und sah Donner mitleidig an.

»Ja, das wäre mir in der Tat auch das Liebste«, stimmte Deutschmann ihm zu. »Deshalb muss Herr Donner schleunigst von hier verschwinden. Soll sich doch die Kripo mit ihm herumärgern.«

»Hören Sie, Herr Uhlig«, redete Donner den Ortsvorsteher an, weil er von den vieren den besonnensten Eindruck machte. »Vor Ihnen sitzt der Falsche. Machen Sie sich in der Polizeidirektion über mich kundig und dann legen Sie bei Ihren Leuten ein gutes Wort für mich ein. Es würde mir schon helfen, wenn man mir diese Dinger abnimmt.« Er klapperte mit den Handfesseln.

»Tut mir leid, dafür kenne ich Sie leider nicht gut genug. Aber ich kann Ihnen versprechen, dass ich sehr daran interessiert bin, dass der richtige Mörder ermittelt wird. Anfang nächsten Jahres steht meine Wiederwahl an, und Sie können sich vorstellen, wie die Leute über einen Ortsvorsteher denken, der seine Bürger selbst in einem kleinen Ort wie Pöhla nicht vor einem solchen Verbrechen schützen kann.«

Donner stampfte mit dem Fuß auf. »Verdammt! Dann frage ich mich, warum Sie mich hier festhalten, während in Ihrer unschuldigen kleinen Gemeinde ein Mörder frei herumläuft.«

Abgeschreckt von Donners Ausbruch, trat Uhlig aus dem Raum in den Flur und schüttelte den Kopf.

»Am besten hältst du jetzt deine Klappe«, intervenierte Deutschmann und gab seinen Kollegen anschließend die Anweisung, ihn gut zu bewachen.

»Wie soll ich denn letzte Nacht in betrunkenem Zustand eine Frau umgebracht und dann auf diese Weise entsorgt haben?«

»Genau das ist der Punkt! Du hast den Mord eben schlampig über die Bühne gebracht. Zumindest hast du deine Spuren unzureichend beseitigt. Inzwischen waren wir nämlich fleißig und haben uns bei Lindas Nachbarn und ihrer Verwandtschaft umgehört. Vor allem ihr sonderbar abgeparkter Wagen hat uns stutzig gemacht. Und weißt du, was wir in Lindas Fiat gefunden haben? Eine Mütze, die sie garantiert nie getragen hat. Na, überrascht?«

Als er damit konfrontiert wurde, verstummte Donner. Sie hatten seine Mütze schneller gefunden als erwartet.

»Ach, auf einmal sagst du gar nichts mehr.«

Herausgefordert wechselte Donner das Thema. »Hat sich Linda Groß nach dem Erhalt der mysteriösen E-Mail-Nachricht und des Fotos an dich gewandt?«

Konfrontiert mit der Frage, blickte Deutschmann ihn irritiert an. Er hatte am selben Tisch gesessen, als Groß Donner das an die E-Mail angehängte Bild und das Foto des Briefes auf ihrem Smartphone gezeigt hatte.

»Was spielt denn das für eine Rolle?«

»Im Gegensatz zu euch mache ich mir Gedanken, warum sie sterben musste. Vielleicht, weil sie nah dran war, herauszufinden, was damals mit Violetta Hartwig geschehen ist.«

»Was meint er damit?«, fragte Uhlig den Bürgerpolizisten. »Was hat das alles mit der kleinen Violetta zu tun?«

»Gar nichts«, überging Deutschmann die Thematik und trat ebenfalls aus dem Raum. »Er sieht Gespenster, seit er seine eigene Tochter verloren hat. Ich werde jetzt über den Winterdienst prüfen lassen, welche Strecken noch befahrbar sind. Sobald ich von der Straßenmeisterei grünes Licht habe, bringen wir dich von hier weg.«

»Darüber muss Henry Stark entscheiden.«

»Ach ja? Nach meinen Informationen ist er mit einem Tatort und der Vernehmung von Zeugen beschäftigt. Außerdem ist deine Verbringung längst vom Führungs- und Lagezentrum abgesegnet. Im Revier Nordost wartet eine richtige Zelle auf dich.«

Kapitel 17

Schon geschlagene fünf Minuten fror Vogel auf dem Hof der Polizeidirektion. Endlich hielt Winter neben ihm mit einem Nissan Sunny, an dem sich die Lackfarbe vor lauter Rost kaum noch bestimmen ließ. Obwohl er eine Abneigung gegen japanische Autohersteller hegte, stieg er ein. Zum Glück funktionierte die Heizung, auch wenn Vogel den Verdacht hegte, dass der Automobilhersteller dafür ein paar ausrangierte Brennstäbe aus einem Kernreaktor des Inselstaates verbaut hatte.

»Haben Sie die Karre gewählt, weil Sie dachten, die würde altersmäßig hervorragend zu mir passen?«

»Sie sind doch nicht Baujahr neunzig.«

Vogel winkte ab und stellte am Radio einen Schlagersender ein. Wenigstens war auf die Flippers Verlass, die sangen deutsch. *Lotusblume hab ich dich genannt, als die rote Sonne in Japan versank ...*

»Eine Minute länger und ich wäre erfroren«, setzte er noch einen drauf.

»Tut mir leid, der Fuhrparkverantwortliche musste erst herumtelefonieren, weil er mir nicht geglaubt hat, dass ich hier arbeite. Und selbst als er die Auskunft hatte, die er brauchte, wollte er mir ungern einen Dienstwagen überlassen.«

»Das nächste Mal nehmen Sie sich einfach irgendeinen Schlüssel vom Brett.«

Winter sah ihn verdutzt an. »Und Papiere und Tankkarte?«

»Pah, ich hätte es jedenfalls so gemacht. Los, beweisen Sie mir, dass Sie Auto fahren können!«

Während sie zögerlich den Gang einlegte, bemerkte er, wie sie seinen schwarzen Samtmantel von der Seite musterte.

»In dem barocken Teil sehen Sie aus wie der leibhaftige Graf Dracula.«

»Danke für das Lob.« Weil sie die Kupplung nicht löste, schaute er sie an. »Worauf warten Sie?«

»Verraten Sie mir, wohin wir wollen?«

»Das muss ich wohl oder übel, sonst stehen wir morgen noch auf demselben Fleck.« Er knöpfte seinen Mantel auf und zog einen Hefter darunter hervor. Dann schlug er den Deckel auf und hielt ihr ein Deckblatt mit Personalien und einer Kurzvita hin.

»Ist das eine Personalakte?«

»Das hat Sie nicht zu interessieren, sondern nur die Adresse, die dort steht.«

Natürlich erfasste Winter auch den Namen des Kollegen, zu dem sie wollten. »Andreas Preuß. Ist das nicht der Hauptkommissar, der die Ermittlungen im Fall Violetta Hartwig geleitet hat?«

»Warum auf einmal verwundert? Vorhin waren Sie mächtig scharf darauf, ihn zu befragen.«

»Ich wusste nicht, dass wir ihn dafür zu Hause aufsuchen müssen. Ich meine, ist er denn nicht im Dienst?«

»Schon seit über einem Jahr nicht mehr.« Er machte eine Scheibenwischerbewegung. »Dienstunfähig. Angeblich wegen psychischer Probleme. Auf seine letzten Tage hat er Ladendiebstähle im Revierkriminaldienst Nordost bearbeitet. Doch selbst diese Tätigkeit hat ihn überfordert. Sein

Karriereende leitete er ein, als er ein Dutzend Vorgänge kurzerhand in den Reißwolf gehauen hat.«

Endlich setzte Winter den Wagen in Bewegung. »Klingt für mich nach einem typischen Versager.«

Auch wenn Vogel ihre Meinung in gewisser Weise teilte, wusste er gleichfalls, dass man ein Urteil über einen Menschen niemals leichtfertig fällen durfte. Vor seinem persönlichen Scheitern war Preuß unbestreitbar ein brillanter Kriminalist gewesen.

»Seien Sie vorsichtig mit Äußerungen über Leute, die Sie nicht kennen.«

»Unbestreitbar hat er Ihnen eine löchrige Akte hinterlassen …«

Quietschend öffnete sich das Hoftor. Der Wagen rollte durch den Schnee.

»Warum fahren Sie so langsam, haben wir Sommerreifen drauf?«

»Nein, aber es schneit und das Profil ist so gut wie abgefahren.«

»Zeter und Mordio! Sie werden irgendwann noch mal mein Tod sein.«

Entgegen seinen Bedenken erreichten sie unfallfrei die Mittweider Straße 114B, wo Preuß in einem alten Haus lebte. Neben dem allgemeinen traurigen Zustand der Gebäudehülle sahen die winzigen Fenster aus wie tiefdunkle Schießscharten.

»Wohnt er hier allein?«, fragte Winter und betrachtete stirnrunzelnd die Fassade, an der an allen Ecken und Enden der Putz abbröckelte. Als sie genug gesehen hatte, riss sie die Fahrertür auf und korrigierte sich. »Wohnt hier überhaupt noch jemand?«

Vogel schnappte nach ihrem Arm und hielt sie zurück. »Ihr Eifer in Ehren, aber vergessen Sie nie, dass wir dem Ex-Kollegen nicht das Gefühl geben dürfen, wir hätten etwas an seinen Ermittlungen zu bemängeln. Immerhin hat man seinen Fleiß mit einer Beförderung zum Hauptkommissar belohnt. Offiziell hat der Mann erstklassige Arbeit geleistet, klar?«

Auch wenn Winter nicht so schaute, als wäre sie damit einverstanden, nickte sie. Sicherheitshalber wurde Vogel deutlicher.

»Preuß hat das Grundstück der Hartwigs durchsuchen lassen, sämtliche Nachbarn vorgeladen und entgegen jeglicher Vernunft einen damals achtjährigen Schulkameraden eindringlich befragt. Über mehrere Tage waren Fährtensuchhunde, Rettungshunde und Leichenspürhunde in Pöhla im Einsatz gewesen. Wenn es damals schon einen Mantrailer in Sachsen gegeben hätte, bin ich mir sicher, Preuß hätte auch diesen Spezialhund herangeholt. Er hat die Polizeitaucher antreten lassen, um sämtliche unterirdischen Teiche der Bergmannsschächte abzusuchen. Nicht zu vergessen Hubschrauber. Er hat Foto- und Videoaufnahmen von Festivalbesuchern auswerten lassen. Als alles nichts half, ist er sogar im Fernsehen bei *Kripo live* und *Aktenzeichen XY* aufgetreten. Da kommt eine ganze Menge zusammen, die wir Preuß zugute halten. Am besten lassen Sie mich sprechen. Haben Sie das verstanden?«

»Ich denke, ich habe keine andere Wahl.«

»Sie lernen schnell, das war nämlich ein Test, ob Sie mir erneut widersprechen. Haben Sie die Raumsprays, um die ich Sie gebeten habe?«

Sie klopfte auf ihre Umhängetasche. »Was haben Sie damit vor?«

»Preuß leidet unter einer besonders schweren Form von Inhalationsallergie. Vanille reizt seine Atmung und die Schleimhäute. Schlimmstenfalls reagiert er so heftig auf den Duftstoff, dass er das Gefühl bekommt, er würde ersticken.«

»Sie wollen ihn vergiften?«

Er lächelte. »Nur für den Fall, dass er der Meinung wäre, wir hätten an seinen damaligen Ermittlungen etwas auszusetzen.«

Ohne weitere Erklärungen stieg Vogel aus und klingelte am Haus. Es öffnete niemand. Erst bei genauerer Betrachtung der Hausfront stellte er fest, dass die Fensterscheiben von innen mit schweren dunklen Vorhängen zugezogen waren. Seine Augen wurden aber auch von Tag zu Tag schlechter. Demnächst musste er sich um eine Brille mit mehr Sehschärfe kümmern.

»Sieht so aus, als hätten wir kein Glück.«

Gerade wollte Vogel ihr eine passende Antwort geben, als in seiner Hosentasche das Handy vibrierte. Erstaunt las er die eingetroffene Nachricht.

»Oh, das würde ich so nicht sagen …«

»Wer schreibt Ihnen denn?«

»Kriminalhauptkommissar Erik Donner. Seinem Text nach wurde er festgenommen. Und zwar wegen Mordes an Linda Groß.«

Kapitel 18

Eisige Schneekörner trommelten auf das Autodach und gegen die Scheiben. Trotz Allrad schien der Dienstwagen alles andere als sicher beherrschbar auf der Straße. Rechts kamen die Bäume des Waldrands und links der Steilhang zum Pöhlwasser gefährlich nahe. Zu dritt saßen sie im Fahrzeug. Donner hockte abermals auf der Rückbank neben dem glatzköpfigen Polizeiobermeister. Diesmal nicht nur mit Handschellen, sondern auch mit Fußfesseln.

Ich hätte flüchten sollen, als ich die Chance dazu hatte.

»Tut mir einen Gefallen und liefert mich heil ab, dann vergesse ich vielleicht, wie ihr mich behandelt habt.«

Hinterm Steuer saß erneut Kommissar Wolf. Feindselig schaute er in den Rückspiegel. »Kannst du mir einen Gefallen tun, Enrico, und diesen Abschaum endlich zum Schweigen bringen?«

Unsicher, was der junge Kommissar damit meinte, schaute Donner den bis dahin zurückhaltenden Schlegel an.

»Tut mir leid«, hörte er den Glatzkopf noch mit einem Grinsen sagen.

Einen Wimpernschlag später spürte Donner das Ende eines Schlagstocks in den Rippen. Augenblicklich blieb ihm die Luft weg. Wenn der Gurtstraffer nicht gegriffen hätte, wäre Donner trotz seiner Größe vor Schmerz in den Fußraum gerutscht.

Wolf drehte unterdessen das Radio lauter, wohl um Donners Stöhnen zu übertönen. Da Deutschmann nicht mit im Wagen saß und der Kommissar nun das Sagen hatte, tönten aus den Lautsprechern auch keine Erzgebirgsklänge, sondern stampfende elektronische Bässe.

»Ich schwöre euch, wenn das hier überstanden ist, zerquetsche ich euch wie Fliegen«, drohte Donner, nachdem er sich gefasst hatte. »Und darin bin ich wahrlich gut.«

»Musst immer das letzte Wort haben, was?«, kam es von Schlegel.

Ein zweiter Stoß mit dem Stock folgte. Diesmal erfolgte der Treffer hart auf dem Bizeps. Für einen Moment glaubte Donner, der Oberarmknochen wäre gebrochen.

»Wir können das die ganze Fahrt so machen«, sagte Wolf. Grinsend beschleunigte er, als wäre die winterglatte Straße seine Startbahn vor dem großen Abflug.

Wir werden alle sterben.

Angesichts der Fahrweise des Kommissars wurde Donner der Magen flau. Er sackte zurück ins Polster und lehnte den Kopf gegen die Fensterscheibe. Beim Blick in den düsteren Schneeschauer dachte er darüber nach, wie es sich wohl als Polizist in einer Gewahrsamszelle anfühlt.

Nach einer Blutentnahme bei ihm und einer langen Diskussion zwischen Bürgerpolizist Deutschmann und Henry Stark war der Funkwagen in Richtung Globenstein aufgebrochen. Im Grunde war es Ortsvorsteher Uhlig gewesen, der Stark überredet hatte, den Tatverdächtigen trotz der widrigen Wetterbedingungen fortbringen zu lassen. In den vergangenen zwei Stunden hatte er permanent Anrufe von ängstlichen Bürgern bekommen. Daraufhin hatte er damit argumentiert, dass die Presse etwas zu feiern bekäme, wenn bekannt würde, dass man einen Mörder in ein leer stehendes Archiv eingesperrt hatte. Aus Angst, er könnte damit die gesamte Polizeidirektion in der Öffentlichkeit lächerlich machen, hatte der Leiter des K11 nachgegeben und die riskante Fahrt über die verschneite Strecke abgesegnet.

Wenn der Blödmann wenigstens eine CD mit guter alter Rockmusik eingelegt hätte.

Genervt von der neumodischen Musik, wünschte Donner sich sogar in seine triste Wohnung zurück. Dort standen neben einer Musikanlage (deren Hersteller in den Neunzigern pleite gegangen war) seine gesammelten Silberscheiben. Alphabetisch nach Interpreten geordnet.

A wie AC/DC. B wie Beatles. C wie City. D wie Destroy all Monsters …

Die Augenlider wurden ihm schwer. Kurz bevor er einschlief, nahm er aus dem Augenwinkel durch die Frontscheibe Gefahr wahr. Ruckartig richtete er sich auf.

»Vorsicht!«

Von einem Baum am Straßenrand brach ein Ast unter der Last von Schnee und Eis. Direkt vor ihnen stürzte er ab. Gewarnt von Donner, riss der Kommissar das Lenkrad herum. Mit einem unmenschlichen Manöver wich Wolf dem Hindernis aus. Durch den abrupten Richtungswechsel kam der Wagen ins Schlingern. Donners Oberkörper wurde hin und her geschleudert. Die Straße verschwand. Für einen Augenblick sah es so aus, als würde der Wagen über die Kante schießen und in die Tiefe stürzen. Doch schon eine Sekunde später befanden sich die Vorderräder wieder in der Spur, und sie fuhren weiter, als wäre nichts gewesen.

Allerdings bemerkte Donner die Schweißperlen auf der Glatze seines Nebenmanns und das Durchschnaufen des Fahrers.

»Lars wusste schon, warum er nicht mitfahren wollte«, murrte Schlegel und tauschte den Schlagstock gegen ein Taschentuch, um sich die Stirn abzuwischen.

»Halt die Klappe«, fauchte Wolf ihn an. »Ich habe alles unter …«

Im Rückspiegel sah Donner, wie sich die Augen des Kommissars weiteten. Blitzschnell schaute der Fahrer über seine Schulter durch die Heckscheibe.

»Was zum …?«

Weiter kam er nicht.

Donner nahm noch den Schatten wahr, der sich von hinten über ihn legte. Dann krachte der Kofferraum in seinen Rücken. Sein Schädel schlug brutal gegen die Kopfstütze. Es fühlte sich an wie der Aufprall gegen Beton. Neben ihm erging es Schlegel nicht besser. Wie eine Puppe schleuderte der Mann vor und zurück. Das Geräusch von sich verbiegendem Karosserieblech schmerzte in Donners Ohren. Jegliche Bodenhaftung ging verloren. Obwohl Wolf sich im Lenkrad verkrallte, steuerte der Wagen unkontrolliert auf den Abgrund zu.

Wir werden alle sterben.

Noch während Donner dieser Satz ein zweites Mal durch den Kopf schoss, raste der Wagen zuerst durch einen Schneehaufen und sodann durch die Leitplanke. Kurzzeitig befanden sich die Räder in der Luft. Alle drei Insassen schrien. Unweigerlich erlebte Donner seinen Dachsturz von einst wiederholt. Es fühlte sich an, als schwebte er vermeintlich schwerelos dahin – bis die Frontpartie im Erdreich einhakte und das komplette Auto herumwirbelte, gegen vereinzelte Bäume schmetterte und sich überschlug. In einem Strudel aus Schnee, Dreck und Geäst drehte sich die Welt.

Sämtliche Orientierung ging verloren. Er schmeckte Kiesel und Eis zwischen den Zähnen. Vermutlich schrie er die ganze Zeit. Er war taub und gleichzeitig herrschte allgegenwärtiger

Lärm. Sein Körper befand sich in einer Wäschetrommel voller Eisenmurmeln. Alles tat weh, doch er spürte nur den tiefen Fall.

Bis zum endgültigen Aufprall. Danach bedeckten der Winter und die Stille das Unglück.

Donner hing schief im Gurt, weil der Wagen vertikal stand. Seine Beine waren zwischen verschobenem Beifahrersitz und Rückbank eingeklemmt. Von oben schien das Taglicht herein und blendete ihn. Wenn er den Kopf nach unten drehte, stierte ihn die Finsternis an. Finsternis und jede Menge Blut.

»Hey, Kollege Schlegel«, flüsterte Donner, weil ihm die Kraft zum Reden fehlte. »Hallo!«

Tot.

Erst jetzt realisierte Donner, dass aus Schlegels Hals die Spitze eines stabilen Astes ragte. Wie ein Speer war das Holz mitten durch Fensterscheibe und Schlegel hindurchgegangen. Während der eine Kollege keinerlei Regung mehr zeigte, grunzte Wolf. Bis zur gesplitterten Frontscheibe spuckte er dabei Blut.

»Kannst du mich hören?«, versuchte Donner, mit dem Kommissar zu kommunizieren.

Keine Antwort, bis auf das erbärmliche Husten.

Was interessiert dich der Kerl? Sieh lieber zu, dass du dich aus dieser Misere befreist, Erik.

»Und wie soll ich das machen?«, redete er mit sich selbst, um sich von den Schmerzen abzulenken.

Er wusste, dass es sich bei dem Unglück um keinen Unfall handelte, sondern um pure Berechnung. Jemand hatte den Funkwagen von hinten absichtlich gerammt. Donner sollte den Ort niemals verlassen. Wenn der vermeintliche Mörder von Linda Groß tot war, würde niemand mehr Fragen stellen.

Sterben kann so schön sein.

In dieser Gegend stimmte das vielleicht sogar.

Bevor er sich darüber im Klaren wurde, legte sich ein pech-schwarzes Tuch über seine Augen.

KAPITEL 19

Sterben ist scheiße. Das war Donners erster Gedanke, als er die Augen wieder aufschlug. Und an diesen Gedanken klammerte er sich vehement, während er darum kämpfte, bei Bewusstsein zu bleiben. Es grenzte an ein Wunder, dass er seinen Herzschlag noch spürte. Wenn ihn seine Wahrnehmung nicht täuschte, blutete er an der Stirn, am linken Ohr und an den Händen. Zwar schmerzte ihm jeder Knochen, doch es schien kein einziger gebrochen. Vergeblich versuchte er, die Hintertür nach oben aufzustemmen. Seine Handgelenke waren nach wie vor mit Handschellen gebunden, die Karosse war an allen Ecken und Enden verbogen und in seiner halb hängenden Sitzhaltung fehlte ihm schlichtweg die Kraft. Wenn er sich aus dem Gurt befreite, konnte er nach oben durch das zersplitterte Fenster kriechen. Vorher musste er jedoch zwingend die Fesseln an Armen und Beinen loswerden. Dafür brauchte er das Schlüsselbund, das am Gürtel des Fahrers hing.

»Dany, bist du noch bei mir?«, sprach er den Kommissar abermals an.

Von vorn vernahm er flache Atmung und leises Gestöhne. Wolf lebte noch. Doch die fehlende Reaktion zeigte Donner, dass der Kommissar sich aus eigener Kraft nicht mehr bewegen konnte. Auch Donner merkte, dass sich seine eigene Sicht abermals eintrübte. Vor Schwäche würde er bald wieder in die Bewusstlosigkeit verfallen. Dennoch zweifelte er keine Sekunde daran, dass er sich aus seiner misslichen Lage befreien konnte. Bestenfalls konnte er sogar zwei Leben retten.

Sterben ist scheiße.

Mit zusammengebissenen Zähnen tastete er nach der Gurtverriegelung. Es klickte und im selben Augenblick krachte er gegen den Leichnam auf der Rückbank. Obwohl seine Haltung sich noch verschlechtert hatte, streckte er die Arme nach dem Schlüsselbund aus. Jede Bewegung tat ihm weh. Anscheinend war doch etwas gebrochen. Endlich berührten seine Fingerspitzen den Karabinerhaken an der Gürtelschlaufe. Danach dauerte es fast eine ganze Minute, ehe er den Schlüsselring aus der Befestigung gelöst hatte. Weitere schier endlose Minuten brauchte er, um die Handschellen aufzuschließen, seine Beine unter Schmerzen aus der Verklemmung zu befreien und auch die Fußfessel zu lösen.

Er rüttelte an Wolfs Schultern, doch mittlerweile kam keinerlei Reaktion mehr von dem Kommissar. Donner befühlte Wolfs Halsschlagader. Erleichtert nahm er einen schwachen Puls wahr.

»Durchhalten, ich hole Hilfe.«

Um an den Hörer des Funkgeräts zu gelangen, kroch er zwischen den beiden Vordersitzen hindurch. Dabei trampelte er mit Knien und Schuhen auf dem toten Obermeister herum. Nur mit Mühe bekam er die Schnur des Hörers zu fassen und zog ihn zwischen den Beinen des schwer verletzten Kommissars hervor. Auf dem Bedienfeld des Funks drückte er die Notfalltaste.

»Hier ist Cäsar 271, hört mich jemand?«, schrie er in den Hörer.

Keine Antwort. Nicht mal ein Rauschen.

»Cäsar 271 ist auf der Pöhlaer Straße verunglückt. Sind von der Straße abgekommen. Ein toter Beamter und zwei Schwerverletzte. Haben Totalschaden. Wagen liegt am Ufer des Pöhlwassers …«

Wieder reagierte niemand auf seine Durchsage. Anscheinend war das Funkgerät beim Absturz beschädigt worden.

Er fluchte und wollte nach oben durch das Fenster kriechen, als ihm einfiel, dass die Kollegen ihre Handys eingesteckt hatten. Mühsam durchsuchte er die Jacke des Toten und fand zum Glück ein Mobiltelefon. Der Akku war halb voll und Deutschmanns Name tauchte als letzter in der Anrufliste auf. Sofort wählte Donner die Nummer, doch sogleich brach der Anwahlversuch ab. Hier unten im Tal gab es keinen Empfang.

Weiter oben müsste es klappen.

Ein letztes Mal rüttelte er an Wolf und sprach ihn an, doch der Kommissar war vollkommen weggetreten. Donner schlängelte sich durch das zerbeulte Wrack. Mit den Füßen suchte er am Fahrersitz Halt. Er rutschte ab und traf den bewusstlosen Wolf mit dem Schuhabsatz mitten an der Wange.

»Tut mir leid, aber das hast du irgendwie verdient.«

Endlich schaffte er es, den Oberkörper durch die Türöffnung zu schieben. Bald saß er oben auf dem Wagen, der nun bedrohlich wackelte. Hauptsache, der Schwerpunkt verlagerte sich nicht, denn dann würde die Karre umkippen. Vorsichtig hob er die Beine an, um auch diese zu befreien. Dabei schaute er ins Fahrzeuginnere und auf einmal traf sein Blick den von Wolf. Der Kommissar hatte die Augen aufgerissen und starrte ihn stumm an.

»Bist du okay?«, fragte Donner sofort, auch wenn die Frage seltsam dumm klang.

Statt zu antworten, hob Wolf nur den rechten Arm. Im letzten Moment erkannte Donner die Pistole in seiner Hand. Geistesgegenwärtig ließ er sich nach hinten fallen. Es krachte zweimal. Nach dem Sturz in den Schnee tastete Donner seinen Oberkörper ab, ob er getroffen war. Der Kommissar hatte ihn verfehlt.

»Verfluchter Idiot!«, brüllte Donner heiser. »Eigentlich bist du es nicht wert, dass ich Hilfe hole, aber ich tue es dennoch. Ich lasse keinen Kollegen in seinem Elend zurück, hast du das kapiert?«

Mit diesen Worten rappelte er sich auf und stapfte Meter für Meter durch den Tiefschnee. Durch die Anstrengung merkte er, dass wohl doch mindestens zwei Fingerknöchel der linken Hand gebrochen waren. Und sein linker Rippenbogen fühlte sich auch alles andere als gesund an. Erst jetzt stellte er fest, wie viel Mühe ihn jeder Atemzug kostete. Trotz aller Schmerzen wagte er sich an den beschwerlichen Aufstieg.

Kapitel 20

Er trat an den Rand der Böschung, wo das Gelände steil abfiel. Um die Schuhabdrücke, die er im Schnee hinterließ, machte er sich keine Sorgen. Genauso wenig kümmerte er sich um das Reifenprofil seines Wagens. In den nächsten Minuten würden Wind und Wetter die gröbsten Spuren beseitigt haben. Und die Schneedecke erst recht! Spätestens in einer Stunde würde man den verunglückten Funkstreifenwagen von hier oben aus nicht mehr sehen. Natürlich würde man die Polizisten bald vermissen und je nach Wetterlage bereits am Nachmittag mit umfangreichen Suchmaßnahmen beginnen, an denen er sich nach Kräften beteiligen würde.

Irgendwann würde man den Unfallwagen entdecken und die drei darin befindlichen Leichen bergen. Bei der Rekonstruktion des Hergangs würde ein DEKRA-Gutachter zu einem eindeutigen Ergebnis kommen: Aufgrund von Glätte hat der junge Fahrer die Kontrolle über den Wagen verloren.

Er sah es förmlich vor sich, wie an den Antennen der Dienstfahrzeuge der gesamten Polizeidirektion der Trauerflor flatterte und in den Zeitungen eine Woche lang Artikel über das Ereignis erschienen. Im Ort wäre jeder bis an sein Lebensende erschüttert. Besonders die Angehörigen der beiden aufrechten

Streifenbeamten würde man bedauern. Um den vermeintlichen Mörder und seine Sippschaft dagegen wäre es weniger schade …

Gut fünfzig Meter war der Wagen in die Tiefe gestürzt, hatte sich mehrfach überschlagen. Bei genauer Betrachtung hatten die Karosse und ihre Trümmer eine Schneise der Verwüstung in der Natur hinterlassen. Man sollte meinen, dass da kein Knochen heil geblieben war. Und doch musste er jetzt fluchend mit ansehen, wie plötzlich die Hintertür am Wrack wackelte. Im nächsten Moment stießen Hände und Arme nach draußen. Bald folgten Kopf und Oberkörper, am Ende Beine und Füße. Kurz atmete der Festgenommene die Luft der Freiheit, dann brach Hektik aus. Einer der anderen Polizisten feuerte eine Waffe ab, aber auch das überlebte der Teufelskerl.

Wenn man die Szene live verfolgte, kam man unweigerlich zu der Erkenntnis, dass die Erzählungen vom unbezwingbaren Erik Donner stimmen mussten.

»Warum kannst du nicht einfach sterben?«

Sterben ist scheiße.

Daran hegte Donner weiterhin keinen Zweifel. Allerdings wollten seine Beine nicht länger durch den Schnee marschieren. Bis zur Straße fehlten noch etliche Meter und seine Kraftreserven schwanden zusehends. Dazu schienen seine schutzlosen Hände blutleer. Weder konnte er seine Finger ausstrecken noch eine Faust bilden. Vor Kälte klapperten seine Zähne. Jeder Schritt schmerzte in den Waden, sein Herz brannte vor Anstrengung, der Kopf war ein schreiendes Ungeheuer.

Lass dich fallen, die Toten warten.

Er musste einsehen, dass er schon viel zu lange am Leben hing. An einem Leben, in dem Gerechtigkeit stets eine Art Mantra für ihn gewesen war und das für ihn selbst so wenig Gerechtigkeit bereithielt. Letztlich waren diejenigen, die er liebte, alle gestorben. Und wenn er weitermachte, würden seinetwegen noch mehr Menschen sterben.

Jetzt hast du es verstanden. Lass dich fallen und mach die Augen ein für alle Mal zu.

Irgendwie war es tröstlich, dass er sich mitten in freier Natur befand. Es hatte Zeiten gegeben, da hatte er geglaubt, einsam in einem Büro sterben zu müssen – oder in seiner nicht weniger tristen Wohnung. Man würde ihn erst finden, wenn der Geruch des Todes durch die Türritzen kroch und sich in der gesamten Etage ausbreitete. Hier draußen zu verwesen, empfand er als deutlich angenehmer. Um diese Jahreszeit könnte er wenigstens den Fliegen ein Schnippchen schlagen.

Ob Fliegen merken, wenn sie erfrieren?

Statt sich auszuruhen, kroch er weiter. Meter für Meter. Dabei dachte er auch an den jungen Kommissar, der im Unglückswagen um sein Leben kämpfte und den man vielleicht noch retten konnte. Er krallte sich am Geäst und an Wurzeln fest, stemmte sich mit seinen nassen Schuhen so tief in den Schnee, dass es jedes Mal knirschte. Bis er sich über die Leitplanke zog und hernach bitteres Streusalz vom Straßenbelag schmeckte.

Donners Sicht war eingetrübt. Als er blinzelte, schaute ihm ein kastenförmiger schwarzer Dämon mit feuerroten Augen entgegen. Er war zu schwach, um gegen die Ausgeburt der Hölle zu kämpfen oder wenigstens um Hilfe zu schreien. Nicht einmal das Handy, das in der Jacke steckte, bekam er zu fassen.

Sind das am Ende gar keine Augen, sondern Rücklichter?

Gesicht voran plumpste er in den Schnee und blieb reglos liegen.

Eine Leichenschau in einer Biotonne hatte Stark in seiner gesamten Dienstzeit noch nicht miterlebt. Wobei man nur im weitesten Sinne von Leichenschau sprechen konnte, denn der ortsansässige Arzt hatte lediglich einen flüchtigen Blick auf die Tote geworfen und sie weder entkleidet noch den Korpus abgetastet. Selbst auf eine Messung der Körpertemperatur hatte er verzichtet. Stark beschwerte sich nicht über das laxe Vorgehen des Mediziners. Erstens war der Mann nur nach mehrmaligem Drängen des Ortsvorstehers Uhlig gekommen und zweitens war er HNO-Arzt. Da man an der Leiche aufgrund der Verletzungen weder Nase noch Ohren erkannte, hatte er mit dem Ausfüllen des Totenscheins bereits mehr getan, als es seine alltägliche Aufgabe verlangte.

Ungeklärte Todesart, stand schlussendlich auf dem Papier angekreuzt.

Kein Ergebnis, das Stark befriedigte. Natürlich fragte er, ob die Gesichtsverletzungen post oder ante mortem zugefügt worden waren, aber auch dahin gehend legte sich der Arzt nicht fest. Stattdessen verwies er auf eine Untersuchung in der Rechtsmedizin.

Im selben Moment, als der Arzt seinen Koffer packte, trat Hentschel heran.

»Die Herren in den schwarzen Anzügen sind soeben eingetroffen.«

Damit meinte er die Mitarbeiter des Bestattungsunternehmens, die Stark angefordert hatte. Bald würde rund um den Supermarkt wieder der normale Alltag stattfinden. Vorher sah Stark sich noch einer äußerst schmutzigen Aufgabe ausgesetzt: Er musste die Bioabfälle gründlich durchsuchen.

»Danke, die können gleich loslegen und die Leiche ins Kühlhaus des Krematoriums schaffen, bis das Wetter sich bessert und eine Überführung in die Rechtsmedizin stattfinden kann. Ich will mir nur noch schnell etwas ansehen.«

»Und Sie sollen sich dringend bei Bürgerpolizist Deutschmann melden.«

Während Hentschel davonsprang, begann Stark an der Kleidung der Toten herumzuzupfen und den Körper so gut es ging freizulegen. Die Jackentaschen hatte er bereits zuvor entleert, diesmal war er auf der Suche nach einem Hinweis. Es dauerte kaum zwei Minuten, da entdeckte er etwas auf der Haut der Leiche.

Nachdem Vogel sich von seinem ehemaligen Kommissariat hatte bestätigen lassen, dass Erik Donner vorläufig festgenommen war, setzte er alle Hebel in Bewegung, um an Informationen zu gelangen. Tatsächlich stellte sich die neue Kollegin als nützlich heraus. Winter konnte einen Computer nicht einfach nur vortrefflich bedienen, nein, wenn Vogel sich konzentrierte, konnte er sogar hören, wie sie dem Notebook auf dem Bürotisch geheime Botschaften zuflüsterte.

»Hier«, sagte sie irgendwann und hielt ihm einen fein säuberlich geordneten Stapel bedrucktes Papier hin. »Das ist die geforderte Liste. Sämtliche Informationen über eine Vielzahl der Personen, die in der Akte auftauchen.«

Dafür hatte sie weniger als zwei Stunden gebraucht. Entsprechend zufrieden war er mit ihrer Arbeit. Er riss ihr die Unterlagen aus den Händen, als hätte sie ihre Seele zum Kauf angeboten. Als er das Telefon zum Ohr führte, bemerkte er, dass sie ihn seltsam ansah.

»Was ist, erwarten Sie etwa einen Dank?«

Sie schnaubte, was wohl bedeuten sollte, dass sie tatsächlich zumindest ein knappes Danke erwartet hatte. Statt es auszusprechen, stellte sie eine Frage. »Wen rufen Sie an?«

»Den Leiter der Kriminalpolizeiinspektion.«

»Herrn Moll?«

»Gibt es noch einen anderen KPI-Leiter?«

»Ich dachte, Herr Moll sei im Urlaub.«

»Liebe Frau Winter, wenn Sie anrufen würden, wäre er das ganz bestimmt. Herr Moll ist ein Idiot, aber ein nützlicher. Wenn Sie es in Ihrer Karriere zu etwas bringen wollen, suchen Sie sich eine Abteilung mit einem Vollidioten als Vorgesetzten.«

»Meinen Sie damit, ich sei bei Ihnen völlig falsch?«

Vogel ging nicht näher darauf ein. Er drehte sich weg, weil sich im Hörer der KPI-Leiter meldete. »Ich mache es kurz: Ich will den aktuellen Mordfall in Pöhla übernehmen.«

»Wieso denn das?«, kam es genervt von Moll.

»Weil ich den Verdacht habe, dass ein Zusammenhang zwischen dem aktuellen Tötungsverbrechen und einem Fall aus der Vergangenheit besteht.« Und weil er wusste, dass der Leiter selten an Details interessiert war, schob er nach: »Vertrauen Sie mir.«

»Ach, Sokrates, Sokrates … Henry Stark leitet die Mordermittlungen. Er ist der Leiter vom K11, ich werde ihn garantiert nicht abziehen. Und wozu sollte das auch gut sein? Nach meinem Kenntnisstand kommt derzeit niemand auch nur in die Nähe von Pöhla. Der Ort ist quasi von der Außenwelt abgeschnitten.«

Das wusste Vogel bereits durch den Wetterbericht, aber Hindernisse waren da, um überwunden zu werden. »Wenn ich einen Weg in das Nest finde, erteilen Sie mir dann unumschränkte Vollmacht?«

»Und wie wollen Sie das nun wieder anstellen?«

»Lassen Sie das mal meine Sorge sein. Habe ich Ihr Wort?«

»Sokrates Vogel, ich bin immer wieder über Ihre Fähigkeiten erstaunt, aber in diesem Fall fehlen Ihnen leider die Flügel.«

Durch den mehrfachen Aufprall war die Windschutzscheibe des Unfallwagens komplett gesplittert und zur Hälfte aus dem deformierten Karosserierahmen gesprungen. Schnee wehte durch die Öffnung herein. Die Flocken trafen Dany Wolf im

Gesicht. Das Lenkrad mit dem erschlafften Airbag drückte ihm gegen Rippen, Leber, Magen, Darm und die Lungenflügel. In seinem Oberschenkel steckte irgendein Metallteil. Seine Füße spürte er längst nicht mehr. Im Mund sammelte sich andauernd Blut. Er konnte nicht mehr sprechen. Er hatte sich ein Stück Zunge abgebissen und es verschluckt.

Ihm fehlte nicht nur die Sprache, sondern auch die Kraft, um sein grausames Schicksal zu bejammern. Vorhin war Donner noch hinter ihm gewesen. Dann wollte er fliehen und er hatte auf ihn gefeuert. Ob er ihn getroffen hatte, wusste Wolf nicht. Es war auch völlig egal, weil er hier draußen in der Kälte sowieso bald sterben würde.

»Ich helfe dir«, hörte er plötzlich jemanden sagen.

Wolf blinzelte. Jemand beugte sich über die Öffnung in der Frontscheibe zu ihm herein. Gott sei Dank handelte es sich nicht um Donner. Es erleichterte ihn ungemein, dem Mörder nicht hilflos ausgeliefert zu sein. Vielleicht bestand doch noch eine winzige Chance auf Bergung.

Mit eingetrübtem Blick beobachtete er, wie sein Retter den Arm ausstreckte. Doch zu Wolfs Erstaunen griff er nach der fallen gelassenen Pistole. Zwei Sekunden später schaute Wolf direkt in den Lauf. Wiederum eine Sekunde danach verteilte sich sein Gehirn im Fahrzeug.

Kapitel 21

Trotz winterlicher Temperaturen schwitzte Kriminalhauptkommissar Henry Stark auf dem Beifahrersitz Blut und Wasser. Die Schneeglätte machte jede Autofahrt zu einem Glücksspiel. Und ausgerechnet bei diesem Mistwetter mussten sie außerhalb der Ortschaft zu einer Stelle, wo man den völlig zerstörten Funkstreifenwagen gefunden hatte, in dem Erik Donner als Festgenommener transportiert worden war.

Wenn Hentschel wenigstens etwas mehr Sicherheit beim Fahren ausstrahlen würde, dachte Stark. Stattdessen knetete der Anwärter das Lenkrad, als wäre es ein Hefeteig.

»Du machst das sehr gut, Levi. Vielleicht fährst du aber trotzdem einen Tick langsamer.«

»Ich will Ihnen nicht widersprechen, aber ich gebe zu bedenken, dass bei einer zu niedrigen Geschwindigkeit die Gefahr besteht, dass die Reifen kurzzeitig keinen Grip mehr haben und danach die restliche Bewegungsenergie nicht mehr ausreicht, um vorwärtszukommen. Anders ausgedrückt: Wir könnten stehen bleiben und nicht mehr vom Fleck kommen.«

»Klingt logisch«, bekundete Stark, wobei er beschloss, bis zur Unfallstelle besser die Augen zu schließen und zu beten. Im Geiste sah er den Wagen bereits neben dem anderen Wrack liegen.

Entgegen seiner Befürchtung erreichten sie wenig später den halb eingeschneiten Funkstreifenwagen des Bürgerpolizisten, der mittig auf der Straße stand. Auf dem Fahrzeugdach kämpfte sich das Blaulicht durch die Schneedecke und ließ die fallenden Flocken irreal glitzern.

Als Stark und Hentschel ausstiegen, ging am Streifenwagen die Beifahrertür auf.

»Herr Uhlig!«, rief Stark den Namen des Ortsvorstehers, als er ihn erkannte. »Wo ist denn Herr Deutschmann?«

»Da unten«, antwortete Uhlig und deutete mit ausgestrecktem Arm zum Steilhang. Mit der anderen Hand schirmte er das Gesicht vor dem Schnee ab. »Er ist schon über eine halbe Stunde fort.«

Stark stellte sich an den Straßenrand und schaute hinab ins Tal. Weit unten erkannte er zwischen unzähligen Bäumen und Sträuchern den Fluss. Etliche Meter von seinem Standort sah er auch ganz schwach eine schneebedeckte Karosserie. Nur von Deutschmann fehlte jede Spur.

»Levi, hol mir bitte das Fernglas aus meiner Tasche«, wies Stark Hentschel an.

»Sehr gern, Herr Stark.« Damit stapfte der Anwärter davon.

»Lars meinte, ich soll im Fahrzeug auf Sie warten«, sagte Uhlig. »Er hat den Ladezustand seiner Dienstwaffe geprüft, mir die Bedienung des Funkgeräts erklärt, aus dem Kofferraum zwei Kletteräxte genommen und ist dann den Straßenrand abgelaufen, um den günstigsten Weg für den Abstieg zu finden. Irgendwann ist er im Sturm verschwunden. Sie müssen wissen, vorhin war hier wettermäßig noch deutlich mehr los.«

»Haben Sie probiert, ihn über das Funkgerät zu erreichen?«

Uhlig wackelte mit dem Kopf. »Er hat mich angesprochen und von zwei Toten gesprochen, dann ist die Verbindung abgebrochen.«

Das klang übel.

»Zwei Tote?«

»Ja, aber mehr weiß ich nicht. Auf seinem Handy erreiche ich Lars ebenfalls nicht. Ich weiß nicht, was hier los ist.«

Auch Stark kannte darauf keine Antwort. Er wusste nur, dass auch er auf der Herfahrt mehrfach vergeblich versucht hatte, Deutschmann anzurufen. Außerdem hätten sich in dem Streifenwagen drei Personen befinden müssen.

»Hat er Unterstützung angefordert, bevor er da runtergestiefelt ist? Ich meine, abgesehen von mir und meinem jungen Kollegen?«

»Er hat mit der Feuerwehr und der Bergwacht gesprochen. Die werden uns helfen, sobald sie Kapazitäten haben. Momentan ist jedoch jeder verfügbare Mann im Einsatz. In der Nähe von Crottendorf soll ein Lieferwagen des ansässigen Räucherkerzenherstellers von einer Schneelawine begraben worden sein. Man hat zwar unter den Schneemassen lauter Räucherkerzen gefunden, aber eben den Fahrer noch nicht.«

Lautstark verfluchte Stark diesen Tag. »Sie kennen hier doch bestimmt ein paar Leute, die verrückt genug sind, um uns bei der Bergung der Kollegen da unten zu helfen.«

»Ja, Sie haben recht, ich werde sehen, was ich auf die Schnelle tun kann.« Prompt holte er sein Handy hervor. »Vorausgesetzt, der Empfang bricht nicht zusammen.«

Unterdessen eilte Hentschel herbei und reichte Stark das Fernglas. Stark hob es zum Gesicht und nahm das Wrack ins Visier.

»Das könnt ihr euch sparen«, kam es plötzlich von der Seite.

Stark, Hentschel und Uhlig schwangen gleichzeitig herum. Schwer schnaufend trat Deutschmann aus dem Nebel und hinkte auf sie zu. Fast sah es so aus, als würde er vor Schwäche gleich zusammenbrechen. Der Ortsvorsteher reagierte als Erster. Er lief dem Bürgerpolizisten entgegen, nahm ihm die

Kletteräxte ab und stützte ihn die letzten Meter. Ebenso griff Hentschel ihm beherzt unter den freien Arm.

»Was ist da unten geschehen?«, fragte Stark.

Deutschmann schüttelte den Kopf. »Donner ist weg.«

»Was heißt, er ist weg?«

»Ihr Freund befindet sich nicht in dem zerstörten Wagen!«, schrie Deutschmann ihn an. »Da unten sind zwei tote Polizisten und keiner davon ist Erik Donner. Er muss den Absturz überlebt haben. Gott allein weiß, wie er das angestellt hat. Und dann hat er Dany erschossen.«

Was Stark da hörte, schien zu verrückt, um wahr zu sein. Bestimmt fantasierte Deutschmann, weil ihn der Abstieg und der anschließende Aufstieg komplett ausgelaugt hatten. »Wie kommst du darauf?«

»Weil in Danys Kopf ein verdammtes Einschussloch klafft, zum Teufel! Und glaub mir, ich erkenne eine Schusswunde, denn ich bin selbst kein so schlechter Schütze.«

»Das bringt doch alles nichts, wenn wir uns anschreien«, intervenierte Uhlig. »Okay, Lars, ich bringe dich jetzt zum Wagen, dort kannst du dich aufwärmen und etwas trinken.«

»Nein, verdammt!« Deutschmann riss sich los. »Ich will bloß dieses Schwein finden.«

Stark presste die Lippen aufeinander und schaute voller Verbitterung zum Abhang. Was hier passierte, gefiel ihm ganz und gar nicht. »Wie hast du eigentlich den Funkwagen entdeckt? Ich meine, durch den Schneefall sind keinerlei Unfallspuren zu sehen, und von hier erkenne ich den Wagen nur, wenn ich die Augen zusammenkneife.«

»GPRS«, nannte Deutschmann den Begriff, als wäre es die neueste technische Errungenschaft. »Nachdem jeglicher Kontakt zur Besatzung abgebrochen ist, habe ich beim Lagezentrum nachgefragt. Dort wurde mir bestätigt, dass keine Funkverbindung mehr besteht und sich der Kenner auf der digitalen Umgebungskarte im Einsatzleitsystem nicht mehr vom Fleck bewegt. Sie haben mir die GPRS-Koordinaten vom letzten Standort gegeben. Dank der Technik im FLZ stehen wir jetzt hier.«

»Falls der Mörder tatsächlich zu Fuß geflohen ist, kann er unmöglich weit gekommen sein«, brachte sich Uhlig ein.

Eine Nachfrage, wen er mit Mörder meinte, ersparte Stark sich. Stattdessen hörte er weiter zu.

»Bestimmt ist er verletzt«, redete Uhlig weiter. »So einen Sturz übersteht niemand unversehrt.«

»Sagen Sie das nicht«, mischte Hentschel sich ein. »In der Polizeidirektion erzählt man sich, Herr Donner habe genauso viele Leben wie eine Katze.«

»Märchen«, blaffte Deutschmann. »Ich habe mich gestern im Gasthaus mit ihm unterhalten und habe den Wahnsinn in seinen Augen gesehen. Von Unzerstörbarkeit konnte ich dagegen keine Anzeichen entdecken. Auf mich hat er eher den Eindruck gemacht, als wäre er längst dabei, sich selbst zu zerstören.«

»Doch, ich selbst habe …«

»Ja, ja, schon gut, Levi«, schnitt Stark seine Ausführungen ab. »Fakt ist, wir müssen Erik finden, bevor es Nacht wird. Vielleicht liegt er schwer verletzt in der Nähe des Unfallwagens.«

»Da gibt es noch etwas, das du wissen solltest«, sagte Deutschmann. »Ich konnte weder die Dienstpistole von Kommissar Wolf noch die von Obermeister Schlegel finden.«

KAPITEL 22

Abgesehen von einigen Luftabenteuern per Computersimulator als Teenager war Polizeikommissar Tim Forchner noch nie in seinem Leben geflogen. Und nun sollte er ausgerechnet bei Schneesturm in einen Hubschrauber einsteigen und sich mitten ins Herz des Erzgebirges tragen lassen. Als er vom Führungs- und Lagezentrum den Auftrag erhalten hatte, war er von einem vorweihnachtlichen Scherz ausgegangen. Ein Blick aus dem Fenster hätte jedem vernünftigen Menschen gereicht, um zu verstehen, dass bei diesem Wetter kein Pilot in die Lüfte stieg. Selbst auf dem Leipziger Flughafen gab es Startausfälle bei den Maschinen. Doch im Lagezentrum hatte ihn der Polizeiführer vom Dienst nur humorlos angeblickt und gesagt: »Anweisung von *ganz oben.*«

Obwohl Forchner bis jetzt noch nicht wusste, wer mit *ganz oben* gemeint war, hatte er sich widerspruchslos seinem Schicksal ergeben. Das war sein Problem: Er schaffte es einfach nicht, seinen Standpunkt gegenüber Vorgesetzten zu vertreten. Es fehlte ihm schlichtweg an Durchsetzungsvermögen. So war es, seit er denken konnte. In der Schule war er der typische dickliche Junge gewesen, der sich, wann immer es ging, unsichtbar machte, damit er nicht zur Zielscheibe von Hänseleien wurde; der mit Absicht durchschnittliche Noten schrieb, um nicht auch noch als Streber dazustehen; und der im Sportunterricht beim Bilden der Teams ständig als Letzter übrig blieb, weil die Mannschaftskapitäne hofften, er würde am Ende in der gegnerischen Truppe als Ballast landen.

Trotz ungünstiger Voraussetzungen in der Schulzeit hatte Forchner das Abi mit sehr gutem Notendurchschnitt absolviert, den Einstellungstest bei der Polizei bestanden und einen passablen Hochschulabschluss geschafft. In den Polizeidienst war er allerdings nur eingetreten, weil sein Vater es verlangt hatte. Wie immer hatte Forchner ihm nicht widersprochen, stattdessen seinen Wunsch von den großen Theaterbühnen aufgegeben. Nach einer kurzen Station als Dienstgruppenführer im Revier Döbeln war er zum Außendienstleiter der Polizeidirektion ernannt worden und seither mit einem Erfahrungsschatz von gerade einmal einunddreißig Lebensjahren bei herausragenden Einsatzlagen als Einsatzleiter gefordert. Einsatzlagen wie den Morden an einer Frau und zwei Polizeibeamten im Erzgebirge.

So weit die Theorie.

In der Realität verspürte er weder Lust auf ein Wiedersehen mit Kriminalhauptkommissar Donner noch auf die Aussicht, die nächsten Stunden bei eisigen Temperaturen in der Wildnis von Pöhla zu verbringen. Aber vielleicht stürzte der Hubschrauber unterwegs ab. In dem Fall bliebe ihm wenigstens die Kälte erspart. Sein Magen drehte sich bereits wie ein Rotor, wenn er nur daran dachte, sein Schicksal in die Hände eines Piloten zu legen, der wahnsinnig genug war, um bei Windstärke zehn das Triebwerk anzuwerfen.

»Bleib einfach cool«, sagte sein Führungsgehilfe Ben Lichtenberg, der ihr Einsatzfahrzeug zum Bahnhof steuerte, wo der Pilot der Bundespolizei auf sie wartete.

Der Polizeiobermeister bemerkte wohl Forchners zitternde Knie, woraufhin er ihm beruhigend die Hand auf den Oberschenkel legte.

»Du hast gut reden, Ben, du bist mindestens genauso verrückt wie Erik Donner.«

»Da könntest du recht haben. Und ich bin auch kein Mörder.«

Natürlich verstand Forchner, was ihm sein Partner damit sagen wollte. Doch auch wenn Forchner die Leistungen von Donner achtete, wollte er seine Hand nicht für den Kriminalhauptkommissar ins Feuer legen. Vielleicht war er nach dem erneuten Verlust einer geliebten Frau komplett durchgedreht und hatte tatsächlich drei Menschen umgebracht, wie man es im Einsatzleitsystem lesen konnte.

Während Lichtenberg den Wagen durch die verschneite Stadt lenkte, überflog er auf dem Laptop den bisherigen Einsatzverlauf und die neuste Lageentwicklung. »Wenn nur die Hälfte von dem stimmt, was hier steht, können wir uns auf eine ordentliche Portion Überstunden einstellen. Aktuell fehlt von Erik Donner jede Spur. Vor Ort stellen Sie eine Suchmannschaft zusammen, so groß wie möglich, denn wegen des Wetterchaos fehlen die nötigen Kräfte an allen Ecken und Enden. Derzeit führt der Leiter vom K11 den Einsatz, aber er muss gleichzeitig in einem Mordfall ermitteln. Deshalb kommen wir ins Spiel, um Henry Stark zu entlasten. Ich fürchte, dass wir wieder so eine entsetzliche Nacht erleben werden wie beim letzten Mal, als wir Erik Donner unterstützt haben.«

Als Antwort wackelte Lichtenberg lediglich mit dem Kopf und presste die Lippen fest aufeinander. Vor rund fünf Monaten hatte Forchner Erik Donner kennengelernt und war zusammen mit dem Kriminalhauptkommissar in einen Albtraum geraten, der ihm bis heute zusetzte. So sehr, dass er – ganz im Gegensatz zu Donner – regelmäßig die Hilfe des Polizeipsychologischen Dienstes in Anspruch nahm.

»Hm, irgendwie fühle ich mich gar nicht gut bei der Sache«, sprach er sich seine Angst von der Seele.

Sein Gehilfe, der ein gestandener Polizeibeamter war und in der Vergangenheit noch deutlich mehr tragische Geschichten erlebt hatte, nickte daraufhin. »Mir geht es genauso. Aber du weißt ja, der Polizeipräsident zählt auf sein Außenleiterteam.«

Zu Forchners Leidwesen erreichten sie den Hubschrauberlandeplatz, wo die Turbine ihres Transportmittels bereits röhrte. Zudem winkte der Pilot so hektisch, als würde man ihm jede Minute Verspätung vom Lohn abziehen.

»Los, los!«, brüllte er gegen das Wetter an. »Wir haben nicht den ganzen Tag Zeit. Heute Nachmittag wird Skispringen im Fernsehen übertragen, da möchte ich zu Hause bei Frau und Kind sein.«

Etwas Ähnliches wünschte Forchner sich auch. Doch auf ihn warteten zu Hause nur eine überdimensionierte Leinwand, ein Beamer, eine ganze Schrankwand voller Videofilme, ein Geheimfach voller Chipstüten und eine pflegebedürftige Mutter. Selbst Lichtenberg schien abseits der Arbeit mehr Freude im Leben zu haben als er. Nach einigen Widerständen der Verwandtschaft wohnte Lichtenberg inzwischen mit einer sehr netten farbigen Schönheit zusammen, deren Name richtig auszusprechen Forchner immer noch übte. Bestimmt würden die beiden nächstes Jahr heiraten. Lichtenberg war mittlerweile nämlich schon achtundvierzig, auch wenn er im Dienst immer nach vorn preschte, als könnte er noch jederzeit mit den jungen Kollegen mithalten.

Mit einem flauen Gefühl stiegen sie in den Hubschrauber ein. Noch bevor das Signal zum Anschnallen leuchtete, ließ Forchner den Gurt einrasten.

»Keine Sorge, der Gurt hilft Ihnen bei einem Absturz auch nicht«, sagte der Pilot, während er unzählige Knöpfe und Hebel betätigte.

Forchner zog es vor, nicht darauf einzugehen. Er beobachtete stattdessen jeden Handgriff des Mannes und registrierte, dass es hier drin jede Menge Technik gab, die kaputtgehen konnte.

»Ach, und bloß keine Angst vor den dunklen Wolken, die sich mit einhundert Stundenkilometern von Norden nähern«, fuhr der Pilot mit seiner Witzelei fort. »Wir fliegen schließlich in den Süden.«

Es folgte ein Lachen, das Forchner bis tief in die Eingeweide erschütterte.

Kurz bevor der Hubschrauber abhob, flog die Seitentür auf.

»Halt, ich komme mit!«, krächzte ein älterer Mann mit einem sonderbaren Mantel und langem weißem Haar, das im Windzug wie Spinnweben tanzte.

»Wer sind *Sie* denn?«, fragte Forchner. Gleichzeitig nahm er Haltung an angesichts der Dame mit dem hübschen Gesicht und der blauen Wollmütze, die hinter dem Fremden stand. Vom Alter her konnte sie unmöglich seine Tochter sein. Höchstens seine Enkelin.

»Das ist Kriminalhauptkommissar Sokrates Vogel vom K77«, gab Lichtenberg Auskunft.

»Kommissariat 77?«, staunte Forchner. »Davon habe ich noch nie gehört.«

»Das stärkt mein Vertrauen in Sie nicht gerade«, erwiderte Vogel und machte ein zischendes Geräusch, als wollte er eine diebische Katze vertreiben. »Los, zusammenrücken!«

»Hey, hier drin ist maximal für vier Leute Platz!«, schrie der Pilot nach hinten.

Daraufhin schien Vogel abzuwägen, ob er Forchner, Lichtenberg oder sogar den Piloten hinausschmeißen sollte.

»Vergessen Sie's«, kam Forchner ihm zuvor.

»Tja, Frau Winter«, sagte Vogel schlussendlich zu seiner Begleiterin. »Kümmern Sie sich weiter um Preuß, ich kläre den Rest.«

»Dann muss ich Sie darauf hinweisen, dass ich Ihnen bei Schwierigkeiten nicht helfen kann«, gab sie zurück.

»Bisher bin ich gut ohne Sie zurechtgekommen.« Vogel klopfte sich auf den Mantel, in dem sich eine unergründliche Innentasche befand, aus der er beinahe in jeder Lebenslage ein passendes Hilfsmittel zog. »Und für alle Fälle habe ich immer ein Halsbonbon, ein Pflaster und eine Rettungsdecke eingesteckt.«

»Die nützt Ihnen im Fall eines Absturzes wenig.«

Forchner wurde schlecht, als er das hörte.

Kapitel 23

Henry Stark, der seinen Assistenten zum Versorgungswagen der Feuerwehr geschickt hatte, um Tee zu holen, ärgerte sich, dass er keine langen Unterhosen mehr besaß. Seine Frau hatte die alten Liebestöter irgendwann im heimischen Kamin verbrannt. Stark erinnerte sich noch gut an den Abend, als es im gesamten Haus nach Textil gerochen hatte. Selbst der Geruch sei unsexy, hatte seine Angetraute festgestellt und im selben Atemzug versprochen, ihm als Ersatz etwas Moderneres für die Winterzeit zu kaufen. Darauf wartete er bis heute. Und so konnte der Cordstoff um seine Beine den Temperaturen nichts entgegensetzen.

»Bitte schön, Herr Stark«, vernahm er Hentschels Stimme hinter sich. »Kräftig gezuckerter Zitroneninstanttee. Vorschriftsmäßig auf vierundzwanzig Grad erwärmt, zum Schutz vor Verbrennungen im Rachenraum.«

Dankbar griff Stark nach dem Becher. Temperatur und Geschmack waren ihm schnurzegal. Hauptsache, das Zeug half gegen die Kälte. Statt mit trockenen Socken dem Duft von Akten zu frönen, fror er mitten im tief verschneiten Wald. Wenigstens konnte er sich auf den jungen Anwärter verlassen.

»Schätze, wir werden heute hier übernachten müssen, nicht wahr?«, fragte Hentschel. »O je, ich habe nicht einmal eine Zahnbürste dabei.«

»Falls wir Erik nicht schleunigst finden, wird Mundgeruch unser kleinstes Problem sein.«

Von Anfang an hatte Stark der Vorfall beunruhigt. Gleich als von einem blutverschmierten Bettzeug die Rede und im selben Atemzug der Name Erik Donner gefallen war, hatte sein Magen eine Rolle rückwärts gemacht. Weil er wusste, wie es um Donners Seelenleben stand, und Stark nicht dafür verantwortlich sein wollte, dass der vom Leben verdammte Kollege sich wegen dieser Geschichte den Strick nahm, war er persönlich hergefahren. Unterwegs hatte er gehofft, die ganze Sache sei nur ein Missverständnis, aber inzwischen verlor er den Glauben daran, dass dieser Tag noch irgendeine positive Wendung nahm.

»Ich mag Herrn Donner«, redete Hentschel, als könnte er Starks Gedanken lesen. »Sehr sogar, und ich würde es nicht ertragen, wenn er eingesperrt wird. Ich meine, er war immer so etwas wie ein Idol für mich.«

Im ersten Moment wollte Stark ihm raten, sich schleunigst nach anderen Idolen umzusehen, weil jeder, der sich an Donner hielt, genauso verflucht war wie dieser, aber dann nickte er bloß. »Ich verstehe ein bisschen, was du damit meinst.«

Die Zweisamkeit wurde unterbrochen, als Deutschmann und Uhlig zu ihnen traten.

»Schlechte Neuigkeiten«, fing der Bürgerpolizist an. »Unser angeforderter Mann von der Bergwacht, der sich in den Wäldern wie in seiner Westentasche auskennt, ist momentan bei einer Rettungsaktion unabkömmlich. Inzwischen stehen uns zwar eine Handvoll Kameraden von der Feuerwehr und vier weitere Streifenkollegen vom Revier Aue zur Verfügung, aber letzten Endes fehlt uns jemand, der uns sicher durch das Gebiet führt.«

Nachdenklich schaute Stark an den beiden vorbei zu der Stelle, wo die Suchkräfte auf das Kommando warteten. Eingeschneit standen sechs Einsatzfahrzeuge wie eine kleine Wagenburg aufgereiht. Direkt hier, wo Stunden zuvor der Funkwagen von der Straße abgekommen war. »Aha, uns fehlt also ein ortskundiger Führer. Warum übernimmst du das nicht?«

Abwehrend hob Deutschmann die Arme. »Tja, ich werde mein Bestes geben, aber all die unbedeutenden Höhleneingänge, in denen sich jemand verstecken kann, kenne ich auch nicht. Das wird dann wie die berühmte Suche nach der Nadel im Heuhaufen.«

»Gibt es keinen anderen, der einspringen kann?«

»Wir könnten den alten Bürgermeister Lutz Fromm fragen«, schlug Deutschmann vor. »Der kennt sich relativ gut in der Gegend aus und zeigt den Touristengruppen regelmäßig die Überbleibsel vom ehemaligen Bergbau.«

»Auf keinen Fall!«, protestierte Uhlig. »Lutz ist absolut der falsche Mann.«

»Das verstehe ich nicht«, sagte Stark. »Kennt er sich nun in den Bergen und Tälern aus oder nicht?«

»Verstehen Sie mich nicht falsch, Herr Stark, aber was glauben Sie wohl, weshalb Lutz Fromm nach dem Verschwinden eines kleinen Mädchens sein Bürgermeisteramt verloren hat?«

»Reden Sie von Violetta Hartwig?«

»Der Vorfall hat ihn jegliches Ansehen gekostet.« Uhlig deutete mit dem Daumen über seine Schulter, wo die Feuerwehrleute und Rettungskräfte warteten. »Von den Leuten da hinten haben viele nicht vergessen, dass Fromm es war, der gegen den Willen der Einwohner das Steigerfest veranstaltet und dadurch lauter Gesindel in den Ort geholt hat. Deshalb würden sie ihm nur widerwillig folgen. Und außerdem nehme ich an, dass er auf Arbeit ist. Er kann nicht alles stehen und liegen lassen und herkommen. Und falls doch, dauert es trotzdem viel zu lange, ehe er hier auftaucht. Besser, wir legen los, bevor es dunkel wird.«

Unzufrieden kaute Stark auf seiner Unterlippe. Dabei ließ er sich das Gesagte durch den Kopf gehen. »Kann es sein, dass Sie eine persönliche Abneigung gegen Herrn Fromm hegen?«

»Sagen wir es so, wir gehen uns aus dem Weg. Entweder Sie verlassen sich weiterhin auf mich oder Sie ziehen Fromm heran und müssen auf meine Dienste verzichten. Vergessen Sie bitte nicht, wer der Ortsvorsteher ist. Was glauben Sie wohl, wer unter den Einheimischen den besseren Ruf genießt?«

»Ich denke, Theo hat recht«, brachte Deutschmann sich wieder in das Gespräch ein. Er zog sein Handy aus der Hosentasche und hielt es hoch. »Mir fällt da jemand ein, den ich anrufen könnte. Eventuell hilft der uns aus.«

»Und wer ist das?«, wollte Stark wissen.

Deutschmanns Arm beschrieb einen großen Bogen in Richtung Tal. »Der zuständige Jagdpächter für dieses Gebiet.«

»Ähm, ich störe ungern«, unterbrach Hentschel die Besprechung und zeigte in den Himmel, wo die Wolken ein abstraktes dunkles Schneegebilde zeichneten. »Hat zufällig jemand einen Hubschrauber angefordert?«

Anfangs musste Stark seinen Blick schärfen, und auch Uhlig richtete sich die Brille auf der Nase, um etwas erkennen zu können. Dann jedoch sahen alle den Hubschrauber und verfolgten, wie dieser irgendwo hinter den Bäumen landete.

Zehn Minuten später stapften drei Männer auf Stark und seine Gruppe zu. Sofort erkannte er den schwarz gekleideten Mann, der immer ein bisschen aussah wie ein böser Zauberer – oder aber ein Totenbeschwörer. Jedenfalls nicht wie ein brillanter Kriminalist.

»Sokrates Vogel«, begrüßte Stark den Kollegen. »Darf ich erfahren, warum Sie uns mit Ihrer Anwesenheit beehren?«

»Ich übernehme ab sofort den Fall.«

Alle in der Runde schauten sich verdutzt an. Nur Vogel zeigte ein Lächeln, das etwas Kaltblütiges hatte.

»Aber wir sind doch für die Leitung des Einsatzes verantwortlich«, intervenierte Forchner neben ihm zaghaft. »Also entscheide ich, wie …«

»Mund zu und Ohren spitzen!«, fauchte Vogel den jungen Außendienstleiter an. »Wegen euch musste ich meine brillante Assistentin zu Hause lassen. Jetzt kommt mir nicht in die Quere, denn ich muss einen Vermisstenfall aufklären.«

»Einen Vermisstenfall?«, fragte Stark, der den Auftritt seiner Kollegen vor dem Ortsvorsteher als absolut unprofessionell empfand. »Reden Sie von Erik Donner?«

»Was interessiert mich Herr Donner. Der kommt auch ohne mich zurecht. Ich spreche von Violetta Hartwig.«

Es folgte Gemurmel in der Runde. Nicht nur Deutschmann und Uhlig schauten sich verwundert an.

»Soll das ein bösartiger Scherz sein?«, fragte der Ortsvorsteher ungehalten. »Sie glauben ernsthaft, Sie könnten einen uralten Vermisstenfall aufklären?«

»Natürlich glaube ich das. Oder denkt jemand, es macht mir Spaß, bei dem Wetter mit Quacks dem Bruchpiloten in diesem Kaff zu landen? So schön ist die Gegend nun auch wieder nicht.«

»Kollege …«, setzte Deutschmann an.

»Vogel«, half Vogel ihm weiter.

»Falls Sie es noch nicht wissen, aber ein Polizist ist Amok gelaufen und da unten liegen zwei ermordete Kollegen. Was bilden Sie sich eigentlich ein?«

»Und Sie sind?«, fragte Vogel seelenruhig.

»Bürgerpolizist Deutschmann.«

»Aha, und ist nicht irgendwo ein Bürger, der einen Polizisten wie Sie braucht?«

»Hey, schön langsam«, hielt Stark es schließlich für geboten einzuschreiten. »Der Kollege hat recht. Erik ist vor wenigen Stunden festgenommen worden. Das ist alles mit dem zuständigen Staatsanwalt abgesprochen. Wir haben alle Hände voll zu tun und keine Zeit für solche schwachsinnigen Kompetenzdiskussionen. Wie gesagt, Erik Donner ist momentan unser Tatverdächtiger.«

»Exakt aus diesem Grund bin ich hier«, erwiderte Vogel und winkte ab, als interessierte ihn das aktuelle Geschehen kein bisschen. »Ich muss Ordnung in das Chaos bringen. Oder wollen Sie mir weismachen, Erik Donner reist mitten in der Adventszeit an den gottverlassensten Ort der Welt, um Leute zu killen? Sie haben mehr schwarzen Humor, als meine dunkle Seele vertragen kann. Nun ja, jeder zieht die Schlüsse, die sein Verstand hergibt.«

»Herr Stark hat keine voreiligen Schlüsse gezogen, sondern erstklassige kriminalistische Arbeit vollbracht«, redete Hentschel dazwischen.

»Ach herrje, hier darf wohl jeder seine Meinung kundtun«, redete Vogel. »Da lobe ich mir doch den Despotismus in meinem Büro.«

Stark verdrehte die Augen, weil er die Peinlichkeit der Situation kaum noch aushielt. Er konnte dem Jungen ja nicht dauernd den Mund verbieten. Besser wäre es allerdings gewesen.

»Wie dem auch sei«, ergriff er das Wort. »Sie werden nichts ohne meine Erlaubnis tun.«

»Wie Sie meinen, dann werde ich der Presse stecken müssen, dass Sie meine Ermittlungen behindern. Mal sehen, wie die Öffentlichkeit darüber denkt, dass Ihnen das Schicksal eines unschuldigen Kindes völlig am Arsch vorbeigeht …«

KAPITEL 24

Damals (zehn Jahre zuvor)

Inzwischen waren fast zwei Monate seit dem Verschwinden des Mädchens vergangen. Bis über die Grenzen Deutschlands hinaus hatte der Fall für Aufsehen gesorgt. Einige Menschen, die das Schicksal von Violetta Hartwig aus den Nachrichten kannten, hatten ihren Namen bereits vergessen. Wenn man über sie redete, dann war sie höchstens das Kind aus dem Erzgebirge, das an dem Montagmorgen nach dem Steigerfest spurlos verschwunden war.

Er jedoch würde Violetta niemals vergessen.

Nach dem Besuch der beiden Streifenbeamten hatte er noch drei Wochen gewartet, bis sich die Hysterie und das Medieninteresse gelegt hatten. Längst waren auch die Bemühungen der Polizei erlahmt. Zu diesem Zeitpunkt hatte er mit eigenen Nachforschungen begonnen.

»Suchst du immer noch nach Violetta?«, hörte er Katjas Stimme aus dem Nebenzimmer. Es klang wie ein Vorwurf.

»Momentan ordne, vergleiche und archiviere ich die Ausbeute des heutigen Tages.«

Wie so oft saß er in seinem Arbeitszimmer. Streng nach System archivierte er Fotos von Schuhabdrücken. Datum, Uhrzeit, Belichtung, Aufnahmeort, Besonderheiten, Maße der Schuhe. Zuvor hatte er die Bilder in seinem eigenen Labor unter Schwarzlicht entwickelt.

»Du bist ein Lügner.«

»Halt endlich deinen Mund, ja? Sonst bringe ich dich zum Schweigen. Du weißt, dass ich dazu in der Lage bin. Ich habe dich damals gefunden. Ohne mich wärst du in der Welt verloren gewesen.«

Keine Widerworte.

Er wusste nicht, ob er sich über die plötzliche Stille freuen sollte. Es fühlte sich nach Einsamkeit an. In den letzten Wochen stritten er und Katja immer öfter. Natürlich hatte er ihr versprochen, Violetta zu finden. Zwei Monate ohne ein Lebenszeichen des Mädchens waren eine bedenklich lange Zeitspanne. Trotzdem war er zuversichtlich, dass er sie bald finden würde. Schließlich hielt er einen Trumpf in der Hand: das allererste Foto.

Es klingelte an der Haustür. Er erwartete keinen Besuch und die Zeugen Jehovas kamen schon etliche Jahre nicht mehr in diese Region. Aus einem Reflex heraus wollte er das Licht der Schreibtischlampe löschen, aber das hätte seine Anwesenheit erst recht verraten. Schnell klappte er seinen Hefter zu, stürzte aus dem Zimmer, verschloss die Tür, ließ den Schlüssel in eine Vase fallen und lief die Treppe hinunter.

Er öffnete und blickte in das Gesicht eines unbekannten Mannes. Sofort schrillten bei ihm alle Alarmglocken. Endvierziger. Schnurrbartträger. Raucher. Modischer Geschmack gleich null.

Ein Bulle.

»Kriminaloberkommissar Andreas Preuß«, gab sich der Fremde postwendend zu erkennen.

Der Name kam ihm bekannt vor. Im Dorf hatten sie von einem Schnüffler erzählt, der von Haustür zu Haustür ging und sich nach Hinweisen zu Violetta erkundigte. Aber das war vor Wochen gewesen.

»Ist etwas passiert?«, fragte er unbedarft.

»Ich bin hier wegen Violetta Hartwig.«

»Ah, okay, gibt es denn Neuigkeiten zu ihrem Verbleib?«

Der Beamte schüttelte den Kopf. Er schien frustriert. Vermutlich steckte er bei den Ermittlungen fest. So kannte man das ja aus Filmen. Wenn die Bullen im Krimi nicht weiterwussten, klingelten sie wahllos bei den Leuten. »Ihr Name taucht in den Akten auf, deshalb bin ich hier.«

Er tat überrascht. »Ach so, Sie meinen sicherlich einen Bericht Ihrer Kollegen, die damals mit mir gesprochen haben. Ja, an den Tag erinnere ich mich. Ihre beiden Kollegen waren sehr nett und engagiert. Leider konnte ich ihnen nicht helfen.«

»Über das Gespräch gibt es tatsächlich einen Vermerk. Sind Sie inzwischen mit der Renovierung fertig?«

»Was?«, rutschte es ihm heraus.

Der Kommissar deutete auf die Fensterreihe im Erdgeschoss. »Das alte Gasthaus. Habe gehört, Ihre Mutter hat es bis zu ihrem Tod bewirtschaftet.«

»Nun ja, nicht gerade bis zu ihrem Tod. Die letzten Jahre lag sie nur noch krank im Bett und ich habe ihre eiternden Beine gewickelt. Je weniger sie sich selbst beschäftigen konnte, umso heftiger hat sie herumgemeckert. Am Ende konnte ich ihr gar nichts mehr recht machen.« Er verlor den Faden, weil er mit einem anderen Gesprächsverlauf gerechnet hatte. »Aber was erzähle ich Ihnen von meiner Mutter … Gott hab sie selig!«

»Darf ich eintreten und mir die Stube mal ansehen? Ich kenne da jemanden, der eine gut gehende Gastwirtschaft führt und im Erzgebirge ein zweites Standbein sucht. Ich glaube, die Gegend könnte ihm gefallen.«

Er schaute beim Reden nach links und rechts, als würde er sich für die Landschaft interessieren. Doch dem war garantiert nicht so.

»Ich dachte, Sie seien dienstlich hergekommen.«

»Warum nicht das eine mit dem anderen verbinden? Wollen wir drin weiterreden?«

Bei dieser letzten Frage überlegte er, was man in einer solchen Situation erwiderte. Natürlich würde der Kommissar sein Zögern auf seine Weise deuten, aber abzuwägen war immer noch besser, als leichtfertig einen Handel einzugehen, den man unmöglich rückgängig machen konnte.

Schlussendlich hielt er die Tür bereitwillig auf und der Polizist trat in den dunklen Flur ein. Über eine Hintertür gelangte man in die Schenke.

»Schicke Fotografien«, sagte Preuß und betrachtete zu beiden Seiten der Wände die Bilder. »Wer hat die geschossen?«

»Das war ich. Es sind hauptsächlich Motive aus der Gegend. Dort sehen Sie den Schanzenturm der Pöhlbachschanze und daneben das Rathaus, es ist übrigens im Weimarer Stil erbaut.«

»Da war ich zuletzt oft.« Preuß zeigte auf das Besucherbergwerk *Zinnkammern.* »Und die meisten der stillgelegten Schächte kenne ich inzwischen auch. Waren etliche Klettertouren.«

»Vielleicht dürfen Sie mir dazu keine Auskunft geben«, nahm er den Faden auf und ließ den Kommissar in den Gastraum eintreten. »Gibt es denn wenigstens schon eine Vermutung, was mit der kleinen Violetta passiert sein könnte? Ich meine, in den Zeitungen liest man ja die wildesten Spekulationen.«

Preuß schlenderte zwischen den alten Tischen und Bänken wie ein Immobilienmakler entlang. Hier und da klopfte er auf Holz und prüfte mit den Absätzen den Zustand der Dielenbretter. Beinahe sah es so aus, als suchte er einen darunterliegenden Hohlraum. »Ich nehme an, wenn sie vom Weg abgekommen und verunglückt wäre, dann hätten wir ihre Leiche längst gefunden. So hart das klingt, aber bei dem Aufwand, den wir betrieben haben – Hubschrauber, Rettungshunde,

Polizeitaucher –, möchte man meinen, wir hätten jedes Blatt und jeden Stein rund um Pöhla umgedreht.«

»Ja, in letzter Zeit war hier ganz schön was los.«

Sie nickten beide, als wären sie Partner. Aber das waren sie nicht. Er konnte spüren, dass der Kommissar etwas witterte.

Prompt rümpfte er die Nase. »Es müsste mal wieder gelüftet werden.«

»Da haben Sie vollkommen recht.« Er sprang zu einem der Fenster und riss es auf. »Bin in den letzten drei Tagen etwas nachlässig gewesen.«

»Aber Sie haben trotzdem schon eine Menge Handwerksarbeiten geschafft. Alle Achtung, machen Sie das alles allein?«

»Wenn ich Zeit habe.«

Zeit hatte er gehabt. Oftmals hatte er bis spät in die Nacht Balken geschliffen, Silikonfugen erneuert und jeden Quadratmeter Wand geweißt. Er war wirklich fleißig gewesen, um den Schein zu wahren. Denn im Grunde war die Renovierung völlig sinnlos gewesen, da er nie vorgehabt hatte, das Gasthaus zu verpachten.

»Kannten Sie Violetta Hartwig persönlich?«

»Hatten mich das Ihre Kollegen nicht schon gefragt?«

Preuß zuckte die Schultern. »Im Vermerk steht dazu nichts.«

»Ah ja, also am Anfang habe ich gar nicht gewusst, von wem die Leute im Ort sprechen, aber dann fiel mir ein, dass ich das Kind mehrfach gesehen habe. Meist, wenn es von der Schule nach Hause gegangen ist. Sie müssen wissen, ich kümmere mich nicht um die Angelegenheiten anderer Leute.«

»Ja, ich stelle fest, Sie leben ganz allein in einem entsetzlich großen Haus. Mir wären das zu viele Räume.«

»Es ist abbezahlt, es würde keinen Sinn haben, mir eine Mietwohnung zu suchen. Außerdem hänge ich an dem Haus.«

»Das glaube ich Ihnen gern. Was machen Sie eigentlich so, abgesehen von Fotografie und Renovierungsarbeiten?«

»Ich lese viel, aber ich glaube kaum, dass Ihnen das bei Ihren Ermittlungen hilft.«

Nach ein paar weiteren belanglosen Fragen verabschiedete sich der Kommissar.

»Bekomme ich keine Karte von Ihnen?«

Schon halb aus der Hauseingangstür, drehte sich der Kommissar noch einmal um. Er griff in seine Jacke, zögerte jedoch, eine Visitenkarte auszuhändigen. »Ich dachte, Sie hätten nichts gesehen …«

»Kürzlich war eine Journalistin da, die hat sich für den Vermisstenfall interessiert und Leute in der Gegend befragt«, schwenkte er blitzschnell um, ärgerte sich jedoch im selben Moment über die Äußerung, weil er den Besucher eigentlich nur noch loswerden wollte.

Preuß schien interessiert. »Eine Journalistin, sagen Sie?«

»Wenn ich nur wüsste, von welcher Zeitung sie kam … Sie hat mir jedenfalls ihre Visitenkarte gegeben.«

»Wissen Sie noch ihren Namen?«

Er schüttelte den Kopf. »Wenn Sie darauf bestehen, suche ich Ihnen die Karte heraus. Es könnte ein paar Minuten dauern. Wie gesagt, ich konnte weder der Polizei noch der Presse im Fall Hartwig weiterhelfen, deshalb habe ich sie irgendwohin gelegt und vergessen.«

»Schon gut, hatte die Frau rötlich gefärbte Haare und den Gang einer Giraffe?«

Er schnippte mit den Fingern. »Ja, das ist sie! Sie hat wahnsinnig lange Beine. Und ihr Mund steht nie still. Kennen Sie sie?«

Der Polizist nickte wenig begeistert. Zusätzlich rieb er sich dabei den Nacken, als plagte ihn eine spontane Verspannung. »Am besten vergessen Sie die Visitenkarte von ihr. Diese Frau macht ständig Ärger.«

KAPITEL 25

Heute

Vogel hielt sich selbst für einen Meister der Problemlösung. Passenderweise hatte er sich nach seiner Ankunft in dem verschlafenen Erzgebirgsnest gleich mit drei Problemen konfrontiert gesehen. Zuallererst hatte er das Kompetenzproblem mit Kriminalhauptkommissar Stark dank der besseren Argumente gelöst. Unter vier Augen hatte Vogel den Kollegen vom K11 daran erinnert, dass dieser am Anfang seiner Laufbahn bei der Mordkommission eine Vergiftung als natürlichen Tod abgehakt hatte. In Wahrheit hatte ein Enkel seiner herzkranken achtzigjährigen Großmutter über mehrere Tage Paracetamol in den Tee gekippt, nachdem die ihm den Geldhahn zugedreht hatte. Vogel war dahintergekommen und hatte den Fall geradegebogen, ohne die Sache an die große Glocke zu hängen. Zweifellos hatte er damit Starks Karriere gerettet. Aber jeder macht mal Fehler. Und Vogel wusste dies für seine Interessen zu nutzen.

Zähneknirschend hatte Stark ihm freie Hand bei den Ermittlungen im Cold Case Violetta gelassen – was früher oder später zu einer Überschneidung mit den aktuellen Geschehnissen führen würde. So vermutete es zumindest Vogel.

Beim zweiten Problem, dem Wetter, musste er ausnahmsweise nicht eingreifen. Wie durch ein Wunder flaute der Wind ab und im gleichen Maße ließ der Schneefall nach. Der Wetterumschwung machte zwar Vogels körperliche Beschwerden nicht angenehmer, aber zumindest das Vorwärtskommen – das dritte Problem. Zum Glück nahm der Fahrer eines Räumfahrzeugs Vogel ein Stück mit.

Kurz nach dem Ortseingang legte er einen Zwanzigeuroschein auf das Armaturenbrett und stieg aus. Von hier musste er wenige Hundert Meter einen Waldweg entlanglaufen bis zu seinem Ziel. Während er angesichts der Schmerzen durch die Arthrose und die Hühneraugen die Zähne aufeinanderbiss, dachte er daran, dass vor zehn Jahren Violetta Hartwig regelmäßig diesen Weg zur Schule gegangen war. Und in der Theorie war sie irgendwo auf der Strecke verschwunden. Fragte sich nur, an welcher Stelle genau.

Bald erreichte er eine alte Schänke, die noch als Wohnhaus genutzt wurde. Die Adresse stand ganz oben auf der Liste, die Winter ihm zusammengestellt hatte. Bereits von außen machte das Gebäude mit dem Schieferdach und dem vielen Holz einen rustikalen Eindruck. Und so weit Vogel es überblicken konnte, gab es in der Nähe keine Nachbarn.

Das wertete Vogel als Vorteil für seinen Besuch.

Er senkte den Zeigefinger auf den Klingelknopf. Im Inneren ertönte eine Glocke wie das Abfahrtsignal einer Straßenbahn aus den Achtzigern. Insgesamt fünfmal musste er es läuten lassen. Schließlich ging die Tür auf und ein Mann mit verschlafenem Gesicht schaute heraus. Statt sich nach Vogels Namen und dem Grund des Besuchs zu erkundigen, blinzelte er nur gegen das Tageslicht an und musterte Vogel wie einen lästigen Bettler.

»Sind Sie Benno Pappendick?«, fing Vogel das Gespräch an.

»Der bin ich«, kam es missmutig zurück. »Da der Mittelaltermarkt schon lange vorbei ist, nehme ich an, Sie sind Kriminalbeamter.«

Mit so viel Scharfsinn hatte Vogel gar nicht gerechnet. Das sagte einiges über den Mann aus, der vor ihm stand. »Und das erkennen Sie, obwohl ich extra meinen Tarnanzug angezogen habe«, scherzte er über sein eigenes Gewand, bevor er sich vorstellte. »Vogel, ich ermittle in einer alten Vermisstensache.«

»Reden Sie von Violetta Hartwig? Das ist nämlich der einzige Vermisstenfall, den es hier jemals gab. Aber der liegt schon ein paar Jahre zurück. Damals war ein Kollege von Ihnen bei mir, aber von dem habe ich nie wieder etwas gehört.«

»Gut, dass Sie meinen Kollegen ansprechen.« Vogel trat einen halben Schritt näher. Sollte der Hausherr ihn ruhig als aufdringlich empfinden. »Wollen Sie einem alten Mann einen Stuhl anbieten, damit wir uns drinnen in Ruhe unterhalten können? Meine Knochen sind nicht mehr die besten und langes Stehen in der Kälte macht mich unleidlich.«

»Ich möchte nicht unhöflich erscheinen, aber ich hatte Nachtschicht und danach nur wenige Stunden Schlaf und bin daher ziemlich geschafft.«

»Umso besser, dann wollen Sie sich bestimmt mit mir gemeinsam hinsetzen.«

Kaum zwei Minuten später saßen sie zusammen in einem Zimmer, das Vogel schwer einordnen konnte. Es war ein schlicht eingerichtetes Wohnzimmer, in dem sämtlicher Krempel kreuz und quer herumlag. Goldfarbene Kronleuchter, ein Stapel Wolldecken, mehrere Umzugskartons, diverse Kristalltrinkgläser und sogar ein altes Wildschweinfell, an dessen Borsten sich der Staub sammelte. Wohnlich sah jedenfalls anders aus. Zudem bot Pappendick weder Kaffee noch ein Glas Wasser an. Er schien abzuwarten, was Vogel vorbrachte.

Insgesamt machte er einen ganz und gar nervösen Eindruck, was natürlich auch auf den Schlafmangel zurückzuführen war. Doch je länger Vogel in dem Zimmer saß, umso mehr beschlich ihn ein ungutes Gefühl. Er nahm sich vor, sich dieses warmzuhalten. Womöglich brauchte er es später noch einmal …

»Ist noch jemand da?«

»Nein, ich wohne allein hier. Wie kommen Sie darauf?«

»Wegen des Klopfens, hören Sie das nicht?«

Sobald keiner von beiden sprach, vernahm Vogel ein dezentes unrhythmisches Klopfen.

»Das ist die Ölheizung. Inzwischen ist der Kessel über zwanzig Jahre alt. Ich hoffe, er hält noch über den Winter.«

»Schätze, es wird schwierig, so kurz vor Weihnachten einen Klempner zu bekommen.«

Pappendick nickte und rieb sich die geröteten Augen. Danach schaute er immer wieder im Raum umher, als wollte er Vogels Blick so oft wie möglich ausweichen.

»Hat sich eigentlich inzwischen ein neuer Pächter für die Waldschänke gefunden?« Die Frage war widersinnig, denn bereits von außen konnte jeder erkennen, dass im Erdgeschoss kein Ausschank mehr stattfand.

»Nein, da hatte ich lange Zeit kein Glück und irgendwann habe ich die Suche aufgegeben.«

»Hatten Sie damals in Zeitungen annonciert?«

Pappendick zögerte die Antwort heraus. Vermutlich ahnte er, dass Vogel gleich darauf die Namen der Tagesblätter wissen wollte.

»Das lief alles über Mundpropaganda.« Pappendick beugte sich vor. »Entschuldigung, wenn ich frage, aber mir ist unklar, was die Verpachtung der Gaststube mit Ihren Ermittlungen zu tun hat.«

»Oh, ich wollte nur dort weitermachen, wo mein Kollege damals aufgehört hat. Können Sie sich vorstellen, warum mein

Kollege in der Akte eine Bleistiftnotiz neben Ihren Namen gemacht hat?«

»Wieso, was steht denn da?«

»Man kann die beiden Worte kaum noch erkennen, ich glaube, es soll *dringend überprüfen* heißen.« Zum Beweis hielt er ihm die Akte mit dem entsprechenden Blatt vor.

Pappendick stierte die Seite lange an, dann rutschte er unruhig auf seinem Sessel herum. »Da müssen Sie besser Ihren Kollegen fragen.«

Mit einer solchen Antwort hatte Vogel gerechnet. Eine Nachfrage bei Preuß konnte er sich jedoch gleichfalls ersparen, denn er hatte die Worte vor drei Stunden eigenhändig an den Rand gekritzelt. Mit der Finte wollte er lediglich den Mann im Sessel gegenüber nervös machen. Ihn interessierten andere Fragen.

»Haben Sie eine Theorie, was damals mit Violetta geschehen ist?«

»Ich?« Pappendick lachte freudlos auf. »Ich kann höchstens das wiedergeben, was die herrschende Meinung ist.«

»Ach, kommen Sie, was denken Sie?«

»Wenn ich mich recht erinnere, führte der Fluss nach dem Tauwetter um den Jahreswechsel erhebliches Hochwasser. Gegen die Strömung kann ein Mädchen nichts ausrichten. Vielleicht war sie unaufmerksam und ist ertrunken, wie einige behaupten. Ich weiß es wirklich nicht. Aber ich bin mir sicher, dass kein unheimlicher Steiger das Kind geholt hat, wie manche Leute es sich noch heute erzählen.«

Vogel nickte zum Zeichen, dass Pappendicks Äußerungen recht schlüssig waren. »An eine Entführung haben Sie nie gedacht? Violetta war mutterseelenallein auf dem Weg zur Schule. Und das Tag für Tag …«

»Sie sind der Polizist.«

»Und als solcher mache ich mir Gedanken, an welcher Stelle ich als Entführer ein kleines Mädchen abfangen würde.«

Schweigen. Nur das metallische Klopfen störte die Ruhe.

»Sind Sie sicher, dass es sich um Ihre Heizung handelt? Vielleicht sollten wir mal im Keller nachsehen, welche Schraube locker sitzt …«

»Um ehrlich zu sein, habe ich mich mittlerweile an das Geräusch gewöhnt. Entsprechend höre ich es erst, seit Sie es erwähnt haben.«

Zufrieden gab sich Vogel mit der Aussage nicht, denn ihm hätte das Klopfen jeglichen Schlaf geraubt. Vorerst ließ er es dabei bewenden. Ersatzweise schlug er seine Mappe auf.

»Nur zur Vervollständigung meiner Unterlagen: Sie sind alleinstehend und kinderlos?«

»Das ist richtig.«

»Haben Sie Geschwister?«

»Eine Schwester in Dresden, aber wir telefonieren nur noch an den Geburtstagen, zu Ostern und an Heiligabend.«

»Dann ist es ja bald wieder so weit …« Vogel tippte auf eine Zeile in den Unterlagen. »Hier steht, Sie arbeiten im Sicherheitsgewerbe.«

Endlich zeigte Pappendick eine Geste von Empörung. »Wenn darunter der Begriff Wachmann fällt, stimmt das. Ich bewache das Regionalmuseum Schwarzenberg.«

»Das klingt spannend«, tat Vogel übertrieben interessiert. »Erzählen Sie mir von Ihrer Arbeit.«

Kapitel 26

Linda Groß' Eltern lebten zusammen mit zwei Katzen in einer schmucken Mietwohnung auf sechzig Quadratmetern. Sie waren gutbürgerliche Leute. Der Mann Tischler, die Frau Verkäuferin. Bereitwillig ließen sie Stark und Hentschel eintreten. In der Küche wurde den beiden Polizisten die Eckbank aus solidem Eichenholz angeboten. Auf dem Tisch brannte die erste Kerze vom Adventskranz. Aus einem alten Kassettenrekorder spielte ein Weihnachtsalbum von Frank Schöbel. Es roch nach Braten vom Mittag. Starks Magen meldete sich sofort, was er mit einem Husten übertönte.

»Möchten Sie einen Tee gegen die Kälte?«, fragte Hannelore Groß.

»Nein, danke, setzen Sie sich ruhig zu uns«, antwortete Stark.

Sicherlich wusste das Ehepaar längst, weshalb die Kriminalpolizei sie aufsuchte. Die Mutter drückte ein Taschentuch in ihren zitternden Händen, der Vater tätschelte liebevoll ihren Oberschenkel. Der gewaltsame Tod einer Dreißigjährigen hatte sich sicher im Ort herumgesprochen.

Von selbst fragten sie jedoch nicht nach ihrer Tochter. Vielmehr stierten sie Stark und seinen jungen Kollegen wie Geister an.

Während Stark nach den richtigen Worten suchte, sprang eine der Katzen Hentschel auf den Schoß. Der Hausherr wollte das Tier wegscheuchen, aber Hentschel wehrte ab.

»Das ist schon in Ordnung, Herr Groß, ich bin wie Alf: Ich liebe Katzen!« Tapfer unterdrückte er einen Schmerzenslaut, als die Katze mit ihren Krallen seinen Hosenstoff durchbohrte. »Und natürlich lieben mich Katzen auf ihre Weise.«

Unter dem Tisch stieß Stark ihn mit der Schuhspitze an, damit er gefälligst das Geplapper unterließ.

»Habe ich etwas Falsches gesagt?«, kam es prompt von ihm.

Stark ignorierte ihn. Obwohl er schon unzählige Todesnachrichten überbracht und er bis zu einem gewissen Grad darin Routine hatte, bestürzten ihn die erwartungsvollen Augen des Ehepaars.

»Wann hatten Sie zuletzt Kontakt zu Ihrer Tochter Linda?«

»Das war gestern«, erwiderte Hans Groß sofort, als hätte er sich die Antwort bereits parat gelegt.

»Worüber haben Sie sich mit ihr unterhalten?«

»Ach, Sie müssen wissen, wir mischen uns schon lange nicht mehr in Lindas Angelegenheiten ein«, redete nun Hannelore Groß. »Dementsprechend reden wir meist nur über unsere Gesundheit oder über ihre Arbeit. Wobei die Arbeit in der Seifenfabrik nicht wirklich abwechslungsreich ist. Wir sind froh, wenn sie in den warmen Monaten hin und wieder auf einen Kaffee in unserem Garten vorbeikommt. Aber selbst dann schweigen wir uns oft an.«

»Verstehe. War Linda zuletzt irgendwie beunruhigt? Ist Ihnen beim Gespräch etwas sonderbar vorgekommen? War sie vielleicht sogar nervöser als sonst?«

Beide schüttelten den Kopf.

»Wollen Sie uns nicht endlich sagen, worum es geht?«, fragte der Mann, doch Stark kam nicht zu einer Erklärung.

»Geht es um die tote Frau vor dem Supermarkt?«, schoss es Hannelore Groß heraus. »Ist es unsere Tochter?«

Stark holte tief Luft. »Wir wissen es nicht mit Bestimmtheit.«

»Wieso denn das nicht?«

»Ich weiß, wie befremdlich meine Ausdrucksweise auf sie beide wirken muss, aber die Identifikation der Frau dauert an.«

»Das versteh ich nicht.«

»Das Gesicht der Leiche ist nicht mehr zu erkennen«, funkte Hentschel dazwischen, während er ununterbrochen die Katze streichelte. »Man hat ihr mit …«

»Wir möchten Ihnen die Details ersparen«, versuchte Stark die Situation zu retten. »Ich wünschte, ich hätte positive Nachrichten dabei, was Ihre Tochter anbelangt. Bisher sprechen alle Indizien dafür, dass es sich um Linda handelt. Auch wenn ich Ihnen keine Hoffnung machen will, müssen wir zum jetzigen Zeitpunkt jedoch von einer unbekannten Toten ausgehen. Ich weiß, dass sich das für Sie wie ein bürokratischer Akt anhört. Wir tun alles, um Klarheit zu erhalten. Deshalb möchte ich Sie bitten, sich ein Foto anzusehen. Wären Sie dazu bereit?«

Hans Groß nickte sofort und fing dabei an zu weinen. Seine Frau reichte ihm ihr Taschentuch.

»Hat sie leiden müssen?«, fragte sie.

Diese Frage hatte Stark im Laufe der Jahre bereits des Öfteren von Angehörigen gehört. Er hasste die Frage, denn er war kein Hellseher. Behelfsweise schüttelte er einfach den Kopf. Sollten sich die Eltern aus der Geste die Antwort nehmen, die ihnen bei der Verarbeitung von Trauer und Wut am besten half.

Er zog sein Smartphone hervor und rief das Detailfoto auf, das er vom Körper der Toten gemacht hatte. Wortlos schob er das Gerät über den Tisch. Kaum dass die beiden einen Blick auf das Display geworfen hatten, schlug Hannelore Groß sich die Hand vor den Mund. Ihr Mann gab Stark das Handy zurück. Zweifellos hatten sie das Tattoo erkannt.

»Es gehört Linda«, antwortete Hans Groß und tippte auf die eigene rechte Schulter. »Sie trägt es über dem Schulterblatt.«

Stark nickte. Er hatte nach einem auffälligen Merkmal am Körper der Toten gesucht und die Tätowierung in Form eines Schwans gefunden.

»Reicht Ihnen das als Bestätigung für den Tod unserer Tochter?«, wollte der Mann wissen.

Es war ein weiteres Indiz, aber das wollte Stark gegenüber der trauernden Mutter nicht aussprechen.

»Sie sind sehr tapfer, danke.«

»Ich wusste, dass das irgendwann passieren würde«, sagte sie plötzlich und schüttelte ununterbrochen den Kopf.

»Wie meinen Sie das?«

»Hör auf, Hannelore«, ermahnte ihr Mann sie.

»Deine Schwester hat Linda immer gewarnt.«

»Das ist Unsinn.«

»Doch, sie sagte immerzu, dass es ihr eines Tages wie Violetta ergehen könnte.«

Während Stark das Streitgespräch der Eheleute still beobachtete, überlegte er, welche Schwester gemeint war. Es gab nur eine Möglichkeit. »Meinen Sie Claudia Hartwig? Violettas Mutter?«

Die Angesprochene nickte und funkelte dabei ihren Mann von der Seite an. »Violettas Eltern sind vom Tod ihrer Tochter überzeugt. Lindas Aktivitäten haben darüber hinaus dazu geführt, dass sich unsere Familien zerstritten haben. Am liebsten hätte Claudia verhindert, dass Linda nach Violetta sucht.«

»Aber das ist doch völlig widersinnig«, reagierte Stark verwirrt. »Wenn mein Kind spurlos verschwunden wäre, würde ich alles Menschenmögliche tun, um Gewissheit über das Schicksal meines Kindes zu erlangen. Jede Mutter würde so handeln.«

»So ist es auch gewesen«, redete jetzt der Mann. »Meine Schwester und ihr Mann haben bei öffentlichen Auftritten immer wieder betont, dass sie um jeden Preis wissen wollen, was mit Violetta passiert ist.«

»Nur hat der Aktionismus nicht lange angehalten, das weißt du genau, Hans«, widersprach seine Frau. »Kaum einen Monat später fehlte ihnen jegliche Hoffnung. Am Ende haben sie bloß noch davon geredet, dass ihre Tochter niemals zurückkommen würde. Sie haben sogar beizeiten ein symbolisches Grab auf ihrem Hof errichtet.«

»Sie reden von einer symbolischen Beerdigung«, brachte sich Hentschel wieder ein, nachdem die Katze das Interesse an ihm verloren hatte. »Darüber haben wir kürzlich etwas an der Polizeischule erfahren. Aber Personen unter fünfundzwanzig Jahren können laut Verschollenheitsgesetz nicht für tot erklärt werden.«

»Und deshalb haben sie das Kreuz auch auf ihrem Grundstück und nicht auf dem Friedhof aufgestellt«, sagte Hans Groß.

»Okay, aber sie glauben ernsthaft, dass Linda letztlich ihre Ermittlungen in Gefahr gebracht hat?«

Die Mutter zuckte mit den Schultern. »Ich habe mich irgendwann nicht mehr für ihre Bemühungen interessiert, weil ich selbst nicht mehr daran geglaubt habe, dass ihre Internetforschungen und Aufrufe in sozialen Netzwerken etwas bringen würden. Ich meine, sonst hätte doch die Polizei längst etwas entdeckt, oder täusche ich mich?«

»Ich denke, meine Kollegen haben ihr Möglichstes getan«, bekundete Stark und musste unwillkürlich an Vogels Auftauchen denken, der seine Nase tief in die Violetta-Akte vergraben hatte. Vielleicht funktionierte der Riecher des alten Spürhunds so erstklassig wie früher.

»Vorgestern fing Linda schon wieder mit einer angeblichen Verbindung zu Violetta an«, wurde Hannelore Groß redselig. »Sie zeigte uns einen Anhänger mit eingeflochtener rosafarbener

Wolle. Angeblich stammte die Kette vom Schulranzen ihrer Cousine. Darauf stand auch der Name Violetta. Linda hatte einst einen ähnlichen geflochten.«

»Moment, Sie reden von einem Anhänger, der bisher tatsächlich als verschwunden galt?«

»Linda war sich da jedenfalls sicher. Aber wir haben dem Ganzen keinen Glauben geschenkt, weil alle ihre Geschichten absurd klangen. Wir haben nicht genau hingeschaut, als sie uns das Foto vorgelegt hat. Darauf war ein uraltes Ding zu sehen. Wir dachten, irgendein Verrückter hat sich einen bitterbösen Scherz erlaubt. Linda war dafür empfänglich, und es hat sie halb den Verstand gekostet.«

»Gibt es von dem Foto zufällig einen Ausdruck?«

»Höchstens in ihrer Wohnung, sie hat ja jeden Hinweis archiviert. Uns hat sie es nur auf dem Handy gezeigt. Ach, und einen handschriftlichen Brief von Violetta soll es angeblich geben. Aber wir halten das für vollkommenen Unfug.«

Bei der Durchsuchung der Leiche hatte Stark weder ein Handy noch einen Brief gefunden.

»Und angeblich hatte sie von einem Kommissar aus der Großstadt erfahren, der hier Urlaub macht«, redete die Mutter weiter. »Den wollte sie um Hilfe bitten. Wir haben ihr abgeraten, weil es sich nicht gehört, jeden mit einem uralten Vermisstenfall zu belästigen. Aber wie immer wollte sie nicht auf uns hören. Sie und Violetta standen sich damals sehr, sehr nahe. Die Kleine war richtiggehend vernarrt in unsere Tochter. Linda hat das Verschwinden nie wirklich verkraftet. Aus einer Art Hilflosigkeit heraus hat sie sich in die Suche nach ihr gestürzt, das wurde am Ende zu einer krankhaften Sucht.«

Beim Zuhören fiel Stark auf, dass sich die Mutter mehr mit ihren Verwandten beschäftigte als mit dem möglichen Tod ihrer eigenen Tochter. Vielleicht war das aber auch nur eine Form von Verdrängung.

Er räusperte sich und stieß Hentschel an, weil der Anwärter anfing, an der Tischdecke zu knibbeln. »Sobald wir mehr wissen, melde ich mich bei Ihnen.« Er legte seine Visitenkarte in die Tischmitte. »Sie können mich jederzeit anrufen. Eine Sache wäre da noch: Haben Sie zufällig einen Schlüssel zu Lindas Wohnung?«

Kapitel 27

Polizeikommissar Forchner drehte die Umgebungskarte in seinen Händen hin und her und kämpfte nicht nur gegen den Wind, der das Papier immer wieder umknickte, sondern auch gegen die Orientierungslosigkeit an. Wären nicht sein Gehilfe Lichtenberg und der einheimische Jäger bei ihm gewesen, er hätte sich hoffnungslos verloren gefühlt. Selbst den Weg zurück zur Unfallstelle würde er höchstens durch Zufall finden.

Einmal mehr musste er sich eingestehen, dass er als Außendienstleiter – und speziell an diesem Tag als Koordinator der Suchmaßnahmen – eine üble Figur abgab. Im Stillen bedankte er sich immerzu bei Bürgerpolizist Deutschmann, dass der den zuständigen Jagdpächter als ihren Bergführer herzugeholt hatte.

Als könnte er Forchners Gedanken vernehmen, kam Helmar Gotthard ein paar Schritte zurück und tippte auf den Punkt auf der Karte, wo sie aktuell standen. Der fünfzigjährige Jäger war ein Baum von einem Mann und sein Blick so wild wie das Wetter. Eisgraupel verfingen sich in seinem Bart, aber die Kälte schien ihn nicht im Geringsten zu stören.

»Sie erinnern mich an meinen achtzehnjährigen Sohn«, sagte Gotthard. »Der geht auch nur nach draußen, wenn man ihn aus dem Haus prügelt. Deshalb begleitet er mich auch nur gelegentlich bei der Pirsch.«

»Halten Sie mich echt für einen Stubenhocker?«

»Ich wollte damit lediglich ausdrücken, dass mein Sohn vielleicht mal ein guter Koch wird, aber niemals ein guter Waidmann. Ähnlich wie Sie. Sie sind vielleicht ein guter Polizist, aber kein guter Pfadfinder.«

»Bei diesem Schnee würde selbst Winnetou niemals einen Pfad finden. Und ob wir den Kollegen Donner finden, halte ich bei diesem Mistwetter ebenfalls für fraglich.«

»O doch, den finden wir ganz sicher.« Der Jagdpächter lachte auf, als wollte er die dunklen Wolken verhöhnen. »Spätestens nach der Schneeschmelze taucht jeder wieder auf.«

»Soweit ich weiß, ist hier vor zehn Jahren ein Mädchen verschwunden und nie wieder aufgetaucht.«

Schlagartig verfinsterte sich Gotthards Miene, und Forchner überlegte, ob er etwas Falsches gesagt hatte. Mit ausgestrecktem Arm zeigte der Jäger auf einen massiven Felsen über ihnen. »Was glauben Sie, wie tief es von dort oben in die Erde geht? Es macht einen Unterschied, ob man in dieser Gegend vom Weg abkommt oder ob der Steiger einen holt.«

Bevor Forchner nachfragen konnte, was er damit meinte, trat Lichtenberg zu ihnen.

»Da vorne geht es nicht weiter.« Der Obermeister deutete auf einen umgestürzten Nadelbaum. »Vielleicht versuchen wir es weiter unten.«

Gotthard schüttelte den Kopf. »Zu gefährlich. Da kommen wir zu nah ans Pöhlwasser. Gerade am Ufer sind die Steine glatt, und das Gras ist tückisch, da kann man schlecht einschätzen, wohin man tritt. Falls euer Mann zum Wasser gelaufen ist, wird er nirgendwo ankommen. Eher erfriert er.«

Bereits bei der Einsatzbesprechung hatte Gotthard eindringlich auf die Gefahren der Berge und Hänge hingewiesen. *Haltet euch bloß vom Fluss fern,* hatte er gewarnt.

Danach hatte der Jäger auf einer Übersichtskarte sein Revier beschrieben. Sämtliche Höhlen, Schluchten und sogar die alten Bergwerksschächte hatte er mit einem Rotstift markiert. Die meisten Eingänge waren mit Gittern gesichert und an einige kam man sowieso nur mit Kletterausrüstung heran. Nach dem Vortrag über die Beschaffenheit der Landschaft hatte Forchner das Suchgebiet in Abschnitte gegliedert und die Helfer in Gruppen zu je drei Leuten eingeteilt. Deutschmann war mit seinen Leuten als Erster aufgebrochen. Forchners Vorschlag, Suchhunde zur Unterstützung einzusetzen, hatte Gotthard abgewehrt. Nicht mal seine eigenen Jagdhunde würde er bei dem Wetter aus dem Zwinger lassen. Und die seien angeblich wahre Draufgänger.

Im Funkgerät mehrten sich mittlerweile die Beschwerden. Die Suchkräfte waren müde und durchgefroren. Der Ruf nach Verpflegung wurde laut. Forchner schaute auf seine Uhr. Inzwischen waren sie fast zwei Stunden in der Kälte unterwegs. Er selbst spürte seine Zehen kaum noch. Bisher hatte niemand auch nur die winzigste Spur von Donner entdeckt. Und der Kriminalhauptkommissar hatte sich auch bei niemandem gemeldet. Es schien, als hätte ihn das Erzgebirge verschluckt.

»Tim, was machen wir jetzt?«, wollte Lichtenberg von ihm als Einsatzleiter wissen.

»Ich denke, wir kehren um.«

Unzufrieden nickte sein Gehilfe. »Tja, wenn du meinst. Mir wäre es lieber, wir würden Erik finden, als dass einer von den Einheimischen auf ihn stößt. In dieser Gegend kennt man den Begriff Lynchjustiz vermutlich noch.«

»Ich weiß nicht, wo Erik Donner steckt oder was er sich bei der Geschichte überhaupt gedacht hat, aber ich möchte auch nicht die Gesundheit der Suchmannschaft gefährden.«

Lichtenberg winkte ab und trottete davon. In die Richtung, wo sie hergekommen waren. Während der Suche war der Obermeister seltsam schweigsam gewesen, was Forchner längst aufgefallen war.

»Gehen Sie ihm ruhig hinterher«, sagte Gotthard und gab Forchner einen Schlag auf den Rücken, der wohl als Aufmunterung gedacht war, jedoch höllisch wehtat. »Ich werde noch ein paar Meter gehen und euch dann folgen.«

Damit schulterte er seine Flinte, und Forchner sah ihm hinterher, bis er zwischen Bäumen und Nebel verschwand.

Kapitel 28

Der alte Kommissar saß in seiner Stammkneipe und stierte in das Schnapsglas vor ihm. Es hatte eine Zeit gegeben, da hatte er am Glasboden die Seele des Alkohols schwimmen gesehen. Deshalb heißt es wohl auch Spirituose. Abgeleitet von dem Wort Geist.

»Ich heiße Violetta und ich will hier weg.«

Erschrocken rutschte der alte Kommissar von seinem Hocker. Als er sich gefangen hatte, schaute er den Wirt an, der gerade einen Tisch umräumte.

»Was hast du da eben gesagt?«

Der Wirt zuckte mit den Schultern und trat gegen eines der Tischbeine. »Ich habe über das Mistwetter geschimpft, weil es mir die Gäste fernhält.«

»Nein, du hast einen Namen genannt.«

»Quatsch, ist alles in Ordnung bei dir? Du siehst aus, als wäre dir ein Geist erschienen.«

Der alte Kommissar schaute zum angeschalteten Fernseher an der Wand, dessen Lautstärke so niedrig eingestellt war, dass man unmöglich ein Wort der Nachrichtensprecherin verstehen konnte. Die Dame auf der Mattscheibe bewegte eigentlich nur die Lippen.

»Soll ich lauter machen?«

Kaum hatte der Wirt gefragt, hielt er bereits die Fernbedienung in die Höhe.

Der alte Kommissar bedankte sich und ließ es dabei bewenden. Den Namen Violetta hatte er jedoch ganz deutlich vernommen. Oder spielte ihm der Cognac einen Streich? Er leerte das Glas in einem Zug, als könnte er dadurch die Vergangenheit vergessen machen. Angewidert leckte er sich danach die Lippen. Früher hatte ihm der Cognac gemundet. Jetzt blieb jedes Mal ein bitterer Geschmack am Gaumen kleben. Als wäre die gute Seele des Alkohols vor ihm geflüchtet, weil sie wusste, dass er ein böser Mensch war.

»Es wird immer verrückter«, sagte der Wirt und zeigte auf den Bildschirm. »Jetzt drehen schon die Erzgebirgler durch und entsorgen ihre Leichen in Biotonnen.«

In den Nachrichten erzählten sie über einen Mord in einer Gemeinde bei Schwarzenberg. Opfer war eine gewisse Linda G. und ihr Mörder sollte ein Polizeibeamter gewesen sein. Ein Kriminalhauptkommissar, der sich aktuell auf der Flucht befand …

»Kennst du den etwa?«, wollte der Wirt wissen, aber der alte Kommissar legte krachend sein Geld auf den Tresen. »Hey, sag bloß, du willst jetzt auch noch verschwinden.«

»Tut mir leid, ich muss was erledigen.«

Nach dem unverhofften Besuch des Kriminalbeamten mit der altmodischen Kutte hatte Benno Pappendick noch lange aus dem Fenster geschaut. Hauptsächlich, um sich zu vergewissern, dass der Bulle auch wirklich verschwand. Gleichzeitig hatte er über die sonderbare Befragung nachgedacht. Warum hatte er sich so auffällig für seinen Museumsjob interessiert?

»Ob er etwas weiß?«, fragte er in die Stille des Raumes hinein.

Allein, wie der Mann ihn durch seine Brille angeblickt hatte. Wie ein Habicht. Zeitweise hatte Pappendick Angst gehabt, sich überhaupt zu rühren. Er hatte sich wie eine Feldmaus gefühlt, über der ein Greifvogel kreiste.

Eigentlich fand er den Vergleich ziemlich treffend. Denn ab sofort kreiste das Unheil über ihm. Inzwischen waren zwei Stunden vergangen, aber Pappendick kam es vor, als würde der Schatten von Kriminalhauptkommissar Vogel noch irgendwo im Haus herumschleichen.

»Karlchen, Karlchen«, murmelte Katja im Sessel gegenüber. »Das läuft gar nicht nach Plan.«

»Ich habe alles im Griff, mach dir keine Sorgen. Niemand wird dich finden.«

»Und Violettas Brief?«

»Was ist damit? Du hast doch gehört, dass Linda Groß tot ist. Also sind der Brief und das Foto nutzlos.«

»Du irrst dich. Hast du seinen Blick gesehen? Der ist schlauer als der andere Kommissar. Der hier könnte Violetta finden.«

»Schwachsinn! Er findet sie genauso wenig wie der andere.«

Aber in Wahrheit wusste Pappendick, dass Katja recht hatte.

Vogel wärmte sich in der Gaststätte mit dem klangvollen Namen *Hutzenstube* auf. Exakt hier auf diesem Stuhl hatte Erik Donner gesessen. Das zumindest hatte der Aushilfskoch erzählt, der aussah wie ein ehemaliger Kinderfilmstar.

»Hier ist Ihr Grog«, sagte der junge Bedienstete. »Mit einem extra Schuss Rum, wie gewünscht.«

Vogel roch am Getränk. Wenigstens sparte man in diesem Lokal noch nicht mit Alkohol wie andernorts.

»Wie alt bist du, Junge?«, fragte er mehr aus Spontanität als aus echtem Interesse.

»Bin kürzlich achtzehn geworden.«

»So alt wäre Violetta Hartwig dieses Jahr auch. Hast du den Namen schon mal gehört?«

»Violetta?« Der Junge wurde bleich. »Ich bin mit ihr in dieselbe Klasse gegangen.«

Vogel hob die Augenbrauen. »Ach, na so ein Zufall ... Wie heißt du?«

»Ke...kevin. Wie *Kevin allein zu Haus*.«

Jetzt wusste Vogel auch, an welchen Kinderstar der Junge ihn erinnerte. Offenbar waren seine Eltern Fans der Filme gewesen. »Das ist echt ein ausgefallener Nachname.«

Der Junge lachte. »Nein, nicht ›allein zu Haus‹, sondern Gotthard. Kevin Gotthard.«

Sofort war Vogel versucht, auf seiner Liste nachzusehen, denn er war sicher, dass der Name Gotthard in dieser auftauchte. »Also gut, Kevin Gotthard, hast du dir jemals darüber Gedanken gemacht, was mit deiner Schulfreundin geschehen sein könnte? Ich meine, das hat dich als Knirps sicherlich tief erschüttert.«

Er zuckte mit den Schultern, was wohl mehr eine Teenagergeste darstellte, als dass es ein echter Gefühlsausdruck war. »Das ist lange her, aber natürlich sind es die drei Festivalbesucher gewesen. Sie haben Violetta verschleppt, vergraben und sich anschließend besoffen.«

Fraglos beschuldigte er mit der Aussage die Reisenden aus der angrenzenden Tschechoslowakischen Republik, die in den Fokus der Ermittlungen geraten waren. »Wieso bist du dir da so sicher?«

»Mein Vater hat es mir erzählt.«

Es kam kein weiteres Gespräch zustande, denn im selben Moment kündete Vogels Handy den erwarteten Rückruf von Winter an. Er drehte sich weg und nahm das Gespräch an.

»Und?«, fragte er.

»Fehlanzeige. Ihr ehemaliger Kollege Preuß ist nicht zu Hause.«

»Versuchen Sie es weiter! Oder noch besser, beeindrucken Sie mich.« Als Winter ihm ihr Wort gab, beugte er sich über die Tischkante und begann zu flüstern, damit der neugierige Junge kein Wort mithörte. »Denken Sie immer daran: Jeder hat Dreck am Stecken. Ausnahmslos jeder.«

»Ist dir etwas aufgefallen?«, fragte Stark, nachdem er und Hentschel über eine Stunde Linda Groß' Wohnung durchsucht und Vergleichsspuren genommen hatten.

»Ja, Frau Groß besitzt exakt einhundertzwölf Adventsengel von Wendt & Kühn. Entschuldigung, besaß.«

Stark hatte sich schon gefragt, was Hentschel die ganze Zeit gemacht hatte, aber um die Engel ging es hierbei nicht. »Nein, es geht darum, was sie anscheinend *nicht* besaß: nämlich einen Laptop oder Computer.«

»Ah!« Hentschels Zeigefinger schnipste nach oben. »Für jemanden, der tagtäglich im Internet nach einer Verwandten sucht, ist das schon ziemlich eigenartig. Ich meine, ein Internetcafé lohnt sich in der Gegend garantiert nicht. Wobei, vielleicht wäre das sogar eine echte Goldgrube …«

»Hör mir bloß auf mit Gruben! Möchte wissen, in welchem Schacht sich Erik Donner, dieser Idiot, versteckt hält. Und von dem handschriftlichen Brief und dem Originalfoto mit dem mysteriösen Schulranzenanhänger fehlt auch jede Spur.«

Hentschel lief zum Wohnstubenfenster und sagte: »Hm …«

»Was ist?«

»Dort unten steht das Auto von Frau Groß, und wir haben Herrn Donners Mütze gefunden. Auf dem Etikett ist …«

»Ich weiß, was auf dem Schildchen mit wasserfestem Stift geschrieben steht: *Für Grummelmonsters Öhrchen. In Liebe Anne.* Worauf willst du hinaus?«

»Denken Sie, Herr Donner hatte sich letzte Nacht nicht unter Kontrolle?«

»Wann hatte Erik sich jemals unter Kontrolle?« Plötzlich bemerkte Stark Hentschels entschlossenen Blick. Er erwartete tatsächlich eine ernste Antwort. »Ach, weißt du, Levi, manchmal wünsche ich mir, ich könnte in Eriks Kopf schauen, aber im nächsten Moment frage ich mich: Warum sollte ich mir einen Haufen Fliegen ansehen wollen? Verstehst du? Erik ist selbst wie eine Fliege. Mit viel Glück lebt sie länger als andere ihrer Art und hat wahrscheinlich mehr Spaß in ihrem Leben. Aber am Ende zählt für eine Fliege nur, über wie viele Leichen sie gegangen ist. Als Fliege, meine ich, kapiert?«

»Ich glaube, das verstehe ich nicht.«

»Na, macht nichts. Heute ist eh ein beschissener Tag, um philosophisch zu werden.«

Er kurbelte den Käfig mit der Winde nach oben. Die Taschenlampe, die neben ihm auf dem kalten Gestein lag, erhellte die Wände. Als Metall gegen Metall schlug, das Kettenrasseln verstummte und die Kurbel abrupt stoppte, arretierte er die Verriegelung. Geschafft! Müde und ausgelaugt rieb er sich die Hände. Jeder Knochen schmerzte. Aber als er die Taschenlampe aufhob und über die Kante spähte, wusste er, dass sich der Aufwand gelohnt hatte.

»Stirb nun. Stirb dort, wo auch die anderen liegen.«

Dann ging er pfeifend davon und die Töne des Steigerlieds verklangen in der Dunkelheit.

KAPITEL 29

Der Dreiseitenhof der Hartwigs lag abseits der Hauptstraße. Stark und Hentschel hatten einige Mühe gehabt, das Gehöft zu finden. Ein Landwirt aus der umliegenden Nachbarschaft hatte schließlich Auskunft gegeben, dass sie auf dem richtigen Weg seien, auch wenn der nicht gestreut war. Zuvor hatte er sie schief angeschaut und gewarnt, sie sollten vorsichtig sein. Denn der Hausherr hätte schon mal betrunken mit dem Luftgewehr auf Leute geschossen, die ihm die Einfahrt falsch geteert hatten.

Trotz der Warnung ließen Stark und sein Partner sich keine Angst einjagen. Zumal Stark sich zuvor über die Hartwigs erkundigt hatte. Im polizeilichen Auskunftssystem fanden sich etliche Verfehlungen. Bei beiden Eheleuten. Allerdings war bisher niemand dabei ernsthaft zu Schaden gekommen. Das meiste davon fiel unter die Kategorie Nachbarschaftsstreit. Die dazugehörigen Strafverfahren waren von der Staatsanwaltschaft mit dem Hinweis auf den Privatklageweg eingestellt worden.

Bis auf fünfzig Meter kamen sie an das offen stehende Grundstückstor heran, dann besiegten die Schneemassen die Pferdestärken des Dienstwagens. Den Rest des Weges liefen sie zu Fuß. Je näher sie kamen, umso mehr Schrott und Unrat entdeckten sie entlang der Mauern und auf dem Hof. Fahrräder ohne Lenker und Pedalen, mehrere Haufen alte Autoreifen, kaputte Röhrenfernseher, Möbelteile, ein auf den Kopf gestelltes Sofa, Berge von Bauschutt und diverse Ölfässer. Sogar ein Eisenklettergerüst, brachial in Einzelteile zerlegt, fand man hier. Teilweise erinnerte das Szenario daran, als hätte jemand die Gegenstände vor Jahren einfach aus dem Fenster geworfen und nie wieder beachtet. Jetzt verstand Stark auch, warum in der Vergangenheit das Umweltamt mehrfach verständigt worden war. Aber wie es schien, hatten die Mitarbeiter der Behörde bisher kein geeignetes Mittel für Sanktionen gefunden.

»Und hier wohnen tatsächlich noch Leute?«, fragte Hentschel, wobei er auf etliche Beschädigungen am Mauerwerk zeigte. An einer Seite des Wohnhauses fehlten schon ein paar Dachziegel, was zwangsläufig dazu führte, dass es in den Dachboden hineinschneite.

Und noch etwas anderes machte Stark stutzig: In den Fenstern sah man weder Kerzenschein noch beleuchteten Weihnachtsschmuck. Alles wirkte dunkel, als stünden die hiesigen Bewohner mit der Adventszeit auf Kriegsfuß.

Auch nach einer Klingel suchten die Polizisten vergeblich am Hoftor. Als sie das Anwesen betraten, kam ein Schäferhund auf sie zugeschossen und kläffte sie an. Mangels eigener Kinder hatte Stark selbst einmal einen Labrador besessen. Entsprechend furchtlos blieb er bei bellenden Hunden. Doch Hentschel ging noch einen Schritt weiter und baute sich todesmutig vor ihm auf.

»Lassen Sie mich das machen, ich habe früher einmal im Tierheim gear…«

Der Schäferhund schnappte nach Hentschels Arm, als der ihn streicheln wollte.

»Aus!«, blaffte Stark das Tier an und sofort ging der Hund in Deckung.

Stark war selbst erstaunt, wie resolut er auftrat, denn gegenüber seinen Mitarbeitern fehlte ihm oftmals besagte

Ausstrahlungskraft. Besonders wenn es brenzlig wurde. Aus diesem Grund galt er bei vielen auch als Zuträger, der sich gern hinter Vorgesetzten versteckte und unangenehme Personalentscheidungen lieber im verschlossenen Brief überreichte.

»Er hat mir meine schöne Jacke zerbissen«, jammerte Hentschel und versuchte vergeblich, den zerrissenen Stoff zusammenzuhalten.

»Sei froh, dass er nicht deinen kompletten Unterarm herausgerissen hat.«

»Hey, was in drei Bergmanns Namen macht ihr Vollpfosten mit meinem Hasso?«

Der Mann, der mit erhobener Bierflasche aus der Haustür gewankt kam und das rief, zeigte einen Gesichtsausdruck, der nicht minder an einen scharfen Hund erinnerte.

»Wir haben Hasso unsere Dienstausweise gezeigt, aber er hat uns nicht für voll genommen«, versuchte es Stark mit Humor und hielt seine Kripomarke hoch.

Der Mann, der mit Sicherheit Leopold Hartwig hieß, fand den Besuch keineswegs komisch. »Ist mir scheißegal, wer ihr Flachmatten seid. Verschwindet von meinem Hof, bevor ich den Traktor aus dem Schuppen hole und euch an Kuhstricken zum Tor hinaus schleife.«

»Guten Tag, ich heiße Levi Hentschel«, begann Hentschel und reichte ihm die Hand zur Begrüßung. »Ich bin …«

»Schnauze!« Hartwig schnappte beinahe wie zuvor sein Hund nach dem zerrissenen Ärmel und gab dem Anwärter einen Stoß. Anschließend nahm er einen Schluck aus der Flasche und spuckte das Bier aus. »Was denn, du Fettklops? Machst du dich etwa kampfbereit?«

Tatsächlich hatte Stark nach seiner Waffe unter der Jacke gegriffen. Kurz bevor die Situation eskalierte, trat eine korpulente Frau in einem pinkfarbenen Trainingsanzug aus dem

Haus. Sie schnippte eine Zigarette weg und band sich ihre langen grauen Haare mit einem Gummiring in den Nacken. Rein äußerlich wirkte sie deutlich älter, als es ihre Augen ausdrückten.

»Was ist denn hier los, Leopold?«, fragte sie gelangweilt.

Ihr folgte ein weiterer Mann, der dem Hausherrn im Gesicht ähnlich sah, der aber durch deutlich graueres Haar und massiveren Körperbau älter wirkte.

»Dämliche Bullen sind los, Claudia«, antwortete Leopold Hartwig und schob seine Frau hinter sich. »Geh gefälligst zurück ins Haus! Das hier kläre ich und mein Bruder. Nicht wahr, Thomas?«

Claudia Hartwig war die Ehefrau, das wusste Stark. Und Thomas Hartwig demnach der Bruder. Äußerlich schien er der Ältere von beiden zu sein. Auch wirkte er deutlich besonnener. Nicht wie ein Penner so wie sein Bruder. Stark tippte auf Handwerker oder Bergmann, gleichzeitig ärgerte er sich über das Versäumnis, sich im Vorfeld über die gesamte Sippschaft der Hartwigs kundig gemacht zu haben. Aber wer hätte auch damit rechnen können, weitere Verwandtschaft anzutreffen?

»Vielleicht solltest du dich mal entspannen, Leo«, reagierte Thomas Hartwig auch wirklich deutlich gelassener. Er fasste seinen Bruder um die Schultern und legte seinen Kopf an den seines Bruders. Die Umarmung sah beinahe herzlich aus. »Da kommt man nach Hause und du machst so einen Lärm. Ist doch bestimmt nur ein Missverständnis, oder?«

Der Hund bellte und stellte sich an die Seite seines Herrchens.

»Das hier ist nicht dein Zuhause«, stellte Leopold Hartwig klar und schob den Arm seines Bruders weg. »Und die Bullen sind auch nicht hier wegen eines Missverständnisses, sondern wegen Violetta, nicht wahr?«

»Eigentlich sind wir hier wegen Linda Groß«, berichtigte Stark.

»Sie wurde vermutlich umgebracht«, mischte Hentschel sich ein. »Und vermutlich musste sie sterben, weil sie eine Spur zu Violetta gefunden hat.«

Im Geiste schlug Stark sich die flache Hand vor die Stirn. Gleichzeitig beobachtete er die Reaktion der drei Einheimischen.

»Was denn?«, fragte jetzt Hartwigs Ehefrau Claudia. »Die Tote am Markt ist unsere Nichte?«

»Vermutlich«, fiel Stark nichts Besseres ein. »Deswegen sind wir …«

»Ich höre hier immer nur Scheißvermutungen«, schimpfte Leopold Hartwig und sein Hund bellte mit ihm im Chor. »Genau wie damals, als meine Tochter verschwunden ist. Ihr dämlichen Wichser habt euch keine Mühe gegeben, sie zu finden. Stattdessen habt ihr Vermutungen aufgestellt.«

»Jetzt reiß dich endlich zusammen, Leo«, wurde seine Frau energischer. Wenn man die Eheleute nebeneinander verglich, bekam man den Eindruck, sie sei die Kräftigere und Robustere im Haus. »Thomas, würdest du den Hund in den Zwinger schaffen?«

»Der Hund soll …«, protestierte ihr Ehemann, aber sein Bruder redete beruhigend auf ihn ein und brachte das Tier weg, was die aufgeheizte Stimmung spürbar entschärfte.

»Wir waren bei Lindas Eltern«, fing Stark an. »Und …«

»Und haben sie uns wieder schlechtgemacht?«, ließ Leopold Hartwig ihn nicht ausreden.

»Sei doch mal still!«, ermahnte ihn seine Frau und stieß ihn in die Rippen. »Entschuldigen Sie Leos Verhalten, er ist manchmal …« Statt es auszusprechen, seufzte sie nur.

Dankbar nickte Stark. »Wir haben erfahren, dass ein Unbekannter Linda einen Brief und ein Foto von einem Anhänger geschickt hat. Nach unserer Kenntnis könnte es sich um exakt den Anhänger handeln, der damals an Violettas Schulranzen befestigt war.«

»Ja, mit dem Scheißanhänger hat Linda echt genervt«, bestätigte Leopold Hartwig.

»Und nun ist sie tot, ist das nicht seltsam?«

»Schon wieder eine Art Vermutung. Habt ihr nicht mehr drauf?«

Es war zugegebenermaßen nicht besonders professionell, was Stark und Hentschel hier ablieferten, aber in Anbetracht der Tatsache, dass sie ohne Unterstützung versuchten, einen Mord aufzuklären, war das die einzige Chance, wenn sie nicht wertvolle Zeit verstreichen lassen wollten. »Hat Linda Ihnen beiden das Foto mit dem Anhänger gezeigt?«

»Wozu sollte ich mir einen blöden Anhänger anschauen wollen?«, antwortete Leopold Hartwig und fuchtelte mit seiner Bierflasche herum.

»Mein Mann hat recht«, sagte seine Frau. »Alles, was Linda bisher gesagt oder getan hat, war Blödsinn. Warum sollte nach zehn Jahren plötzlich der Anhänger auftauchen? Der Ranzen wurde schließlich nie gefunden.«

»Vielleicht ja doch, und zwar von dem, der ihn damals mitgenommen hat.«

»Bullshit«, grunzte Leopold Hartwig. »Na los, zeigen Sie uns endlich das Foto, dann werden wir ja sehen, ob der Anhänger echt ist.«

»Das würde ich gern, aber es ist verschwunden.«

»Ach so!« Ein spöttisches Lachen. »Und woher wollen Sie dann wissen, dass es Violettas Anhänger ist? Ich meine, waren Sie an dem Tag dabei, als meine Tochter verschwand? Das würde mich doch sehr wundern, denn bisher habe ich Ihre Visage in diesem verschissenen Kuhdorf noch nie gesehen. Also lasst uns gefälligst in Ruhe.«

»Das sehe ich genauso, Herr …?«

»Stark«, gab Stark der Ehefrau Auskunft. »Und was sehen Sie genauso?«

»Dass Sie jetzt besser unseren Hof verlassen, denn wenn wir über Violetta reden, reißt das nur alte Wunden auf.« Sie blinzelte müde. »Sehen wir es doch mal realistisch: Es gibt nicht den kleinsten Hinweis darauf, dass unsere Tochter noch lebt.«

»Entschuldigen Sie, wenn ich da widerspreche«, sagte Hentschel. »Es gibt offenbar auch nicht den kleinsten Hinweis für ihren Tod.«

»Oh, doch, den gibt es!« Claudia Hartwig fasste sich an ihr Herz. »Eine Mutter kann es hier drinnen fühlen. Ganz deutlich.«

»Sie haben mich die ganze Zeit missverstanden. Es geht mir nicht um Violetta«, sagte Stark und fügte gedanklich hinzu, dass dies Aufgabe von Sokrates Vogel sei. Im Geheimen wünschte er dem Kollegen viel Spaß mit diesen Eltern. Laut sagte er: »Ich suche einen Mörder.«

»Ich dachte, der Mörder wurde bereits verhaftet«, brauste Leopold Hartwig erneut auf.

»Nun, vielleicht hatten wir den Falschen.«

»Das kommt vermutlich davon, weil Sie ständig an der falschen Stelle suchen.«

»Das erfährt man immer erst hinterher. Eine letzte Frage: Dürfte ich das Grab von Violetta einmal sehen?«

KAPITEL 30

Vorsichtig wackelte Vogel mit der Zunge an zwei der wenigen verbliebenen echten Zähne im Unterkiefer. Bei dem Gedanken, wieder in die Kälte hinaustreten zu müssen, nahmen die Beschwerden am Zahnfleisch postwendend zu. Die ständigen Abszesse raubten ihm langsam den Verstand. Abgesehen vom Konzentrationsverlust fragte er sich, wie jemand unter diesen Bedingungen freundlich zu seinen Mitmenschen sein sollte. Sofort verspürte er Lust, etwas Verbotenes oder wenigstens eine Gemeinheit zu tun. Einfach, um sich abzulenken.

In der Gaststätte zu hocken und Erzgebirgsmusik anzuhören, während er Violettas Akte studierte und Winters Liste abhakte, empfand er gleichfalls als unerträglich. Auf seine Frage, ob man zur Abwechslung nicht ein paar Schlager spielen könne, hatte die Wirtin nur geantwortet: »Das hier ist weder Ihr Büro noch der Ballermann.«

Wäre Vogel nicht zu sehr damit beschäftigt gewesen, sich über die mangelhaften Ermittlungen des vorherigen Sachbearbeiters aufzuregen, hätte er höchstwahrscheinlich irgendwo auf dem Weg zu den Toiletten eines der Aufputzkabel von der Wand gerissen und dadurch einen Kurzschluss in der Elektrik verursacht. In Sabotageangelegenheiten machte ihm kaum jemand etwas vor. Danach könnte die Wirtin bis zum

Tag des Jüngsten Gerichts an den Sicherungen wackeln. Den Fehler würde nicht mal Jesus bei seiner Wiederkunft finden. Und von dessen Leitung bis ganz nach oben steht schon in der Bibel geschrieben: *Denn wie der Blitz oben vom Himmel blitzt und leuchtet über alles, was unter dem Himmel ist, also wird des Menschen Sohn an seinem Tage sein.*

Unzweifelhaft war die Textstelle ein eindeutiger Hinweis auf Jesus' herausragende Karriere als Elektroinstallateur. Auch wenn seine Kunden mit der Handwerkerleistung weniger zufrieden gewesen waren und ihn daraufhin ans Kreuz geschlagen hatten.

Erleuchtung hätte Vogel gut gebrauchen können. Beim Aufarbeiten eines Cold Case fragte er sich ununterbrochen, ob er nicht lieber einen anderen Beruf hätte wählen sollen. Bei diesem Job ging früher oder später immer jemand vor die Hunde. In diesem Fall deutete alles auf Andreas Preuß hin. Dessen Arbeit hinterließ bei Vogel einen bitteren Beigeschmack. Und in seinem Mund ging es ohnehin zu wie in einer Giftküche. Seinen früheren Ruf als leidenschaftlicher Kriminalist strafte Preuß mit jeder Seite, die Vogel umblätterte, Lügen. Es fehlten Zeugenvernehmungen von Leuten, die Vogel weit oben auf seiner Liste stehen hatte. Leute wie der damalige Bürgermeister oder Violettas Onkel, gegen den der Pädophilenverdacht nie gänzlich ausgeräumt worden war. Teilweise gab es zu Befragungen nur Aktenvermerke, die kaum länger als fünf Zeilen enthielten. Im Prinzip konzentrierten sich die gesamten Ermittlungen auf die drei Touristen, die zeitweilig als dringend tatverdächtig in der Akte auftauchten, und ihren schwarzen Transporter, in dem man eine DNA-Spur von Violetta gefunden hatte. Leider war einem Kriminaltechniker ein Fehler bei der Dokumentation der Spur unterlaufen, was später zu erheblichen Zweifeln an der Gerichtsverwertbarkeit des Beweises geführt hatte. Ein wenig ärgerte Vogel sich auch über sein eigenes Versäumnis, der Akte nicht früher Beachtung geschenkt zu haben. Eigentlich hätten die Mängel auch der Staatsanwaltschaft auffallen müssen. Aber allein wenn Vogel den Namen der damaligen Staatsanwältin las, wunderte ihn nichts mehr. Die Frau war nach der Trennung von ihrem Gatten tablettenabhängig geworden. Selbst schuld. Wenn man den falschen Partner heiratete, musste man mit den Konsequenzen leben. Jetzt musste Vogel aus der Papieransammlung eine vernünftige Akte basteln. Dafür war ihm jedes Mittel recht. Geld oder Peitsche. Bestechung oder Bestrafung. Er wusste, was zu tun war.

Er klappte den Aktendeckel zu und verstaute die Unterlagen in seiner Tasche. In dem Moment fegte ein eisiger Wind zur Gaststube herein. Scharfe Schneeflocken trafen Vogels Gesicht, als er sich zur geöffneten Eingangstür umdrehte und den hinkenden Mann betrachtete, der seine Stiefelabsätze abklopfte. Irgendwoher kannte er den Neuankömmling. Vogel musste nachdenken, wurde jedoch unterbrochen.

Hinterrücks trat der junge Gotthard an seinen Tisch und flüsterte: »Der da hat damals das Entführungsfahrzeug gesehen.«

»Glück auf, Steiger!«, grüßte die Wirtin aus dem Hintergrund.

Langsam dämmerte es Vogel, woher er das Gesicht kannte: von Winters Liste. Darauf befand sich ein Foto eines Personalausweises, und zwar von Sandro Karlsfeld.

»Das Übliche!«, rief Karlsfeld durch den Schankraum.

»Griene Kließ mit Schwammebrieh«, schallte es aus der Küche. »Und einen Lauterbacher Tropfen gibt's obendrein.«

Zielstrebig steuerte Karlsfeld auf einen Platz unter einem Hirschgeweih zu. Doch auf gleicher Höhe mit Vogel stellte dieser ihm einen Stuhl in den Weg.

»Setzen Sie sich zu mir.«

Sichtlich überrascht, schaute Karlsfeld zwischen Vogel und der jungen Bedienung hin und her. Erst als Kevin Gotthard ihm zuzwinkerte, entspannte sich Karlsfeld geringfügig. Allerdings blieb er stehen.

»Sind Sie einer von den Großstadtpolizisten?«

»Falls ich dann eher Ihr Vertrauen habe, würde ich es gern leugnen.«

Karlsfeld schniefte wenig belustigt und wischte sich die Nase am Jackenärmel ab. Der Kragen seiner Jacke wirkte durchgeschwitzt. Außerdem steckten Tannennadeln in der Fellkapuze. »Habe heute schon mit Ihren Kollegen geredet.«

»Richtig, Sie haben angeblich die Tote gefunden.«

»Ja, war kein schöner Anblick. Arme Linda. War ein sauberes Mädchen.«

»Ach, sind Sie denn mit ihr intim geworden?«

Der Junge gluckste und trat einen Schritt zurück, Karlsfeld zuckte lediglich mit dem Kopf und lächelte gequält. »Was soll die Anspielung?«

»Ach, kommen Sie, wir sind Männer. Nach meinen Recherchen hat sich Ihre Frau für zwei Wochen mit Freundinnen ins Riesengebirge zum Skiurlaub verabschiedet. Ihnen ist es ja wegen Ihrer körperlichen Einschränkungen leider versagt, diesen Sport auszuüben. Ich könnte es verstehen, wenn Sie die Auszeit nutzen, um es sich von einer jungen Dame ordentlich besorgen zu lassen.«

»Hören Sie, ich habe Ihren Kollegen schon alles erzählt. Jetzt würde ich mir gern Hände und Gesicht waschen.«

Er wollte am Tisch vorbeitreten, aber wieder schob ihm Vogel mit dem Fuß den Stuhl in den Weg.

»Die Toiletten befinden sich auf der anderen Seite.«

»Was wollen Sie von mir?«

»Ich möchte mich mit Ihnen ein wenig über den Fall Violetta unterhalten.«

»Machen Sie Witze? Was hat denn die kleine Violetta mit dem Mord zu tun?«

»Mich hat er auch schon nach Violetta gefragt«, brachte sich Gotthard ein.

Vogel stieß einen scharfen Pfiff aus und deutete dem Jungen die Richtung, woraufhin Gotthard den Kopf einzog und in der Küche verschwand.

»Mit Ihrer damaligen Beobachtung haben Sie drei ausländische Touristen schwer belastet«, hob Vogel an und hoffte, dass Karlsfeld aus eigenem Antrieb redete, was dann auch passierte.

»Ich habe deren Transporter durch den Ort fahren sehen, wenn Sie darauf anspielen. Ungefähr zu der Uhrzeit, als Violetta verschwunden sein muss. Aber das habe ich damals alles schon hundert Mal vor der Polizei ausgesagt.«

»Und schon lügen Sie mich an. Sie haben lediglich eine einzige Aussage getätigt.«

»Und wenn schon, ich habe selbst dieser nichts hinzuzufügen.«

»An welcher Stelle ist der Transporter an Ihnen vorbeigefahren?«

»Steht das nicht in der Polizeiakte?«

»Ich möchte es aus Ihrem Munde hören, während ich Ihnen tief und fest in die Augen schaue.«

Die Wirtin brachte das Essen und den Schnaps und stellte beides auf den Tisch, den Karlsfeld mutmaßlich für gewöhnlich besetzte. »Ich würde jetzt gern essen.«

»Selbstverständlich, nachdem Sie meine Frage beantwortet haben. Falls Sie sich weigern, werde ich Ihnen auf Schritt und Tritt folgen, um mich mit Ihnen über Ihre Körperbehinderung zu unterhalten.«

Karlsfelds Nasenflügel zuckten. In seiner Mimik konnte Vogel lesen wie in einem aufgeschlagenen Buch. Aktuell schien sich in dem Buch der Wachhund von der Kette lösen zu wollen, nachdem die Katze aus dem Sack war. Winter hatte wahrhaftig erstklassige Recherchearbeit geleistet. Das würde er ihr gegenüber niemals zugeben, aber insgeheim hielt er es ihr zugute.

»Ist alles in Ordnung?«, fragte die Wirtin.

»Nur eine Meinungsverschiedenheit«, wiegelte Karlsfeld ab, denn was ihn betraf, war absolut nichts in Ordnung. Durch ein gefälschtes ärztliches Gutachten hatte er sich vor Jahren eine üppige Abfindung und eine EU-Rente erschwindelt. »Wir unterhalten uns wie alte Kumpel.«

»Nein, danke, wir benötigen nichts weiter«, kam Vogel der Wirtin zuvor, als sie den Mund für die Frage nach weiteren Wünschen öffnete.

»Ich habe den Transporter an besagtem Tag ins Luchsbachtal einbiegen sehen«, gab er an, nachdem die Hausherrin das Wischtuch über einige der Tische geschwungen hatte. »Es war gegen 6.45 Uhr und der Wagen fuhr mit hohem Tempo durch den Ort. Ich habe mir Kennzeichenfragmente gemerkt und diese der Polizei später mitgeteilt. Und mehr weiß ich nicht, denn das Ganze liegt inzwischen ziemlich lange zurück.«

»Genau zehn Jahre. Zehn Jahre, in denen es den drei Tschechen ziemlich dreckig ergangen ist.«

»Tja, so ist das Leben. Wo eben noch Licht ist, kann es plötzlich furchtbar dunkel werden.« Karlsfeld klopfte sich gegen das invalide Bein, das er beim Gehen immer ein bisschen nachzog. Offenbar wollte er damit sagen, dass es das Schicksal mit ihm ebenfalls dreckig gemeint hatte.

»So einfach ist das?«, stellte Vogel eine rhetorische Frage. »Einer der drei stiert seit Jahren auf einen Fernsehtestbildschirm und ein anderer hat Suizid begangen.«

»Wenn Sie mich fragen, haben die Typen genau das verdient. Jede Wette, dass sie sich Violetta geschnappt und über die Grenze gebracht haben. Dort haben sie die Kleine an einen internationalen Menschenhändlerring verkauft. Nur Gott weiß, was die Kleine bis heute durchleben musste.«

»Und der dritte Tscheche, derjenige, dem der Transporter gehörte, hat sich einfach in Luft aufgelöst …« Vogel deutete mit den Fingern eine Explosion an. »Ähnlich einer platzenden Seifenblase.«

»Wir hier im Erzgebirge mit all unseren Schächten und Löchern wissen besser als jeder andere, was es heißt, auf Nimmerwiedersehen zu verschwinden. Es geht sogar die Legende herum, jemand habe am Folgetag von Violettas Verschwinden das Mädchen in einem Stollen jammern hören.«

»Ah, ich merke, Sie sind ein Steiger durch und durch. Ich liebe solche Märchen. Vor allem, wenn sie schon gruselig beginnen.« Er klatschte übertrieben in die Hände. »Hach, da kann ich nicht anders und muss unbedingt wissen, wie sie ausgehen.«

Karlsfeld winkte ab und setzte sich auf den Platz, wo sein dampfender Teller wartete. »Wenn Sie so gut sind, dann klären Sie ja im Handumdrehen einen jahrzehntealten Fall auf.«

Vogel ging ihm hinterher, beugte sich über die Tischplatte und kratzte mit den Fingernägeln geräuschvoll über das Holz. »Ich wirke auf Sie vielleicht wie ein klappriger Trottel, aber so sollten Sie lieber nicht über mich denken. Ich erzähle jedem, der mir in diesem verdammten Ort über den Weg läuft, Sie seien ein Simulant. Am Anfang wird man mich belächeln, aber schon bald mehren sich Zweifel unter Ihren Nachbarn. Sie werden sich fragen, ob Sie ein Lügner sind. Und bevor man einen Lügner in Schutz nimmt, wird man Sie eher ächten. Verlassen Sie sich darauf, genau so wird es kommen. Und schon bald fällt Ihre komplette Existenz zusammen wie ein Kartenhaus.«

»Denken Sie über mich, was Sie wollen. Meine Verletzung ist jedenfalls nicht gespielt. Ich habe mir damals bei dem Sturz in der Grube sämtliche Knochen gebrochen. Einige sind nie wieder vollständig geheilt. Mit anderen Worten, ich leide an einer echten Behinderung.«

»Das habe ich auch nie bezweifelt. Nur leider besitzen Sie kein echtes Gutachten. Wer weiß, vielleicht hätte ich an Ihrer Stelle damals genauso gehandelt und mir einen gefälschten Wisch und einen bestechlichen Arzt besorgt, bevor ich mich einem jahrelangen kräftezehrenden Rechtsstreit gegen Arbeitgeber und Versicherungen ausgeliefert hätte. Möglich, das gebe ich zu. Nur leider ist der Konjunktiv gegenüber der Gegenwart immer ziemlich zahnlos.«

Mit einem Schnauben griff Karlsfeld nach dem Löffel und schaufelte Pilzsuppe in seinen Mund. Schmatzend brummte er: »Sie können mir gar nichts.«

»Und Sie haben vergessen, sich Ihre Hände vor dem Essen zu waschen.«

Kapitel 31

Stirb nun. Stirb dort, bei den anderen Fliegen.

In Donners Kopf hallten die sonderbaren Worte wie Echos von Gesteinswänden nach. Jemand redete mit ihm. Aber der letzte Satz ergab keinen Sinn.

»Bist du das, Mr Fiesling?«, fragte er.

»Wer denn sonst?«, hörte er die intrigante Stimme seines alten grünen Knetballs, der ihm – entgegen seinem eigentlichen Zweck – früher die Nerven geraubt, aber auch das Leben gerettet hatte. »Du dämlicher Hund hast ja nur mich.«

»Wo bist du?« Donner stolperte durch den Dunst in seinem eigenen Kopf. »Warum kann ich dich nicht sehen?«

»Ich bin ganz nah«, wisperte Mr Fiesling dicht an Donners Ohr. »Ich stehe über dir.«

»Verarschst du mich?«

Mr Fieslings gehässiges Lachen trommelte in Donners Gehörgang wie unter der Haube einer Kirchenglocke. Jeder Ton schmerzte unendlich. »Du meinst, wie all die anderen, die dich verlassen haben? Einschließlich Anne?«

»Lass Anne aus dem Spiel, du kleines grünes Monster!«

»Von uns beiden bist ja wohl du das Monster. Hey, Kommissar Monster!«

Auch wenn Donner sich im Laufe der Jahre mit der Bezeichnung arrangiert hatte, empfand er sie in diesem Moment als verletzend. Vielleicht lag es daran, weil ausgerechnet ein Knetball ihn so nannte.

»Hör auf, ich will das nicht mehr hören! Ich bin ein Mensch.«

»Ein Mensch!«, lachte Mr Fiesling umso lauter. »Wenn du ein Mensch bist, dann bin ich Kermit.«

»Jetzt reicht's! Komm ins Licht, dann werde ich dich greifen und in einer Mülltonne entsorgen.«

»Hier gibt es kein Licht, kapier das endlich. Du bist gefangen und halb erfroren. Und wenn du nicht lieb zu mir bist, werde ich schweigen; dann lernst du, wie entsetzlich bitter Einsamkeit wirklich sein kann.«

Jetzt erst registrierte Donner die totale Finsternis, die ihn umgab. Haltlos ruderte er mit den Armen. Er fiel. Nein, er glitt dahin. Es gab kein Oben und kein Unten. Weder rechts noch links. Es war, als würde er in einem schwarzen Loch schweben.

»Wo bin ich?«

»Sag was Nettes.«

»Was?«

»Sag was Nettes, sonst bin ich weg.«

»Lass mich nicht alleine«, flehte Donner, weil ihn die Schwärze ängstigte. Diese Angst war von solcher Intensität, wie er sie noch nie erlebt hatte. Wenn er eine Fliege gewesen wäre, hätte ihm die bloße Schwärze den Chitinpanzer zerquetscht.

»Du bist eine Fliege«, kam Mr Fieslings Stimme wie ein Eisschauer aus dem Nichts und ließ Donner frösteln.

»Was?«, stotterte er, weil er am ganzen Körper zitterte. »Was passiert mit mir?«

»Du bist eine Fliege und ich mach dich jetzt platt.«

Sein Körper wurde gegen eine Felswand geschleudert. Durch den Aufprall brachen sämtliche Rippen, die Stirn platzte mit einem Blutregen auf, sein Herz riss mittig und ließ seine Seele ziehen. Der Rest war Kälte und Stein.

Donner befand sich in einer Zwischenwelt. Solange er die Schmerzen in seinen Knochen und die Kälte auf der Haut spürte, war er nicht tot. Aber richtig am Leben war er auch nicht mehr. Dafür war es deutlich zu dunkel. So extrem dunkel, dass er seine Hand selbst dann nicht sah, als er direkt über seine Augenhöhlen strich.

In der Wirklichkeit gibt es nur einen einzigen Ort, der so finster, kalt und einsam ist wie dieser: ein tiefes, tiefes Grab.

»Erik?«, rief er seinen eigenen Namen, einfach um sich sprechen zu hören.

Ein hundertfaches Echo antwortete ihm.

Kein Grab.

Eine Höhle. Eine verdammte Höhle.

Er rappelte sich auf, kroch durch die Dunkelheit. Bald stieß er mit dem Kopf gegen eine Gesteinswand. Er lehnte sich mit dem Rücken dagegen und atmete. Er atmete ein und aus ...

Es hatte einen Unfall gegeben. Der Streifenwagen war den Abhang hinabgestürzt. Einmal, zweimal, dreimal ... Wie oft sich das Fahrzeug überschlagen hatte, konnte er nicht mehr sagen.

Zu oft. Hast ganz schön was abbekommen.

Er tastete seinen Körper ab. Seine Rippen brannten. An der Hand waren mindestens zwei Finger gebrochen. Trotz der Verletzungen war er den Berg hinaufgeklettert. Mit Händen und Füßen hatte er dem Schnee und der Steigung getrotzt. Er hatte die Straße erreicht. Inmitten der dicken Schneeflocken hatte er die Beleuchtung eines Wagens gesehen. Das Auto hatte einfach nur dagestanden. Ein anderer Autofahrer hatte angehalten. Dieser war ihm zu Hilfe gekommen.

Wie dumm bist du, Erik? Das war nicht dein Retter, sondern der Todessteiger.

Als Donner auf dem überfrorenen Asphalt die Besinnung verloren hatte, war derjenige aufgetaucht, der ihm einen Mord hatte anhängen wollen.

»Und jetzt hast du mich in einen vergessenen Schacht gebracht«, redete er mit sich selbst. »Ist es nicht so?«

»Stirb nun. Stirb dort, bei den anderen Fliegen«, sagte Mr Fiesling aus dem Nichts.

»Halt die Klappe.«

Frostklirrende Stille.

Donner war allein. Er zog seine Jacke enger, winkelte die Beine an und wünschte sich eine brennende Kerze herbei. Seine Schmerzen wären erträglicher gewesen, wenn er wenigstens ein Licht gehabt hätte. Zum ersten Mal in seinem Leben verstand er, welche Macht die kleinste Flamme besaß. Und er verstand auch, wie groß die Macht von völliger Finsternis sein konnte.

Hier findet dich niemand. So tief, wie der Todessteiger hinabfährt, so weit runter traut sich kein braver Bergmann.

Er befand sich im Vorhof zum Totenreich. Vielleicht war es aber auch ein Ort, an dem selbst der Tod ihn nicht fand.

Als er die Ellenbogen dicht an den Körper presste, fühlte er unter dem Jackenstoff etwas Hartes. Zuerst glaubte er an eine Täuschung, aber dann tastete er den Gegenstand Zentimeter für Zentimeter ab.

Er brauchte nur ein paar Sekunden, um ihn als Waffe zu identifizieren.

In seiner Jacke steckte eine Pistole.

Kapitel 32

Nach dem Aufenthalt im Gasthaus *Hutzenstube* und dem unverhofften Aufeinandertreffen mit dem Steiger arbeitete Vogel weiter seine Liste mit Zeugen ab.

»Ach, Gottchen, es ist tatsächlich schon fast achtzehn Uhr«, fuhr Vogel in seinem Sessel auf. Wobei er weder streng gläubig war noch jemals die Uhrzeit aus den Augen verlor.

»Die beste Zeit, den Kamin zu befeuern«, antwortete Lutz Fromm, in dessen Haus sie sich befanden.

»Bloß keine Umstände, ich mag es ungemütlich.«

Mit gerunzelter Stirn betrachtete der ehemalige Bürgermeister die Wohnstube, als suchte er nach einer Ecke, die er ungastlich eingerichtet hatte. Als er keine entdeckte, musste er selbst schmunzeln. »Sie haben eine sonderbare Art von Humor, wenn ich das anmerken darf.«

Vogel winkte ab. »Ja, ich mache eben auch ungemütliche Witze.«

Bevor Fromm die Aussage mit einer lustigen Bemerkung überspielen konnte, klingelte das Festnetztelefon.

»Entschuldigen Sie mich kurz.« Schon griff Fromm nach dem Hörer.

Die Pause nutzte Vogel, um sich umzusehen. Er stand auf und wanderte im Zimmer umher. Einrichtungsgegenstände konnten sehr viel über einen Menschen aussagen. Allein das dunkel-braune Holzfurnier und die Messinggriffe an der Schrankwand ließen darauf schließen, dass die Wohnungsinhaber es harmonisch liebten und schmückendes Beiwerk möglichst unauffällig sein musste. Von Arroganz oder sogar Größenwahn keine Spur. Es waren die einfachen Leute, die Vogel gern aufsuchte. Nicht, weil er sich bei denen am wohlsten fühlte, sondern weil die einfachen Leute in aller Regel am meisten zu verbergen hatten.

»Ja, Herrn Kriminalhauptkommissar Vogel habe ich eben kennengelernt«, redete Fromm ins Telefon. Gleichzeitig nahm er Blickkontakt mit Vogel auf und zwinkerte ihm zu. »Derzeit teilt er sich mit mir das Wohnzimmer.«

Vogel nahm die seltsame Unterhaltung zur Kenntnis und machte ungeniert mit seiner Erkundungstour weiter, indem er mit dem Zeigefinger Staub vom Kamin wischte. Auf dem Sims standen Bilder von Fromms Sohn und von seiner Frau. Dank Winters Recherche wusste Vogel von Fromms zweiter Hochzeit vor elf Jahren. Es gab auch Fotos, auf dem das Ehepaar Arm in Arm in die Sonne lächelte. Die Serie war wohl im Frühling aufgenommen worden, denn die Blüten der Bäume im Hintergrund leuchteten in bunten Farben, von Weiß über Gelb bis zu knalligem Rosa. Alles wirkte so romantisch, dass es Vogel fast schon zum Hals heraushing.

Im Hintergrund lachte Fromm. »Nein, darüber würde ich mir keinen Scherz erlauben, möchtest du mit ihm sprechen? Was? Ja, er befragt mich zu den damaligen Ereignissen. Er ist Kriminalbeamter, die tun das ständig. Ach, das hat er gesagt? Nein, da würde ich mir keine Gedanken machen. Okay, das werde ich tun.«

Das Telefonat war beendet. Vogel ahnte, um wen es sich beim Anrufer gehandelt hatte.

»Hat der Steiger sich über mich beschwert?«, ging er in die Offensive.

»Sie müssen Sandro Karlsfeld sein Verhalten nachsehen. Er ist im Laufe der Jahre immer menschenscheuer geworden. Unter seiner groben Schale ist er ein feiner Kerl, auf den man sich verlassen kann. Außerdem ist er ein begnadeter Handwerker. Ich sage Ihnen, der kann aus einer vollen Streichholzschachtel einen Schwibbogen basteln.«

Zum jetzigen Zeitpunkt wusste Vogel mehr als genug über Karlsfeld. Den notwendigen Rest würde er früher oder später auch noch erfahren. Um vom Anrufer abzulenken, nahm er ein besonders schönes Porträt von Fromms Frau vom Kamin und zeigte es dem Ehemann.

»Wann kommt Ihre Frau von der Spätschicht nach Hause?«

Fromm nahm ihm das Bild ab und stellte es vorsichtig zurück an seinen Platz, als wäre es ein Heiligtum. »Bei der aktuellen Verkehrssituation? Da benötigt sie vom Krankenhaus Schwarzenberg mindestens eine Dreiviertelstunde. Schätze, es wird gegen dreiundzwanzig Uhr werden.«

»Zu schade, dass mir die Zeit im Nacken sitzt, ich hätte sie gern kennengelernt.«

»Wir waren vorhin beim Steigerfestival stehen geblieben«, erinnerte Fromm. »Darüber wollten Sie sich mit mir unterhalten, nicht wahr? Im Nachhinein betrachtet, ist das alles ziemlich unschön verlaufen, aber ich bin noch heute davon überzeugt, Pöhla hätte ein solches Fest auf Dauer gutgetan. Wir hatten sogar einen Artistenzirkus organisiert, dessen Künstler in einer abgedunkelten Manege und mit winzigen Lämpchen in ihren Anzügen geturnt haben. Ich fand, das passte irgendwie zu unserer Region. Leider haben die Einheimischen die Vorführungen boykottiert.«

»Und es gab etliche Beschwerden über Ruhestörung«, stach Vogel in die offene Wunde. »Die Polizei musste sogar mit einer geschlossenen Einheit anrücken, weil sich zwanzig volltrunkene Besucher gegenseitig die Campingzelte abgefackelt und sich die

Zähne eingeschlagen haben. Last but not least ist ein kleines Mädchen spurlos verschwunden. Passt das auch in diese Region?«

»Sie sind wirklich ein gnadenloser Mann, Herr Vogel.« Wie geschafft ließ Fromm sich in seinen Sessel fallen und rieb sich die Augen. Beinahe sah es so aus, als kämen ihm jeden Moment die Tränen. »Ich wünschte, ich könnte alles rückgängig machen, aber auch so habe ich bitter für meine Idee zahlen müssen. Was glauben Sie wohl, wie viele Drohbriefe ich danach erhalten habe?«

»Es waren exakt vierundzwanzig, die Sie der Polizei übergeben haben.« Vogel klopfte auf seine Tasche. »Sind alle hübsch nach Datum geordnet.«

»Man hat mich als abartigsten Bürgermeister Deutschlands bezeichnet, weil ich angeblich einen Pädophilen in meiner Gemeinde verstecke. Dabei gab es nicht einmal den geringsten Beweis für ein sexuelles Motiv, das im Zusammenhang mit Violettas Verschwinden steht. Mein gesamtes berufliches Leben und das innerhalb meiner Familie war im Ausnahmezustand. Am Anfang habe ich mich offensiv an der Aufklärung der Tat beteiligt, später habe ich geschwiegen, weil *BILD*-Zeitung und Co. doch nur das gedruckt haben, was Auflage bringt. Für die Presse war ich der Hauptverantwortliche. Für ein paar lumpige Euro haben sich die Bürger zu Wort gemeldet und jedwede Lüge über mich und den Ort verbreitet. Man hätte meinen können, in Pöhla sei die Kriminalität so hoch wie in Städten wie Acapulco oder Caracas.«

»Und haben Sie einen Pädo versteckt?«

»Was?«

»Na, Sie wissen schon, wen ich meine.«

»Sie wollen von mir eine Meinung über Thomas Hartwig, Violettas Onkel?« Fromm seufzte und winkte ab. »Dabei kennen Sie doch die polizeilichen Einträge über ihn besser als ich. Soweit ich weiß, wurde ein einziges Strafverfahren, bei dem er ein Kind unsittlich berührt haben soll, wegen Mangels an Beweisen eingestellt.«

Vogel lachte gequält. »Tja, das mit den Beweisen ist so eine Sache … Aber es gab mehrere Hinweise auf verdächtiges Ansprechen von Kindern.«

»Ja, diese Vorwürfe gegen ihn kenne ich. Damals sind auch die Einwohner zu mir als Bürgermeister gekommen, weil sie wollten, dass ich etwas gegen diese *Drecksau* unternehme. Aber immer wenn ich konkret bei denen, die etwas mitbekommen haben wollen, nachgefragt habe, sind diese Leute eingeknickt. Dann hieß es plötzlich, man könnte sich nicht mehr richtig erinnern oder habe sich gänzlich geirrt.«

»Im Kindergarten gab es eine Erzieherin, der sind Wesensveränderungen bei Violetta aufgefallen und an verschiedenen Tagen Hämatome am Körper. Die Erzieherin meinte damals, Violetta sei keinesfalls ein so ungeschicktes Mädchen, das so oft hinfalle, wie es ständig behauptete. Die Erzieherin sprach ihren Verdacht auf Misshandlung in der Familie offen an. Leider wurde die Frau kurz darauf entlassen und hat danach nie wieder über die Hartwigs geredet.«

»Ach, Herr Vogel!« Fromm breitete hilflos die Arme aus. »Nicht einmal das Jugendamt fand dafür Anhaltspunkte in der Familie Hartwig. Ich erinnere mich an zwei Termine, an denen Mitarbeiter der Behörde vor Ort waren. Dabei ist nichts herausgekommen.«

»Na dann«, sagte Vogel und grinste breit. »Wird wohl alles seine Richtigkeit gehabt haben. Fakt ist jedoch, Violetta ist irgendwann verschwunden. Und etliche Stimmen behaupten, ihre Eltern hätten sie ins Ausland verkauft.« Er bemerkte, wie sich Fromms Lippen bewegten, weil er wohl etwas erwidern wollte. Doch Vogel hob die Hand. »Persönlich empfinde ich diese Theorie als heikel. Was glauben Sie eigentlich, was mit ihr passiert ist?«

»Die Frage aller Fragen mussten Sie stellen, nicht wahr? Und glauben Sie mir, ich habe sie mir die letzten zehn Jahre oft gestellt. Am Anfang hatte ich auch ein ungutes Gefühl bei

Violettas Eltern, aber ich habe gelernt, keine voreiligen Schlüsse zu ziehen, stattdessen jedem eine faire Chance auf Verteidigung zu geben. Sonst wäre ich wohl kaum Bürgermeister geworden.«

»Das ehrt Sie, aber mir brauchen Sie nicht mit Geschwätz von fairen Chancen zu kommen.« Vogel schlug sich in die Hand und spürte ein Ziehen in den Zähnen, das ihn wahnsinnig machte, sobald er die Zunge bewegte. »Das Leben kennt keine Chancengleichheit. Also, welche Theorie vertreten Sie?«

Fromm erhob sich und trat auf Vogel zu. »Es spricht wohl alles dafür, dass es die drei ausländischen Gäste waren. Ja, ich bin mittlerweile fest davon überzeugt, dass sie Violetta in ihr Auto gezerrt und sie entführt haben.«

»Wussten Sie, dass Ihr Sohn den drei Tschechen eine Art Alibi gegeben hat?«

»Ja, Vincent wurde von der Polizei vernommen und er hat mir von seiner Aussage erzählt.«

»Demnach hat er die drei bis spät nach Mitternacht auf dem Campinggelände feiern gesehen. Für meinen Geschmack ist es ein ziemlich schwaches Alibi, und ihr Sohn war sich später bei den Uhrzeiten auch nicht mehr sicher, aber seis drum, seine Erstaussage steht für alle Ewigkeit in der Akte. Zu schade, dass man mit den drei vermeintlichen Tatverdächtigen heute nicht mehr reden kann. Ich hätte zu gern ihre Sicht der Dinge gehört.«

Fromms Magen meldete sich. »Sollten sie wirklich unschuldig sein, ist es äußerst bedauerlich, was mit ihnen geschehen ist, da muss ich Ihnen zustimmen.«

»Oh, mir ist das Schicksal der Tschechen scheißegal. Ganz im Gegensatz zu Violetta. Bei Kindern verstehe ich nämlich keinen Spaß.«

»Da wäre eine Kleinigkeit«, fing Fromm nach einer Weile des gemeinsamen Schweigens an. »Ich nehme an, Ihre Kollegen werden Lindas Wohnung durchsuchen und auf Tatspuren untersuchen. Also falls sich herausstellt, dass sie das Mordopfer ist ...«

»Davon gehe ich aus«, antwortete Vogel und bekam eine Ahnung, was der Mann gleich sagen würde. »Was bedrückt Sie denn?«

»Sie werden wahrscheinlich meine DNA und meine Fingerabdrücke in ihrer Wohnung finden.«

»Und jetzt haben Sie Angst, wir würden Sie verdächtigen.«

»Nein, ich wollte Ihnen nur mitteilen, dass ich jederzeit bereit bin für eine Speichelprobe zu Vergleichszwecken.«

»Aber …?«

»Aber es wäre mir lieb, wenn das diskret abläuft. Ich möchte meine Frau nicht beunruhigen.«

Solche Komplikationen gefielen Vogel, und er musste sich zusammenreißen, nicht laut loszulachen. »Ich verstehe, nur leider bin ich der falsche Ansprechpartner. Das Tötungsverbrechen ist aktuell nicht mein Fall.«

»Denken Sie, Ihr Kollege, dieser Erik Donner, ist ihr Mörder?«

Über die Antwort dachte Vogel einen Augenblick nach. »Donner ist ein genialer Dickschädel, aber ganz sicher kein Mörder.«

Fromm schaute zu Boden und nickte, als sähe er es genauso. »Verrückt, dass ich heute Morgen noch mit ihm gesprochen habe.« Er hob den Kopf. »Wo werden Sie eigentlich übernachten?«

»Wie kommen Sie darauf, dass ich hier übernachten werde?«

»Nun, laut den Nachrichten ist zwar das größte Straßenchaos beseitigt, und langsam rollt der Verkehr wieder, aber Sie machen mir nicht den Eindruck, als wären Sie einer von den Polizisten, die pünktlich zum Feierabend die Akte zuklappen, ihr Büro abschließen und dann nach Hause gehen. Sie scheinen mir eher von der Sorte, die keine Ruhe finden, bevor die Arbeit erledigt ist.«

»Sehen Sie, genau deshalb kann ich mir Schlaf nicht leisten.«

Sie lachten gemeinsam wie zwei alte Freunde.

»War ja auch nur ein Gedanke, sonst hätte ich Ihnen die alten Zimmer von Vincent im Anbau für die Nacht angeboten. In den Schränken befinden sich zwar noch etliche Sachen von ihm, weil ich irgendwie an den Klamotten hänge und mir einbilde, er würde immer noch hier wohnen, aber das dürfte sie nicht stören.«

Gedanklich ging Vogel die Informationen durch, die Winter ihm zusammengestellt hatte. »Ihr Sohn lebt in Schweden, stimmt das?«

»Ja, bei Staffanstorp. Ganz in der Nähe, wo seine Mutter herstammte.« Er lachte unvermittelt auf und öffnete eine Schublade. »Der Lump verspricht mir am Telefon ständig, er will wieder mal Urlaub im Erzgebirge machen, aber dann hat er es genauso schnell wieder vergessen. Hier, sehen Sie!« Er reichte Vogel eine Postkarte, die einen See zeigte, umringt von einer traumhaften Waldlandschaft. »Die hat er mir kürzlich erst geschickt. Fällt Ihnen im Text etwas auf?«

»… *manchmal vermisse ich die Heimat*«, las Vogel auf der Rückseite der Karte den Satz vor, auf den Fromm wohl anspielte.

»Er ist ein Lügner, durch und durch. Sogar seinen eigenen Vater schwindelt er an. Vincent und ich, wir wissen beide, dass sich unser Verhältnis durch die Entfernung merklich verschlechtert hat. Er ist glücklich da oben und ich bin es hier unten. Was glauben Sie, wie oft er mir ein aktuelles Foto von sich versprochen hat?« Er winkte ab, schaute zum Kamin, wo die Bilder standen, und schüttelte traurig den Kopf. »Nun ja, meiner Frau ist es recht, wenn kein neues Porträt dazukommt. Sie hatte nie eine innige Verbindung zu ihrem Stiefsohn aufbauen können. Und ich habe all die Jahre zu meiner Frau gehalten. Meine liebste Leonore.«

Vogel hörte zwar zu, aber ihn interessierte die Familientragödie kein bisschen. »Vielleicht komme ich demnächst auf das Angebot zurück und nutze die Wohnung Ihres Sohnes als Schlafstätte. Jetzt muss ich dringend los, bevor mich der Steiger holt …«

Kapitel 33

Als wäre sie sein Schutz vor der Dunkelheit, klammerte Donner sich an die Pistole, die er in seiner Jackentasche gefunden hatte. Ein Magazin fehlte. Trotz völliger Blindheit wusste er, dass ihm ein einziger Schuss blieb. Anhand des minimal herausstehenden Kontrollstifts an der Waffe konnte er erfühlen, dass sich im Lauf eine Patrone befand. Das ergab natürlich absolut Sinn. Er war jetzt ein Pirat. Allerdings mit dem Unterschied, dass man ihn zum Sterben statt auf einer Insel in einem tiefen, dunklen Loch ausgesetzt hatte.

Du hast es wirklich weit gebracht, Erik. Bist nun der verfluchte Gouverneur einer Höhle. Was kommt als Nächstes?

Was für ein kurioses Ende! Ausgerechnet eine Pistole blieb ihm als Seelentröster. Im Laufe seiner Dienstjahre hatte er eine regelrechte Abneigung gegen Schusswaffen entwickelt. Am Anfang seines Studiums war das völlig anders gewesen. Da hatte er bei jedem Schießtraining aus allen Rohren gefeuert. »Schießwütig« hatte ihn einmal ein Einsatztrainer genannt. Mittlerweile sah sein Trefferbild auf den Zielscheiben lausig aus. Er gab sich ja kaum noch Mühe.

Aber seine Schießergebnisse würden todsicher ausreichen, um sich den Pistolenlauf in den Mund zu schieben und abzudrücken. Genau das hatte jemand beabsichtigt. Er hatte die

Wahl, elendig zu erfrieren oder seinem Leben selbst ein Ende zu setzen. Mit einer abstrakten Höhlenmalerei aus Gehirnmasse konnte er sich vielleicht sogar unsterblich machen.

»Du bist kein Künstler, sondern ein Monster, das man eingesperrt hat.« In seinem Kopf spukte Mr Fiesling herum. »Hier findet dich keiner.«

Redest du mit dir selbst, Erik?

»Nein.«

Donner lachte.

Er lachte, dabei wollte er am liebsten weinen.

Selbst hier, an diesem verfluchten Ort, suchte ihn das Schicksal auf, um ihm weitere seelische Wunden zuzufügen. Nach Wochen der Lähmung und des Verzweifelns hatte er sich in seinen Volvo gesetzt und war aus der Großstadt geflüchtet. Er hatte gedacht, er könnte seinem unheiligen Schatten entkommen, der auf seinem zurückliegenden Weg nur Leichen hinterließ. Bei seiner Flucht war Donner in Pöhla gelandet. Eigentlich war die Gemeinde nie sein Ziel gewesen. Planlos war er umhergeirrt. An einer Kreuzung hatte dann eine innere Stimme gerufen, er sollte hier zwei oder drei Tage verweilen. Nun würde er auf ewig hierbleiben.

»Warum bist du wirklich hergekommen?«

Vielleicht, weil es ein altes Verbrechen aufzuklären gab.

Vielleicht, weil ein vergessenes kleines Mädchen hier irgendwo herumspukte und nach Erlösung verlangte.

Vielleicht, weil Linda Groß nicht nach ihrer Cousine, sondern in Wahrheit nach einem Helfer gesucht hatte.

Er betastete jede Stelle der Pistole. Es war eine Dienstwaffe. Unter Garantie gehörte sie einem der beiden Streifenpolizisten aus dem Unfallwagen. Damit bestand eine fünfzigprozentige Chance, dass es die war, mit der Kommissar Wolf auf Donner gefeuert hatte.

Welche Ironie, Dany! Ich kann vollenden, wozu du zu blöd warst.

Mit jeder Minute, die er zauderte, setzte ihm die Kälte mehr zu. Anders konnte er sich die wirren Gedanken nicht erklären. Statt sich mit Selbstironie einzudecken, sollte er lieber an einem gescheiten Plan arbeiten, um aus diesem Loch zu kommen. Erst kürzlich waren alle Folgen von *Fluch der Karibik* im Fernsehen gelaufen. Der verrückte Pirat hatte es schließlich auch geschafft, von einer beschissenen einsamen Insel zu fliehen. Der hatte sich besoffen und sich quasi an seinen eigenen Haaren aus dem Schlamassel gezogen. Aber was sollte Donner tun?

Meine Haare sind nicht lang genug.

Auf der Suche nach einem Ausweg hob er den Kopf. Egal, wohin er schaute, von überall blickte ihm Schwärze entgegen. Er besaß weder Licht noch einen Flachmann, um sich zu wärmen. Es gab nur ihn und die Pistole. Das Eisen der Mündung fühlte sich an seiner Schläfe seltsamerweise gar nicht so kalt an. Zumindest nicht, wenn er sie mit seiner zitternden Hand fest gegen seinen Schädel drückte.

»Und peng!«, jubilierte Mr Fiesling von irgendwoher.

»Verpiss dich endlich!«

»Schlappschwanz!«, wiederholte Linda Groß ihre Beschimpfung aus der Gaststube.

Donner hörte die Stimme der Toten deutlich. Alles war so logisch. Nach Jahren der erfolglosen Suche hatte Linda Groß tatsächlich einen Hinweis gefunden, der zu Violetta führte. Wenn Donner sich konzentrierte, konnte er den handschriftlichen Brief eines Kindes und das Foto des rosafarbenen Anhängers deutlich vor seinem geistigen Auge sehen.

»Du hast mir ja nicht geglaubt«, warf Linda Groß ihm vor. Diesmal sprach sie ruhiger. Traurig.

Unter unglücklichen Umständen war sie mit Donner in Streit geraten. Er hatte viel getrunken, mehr, als er vertragen konnte. Einen Tisch hatte er fast zu Boden gerungen, weil er nicht mehr hatte stehen können. Groß war aus der Gaststube gerannt.

Donner hatte seine Jacke und seine Mütze geschnappt und war ihr gefolgt. Er erinnerte sich an das Schneegestöber, das ihn umgeben und ihm für einen kurzen Moment die Orientierung geraubt hatte. Gut möglich, dass er noch gesehen hatte, wie sie ihren Fiat entriegelte. Vielleicht hatte er ihr zugewunken, sie gerufen und beschimpft. Vielleicht hatte er ihr beim Losfahren sogar einen Schneeball hinterhergeworfen. Ja, so könnte es gewesen sein, das passte zu seinem Temperament. Aber er war garantiert nicht in ihren Wagen eingestiegen. Und umgebracht hatte er sie erst recht nicht. Viel plausibler schien es Donner, dass jemand Groß aufgelauert und dabei den Streit zwischen ihr und dem betrunkenen Polizisten beobachtet hatte. Ein Zufall, der dem Unbekannten eine prächtige Gelegenheit geboten hatte.

Er ist mir gefolgt.

Mit der Waffe am Kopf nickte Donner sich selbst zu.

Er ist mir bis zur Unterkunft gefolgt und hat das Blut in meinem Zimmer verteilt. Nein, Blödsinn! Er ist Linda Groß hinterhergefahren, hat sie umgebracht und den Mord so aussehen lassen, als wäre ich der Täter.

Linda Groß hatte sterben müssen, weil sie jemanden aufgeschreckt hatte. Mit einem echten Brief und einem echten Schulranzenanhänger …

»Ach, jetzt auf einmal glaubst du mir, du verfickter Bulle«, beschimpfte Linda Groß ihn.

»Ja, ich glaube dir.«

»Fahr zur Hölle!«

Wieder nickte Donner und fasste den Griff der Pistole fester. »Du hast recht, das habe ich verdient.«

Er kniff Augen und Lippen zusammen und krümmte den Zeigefinger am Abzug.

KAPITEL 34

Seit einer Stunde brannten in der Großstadt die Straßenlaternen. In ihrem Licht glitzerten die Schneeflocken wie silbrige Insektenschwärme. Eigentlich enthüllte die Straßenbeleuchtung jeden Einbrecher, aber Lia Winter bewegte sich geschickt wie eine Weihnachtselfe über den Gehweg, wodurch niemand mitbekam, wie sie das Grundstück betrat. Ihre Konturen verschwammen mit der Dämmerung. Ein Räumfahrzeug mit hochgefahrenem Schiebeschild raste vorbei und der Fahrer nahm keine Notiz von ihr. Sie brauchte sich nicht einmal um die Lampe über der Haustür zu kümmern, denn der Bewegungsmelder reagierte nicht. Eine dunkelblaue Mütze reichte ihr bis knapp oberhalb der Augen und sie trug schwarze Lederhandschuhe. Sie lauschte und erforschte die Umgebung mit all ihren Sinnen. Von der nahen Bäckerei lag süßlich und schwer der Geruch von Lebkuchen in der Luft.

Preuß' Grundstück zeigte sich unverändert wie den ganzen Tag über. Schwere Vorhänge hinter den Scheiben versperrten die Sicht ins Innere, die Kellerfenster waren mit Brettern verschraubt und im Schnee sah Winter nur noch undeutlich ihre Schuhabdrücke von vor zwei Stunden. Insgesamt vier Mal hatte Winter an der Haustür geklingelt und vorsorglich gegen die Fenster geklopft. Jetzt, beim fünften Besuch, trug sie Folie um ihre Schuhe und hielt ein filigranes Einbruchswerkzeug in den Händen.

Beeindrucken Sie mich, hatte ihr neuer Chef gefordert. Wie sie das anstellte, blieb ihr überlassen. Es musste jedoch reichen, um Sokrates Vogel sprichwörtlich umzuhauen.

Ein letztes Mal schaute sie sich um. Sie war sich hundertprozentig sicher, dass der ehemalige Kriminalhauptkommissar abwesend war. Eine Einfahrt führte zu einer Garage. Aber sowohl Tor als auch Garage befanden sich in einem so beklagenswerten Zustand, dass man Sorge haben musste, sie würden die Wintermonate nicht überstehen. Garantiert war hier schon lange kein Auto mehr eingefahren. Es war ja noch nicht einmal ein Fahrzeug auf Andreas Preuß zugelassen.

Geübt hakte sie ihre Einbruchswerkzeuge in den Schließzylinder ein. Während sie das Schloss öffnete, stellte sie sich vor, ihr Chef würde ihr über die Schulter schauen. Natürlich würde er wissen wollen, wo sie das gelernt hatte und ob es da noch mehr kriminelle Vergangenheit gab, von der er wissen sollte. In dem Fall hätte sie ihm geantwortet, er habe seine Geheimnisse und sie ihre. Schließlich hatte er ihr sogar die Violetta-Akte weggenommen, als wäre es eine verbotene Schrift. Selbstverständlich hatte sie die Seiten mit ihrem Smartphone zuvor abfotografiert. Zumindest zwei Drittel davon. Bis er sie im Archiv überrascht hatte.

Das Schloss klickte. Schnell und leise wie der Wind huschte Winter in das Gebäude. Mehrere Atemzüge lang stand sie in völliger Dunkelheit. Sie inhalierte die abgestandene Luft. Es roch nach billigem Fusel und ungewaschener Wäsche. Auch empfand sie die Raumtemperatur nur unwesentlich wärmer als draußen. Anscheinend war die Heizung abgestellt. Möglicherweise war der Hauseigentümer längerfristig verreist.

Sie schaltete ihre mitgebrachte Taschenlampe an. Sofort offenbarte der Schein einen Blutfleck auf einem Teppich.

Statt zu erschrecken, betrachtete Winter den Fleck genauer. Kein Blut. Entweder handelte es sich um verschütteten Kaffee oder um Reste einer Soße. Trotzdem bekam sie ein ungutes Gefühl hinsichtlich des Mannes, der hier wohnte. Schon beim Überfliegen der Violetta-Akte hatte sie versucht, sich den Menschen Preuß vorzustellen. Die einseitigen Ermittlungen passten nicht zu jemandem, der sich innerhalb der Kripo einen tadellosen Ruf erarbeitet hatte. Allein die Tatzeit machte sie nachdenklich. Und dann war da noch die Sache mit dem Transporter, den ein Zeuge frühmorgens gesehen haben wollte. Für ihren Geschmack befand sich das Fahrzeug da zu weit entfernt vom Wohnort des Zeugen. Dahin gehend hätte Preuß manchen Ungereimtheiten energischer nachgehen müssen. Stattdessen wirkten seine Bemühungen nach Aktenlage wie Einbahnstraßenermittlungen.

Ihr ungutes Gefühl verstärkte sich mit jedem Schritt, den sie tiefer in die Wohnung hineinging. In den Räumen ging es tatsächlich frisch zu. Regelrecht frostig. An der Tapete über den Fenstern, im Winkel zwischen Wand und Decke, schimmerten Eiskristalle. Nacheinander öffnete sie jede Zimmertür. Ohne erkennbare Ordnung lagen Kleidungsstücke, Zeitungen und dreckige Kissen herum. Auf den Tischen und den Regalen brach sich der Taschenlampenschein in benutzten Trinkgläsern und leeren Bierflaschen. Weil der Kühlschrank nicht kühlte und beim Öffnen kein Licht anging, dachte sie schon an eine aufgegebene Messiwohnung. Doch dann entdeckte sie auf der Küchenarbeitsplatte einen frischen Apfel und geschnittenes Brot, das laut Verschlussklammer an der Plastiktüte erst gestern verpackt worden war.

Im gesamten Haus stank es nach Waschpulver. Das erinnerte sie daran, dass sie, wie von Vogel befohlen, ein Raumspray mit Vanilleduft eingesteckt hatte. Doch inzwischen hegte sie Zweifel, ob Preuß wirklich an einer solchen Duftallergie litt, wie von Vogel behauptet. Zumindest konnte sie sich nicht vorstellen, dass es ihn umbringen würde, sobald sie den Druckknopf betätigte.

»Bestimmt lacht sich der alte Knusperkopf gerade schlapp, weil ich ihm geglaubt habe«, flüsterte sie.

In einer Abstellkammer, in der es kein Fenster, dafür einen wilden Haufen an Holzbrettern, Regalteilen und Werkzeug gab, betätigte sie den Lichtschalter. Nichts. Sie brauchte Gewissheit und testete kurzerhand die Beleuchtung im Flur, denn die schwarzen Vorhänge waren aus so dickem Stoff, dass kein Licht nach draußen drang. Allerdings blieb auch im Korridor die Deckenlampe finster.

»Du hast also die Sicherungen ausgeschaltet«, murmelte sie und eilte zum Verteilerkasten, um sich zu vergewissern.

Beim Eintreten hatte sie die Abdeckung in der Wand entdeckt. Nun leuchtete sie in den Stromkasten hinein. Zu ihrem Erstaunen musste sie feststellen, dass es nicht an den Sicherungen lag. Die Hebel standen alle in der richtigen Position. Trotzdem gab es im Haus keinen Strom – und offensichtlich auch kein Gas für die Heizung. Dafür tropfte im Bad der Wasserhahn über der Wanne. Falls sie einen Eindruck von Preuß gebraucht hatte, jetzt wusste sie definitiv Bescheid.

Kopfschüttelnd leuchtete sie über die Müllberge im Wohnzimmer – zumindest glaubte sie, im Wohnzimmer zu stehen. An einer Wand fand sie ein Festnetztelefon. Sie hob den Hörer ab. Die Leitung war tot.

»Mit dir stimmt etwas ganz und gar nicht, Kollege Preuß.« Sie stierte auf die letzte verbliebene Tür. »Warum haben die kranken Typen selten einen Dachboden, dafür immer einen Keller?«

Sie griff nach der Türklinke und drückte kräftig. Abgeschlossen.

»Nein, kein Keller, sondern ein Tor in eine andere Welt.«

Sie drehte sich um, weil sie glaubte, ein Geräusch gehört zu haben. Ein Klappern im Vorgarten. Doch es blieb in der Folge still. Abermals nahm sie ihr Dietrichset zur Hand, wählte diesmal einen Haken und überlistete damit das Schloss.

Als sie die Tür aufzog, hörten sich die Scharniere an wie der Schrei eines Geistes. Dazu fegte ihr ein eisiger Hauch entgegen. Sie starrte die ausgetretenen Holzstufen hinab und bildete sich ein, es würde irgendwie nach alten Knochen riechen.

»Du weißt doch überhaupt nicht, wie Knochen riechen«, redete sie mit sich selbst und stieg die Treppe hinunter.

Für ihren Geschmack ging es ein bisschen zu tief unter die Erde. Tatsächlich waren die Fenster fast in unerreichbarer Höhe für ihre Körpergröße. Aber letzten Endes spielten die Fenster keine Rolle, denn sie waren alle mit Folie und Brettern abgedunkelt.

Andere Frauen wären spätestens jetzt um ihr Leben gerannt. Winter war jedoch schon immer anders gewesen. Weder ängstigte sie Gefahr noch reizte sie selbige in besonderem Maße. Gefahr war wie Luft: immer da, immer risikobehaftet. Von Geburt an ist man der Gefahr ausgesetzt.

Beunruhigend fand sie auch die Todesanzeige, die an einer der Kellerwände hing und den Namen Violetta Hartwig trug. Es handelte sich um einen Computerausdruck und sah wie eine Kopie aus einer Zeitung aus. Soweit Winter wusste, hatte es nie eine offizielle Todesanzeige für das Mädchen gegeben. Möglicherweise handelte es sich um irgendein makabres Mitbringsel von Linda Groß' Internetodyssee. Ein Hinweis, den Preuß für unwichtig gehalten und deshalb nicht zur Akte genommen hatte. Etwas in der Art hatte Winter gesucht. Sie ließ das Blatt hängen, denn auf einer Werkbank lagen unzählige Zeitungsartikel, Lichtbilder und Notizen zum Violetta-Fall. Es war ein solch beachtlicher Haufen, dass Winter sich fragte, ob der Fall den Kommissar in seinem Wesen verändert hatte.

Ein ungeklärtes Rätsel konnte einem Menschen schließlich den Verstand rauben.

Ihr Blick fiel auf das Porträt einer Journalistin, der jemand mit Filzstift Reißzähne und Teufelshörner angemalt hatte. Auf einem anderen Zeitungsausschnitt war ein kleineres Foto der Frau wild durchgestrichen. Als hätte jemand ihr Gesicht neben dem dazugehörigen Artikel ausradieren wollen. Winter brauchte nicht lange zu suchen, bis sie den Namen der Journalistin fand: Sandra Zellner.

Zu Winters Erstaunen lag zwischen all den Unterlagen sogar eine vergilbte Visitenkarte. Laut der Karte arbeitete Zellner für keine bestimmte Redaktion, sondern nahm Aufträge nach Belieben an.

Es krachte. Diesmal rutschte selbst Winter das Herz für einen kurzen Moment in die Hose.

»Gott, die Scheißtür.«

Sie atmete einmal tief durch und ärgerte sich, weil sie vergessen hatte, das Türblatt zu befestigen. Außen am Holz hing sogar ein Haken und an der Wand befand sich die dazugehörige Öse. Um jederzeit die Haustür zu hören, musste sie wohl oder übel ihr Versäumnis nachholen. Sie ging zur Treppe, betrat die unterste Stufe, als plötzlich die Kellertür von allein aufging. Gleißendes Licht traf ihre Netzhaut. Sie hielt mit ihrer Taschenlampe dagegen. Gleichzeitig schirmte sie ihre Augen vor der Blendwirkung ab.

Im Türrahmen stand ein Mann.

»Wer bist du?«, kam es rau und entschlossen.

»Sind Sie Andreas Preuß?«, traute sie sich, eine Gegenfrage zu stellen.

»Ja, der bin ich. Und besser du redest, bevor ich ungemütlich werde. Das hier nennt man Hausfriedensbruch.«

Sie war dankbar, dass er oben stehen blieb. Sie hatte keine Waffe, in Reichweite ihres linken Armes befand sich jedoch ein

Schürhaken. Das verwunderte sie, denn sie hatte zuvor keinen Ofen gesehen. Schnell vergaß sie den Haken und griff unauffällig in ihre Tasche nach dem Raumspray.

»Ich habe Sie mehrfach aufgesucht und bei Ihnen geklingelt.«

»Sind Sie Polizistin?«

»Nur zur Hälfte.«

»Warum stottern Sie?«

»Weil ich aufgeregt bin.«

»Also sind Sie eine Polizeianwärterin?«

»Auch das nicht.«

»Was soll das heißen? Was sind Sie dann?«

»Also ich arbeite für jemanden, der Polizist ist.«

Jetzt machte er doch einen Schritt nach unten. »Wer hat Sie geschickt?«

Er tat einen weiteren Schritt. Unter seinen Schuhsohlen knarrte das Holz.

Sie presste die Lippen aufeinander, weil sie nicht wusste, ob sie den Namen sagen sollte. Am Ende hatte Preuß noch eine Rechnung mit Vogel offen und dann saß sie deutlich mehr in der Klemme.

»Ich zähle bis drei«, drohte er. »Eins …«

Ihr rechter Arm schoss nach vorn, bereit, ihm das Spray ins Gesicht zu sprühen.

»Was haben Sie da in der Hand?«

»Das ist hochkonzentrierte Vanille!«

»Sie glauben ernsthaft, ich würde unter einer Duftallergie leiden?« Er zischte. »Das war ein Running Gag in unserer Abteilung, Sie Vollidiotin! Egal, zwei …«

Sie ließ den Arm sinken, besser, sie kooperierte. »Kriminalhauptkommissar Vogel.«

»Etwa Sokrates Vogel?« Er wartete keine Antwort ab, sondern lachte gedämpft und nickte. Für einen Augenblick konnte sie einen Teil seines aufgequollenen Gesichts sehen. Er war es. Nur sah er auf den Polizeifotos in ihrer Jacke deutlich jünger und gesünder aus. »Ah, natürlich, jetzt verstehe ich! Er hat Sie geschickt.«

»Nein, er weiß nicht, dass ich hier einge…«

»Geben Sie sich keine Mühe. Sokrates weiß es ganz sicher. Und ich weiß auch, warum Sie hier sind.«

»Ich …«

»Wie heißen Sie?«

Winter senkte den Kopf.

»Wie Sie heißen, verdammt! Ich muss Ihren Namen wissen.«

»Lia Winter.«

»Scheiße, das nenne ich Ironie. Eine Winter zu dieser Jahreszeit!« Diesmal lachte er derber. Sein Gesichtsausdruck passte allerdings nicht zu seiner Freude. Ganz und gar nicht. »Sie suchen einen Mörder, stimmt's? Gratuliere, Sie haben einen gefunden.«

Entschlossen hob er die Waffe und drückte ab.

Kapitel 35

Ein Pistolenschuss. Der Knall ließ sogar die Wettergeräusche für einen Moment verstummen. Die Hände über dem Kopf, warf Forchner sich in den Schnee. Erst als das Echo zwischen den Berghängen verklang und das Heulen des Windes wieder einsetzte, sah er aus seiner Deckung auf. Es war eindeutig ein Pistolenschuss gewesen. Oder doch eher von einem Gewehr?

»Scheiße, verdammt, wer war das?«, schrie er und starrte in das Schneetreiben, das ihn und Lichtenberg umgab.

»Es kam von dort, wo wir eben hergekommen sind«, antwortete der Obermeister und reichte Forchner die Hand, um ihm aufzuhelfen.

Als Forchner wieder festen Stand hatte, sprach er ins Funkgerät und erkundigte sich bei den Suchkräften, ob sie den Schuss ebenfalls gehört hatten. Vereinzelt wurde seine Anfrage bestätigt, jedoch konnte keiner der anderen den Ursprung exakt lokalisieren.

»Das kam eindeutig aus Richtung Cranzahl«, gab jemand durch.

»Nee, das muss von der anderen Seite gekommen sein«, widersprach ein anderer Trupp.

Forchner vertraute auf die Einschätzung seines Gehilfen und schaute in die Richtung, in die Lichtenberg gezeigt hatte.

»Gotthard für Gruppe Schwarz, hören Sie mich?«, rief Forchner den Jäger über das Funkgerät.

Keine Antwort.

Eigentlich hätte ihr Bergführer längst bei ihnen sein sollen. Er hatte nur noch ein paar Meter gehen wollen.

Forchner rief ein zweites Mal seinen Namen mit dem gleichen Ergebnis. Gotthard gab keine Erwiderung über sein Gerät.

»Wir müssen zurück, wo wir uns getrennt haben«, sagte Lichtenberg und stapfte sogleich los.

Forchner fragte sich, woher der Achtundvierzigjährige noch die Energie für einen Gewaltmarsch nahm. Er selbst wollte sich am liebsten zum Sterben hinlegen. Um nicht als Schwächling dazustehen, sammelte er seine verbliebenen Kräfte und folgte seinem Gehilfen. Kaum noch bei Stimme, erkundigte er sich bei den Einsatzkräften, ob alles in Ordnung sei. Nacheinander quittierten die Gruppen Blau, Grün und Gelb ihre Bereitschaft und Vollzähligkeit.

»Gruppe Rot für Gruppe Schwarz, bitte melden«, krächzte Forchner nach Deutschmanns Suchtrupp, von dem es bisher keine Rückmeldung gab. Wenn er sich an die Absprache gehalten hatte, musste er sich jedoch mit seinen Leuten in der Nähe befinden. »Gruppe Rot …«

»Die kommen schon zurecht!«, rief Lichtenberg ihm zu und zog sich gegen das Wetter ein Tuch vor Nase und Mund. »Ich will wissen, was der Schuss zu bedeuten hatte.«

Erst jetzt bemerkte Forchner, dass Lichtenberg die Handschuhe ausgezogen hatte und seine Dienstwaffe schussbereit vor dem Körper hielt. Da wurde Forchner bewusst, in welcher Gefahrensituation sie sich womöglich befanden.

»Vielleicht hat auch niemand geschossen«, wollte er beschwichtigen, aber selbst in seinen eigenen Ohren klang das idiotisch. Das Kopfschütteln seines Partners verriet ihm, was er davon hielt. »Wir sollten wenigstens auf Unterstützung warten. Ich werde noch einmal Deutschmann …«

Lichtenberg hörte ihm nicht zu, sondern ging weiter. Wenn Forchner sich nicht beeilte, würde er bald auch seinen Gehilfen aus dem Blick verlieren.

Sie gingen etwa fünf Minuten. In dieser Zeitspanne fanden sie nur Schnee, Bäume und Sträucher. Selbst die anfängliche Schuhspur des Jägers war mittlerweile verschwunden. Während Forchner seine Jacke öffnete und umständlich seine Pistole aus dem Holster holte, fragte er sich, warum es ihm so schwerfiel, eine einfache Suche ohne Zwischenfälle zu koordinieren.

»Polizei!«, brüllte plötzlich Lichtenberg. »Stehen bleiben!«

Forchner erstarrte und richtete seinen Pistolenlauf waagerecht nach vorn. Eine Silhouette schälte sich aus dem Dunst und trat mit erhobenen Händen hinter einem Nadelbaum hervor.

»Gotthard«, stieß Forchner erleichtert aus, als er den Jäger erkannte. »Wir haben Sie gesucht und nach Ihnen gerufen. Was ist mit Ihrem Funkgerät?«

Schulterzuckend nahm Gotthard das Gerät aus der Brusttasche und machte eine Sprechprobe. Es funktionierte tadellos. »Wahrscheinlich habe ich euch nicht gehört, weil der Jackenstoff zu sehr gedämpft hat.«

»Haben Sie wenigstens den Knall gehört?«, fragte Lichtenberg.

»Was denn für einen Knall?«

»Da hat jemand geschossen«, konkretisierte Forchner und betrachtete Gotthards Flinte, die an einem Gurt über seiner Schulter hing.

Der Jäger nickte auf eine Weise, die nur andeutungsweise als Zustimmung gelten konnte. »Die Berge geben ständig komische Laute von sich. Wir aus der Gegend wissen das.«

»Wir wollen trotzdem auf Nummer sicher gehen«, entschied Forchner, weil es ihm sonst keine Ruhe ließ. »Immerhin suchen wir nicht nur einen Kollegen, sondern auch zwei Dienstwaffen.«

»Der Schuss muss irgendwo hier ganz in der Nähe abgefeuert worden sein«, stimmte Lichtenberg ein. »Gibt es in der Nähe irgendwelche Höhlen?«

»Nur einen Schacht zu einem alten Erkundungsbergwerk der *Wismut*, aber den Aufstieg dorthin habe ich mir eben angesehen. Dort kommt man nicht weit, weil jeder Schritt kreuzgefährlich ist.«

»Wir schauen trotzdem nach«, sagte Lichtenberg und klopfte sich gegen die Taschenlampe am Gürtel. »Was meinst du, Tim?«

Obwohl Forchner beim Gedanken an eine enge Höhle eine leichte Beklemmung verspürte, nickte er. »Zeigen Sie uns die Stelle.«

»Auf Ihre Verantwortung«, bestätigte Gotthard und deutete auf einen Felsvorsprung. »Da müssen wir hoch! Der Eingang ist versteckt. Und macht euch nicht zu viel Hoffnung, dass wir jemanden finden werden.«

Der Anstieg ging flotter als von Forchner angenommen. Aufgrund seiner Leibesfülle hing er den beiden anderen immer ein Stück hinterher, aber bald standen sie zu dritt vor dem Grubeneingang. Dieser war wirklich gut versteckt. Zwei riesige Eichen waren links und rechts gewachsen und zusätzlich musste man die Zweige eines Haselbuschs beiseiteschieben. Gotthard wollte als Erster eintreten, aber Lichtenberg bremste ihn und ging mit Pistole und Taschenlampe voran. Dahinter folgte Forchner. Man musste sich etwas ducken, um nicht mit dem Kopf an der Decke anzustoßen.

»Passen Sie bloß auf, wohin Sie treten«, warnte Gotthard, der im wahrsten Sinne des Wortes das Schlusslicht bildete. »Falls hier einer stürzt, kann man nichts mehr für ihn tun.«

»Wir machen das schon«, versuchte Forchner überzeugend zu klingen. In Wahrheit vertraute er auf das Geschick von Lichtenberg, der durch die Tunnel hastete, als stammte er direkt von einem Höhlenbewohner ab.

Es war erstaunlich, wie tief der unscheinbare Eingang in den Berg führte. Er hatte mal gelesen, dass die Bergleute eine durchschnittliche Lebenserwartung von vierzig Jahren hatten und täglich vierzehn Stunden unter Tage malochen mussten. Bei den meisten war das Wachstum im Alter von vierzehn stehen geblieben, da sich die Knochen in den engen Gruben gar nicht ausdehnen konnten. Kein Wunder, teilweise mussten bereits Zehnjährige die kleineren Förderwagen durch die ganz engen Gänge schieben. Daran gemessen ging es hier extrem geräumig zu, staunte er. Sogar Schienen gab es, auf denen ein Grubenhunt, einer jener Förderwagen, vor sich hin rostete. An einer Wand bemerkte Forchner eine beschädigte Rinne aus Holz.

»Über die wurde früher Wasser von über Tage befördert«, erklärte Gotthard. An einer Stelle, wo es weder ein Geländer noch ein Sicherungsgitter gab, es dafür nach beiden Seiten in die Tiefe ging, mahnte er zur Vorsicht. »Besonders am Rand ist das Gestein tückisch.«

»Was ist das für eine Mechanik am Ende des Weges?«, fragte Forchner und zeigte auf einen Käfig.

»Ein Aufzug, der per Hand betrieben wird«, antwortete Gotthard. »Er funktioniert nach dem Flaschenzugprinzip. Damit hat man sich früher auf die unterste Ebene abgeseilt, wo die Probebohrungen stattgefunden haben. Aber ich würde den an eurer Stelle nicht benutzen. Wegen der Absturzgefahr.«

Trotz der Warnung ließ Lichtenberg es sich nicht nehmen, die Seile und Ketten zu prüfen. Auch an der Käfigkonstruktion rüttelte er.

Unterdessen trat Forchner dicht an die Kante und leuchtete hinab in die Finsternis. »Vielleicht sollten wir das hier abbrechen, ich meine, was sollte Erik denn …« Er stutzte, weil der Lichtschein auf der unteren Ebene einen Körper erfasste. »Scheiße, da unten liegt jemand!«

KAPITEL 36

Wie ein garstiger Berggeist, der in der Vorweihnachtszeit den Leuten die Geschenke klaute, schlich Vogel von Laterne zu Laterne. Leicht fiel der Schnee zur Erde, seine Knochen dagegen fühlten sich zentnerschwer an. In den Fenstern strahlten die Adventskränze wie tausend Sterne, das Licht in seinem Herzen blieb düster. Zu viel zu tun, zu wenig Zeit. Vielleicht hätte er Fromms Übernachtungsangebot annehmen sollen. Vernünftigerweise musste Vogel mit seinen Kräften haushalten, wenn er nicht so enden wollte wie etliche Kollegen. Allen voran Erik Donner!

Aus eigener Erfahrung wusste Vogel, dass die Dinge oftmals nicht so liefen wie gewünscht. Vogels Mutter hatte ihn von klein auf gelehrt, dass das Leben zwar ein Wunschkonzert sei, jedoch meistens andere die Musiker bezahlten. Sie war eine wunderschöne, aber herzlose Frau gewesen, weil ihre Eltern sie wie einen Jungen erzogen hatten. Und in der Welt seiner Großeltern durften Jungen niemals weinen. Nicht einmal vor Glück.

»Tja, Mama, ich habe jede deiner Lektionen beherzigt.«

Glück hätte heute vor allem Kollege Donner gebrauchen können. Wenn die Information stimmte, die Vogel nach dem Besuch beim alten Bürgermeister erhalten hatte, dann hatte man den Kriminalhauptkommissar in einer Höhle gefunden. Und wie es schien, in keinem appetitlichen Zustand. Jeder stirbt eben, so gut es geht.

Während er den Kollegen ein klein wenig bedauerte, spielte in seiner Manteltasche die Melodie von Katja Ebsteins Hit *Wunder gibt es immer wieder.* Ein Anruf. Er nahm sein Mobiltelefon zur Hand. Im Display leuchtete Winters Nummer. In Erwartung wichtiger Neuigkeiten nahm er das Gespräch an.

»Er ist tot«, kam es sofort.

»Winter, sind Sie das?«

»Preuß ist tot. Er hat sich in den Kopf geschossen. Direkt vor meinen Augen.« Statt zu stottern, redete sie ohne Punkt und Komma. »Er hat sich die Pistole gegen die Stirn gehalten und abgedrückt. Sein Blut hat eine dunkle Fontäne ergeben, seine Knie sind eingeknickt, er ist zusammengesackt, sein Körper ist die Stufen runtergerutscht und hat mich umgehauen wie eine Bowlingkugel die Kegel. Ich bin direkt über ihn gefallen und habe auf einem Toten wie auf einem Liebhaber gelegen. Ich habe seine glasigen Augen und das Loch in seinem Kopf aus nächster Nähe betrachtet. Er hat kein einziges Wort mehr gesagt. Nicht mal einen letzten Atemzug konnte ich spüren. Er ist einfach gestorben.«

»Was reden Sie denn da? Wo sind Sie jetzt?«

»Hören Sie mir denn nicht zu? Ich bin in seinem Haus. Ich sitze im Keller und meine Taschenlampe erhellt die Leiche. Es ist gar nicht so grausam, wie ich im ersten Moment dachte. Er liegt ja ganz friedlich da. Ich fühle mich nur ein wenig einsam. Ihre Kollegen habe ich schon informiert, sie müssten jeden Augenblick eintreffen. Was machen Sie gerade?«

Von dieser Frage war Vogel irritiert. Er versuchte zu begreifen, was sie ihm da schilderte. Wenn es stimmte, was sie da erzählte, hatte die Neue ein echtes Problem. Aber darum würde Vogel sich kümmern. Vorher musste er sie irgendwie ablenken.

Nicht gleich aufmuntern, aber das Gespräch am Laufen halten. »Was ich jetzt in diesem Moment mache, meinen Sie? Nun, ich sinniere über das Warnschild nach, das über mir schwebt. Man sieht eine Klippe und ein unachtsames Strichmännchen. Das ist niemals ein Verkehrszeichen aus der StVO.«

»Ist das wieder eine Ihrer Lebensweisheiten, die ich nicht verstehe?«

»Was ich damit sagen will: Ich genieße einen herrlichen Ausblick. Wenn es nicht so dunkel wäre, könnte ich sogar den Pöhlaer Schanzenturm sehen. Rechts von mir befindet sich ein rotes Fachwerkhaus und links liegt die Zufahrt zum Campingplatz, auf dem man damals die drei Tschechen festgenommen hat. Und wenn ich noch acht Schritte mache, kann ich fliegen. Sieben, sechs …«

»Verflucht!«, schrie sie plötzlich, woraufhin Vogel das Telefon vom Ohr nehmen musste. »Haben Sie mir eben zugehört? Ich stecke knietief in der Patsche!«

»Ich wette, es sieht sogar noch schlimmer für Sie aus«, reagierte Vogel nach außen hin gelassen, in seinem Kopf arbeitete es jedoch bereits. »Wie sind Sie denn in sein Haus gekommen?«

»Wie wohl? Ich habe bei ihm geklingelt. Es hat eine Weile gedauert, dann hat er durch die geschlossene Tür gefragt, wer da sei. Ich habe mich als Ihre Assistentin zu erkennen gegeben. Daraufhin hat er die Tür geöffnet und einen Beweis verlangt. Ich habe ihm den Transponder zu Ihrem Büro gezeigt und auf seine Vanilleallergie angesprochen, die erwartungsgemäß ein Mythos war. Er blieb zwar skeptisch, bat mich jedoch hinein. Ich habe gleich gemerkt, dass er sehr menschenscheu ist. War das früher schon so?«

Dahin gehend hatte Vogel Preuß anders in Erinnerung. Im Gegensatz zu Vogel war er der Typ gewesen, der versuchte, mit jedem auszukommen. Natürlich hatte auch eine solche Eigenschaft ihre Grenzen.

»Ist ja auch egal«, redete Winter weiter. »Wussten Sie, dass Ihr ehemaliger Kollege inzwischen ein Messi geworden ist? Man hat ihm den Strom abgestellt und an seiner Heizung kann sich höchstens ein Eisbär wärmen. Verdammt, während ich mit Ihnen quatsche, habe ich mir eine Decke geholt, damit ich nicht erfriere.«

»Und ich dachte, Sie seien winteraffin.«

»Hören Sie auf mit dem Quatsch! Ich habe hier einen geöffneten Briefumschlag von Linda Groß gefunden. Darin befinden sich ein an Preuß addressiertes Anschreiben und jeweils eine Kopie von einer E-Mail und zwei Fotos. Das eine Foto zeigt einen handschriftlichen Brief, der anscheinend von der erwachsenen Violetta stammt, und dann gibt es noch eine Aufnahme von einem schmutzigen rosafarbenen Anhänger. Aber damit kann ich nichts anfangen, Sie vielleicht?«

In Vogels Gedächtnis regte sich etwas. Handelte es sich bei dem Schriftstück etwa um die ominöse Mail, von der Erik Donner bei ihrem letzten Telefonat gesprochen hatte?

»Schicken Sie mir Bilder von den Beweisen auf meine E-Mail.«

»Habe ich bereits vor fünfzehn Minuten erledigt.«

Tatsächlich erinnerte Vogel sich an einen Posteingang mit einer merkwürdigen Mailadresse. »Was denn? Sie sind *Major_Lollypopo*?«

»Warum nicht, Ihre Adresse beginnt doch auch mit *Großinquisitor.*«

»Wie dem auch sei, ich habe Ihre Mail in den Spamordner verbannt, weil sie nach Werbemüll für Penisverlängerungen klang.«

»Bekommen Sie viele Mails für Penisverlängerungen?«

Darüber wollte Vogel weder jetzt noch zu einem späteren Zeitpunkt reden. Er trat nah an die Kante. Der frische Wind befreite seine Nase und erquickte sein Gehirn. »Sie sagten vorhin, Preuß sei die Kellertreppe hinabgestürzt. Hat er davor etwas gesa…?«

Bevor er den Satz beenden konnte, verspürte er einen Schlag in den Rücken. Vielleicht war es auch mehr ein Stoß gewesen. Ihm blieb keine Zeit, darüber nachzudenken, denn im nächsten Moment befand er sich im freien Fall. Winters Rufe verstand er schon nicht mehr. Sein Handy stürzte mit ihm ab.

Kapitel 37

Damals (zehn Jahre zuvor)

Für Kriminaloberkommissar Andreas Preuß lief es alles andere als zufriedenstellend. Ihn belasteten finanzielle Probleme, nachdem er sich am Aktienmarkt komplett verspekuliert hatte. Vermutlich musste er demnächst eine Waschmaschine auf Ratenkredit holen. Sein altes Gerät trommelte in den vergangenen Wochen so laut, dass sich die Nachbarn schon über Ruhestörung beschwerten. Zu seinem Pech kam eben noch Unglück hinzu. Selbst Amor zeigte derzeit echten Galgenhumor gegenüber Preuß. Sein letztes Date hatte sich als Begegnung der dritten Art entpuppt: Es war eine Witwe gewesen, die beim ersten Treffen klargestellt hatte, dass Sex laut ihrer Religion etwas völlig Widernatürliches sei – *etwas für Schweine und Hunde,* hatte sie wörtlich gemeint.

Über Preuß' Einwand, sie sei das Produkt ihrer Eltern und geboren wie jeder andere Mensch auch, hatte sie sich amüsiert und danach aus tiefster Überzeugung geantwortet: sie sei nicht gezeugt, sondern erschaffen worden.

Preuß hatte das weitere Gespräch und den Abend kurz gehalten und sich geschworen, beim nächsten Versuch die Religionsfrage noch vor einer Verabredung zu stellen.

Daneben belasteten ihn die permanenten Anfeindungen seines neuen Chefs. Erst vor drei Tagen hatte der ihm eine unterirdisch schlechte Beurteilung hingepfeffert. Preuß könne sich ja beim PD-Leiter oder der Personalvertretung beschweren, wenn ihm die neun Punkte nicht passten, hatte sein Vorgesetzter süffisant gemeint. In letzter Zeit machte ihm die Arbeit immer weniger Spaß. Wenn er daran dachte, noch fünfzehn Jahre für den Freistaat den Kopf hinzuhalten, wollte er sich am liebsten sofort den Strick nehmen. Von seinem einstigen Traumberuf war nicht mehr viel übrig geblieben. Die Gesellschaft hatte sich verändert und fand in der Polizei immer öfter ihren Sündenbock. Auch heute waren die Ermittlungen zäh und zermürbend verlaufen. Unterm Strich stellte Preuß fest, dass seine Gesamtsituation ihn maßlos ankotzte!

Zu allem Überfluss musste er bei seiner Rückkehr in die KPI feststellen, dass bereits unerfreulicher Besuch in seinem Büro auf ihn wartete.

»Was haben Sie hier zu suchen?«, fuhr Preuß die Journalistin Sandra Zellner an, als er sich an seinen Schreibtisch setzte. Seine Kaffeetasse stellte er dabei so energisch auf der Tischplatte ab, dass der Inhalt herausspritzte. Als Folge blieben Flecken auf den herumliegenden Schriftstücken. »Wie sind Sie überhaupt in diese Etage gekommen?«

»Ich hoffe, das ist nicht die Akte von Violetta Hartwig, die sie da vollmatschen«, überging Zellner seine Frage. Als säße sie in ihrem Wohnzimmer, schlug sie die Beine übereinander und zündete sich einen Zigarillo mit Whiskeyaroma an.

»Hier ist striktes Rauchverbot«, bellte Preuß und hustete dabei, was ihn daran erinnerte, dass es um seine Gesundheit derzeit auch nicht zum Besten bestellt war.

»Wollen Sie mich verhaften, Herr Kriminaloberkommissar?«

Zornig griff er nach dem Papier im Drucker und wischte den verschütteten Kaffee notdürftig weg. Abgesehen davon, dass er die Frage lächerlich fand, konnte er sich nicht einmal an seine letzte Festnahme erinnern. Mittlerweile scheute er solche Risiken, denn wenn er schon bis zur Pension noch fünfzehn Jahre schuften musste, wollte er die wenigstens ohne bleibende Schäden überstehen. »Haben Sie den Spruch aus irgendeinem billigen Krimi geklaut? Scheiße, was wollen Sie hier?«

»Informationen.«

»Was Sie nicht sagen … Geht es ein bisschen konkreter?«

»Ich arbeite an der Violetta-Hartwig-Story und möchte den Artikel ungern mit Spekulationen aufblähen. Ich brauche Auskünfte aus erster Hand. Deshalb wende ich mich an Sie.« Sie blies Qualm aus, direkt in sein Gesicht.

Obwohl seine Augen zu tränen anfingen, hielt Preuß dem beißenden Rauch stand. Vor der Journalistin, die böse Zungen auch als Fleischsäge bezeichneten, weil manche ihrer Worte so tief schnitten, als würde es einem bis ans Gebein gehen, durfte er keine Schwäche zeigen. Irgendwann drehte er sich langsam um und riss das Fenster auf.

»Entnehmen Sie Ihre Informationen doch den offiziellen Stellungnahmen der Staatsanwaltschaft. Von mir bekommen Sie höchstens einen Tritt in Ihren knochigen Hintern.«

Sie kicherte. »Ach, Herr Preuß, warum machen Sie es denn so umständlich? Wir beide wissen ganz genau, dass ich bei Ihnen an der richtigen Adresse bin. Natürlich sollen Sie bei der Sache nicht leer ausgehen. Sie haben schon früher Interna an Pressevertreter für deutlich weniger Geld verkauft, also zieren Sie sich nicht so. Je nachdem, was Sie mir anbieten, teile ich meine Rechercheergebnisse mit Ihnen. Eine Win-Win-Situation, finden Sie nicht?«

Preuß zögerte kurz, dann ging er zur Tür und schloss sie von innen. Anschließend setzte er sich nicht zurück auf den Stuhl, sondern kramte in seiner Aktentasche. Er entnahm das Diktiergerät, das er gewöhnlich für Vernehmungen benutzte, hielt es hoch und drückte die Aufnahmetaste. »Würden Sie bitte wiederholen, was Sie eben zu mir gesagt haben, Frau Zellner?«

»Ich halte Ihre bisherigen Ermittlungen für schlampig«, sagte sie. »Es sind mittlerweile neun Wochen vergangen ohne auch nur die kleinste Erfolgsmeldung. Mir liegen mehrere Aussagen von Pöhlaern vor, die Angaben zur Tatnacht machen können. Leute, die bisher jedoch vom zuständigen Ermittler gar nicht befragt worden sind.«

Mit einem Vorwurf dieser Art hatte Preuß gerechnet. »Und würden Sie die Namen und Adressen besagter Einwohner der Polizei überlassen?«

»Erwarten Sie ernsthaft, ich würde für Sie die Arbeit machen?«

»Wie steht es um Ihre gesellschaftliche Verantwortung gegenüber einem kleinen Mädchen, das vielleicht in diesem Moment in Lebensgefahr schwebt?«

»Im Gegensatz zu Ihnen bin ich gewillt, den Fall aufzuklären.« Jetzt wirkte die Journalistin verbissen. »Und verlassen Sie sich darauf, ich werde herausfinden, was Violetta zugestoßen ist – mit oder ohne Ihre Hilfe.« Unvermittelt öffnete sie einen Umschlag, der die ganze Zeit unter ihrer Armbeuge gesteckt und den Preuß übersehen hatte. Sie zog fünf Fotos heraus und fächerte sie auf der Tischplatte hin. Die Schwarz-Weiß-Aufnahmen hatten etwas von einem Agentenfilm aus den Achtzigern. »Kennen Sie das Studio in der Emilienstraße 22A?«

Sofort wusste er, um welche Adresse es sich handelte. Ein flüchtiger Blick auf die Bilder bestätigte seine Befürchtung. Alle fünf zeigten ihn aus verschiedenen Entfernungen. Jemand hatte ihn verfolgt und dabei fotografiert, wie er ein illegales Bordell aufsuchte.

»Aha, da Sie mich nicht bestechen können, versuchen Sie es alternativ mit Erpressung.« Vielleicht hatte sie erwartet, er würde das Diktiergerät beim Anblick der Fotos ausschalten, aber den Gefallen tat er ihr nicht. Bei Bedarf konnte er die Aufnahme später jederzeit löschen. »Aber wissen Sie was, ich werde jetzt einen Kollegen als Zeugen herholen. Wenn Sie clever sind, verlassen Sie in der Zeit mein Büro.«

Lächelnd schob sie ihm die Fotos noch ein Stück weiter entgegen. Es handelte sich wohl um Abzüge, die sie als Warnung dalassen wollte. »Sie müssen natürlich tun, was Sie für richtig halten, aber denken Sie dabei immer an Violetta.«

Er trat dicht an sie heran und beugte sich an ihr Ohr. »Wissen Sie, Sandra, es gibt keinen Tag, an dem ich nicht an Violetta denke, aber falls Sie mir in die Quere kommen, mache ich Sie fertig. Es wäre ja möglich, dass Ihnen unvermittelt ein Unglück widerfährt.« Er wisperte es und ließ dabei ihr feines rotes Haar durch seine Fingerspitzen gleiten. »Wäre es nicht äußerst schade, wenn unsere Stadt eine eifrige Journalistin weniger hätte?«

»Wissen Sie, was ich die ganze Zeit denke?«, flüsterte sie zurück. »Dass an der Violetta-Sache irgendetwas faul ist.«

Er stieß sich von ihr weg und ging mit großen Schritten zur Tür. Dort blieb er stehen und ging noch einmal zum Schreibtisch zurück. Er griff nach der Violetta-Akte und wedelte damit vor dem Gesicht der Journalistin wie mit einem Köder herum. »Fast hätte ich das Wichtigste vergessen.«

Damit ließ er sie allein im Zimmer zurück. Allerdings vergaß er sein Handy.

KAPITEL 38

Heute

»Und Sie sind wirklich sicher, dass er bei dem Unfall im Wagen saß?«, fragte jemand und stieß einen Pfiff aus. »Ich habe die Bilder von der Bergung des Wracks gesehen. Was für ein Schlamassel! Es ist mir ein Rätsel, wie jemand einen solchen Crash überleben kann. Seine Vitalfunktionen arbeiten tadellos und die paar Kratzer heilen im Nullkommanix. Wenn ich es nicht besser wüsste, würde ich denken, vor mir liegt ein anatomisches Wunder. Ein bisschen was gebrochen, aber ansonsten alles bestens. Ich habe ihm ein starkes Schmerzmittel gespritzt. Sobald er aufwacht, wird er sich für die Reinkarnation von Jesus halten.«

»Lassen Sie ihn das bloß nicht hören«, sagte ein anderer. »Er hält sich auch so schon für übermenschlich.«

Donner lag noch immer in der Dunkelheit und versuchte, die unterschiedlichen Stimmen Personen zuzuordnen. Während er den ersten Mann nicht identifizierte, hörte sich der zweite wie Henry Stark an.

Sieh an, der Dicke ist also auch auf der dunklen Seite angekommen. Hoffentlich erklärt ihm der andere, dass das hier meine Höhle ist.

221

Ein Handyklingeln unterbrach seine Gedanken. Jemand fluchte. Der Klingelton verstummte, dann sprach eine dritte Person. Auch ein Mann.

»Wie oft soll ich wiederholen, dass ich Ihnen momentan nicht helfen kann?«

Deutschmann? War ja klar, dass der Dicke den Bürgerpolizisten als Verstärkung mitbringt.

Statt sich über den ungebetenen Besuch zu beschweren, hörte Donner weiter den Gesprächen zu.

»Wer ruft denn da ständig an?«, fragte Stark.

»Eine Frau Winter«, antwortete Deutschmann. »Angeblich sei sie die Assistentin von diesem Kriminalhauptkommissar Vogel.«

»Lia Winter«, redete noch ein anderer, der sich ganz nach Außendienstleiter Forchner anhörte. »Sie hat ihn zum Hubschrauber gebracht, wo der Kollege sich von ihr verabschiedet hat.«

»Sie kann ihren Chef wohl nicht mehr erreichen«, führte Deutschmann mit einer gewissen Gleichgültigkeit in der Stimme aus. »Jetzt ruft sie ständig bei mir an.«

»Seltsam«, redete Stark wieder. »Hat jemand in den letzten Stunden etwas von Sokrates gehört? Der muss doch hier irgendwo stecken.«

Sokrates Vogel befindet sich persönlich in Pöhla? Ich muss echt lange geschlafen haben.

Donner lauschte weiter.

»Sollten wir uns nicht eher Gedanken um den hier machen?«, unterbrach Deutschmann. »Ein zweites Mal wird uns der Mörder von Linda Groß und unseren beiden Kollegen nicht entkommen. Dafür werde ich sorgen.«

»Er ist kein Mörder«, protestierte Lichtenberg. Anscheinend kamen in Donners Traum eine Menge Leute vor, die er kannte.

»Ein skrupelloser Mörder hätte niemals bewusstlos dort unten in der Grube gelegen.«

»Er wird in der Höhle Zuflucht gesucht haben und ist abgestürzt.«

»Von wegen Zuflucht gesucht! Erik hatte nicht mal eine Taschenlampe dabei.«

»Dafür aber die Dienstwaffe von Obermeister Schlegel. Ich gehe jede Wette ein, wenn wir den alten Schacht genauer inspizieren, finden wir auch eine Taschenlampe. Allerdings müsste man für eine solche Suche schon extrem lebensmüde sein. Für eine blöde Taschenlampe kriegen mich da freiwillig keine zehn Pferde rein.«

»Ich packe jetzt meine Arzttasche und ziehe mich zurück«, unterbrach nun der unbekannte Mann, der von allen als Erster gesprochen hatte. Vermutlich ein hiesiger Arzt. »Für die weiterführende medizinische Betreuung sollte er unbedingt in ein Krankenhaus gebracht werden.«

»Danke, Herr Doktor, für Ihre Bereitschaft«, sagte Stark. »Darum werden wir uns unverzüglich kümmern. Das Wetter wird besser und bald sollte ein Rettungswagen eintreffen.«

»Ich habe zusätzlich eine Gruppe vom Einsatzzug für die Bewachung angefordert«, bekräftigte Forchner. »Es war ein Riesenglück, dass wir den Schuss gehört …«

Die reden über mich!

»… und ihn in dem Schacht gefunden haben.«

Endlich kehrten die Erinnerungen zurück. Donner war in einer stockfinsteren Höhle mit einer Pistole in seiner Jacke aufgewacht. Er hatte eine einzige Patrone besessen, um sich selbst zu erschießen. Doch statt es zu tun, hatte er in die Luft gefeuert in der Hoffnung, jemand würde den Knall vernehmen. Eigentlich war es mehr Verzweiflung als echte Hoffnung gewesen. Trotz aller Schicksalsschläge hing er einfach zu sehr am Leben.

Er bemerkte, wie er dem Albtraum entkam und sich aus der Umklammerung des Todes löste. Heute war nicht der Tag des Sensenmannes, für den Donner all die zurückliegenden Jahre die Drecksarbeit erledigt hatte.

Pech gehabt, alter Freund! Unser Rendezvous muss noch ein bisschen warten.

Er fühlte Wärme und nahm Helligkeit durch die Augenlider wahr. Vermutlich lag er auf einer provisorischen Liege in einem Raum und die Kollegen standen um ihn herum. Demnach war er gerettet.

Er wollte die Augen aufschlagen, doch dann hörte er Deutschmann schimpfen und beschloss deshalb, sich still zu verhalten.

»Vielleicht wäre es besser, er wäre in dem Loch krepiert. Hätten wir alle mehr davon gehabt. Ich habe mich nämlich in der Polizeidirektion über Donner kundig gemacht. So wie es aussieht, steht er kurz vor dem Rausschmiss.«

»Quatsch, was erzählst du denn da?«, reagierte Stark empört.

»Dienstunfähigkeit«, konkretisierte Deutschmann. »In der Personalabteilung prüft man derzeit, inwieweit man ihn aus dem Polizeidienst entfernen kann. Wahrscheinlich hat er das spitz bekommen und ist deshalb aus der Großstadt abgehauen. Das hat ihn wahnsinnig und letztlich unkontrollierbar gemacht.«

»Blödsinn«, redete Lichtenberg dazwischen. »Erik hat seine Lebensgefährtin verloren. Es ist nur fair, wenn man dem Mann eine Auszeit gönnt.«

Donner stellte sich schlafend und hörte zu. Deutschmann hatte nicht ganz unrecht. Tatsächlich hatte jemand aus der Personalabteilung Donner gesteckt, dass demnächst eine Vorstellung beim Polizeiarzt anstand. Donner hatte nicht vorgehabt, den Termin wahrzunehmen.

»Also genug mit den Spekulationen«, ergriff Stark das Wort. »Jetzt beruhigen wir uns alle wieder und bereden die weiteren Schritte draußen.«

Eine Tür wurde geöffnet. Getrampel. Rufe im Flur.

»Levi, komm mal her!«

»Ja, Herr Stark, geht es Herrn Donner endlich besser? Ist er ansprechbar?«

»Leider noch nicht. Falls sich sein Zustand ändert, pfeifst du, so laut du kannst.«

KAPITEL 39

Das Geräusch einer sich schließenden Tür ertönte. Innerlich atmete Donner erleichtert auf. Seine Augen ließ er weiterhin geschlossen. Auch wenn im Zimmer schlagartig vollständige Ruhe herrschte, erahnte er Hentschels Anwesenheit. Nach der Aktion im Streifenwagen, kurz bevor sie zusammen mit Stark den Leichnam von Linda Groß aufgesucht hatten, musste Donner erst noch herausfinden, auf welcher Seite der Polizeianwärter wirklich stand.

»Wenn ich doch nur etwas für Sie tun könnte, Herr Donner«, redete Hentschel leise.

Stuhlbeine schabten über den Boden. Er setzte sich neben die Liege. Sein Atem traf Donner am Hals, als er sich über ihn beugte.

Verdammt, er wird mich doch hoffentlich nicht küssen wollen …

Donner wusste nicht einmal, ob der Typ auf Mädchen oder Jungs stand.

Kein Kuss, dafür seufzte Hentschel schwer. »Es ist meine alleinige Schuld, ich hätte besser auf Sie aufpassen müssen. Sie haben ja nur noch mich.«

Scheiße.

Donner spürte, wie Hentschel ihn streichelte. Erst über den Handrücken, dann über die Brust, zuletzt an der Wange. Für eine Schrecksekunde glaubte Donner, er würde nackt vor dem Anwärter liegen, doch er spürte Stoff am Leib. Bis auf Jacke und Schuhe schien er vollständig bekleidet. Am liebsten wäre Donner wie ein Vampir aufgefahren, um den Jungen am Hals zu packen. Doch er hielt den Berührungen tapfer stand. Vielleicht hätte Stark dem Jammersack erklären sollen, dass Donner heute nicht sterben würde.

Bitte, Mr Fiesling, komm und rette mich! Streck ihn einfach von hinten nieder und ich vergesse, dass du mich in der verdammten Höhle verrecken lassen wolltest.

»Ich würde alles dafür tun, wenn Sie nur wieder vollkommen gesund werden würden«, heulte Hentschel weiter. »Also nicht, dass ich eine Kniescheibe hergeben würde – auch keine Rippe –, aber ich könnte Ihnen ein Lied vorsingen.«

Jetzt reichts, du Knalltüte!

Donners Oberkörper bäumte sich auf. Mit der rechten Hand fasste er Hentschel beim Nacken und die andere presste er ihm fest auf den Mund. Hentschels Augen weiteten sich zu Golfbällen. Er wimmerte und versuchte vergeblich, sich aus Donners Griff zu befreien.

»Ein weiterer Mucks und ich breche dir das Genick«, flüsterte Donner. »Ehrlich, ich habe nichts mehr zu verlieren. Also wirst du still wie ein Fisch sein?«

Hentschel nickte bloß.

»Was heißt das?«, wollte Donner wissen.

Abermals nickte Hentschel und gab unverständliche Laute von sich.

»Heißt das, du wirst den Mund halten und mir aufmerksam zuhören?«

Hentschel nickte zum dritten Mal.

Donner legte den Kopf schief, um abzuschätzen, ob er ihm vertrauen konnte. Ganz langsam nahm er die Hand von seinen Lippen.

»Gott, eben war da dieses ungezügelte Feuer in Ihren Augen!«, plapperte Hentschel los und lächelte dabei glücklich. »So sehen Sie sonst nur die Leute an, die Ihnen echt auf den Sack gehen, wenn ich das mal mit Ihren Worten ausdrücken darf. Huh, für einen Moment dachte ich wirklich, Sie würden mir den Hals umdrehen.«

Das dachte ich auch.

Die plötzliche Helligkeit hatte Donner kurzzeitig die klare Sicht geraubt. Er brauchte einen Moment, um sich im Raum zu orientieren. Beim Betrachten der Tapete und des Fußbodenbelags wurde ihm klar, wo er sich befand: im alten Rathaus. Nun kannte er nach der winzigen Abstellkammer auch das Wartezimmer.

Er drehte den Kopf und sah Hentschel stumm an. Dabei bemühte er sich, das eben erwähnte Feuer in seinen Blick zu legen. Hoffentlich kapierte dieser endlich, dass es für Donner um mehr ging als ein blödes Kinderspiel, das man ständig von vorn beginnen konnte.

Anscheinend wirkte seine Miene, denn Hentschel schluckte sichtbar. »Sie wollten also ernsthaft …«

»Du wolltest ein Fisch sein!«, presste Donner durch die Zähne, während er sich vergeblich nach seiner Jacke und den Schuhen umsah. »Ich werde jetzt durch dieses Fenster verschwinden und du wirst exakt fünf Minuten warten, dann schlägst du Alarm. Du wirst sagen, ich hätte dich hinterrücks bewusstlos geschlagen. Henry und Ben wissen, dass ich früher Boxer war, und dementsprechend werden sie dir glauben, wenn du dir schön brav die Schläfe reibst. Die Stelle muss nur rot genug aussehen.«

»Das können Sie vergessen.«

»Was? Ich habe dir eben ganz genau zugehört: Du sagtest, du würdest alles für mich tun, abgesehen von einem Arm und einer Niere opfern.«

»Eigentlich sagte ich …«

»Bist du dabei?«

»Na ja, erstens sind wir hier in der zweiten Etage, Sie würden sich also eher sämtliche Knochen brechen, wenn Sie da hinausklettern, und zweitens hat Herr Stark extra darauf geachtet, die Fensterverriegelungen abzuschließen.«

»Erstens bin ich schon deutlich tiefer gefallen …« Donner deutete auf seine Narben im Gesicht. »Und außerdem erinnere ich mich noch gut daran, wie du den Kofferraum meines Wagens geöffnet hast – und den bekomme ich kaum mit dem Schlüssel auf.«

Sichtlich verunsichert schaute Hentschel zum Fenster. »Aber die nehmen mir die Finte mit der Besinnungslosigkeit niemals ab. Herr Stark ist schlau und …«

»Für den Dicken brauchst du keine Partei zu ergreifen. Der denkt höchstens von Mahlzeit zu Mahlzeit.« Gespielt hob Donner die rechte Faust und drehte sie vor seinem Gesicht, als müsste er sie jetzt unbedingt betrachten. »Ich könnte dich natürlich auch richtig ausknocken, damit es echt rüberkommt, wie wäre das?«

»Ähm, ich denke, ein bisschen Schauspieltalent ist mir aus meiner Zeit in der Laienspieltruppe der Schule geblieben.«

»Fein, und jetzt zieh deine Schuhe aus.«

Hentschel schaute noch verblüffter als Minuten zuvor, als Donner von den Toten aufgewacht war. »Sie wollen mir meine teuren *Floris van Bommel* wegnehmen?«

»Borgen! Man nennt es borgen. Ich bin garantiert nicht scharf darauf, mir deine silberfarbenen Mantaletten anzuziehen. In den Dingern laufe ich garantiert herum wie der kleine Muck auf Schlittschuhen. Aber in der Not … Also zier dich nicht so!«

»Wo wollen Sie denn überhaupt hin?«

Selbst wenn Donner einen Plan gehabt hätte, hätte er den Jungen garantiert nicht in diesen eingeweiht. Momentan wollte er nur von hier verschwinden. Danach musste er einen Unterschlupf finden, und da erinnerte er sich an das Gespräch am Morgen mit Lutz Fromm zurück. Der ehemalige Bürgermeister hatte einen besonnenen Eindruck gemacht und Donner Hilfe angeboten.

Kaum eine Minute später ramponierte die Außenmauer des alten Rathauses das Leder der nagelneuen Winterschuhe. Kurzzeitig hing Donner am Fensterbrett, dann zerrte ihn sein eigenes Körpergewicht in die Tiefe. Zum Glück fiel er mitten in einen Schneehaufen. Der Arzt hatte ganze Arbeit geleistet, denn das Schmerzmittel machte ihn unzerstörbar. Nachdem er den Fall überstanden hatte, blieb die Frage, woher er auf die Schnelle eine Jacke herbekommen sollte. Bis zum Haus des ehemaligen Bürgermeisters Fromm brauchte er zu Fuß und in seinem Zustand mindestens eine halbe Stunde. Bis dahin war er erfroren. Schon jetzt setzte ihm die Kälte zu. Er putzte sich den Schnee ab und drehte sich zur Straße, da stieß er direkt gegen einen Gewehrlauf.

Für Sekunden blieb Donner überrascht stehen, bis er seine Stimme wiederfand.

»Wollen Sie mich erschießen?«

»Wozu?«, sagte der riesige Mann, der die Flinte hielt. »Ich habe Sie zusammen mit Ihren Kollegen aus dem kalten, dunklen Grab gerettet.«

»Weshalb dann die Waffe?«

»Weil ich gehört habe, dass im Dorf ein Mörder herumläuft.«

KAPITEL 40

Damals (zehn Jahre zuvor)

Er betrachtete das Mädchen, das zusammengekauert in der Ecke saß. Wenn es die Beine eng an den Oberkörper gezogen hatte und zitterte, sah es aus wie ein Patient in der Psychiatrie. Es nuckelte sogar an seinem Daumen, obwohl es dafür viel zu alt war.

»Ich habe dir ein Kleidchen gekauft«, sprach er das Kind an und hielt den roten Stoff vor die Gitterstäbe. Er war enttäuscht, weil sein Gast nicht antwortete, sondern umso heftiger am Finger saugte. Wenigstens ein Lächeln hätte er verdient. »Freust du dich denn nicht? Ich habe außerdem noch einen Schlafanzug, eine Leggins und einen Pullover für dich im Abverkauf bekommen. War gar nicht so einfach, die richtige Größe für dich zu finden. Und ein neues T-Shirt! Mit einem großen Minnie-Maus-Motiv, die kennst du doch, oder? Ist die Freundin von Micky Maus.« Er legte das Kleid beiseite und klopfte sich gegen die Brust. »Hey, wir könnten spielen, dass ich Micky Maus bin und du Minnie Maus. Wie wäre das?«

»Ich habe Angst«, wisperte das Mädchen.

»Nein, nein, nein«, wurde er lauter als beabsichtigt. »Wir sind doch Freunde. Das habe ich dir doch schon so oft gesagt.

Du weißt, dass das hier nur ein Spiel ist. Deine Eltern wissen Bescheid, sie wissen, dass du bei mir bist. Das hier ist wie Zelten, der Käfig soll dich beschützen.«

»Aber in den Trickfilmen sperren sie nur die bösen Menschen in einen Käfig.«

Natürlich musste sie mit dem Argument kommen! Da zeigte sich, wozu unkontrollierter Fernsehkonsum führt. Wahrscheinlich hatte das Kind in seinem kurzen Leben mehr Stunden vor der Glotze gehockt als er bis zum heutigen Tag. Ihm hätte bewusst sein müssen, dass er sie mit einer solchen Finte niemals täuschen konnte. »Im Fernsehen wird auch die Katze in jeder Tom-und-Jerry-Folge mindestens fünf Mal getötet und trotzdem steht sie immer wieder auf. Herrje, du weißt doch, dass man verdummt, wenn man zu viel fernsieht! Oder weißt du das nicht?«

Sie erwiderte nichts darauf, sondern ließ ihre Stirn auf ihre Knie sinken und schluchzte.

»Einverstanden«, sagte er, weil ihn die Tränen rührten. Er konnte und wollte sie nicht ewig einsperren. »Machen wir etwas anderes. Ich nehme dich jetzt mit hoch in die Küche und koche etwas für uns beide, okay?«

»Ich möchte nach Hause.«

»Das geht nicht! Deine Eltern sind weggefahren. Du wärst ganz alleine zu Hause. Deshalb passe ich auf dich auf, bis sie zurückkommen und dich holen. Glaub mir, bei mir wird es dir gut gehen. Was möchtest du essen?«

Sie weinte bloß.

»Komm schon, was ist dein Lieblingsessen? Worauf hast du am meisten Hunger?«

»Nudeln«, kam es stockend, denn das Kind musste mittlerweile unglaublichen Hunger haben. Vom Frühstück hatte es kaum etwas gegessen. Dabei hatte er extra sein frisches Brötchen mit ihr geteilt.

»Abgemacht, es gibt Nudeln!«, triumphierte er und steckte den Schlüssel ins Vorhängeschloss, um es zu öffnen. »Nudeln mit ganz viel Ketchup. Aber du musst lieb sein und auf das hören, was ich dir sage.«

Als er gegen den Riegel schlug, schepperte das Metall. Sie zuckte abermals zusammen. Er zog die Gittertür so geräuschlos wie möglich auf. Später würde er das Schloss und die Scharniere ölen. »Wenn du mir fleißig in der Küche hilfst, können wir danach gemeinsam fernsehen. Ich habe einen riesigen Fernseher! Fast so groß wie ein Dinosaurier.«

Endlich wischte sie sich die Tränen vom Gesicht und schaute ihn aus großen Augen an.

»Magst du Dinosaurier?«

Sie wackelte mit dem Kopf. »Ich mag Littlefoot, Cera, Ducky, Spike und Chomper. Und auch Petri.«

Er wusste nicht, von wem sie sprach, nickte aber trotzdem. »Alles, was du willst.«

Damit winkte er sie zu sich und zeigte die Treppe hinauf, die aus dem Keller führte. Danach dauerte es noch fast fünf Minuten, bis sie gemeinsam einen Fuß in den Wohnbereich setzten. Er schob sie vor sich her und lenkte sie in die Küche. Dort setzte er sie auf einen Stuhl und schob sie dicht an die Tischkante. Die Stufen bis hierher war sie stumm geblieben. Jetzt lösten sich ihre Lippen.

»Und Sie machen Nudeln für mich?«

»Für uns!«, korrigierte er mit einem glücklichen Lachen, denn die Frage war ein erster Schritt der Annäherung. »Ich koche ab sofort für uns zwei. Wie in einer richtigen Familie.«

»Ich habe großen Hunger.«

»Und ich erst!«

Vor lauter Freude fiel ihm die Dose mit den Spaghetti aus dem Regal. Polternd schlug sie auf die Küchenarbeitsplatte. Der Deckel löste sich und die Spaghetti verteilten sich auf

Arbeitsfläche und Boden. Schimpfend sammelte er die einzelnen Stäbchen wieder ein. Er stellte eine Herdplatte an und holte einen Topf aus dem Schrank. Während er Wasser einfüllte und eine Melodie pfiff, überlegte er, was er nach dem Essen mit dem Mädchen anstellen sollte. Gedankenversunken streute er zu viel Salz in das Kochwasser. Er steckte einen Finger hinein und kostete.

»Ich hoffe, du magst deine Spaghetti salzig.«

Keine Antwort.

Am Herd stehend, drehte er sich um. Erschrocken musste er feststellen, dass der Stuhl leer war. Das Mädchen war aus der Küche verschwunden.

»Verdammt!«, schrie er und schleuderte den Kochlöffel auf den Küchentisch. »Wo steckst du?«

Er rannte aus dem Zimmer. Viele Fluchtmöglichkeiten gab es nicht. Fenster und Türen waren verschlossen. Kaum fünf Sekunden später musste er mit ansehen, wie das Mädchen im Wohnzimmer neben dem großen Fernsehbildschirm auf einen wackligen Stuhl geklettert war und das Wandtelefon an sein Ohr hielt.

Zuerst dachte er an einen untauglichen Versuch, doch wie es schien, stand die Telefonverbindung.

»Ich heiße Violetta und ich will hier weg«, sprach sie klar und deutlich in den Hörer.

»Nein!«, kreischte er und stürzte auf das Kind zu.

KAPITEL 41

Heute

In seinem schwarzen Jeep brachte der Jäger Donner zu einem Gehöft, das abgelegen am Ortsrand lag. Aufgrund der Dunkelheit und der umstehenden Nadelbäume konnte Donner nicht einschätzen, wie weit entfernt das nächste Bauerngut lag. Es fiel kaum noch Schnee. Auch der Wind flachte merklich ab.

»Das Wetter erlaubt sich so manchen Scherz«, sprach Helmar Gotthard vom Fahrersitz, weil er wohl Donners Blick in den Nachthimmel und das anschließende Kopfschütteln bemerkte. »Trauen Sie niemals dem Wetter. Besonders in den Bergen nicht.«

Den Spruch wollte Donner sich merken. Vorerst stand ihm allerdings nicht der Sinn nach Small Talk. Lieber hielt er den Kopf geduckt. Während der Fahrt hatten sie kaum Leute auf den Straßen gesehen. Die Einheimischen verbrachten den Abend friedlich am Kamin, bei Kerzenschein und bei einer Tasse Glühwein. Aber diese Ruhe und Idylle täuschten. Sobald man die Schneedecke beiseiteschob, trat der Schmutz hervor. Als Fremder bekam man das Gefühl, bei lebendigem Leib in einem Sarg drei Meter unter der Erde verscharrt zu sein.

»Hier wohnt der ehemalige Bürgermeister?«, fragte Donner.

Gotthard lachte auf. »Hier wohne ich.«

»Ich dachte, Sie wollten mich zu Lutz Fromm bringen.«

»Was glauben Sie wohl, wo Ihre Leute zuerst suchen werden?«

»Das ist mir scheißegal, ich will nur mit Fromm reden.«

»Dem können Sie nicht trauen.«

»Ach, und Ihnen soll ich wohl trauen? Jemand, der mir vor der Krankenstation mit einer Flinte so groß wie ein Ofenrohr auflauert …« Donners Blick ging nach hinten, wo das Gewehr eingeklemmt zwischen Mittelkonsole und Rückbank stand.

»Ich habe nur Wache gehalten.«

»Halten Sie gefälligst an!«

Prompt trat Gotthard die Bremse, doch da standen sie bereits mitten auf dem Hof. Er beugte sich herüber und sah Donner durchdringend an. »Ich will Ihnen helfen, weil Linda Sie um Hilfe gebeten hat. Das hat sie doch, oder?«

Donner winkte ab, aber Gotthard deutete die Geste auf seine Weise.

»Sie ist zu Ihnen gekommen, weil Sie Ihnen vertraut hat«, redete er weiter. »Vielleicht hat sie sich in Ihnen getäuscht, vielleicht sind Sie wirklich ein Mörder, aber in diesem Ort schlummert schon viel zu lange ein Verbrechen, das Aufklärung fordert. Oder finden Sie nicht?«

Darüber musste Donner erst nachdenken. Es fiel ihm schwer, weil ihn das Hundegebell vom nahen Zwinger störte.

»Was sind denn das für Höllenbestien?«, fragte er und gruselte sich ein wenig vor den drei funkelnden Augenpaaren aus der Finsternis.

»Höllenbestien gefällt mir«, antwortete Gotthard und öffnete die Fahrertür. »Denen können Sie ein ganzes Schwein hinwerfen, da bleiben nicht einmal die Knochen übrig. Am besten halten Sie sich von ihnen fern, wenn die so hungrig sind wie jetzt.«

Warum Donner dem sonderbaren Jägersmann ins Haus folgte, wusste er selbst nicht. Vielleicht, weil das Schmerzmittel allmählich nachließ und ihm die stärker werdenden Schmerzen die Sinne raubten. Zumindest reichte seine Wahrnehmung, um im Hoflicht den schlechten Zustand des Hauptgebäudes und der Nebengelasse zu erfassen. Auch im Inneren sah es unaufgeräumt, teilweise schäbig aus. Im Hausflur löste sich die Tapete von der Wand und die Türen vom Kleiderschrank hingen schief in den Angeln. Im Eingangsbereich stolperte Donner zudem über eine Wagenladung Schuhe. Gotthard mochte vielleicht ein guter Jäger sein, aber garantiert kein guter Handwerker.

»Wo ist denn Ihre Frau?«, konnte Donner sich die Frage nicht verkneifen, weil ihm neben der Unordnung auffiel, dass kein einziges Paar Damenschuhe herumstand.

»Sie ist vor sechs Jahren an einer Lungenembolie gestorben.« Mit einem schmerzlichen Lächeln ließ Gotthard Donner in ein Wohnzimmer eintreten, das mit seinen Fellen und Geweihen viel mehr einem Jagdzimmer entsprach. »Wir hatten gerade die Geschenke in den Wagen geladen, um zu einer Geburtstagsfeier zu fahren, da brach sie zusammen. Noch auf dem Weg ins Krankenhaus ist sie gestorben. Kevin war damals zwölf, als er seine Mutter verloren hat. Als Ehemann ist man in einer solchen Situation völlig überfordert, aber einem Kind wünscht man das gleich gar nicht.«

»Wohnt Ihr Sohn noch bei Ihnen?«

»Wenn er nicht gerade in der *Hutzenstube* malocht, ja.«

Donners Blick schweifte im Raum umher und blieb an einer Wand mit einem Porträt hängen. »Was denn, der blonde Junge mit der Bubifrisur ist Ihr Sohn?«

»Ich weiß, er sieht seiner Mutter ähnlich. Aber weder besitzt er ihre Leidenschaft für Spaziergänge noch meinen Drang nach Waldluft. Manchmal frage ich mich, wessen Kind der Bengel eigentlich ist.«

»Ich finde, Sie hätten es schlimmer treffen können. Immerhin ist er bestrebt, sein Geld selbst zu verdienen.«

»Das wiederum hat er von seiner Mutter, die war auch hinter jedem Euro her«, sagte er mit einem Seufzen in der Stimme. »Möchten Sie einen Tee oder doch lieber einen Kräuterschnaps?«

Donner war geneigt, nach dem Schnaps zu verlangen, um die Schmerzen im Rippenbereich zu betäuben, dann entschied er sich doch für das alkoholfreie Heißgetränk.

»Ich bringe Ihnen einfach beides.« Mit einem Grinsen verschwand Gotthard in der Küche. Kurz darauf klapperte Geschirr.

Noch während Donner sich fragte, was er hier eigentlich machte, kam der Jäger mit einem Tablett und Getränken zurück. Er servierte einen köstlichen Tee. Vor allem, da Gotthard einen gehörigen Schuss Likör hineingekippt hatte.

»Sie haben meine Frage vorhin nicht beantwortet«, nahm Donner den Faden wieder auf. Die heiße Flüssigkeit erwärmte nicht nur seine Kehle, sondern auch den Rest des Körpers. »Ich meine, Sie kennen mich doch gar nicht. Vielleicht bin ich ja doch ein Mörder.«

»Nein, sind Sie nicht. Sie sind Polizeibeamter mit Leib und Seele.« Er stellte seine Tasse ab, von der er noch nicht einmal getrunken hatte. »Aber vielleicht bin ich ja ein Mörder …«

Donner schaute in seinen Tee, als befände sich am Boden die ungenießbare Wahrheit. »Und wollen Sie mich erschießen, ausweiden und meine Knochen an die Hunde verfüttern?«

»Ich will, dass Sie endlich Violettas Eltern in die Mangel nehmen. Die wohnen Luftlinie weniger als fünfzig Meter von uns entfernt, da bekommt man einiges mit. Und glauben Sie mir, da rede ich nicht bloß von Ruhestörungen, die wir all die Jahre ertragen mussten. Mein Sohn ging damals mit Violetta in eine Klasse. Die beiden waren gut befreundet, aber ihre Eltern haben den Kontakt unterbunden. Sie haben Violetta erzählt,

Kevin hätte Läuse und würde klauen, damit sie sich von ihm fernhielt. Na, jedenfalls hat Violetta Kevin einmal erzählt, dass ihr Onkel ihr immer in den Schlüpfer schaut. Meine Frau und ich haben damals sofort Anzeige beim Jugendamt erstattet, aber der Sache wurde nicht energisch genug nachgegangen. Einmal habe ich beobachtet, wie Leopold Hartwig seine Tochter geschlagen hat.« Er winkte zornig ab. »Ach, was heißt geschlagen? An den Haaren hat er sie in den Stall geschleift. Und dabei hatte er eine Weidenrute oder etwas Ähnliches in der Hand mitgeführt. Weil wir mit Anfeindungen rechnen mussten, haben wir bei der Polizei anonym Anzeige erstattet, aber bald waren unsere Namen bekannt. Von da an hat uns der Hartwig-Clan übel zugesetzt. Die haben uns das Auto demoliert und Farbeimer gegen die Hauswand geworfen. Einen unserer Hunde haben wir irgendwann vergiftet über dem Zaun hängend aufgefunden. War ein prächtiger Deutsch Drahthaar. Ein zuverlässiger Jagdhund.«

Während Gotthard erzählte, leerte Donner seine Tasse fast vollständig. Inzwischen schwitzte er. Außerdem schien der Schnaps eine ähnliche Wirkung wie das Schmerzmittel zu haben. Er rieb sich übers Gesicht, um sich zu konzentrieren. »Okay, ich habe ein gutes Bild der Familie vor Augen. Das erklärt trotzdem nicht, was es mit dem Verschwinden von Violetta auf sich hat. Haben Sie eine Theorie?«

»Linda hatte eine Theorie. Kennen Sie das Grab auf dem Grundstück der Hartwigs?«

Donner schüttelte den Kopf.

»Es soll ein symbolisches Grab darstellen«, sagte Gotthard, als hätte er mit Donners Unwissenheit gerechnet. »Aber vielleicht sind Sie ein Polizist mit genügend Mumm, um sich die Erde darunter genauer anzusehen. Linda war sich sicher, dass unter dem Kreuz ein Skelett liegt.«

Donner verstand wirklich nicht, was Gotthard da faselte. »Kann es sein, dass da auch zwischen Ihnen und Linda Groß was lief? Immerhin sind Sie seit sechs Jahren Witwer …«

»Was spielt das für eine Rolle? Linda war ein feines Mädchen, so viel kann ich Ihnen sagen.«

Etwas Ähnliches hatte Fromm behauptet. Und wenn zwei es sagten, mochte es vielleicht sogar stimmen. Donner war es einerlei. Er streckte die Hand nach der Tasse aus, verfehlte jedoch den Henkel. »Okay, und nehmen wir an, ich finde in diesem symbolischen Grab tatsächlich nur Erde, was dann?«

Schulterzuckend griff Gotthard seinerseits nach seinem Tee, als wollte er zeigen, wie man die Tasse richtig fasst. Er führte sie zum Mund, trank jedoch nicht, sondern schaute Donner bedrohlich über den Tassenrand hinweg an. »Dann wird wahrscheinlich doch der Steiger Violetta geholt und sie in einer der unzähligen Gruben vergraben haben.«

Glück auf! Glück auf! Der Steiger hat es drauf …

Anscheinend konnte man den Steiger für alles verantwortlich machen. Selbst für Donners plötzliche Koordinationsschwierigkeiten.

»Was ist denn, Herr Donner? Geht es Ihnen etwa nicht gut?«

Nur ein kleiner Schwächeanfall, mehr nicht.

Donner kam nicht mehr dazu, es auszusprechen, sondern sackte im Sessel zusammen.

Kapitel 42

Henry Stark saß im Gemeindeamt und brütete über den bisherigen Ergebnissen. Fast im Minutentakt fielen ihm die Augen zu. Die Erschöpfung ließ sich nur noch mit Mühe unterdrücken. Außerdem hatte er über den Tag hinweg zu wenig gegessen und zu wenig getrunken. Unterm Strich stellte sich der Mord an Linda Groß als ein riesengroßes Mysterium heraus. Und weil es keine richtigen Ansatzpunkte gab, schlug ihm der Fall auf den Magen.

Gerade als ihm der Kopf vor Müdigkeit einmal mehr abknickte, kam Hentschel in das Arbeitszimmer, das ihnen Ortsvorsteher Uhlig als provisorische Einsatzzentrale zur Verfügung gestellt hatte.

»Sie brauchen sich vor mir nicht zu schämen, Herr Stark, es ist völlig normal, wenn Sie ein Nickerchen machen. Ich verrate es garantiert keinem. Ehrenwort als Ehrenbürger!« Zum Schwur leckte er sich zwei Finger und hob sie in die Höhe.

»Ja, das glaube ich dir aufs Wort, Levi! Du bist wahrscheinlich genauso verschwiegen wie bei Eriks Flucht aus der Krankenstation.«

Der Praktikant schluckte sichtbar schwer und versuchte, seine Unsicherheit mit einem Grinsen zu überspielen. Zweifellos war er der schlechteste Lügner, den Stark je kennengelernt hatte.

Und Stark hatte im Laufe seiner Dienstjahre etliche Fabulanten der Falschaussage überführt.

»Sie müssen mir unbedingt glauben, Herr Donner hat einen extrem harten Schlag. Hier!« Hentschel machte eine Verrenkung und deutete auf seinen Nacken. »Genau da hat er mich erwischt.«

»Ich habe mir die Stelle angeschaut und bis auf einige Pickel habe ich nicht einmal die kleinste Rötung festgestellt. Und mal ganz unter uns, Erik ist vielleicht am Tiefpunkt seines Lebens angekommen, aber deshalb würde er niemals einen Schwächeren schlagen.«

»Oh, da kennen Sie Herrn Donner schlecht. Ich habe mal gesehen, wie er aus einer Fliege ein Geständnis herausgequetscht hat.«

Stark verdrehte die Augen. »Levi, bitte!«

»Na gut, vielleicht habe ich das geträumt. Aber ich habe definitiv erlebt, wie Fliegen den Kopf eingezogen haben, als er das Zimmer betreten hat. Damals in der Kriminalpolizeilichen Erstkontaktstelle …«

»Erinnere mich bitte nicht daran«, murrte Stark, denn zuletzt hatte er den undankbaren Posten bekleidet. Dabei wäre er vor Langeweile fast gestorben. »Konzentrieren wir uns lieber auf unseren Mordfall. Gibt es Neuigkeiten an der Front?«

Hentschel hielt einen Schlüssel hoch. »Den hat uns Herr Uhlig für die Nacht überlassen. Damit kommen wir zur Eingangstür rein und raus. Außerdem hat er uns in einer nahen Pension zwei Zimmer herrichten lassen, damit wir uns ein paar Stunden ausruhen können. Ich finde das äußerst aufmerksam vom Ortsvorsteher. Auf mich macht Herr Uhlig einen sehr netten und kompetenten Eindruck.«

Stark nickte gedankenabwesend und tippte auf seinem Smartphone herum, weil er Hentschel etwas zeigen wollte. »Und Erik?«

»Da gibt es zu meinem Bedauern noch keine Erfolgsmeldung«, antwortete Hentschel. Es klang wahrlich nicht so, als wäre er darüber so todunglücklich, wie er es darstellte. »Der Außendienstleiter Herr Forchner hat jetzt sogar einen Fährtensuchhund angefordert. Der Hundeführer kommt ganz aus der Nähe. Vermutlich ist er bereits eingetroffen. Allerdings sieht es so aus, als wäre Herr Donner mit einem Fahrzeug entkommen.«

Dankbar für die Auskünfte, hob Stark den Daumen. Inzwischen waren zusätzliche Kriminalbeamte in Pöhla eingetroffen, denen er Aufgaben zugeteilt hatte und die eine Nachtschicht einlegen mussten. Natürlich hatten die Kollegen darüber gemurrt. Ihnen steckte noch die lange Fahrt bis in den Erzgebirgsort in den Knochen. Und die Kälte tat ihr Übriges. Dank der Verstärkung ruhte wenigstens nicht mehr die komplette Arbeit auf Starks Schultern. Bei einem Tötungsdelikt war es üblich, keine Zeit verstreichen zu lassen. Deshalb hatte er trotz der fortgeschrittenen Uhrzeit angewiesen, die Nachbarn und Arbeitskollegen der Toten zu befragen. Auch die Verwandtschaft rückte schwerpunktmäßig ins Visier der Ermittlungen. Die beiden Kriminaltechniker sollten unterdessen jeden Zentimeter der Wohnung von Linda Groß untersuchen. Zwar rechnete Stark mit keiner schnellen Aufklärung, trotzdem wollte er nichts unversucht lassen. Sehr zu seiner Erleichterung hatte sich das Wetter gebessert. Ein Umstand, der in ihm so etwas wie Zuversicht aufkommen ließ.

Und etwas anderes machte ihm Hoffnung …

»Hier, Levi, schau dir das mal an«, sagte er und reichte dem Anwärter sein Smartphone. »Das kam soeben vom K11.«

»Das ist ein handschriftlicher Brief von Violetta«, sagte Hentschel und er schien zu begreifen. »Moment, ist das etwa der Brief, von dem Linda Groß' Eltern gesprochen haben?«

»Sieht ganz danach aus. Die Kopie haben meine Kollegen im Keller eines Polizisten gefunden, der sich bei einem Besuch einer Polizeiangestellten erschossen hat. Und die Dame ist keine Geringere als Sokrates Vogels neue Assistentin.«

»Das ist ja furchtbar.«

Stark nickte. »Andreas ist ein guter Mann gewesen. Und jetzt kann er uns nichts mehr sagen. Wenigstens wissen wir, dass Groß ihn irgendwann in den letzten Wochen kontaktiert und ihm den Inhalt des Briefs zugespielt hat – zusammen mit dem Foto des Schulranzenanhängers.«

Hentschels Daumen wischte über das Display. Er betrachtete auch das nachfolgende Foto, ehe er zurückblätterte und den Brief vorlas: »*Liebe Linda, es tut mir schrecklich leid, dass ich mich erst jetzt bei dir melde. Ich habe mitbekommen, wie du all die Jahre nach mir gesucht hast. Glaub mir, ich wünschte, ich wäre nie fortgegangen. Jetzt dauert es nur noch ein kleines Weilchen, ehe wir uns wiedersehen. Schon bald wirst du erfahren, welches Verbrechen mir widerfahren ist. Dann werden alle den Namen meines Peinigers kennen. Denn er lebt mitten unter euch. Deine Violetta.*«

Nach dem letzten Satz schauten sich Stark und der sonst so redselige Hentschel nur schweigend an. Der Text war von bedrückender Intensität. Beide spürten es, und ihnen fehlten die Antworten.

»Den Brief erhielt Linda Groß vor drei Wochen«, durchbrach Stark schließlich die Stille. »Er kam als Antwort, nachdem sie von dem Mailabsender einen Beweis gefordert hatte, dass der Anhänger tatsächlich von ihrer Cousine stammt. Man sieht auf dem Bild deutlich den handgestickten Namen. Ich für meinen Teil habe keinen Zweifel mehr, dass es sich um Violettas Anhänger handelt …«

»Andernfalls hätte Frau Groß den Brief und das Foto nicht Ihrem toten Kollegen übergeben«, vervollständigte Hentschel. »Nicht wahr?«

Stark rieb sich die Schläfen, um die anschwellenden Kopfschmerzen zu vertreiben. »Da hast du absolut recht. Und Linda Groß musste sterben, weil sie durch ihren Aktionismus den Täter aufgeschreckt hat.«

»Also wenn der aktuelle Mordfall mit dem Verschwinden von Violetta zu tun hat, sollten wir dann nicht mit Kriminalhauptkommissar Vogel zusammenarbeiten?«

»Abgesehen davon, dass in Sokrates' Wortschatz ›zusammenarbeiten‹ nicht die gleiche Bedeutung hat wie für uns«, Stark nahm ihm das Handy ab und rief missmutig die Telefonliste auf, »gibt es da leider ein zweites Problem: Niemand weiß, wo der alte Menschenquäler steckt.«

Kapitel 43

Letztlich sprach man Donner von allen Anklagepunkten frei.

Er durfte den Gerichtssaal als freier Mann verlassen. Unter dem tosenden Beifall der Zuschauer und begleitet von den hymnischen Klängen des Steigerlieds. Sein Anwalt hatte extra für den Moment der Urteilsverkündung eine Kapelle besorgt. Alle standen von ihren Sitzplätzen auf, einschließlich Donner. Zu Tränen gerührt sang er sogar gedanklich die ersten Liedzeilen mit.

Glück auf, Glück auf! Der Steiger kommt! Und er hat sein helles Licht …

Bis er den Text nicht mehr kannte.

Eine Fliege heftete sich an seine Brust und blieb dort sitzen. Auf den Pressefotos würde sie später aussehen wie eine besonders bizarre Ehrennadel. Die Fliege interessierte ihn nicht. Mit Genugtuung sah er zu, wie man den wahren Schuldigen für den Mord an Linda Groß abführte: Macaulay Culkin. Während man Donner die Handfesseln abnahm, legte man sie dem ehemaligen Kinderfilmstar an.

»Du irrst dich, Monster!«, schrie Culkin ihn von der anderen Seite des Saals an. Dabei zeigte er ein Grinsen, wie es sonst nur Mr Fiesling beherrschte. »Nicht ich bin allein in der Zelle, sondern du.«

Verunsichert, was das bedeuten sollte, schaute Donner neben sich, wo sein Anwalt mit der Schuhspitze im Takt wippte und ihn ebenfalls ansah.

»… *und damit so fahren wir bei der Nacht ins Bergwerk ein*«, sang der Anwalt lauthals das Steigerlied mit.

Donner erschrak. Das war gar kein Anwalt, sondern sein grüner Knetball. »Mr Fiesling, seit wann hast du Füße?«

»Mach dir mal keine Gedanken um meine Füße, Erik. Der blonde Junge hat leider recht. Du bist noch immer in diesem beschissenen Albtraum gefangen.«

In dem Moment zerplatzte der Gerichtssaal mit einem geräuschlosen Knall und Donner schlug die Augen auf.

»… Albtraum«, hörte er Kevin Gotthard sagen. Gleichzeitig nahm Donner verschwommen wahr, wie der Küchenjunge ihm ein Glas Wasser und einen Blister mit unbekanntem Inhalt hinstreckte.

»Geh weg, du Teufel!«, herrschte Donner den Jungen an und zog gleichzeitig die Beine an den Sessel, in dem er saß. »Den Stoff kannst du dir selbst ins Gehirn schieben.«

Der Junge trat zurück und nahm die Arme mit dem Getränk und den Tabletten zurück. »Warum sagen Sie so etwas?«

»Jeder weiß doch, das du dir Drogen reinpfeifst, seit die Hollywood-Studios den *kleinen Kevin* sitzen gelassen haben.«

»Papa!«, rief Kevin Gotthard mit ungläubigem Blick über seine Schulter. »Ich glaube, unser Besuch verwechselt mich mit einem Schauspieler. Er steht völlig neben den Schuhen.«

Das war das Zeichen für Donner, seine Strümpfe zu betrachten, wo die Schuhe fehlten, die er sich von Hentschel geliehen hatte. »Apropos Schuhe! Was hast du mit meinen schicken Tretern gemacht?«

»Sie meinen die Dinger mit dem silbernen 3D-Leder?«

»Dinger? Das sind echte *Floris van Bommel*.«

»So ein Muster verpasst höchstens das US-Militär ihren Stealthbombern.«

»Ach was, die Herstellung der Schuhe war mindestens genauso aufwendig wie die eines Flugzeugs.«

»Was ist denn los, Herr Donner?«, mischte sich der alte Gotthard ein, als er das Wohnzimmer betrat und sich mit einem Küchentuch die Hände abwischte. »Mein Sohn sollte Ihnen eine Schmerztablette bringen und Sie zum Frühstück wecken. Und was höre ich stattdessen im Nebenzimmer? Wildes Geschrei.«

Frühstück?

Donners Blick ging erst zum Wasserglas und der Tablette, dann zum Fenster, wo der Morgen graute. »Wie spät ist es?«

»Fast sieben Uhr«, antwortete Gotthard und stellte sich neben seinen Sohn. »Es hat Sie echt übel erwischt, wenn Sie mich fragen. Als Sie mir gestern Abend weggeklappt sind, hätte ich am liebsten den Notarzt gerufen, aber dann habe ich mir gedacht, dass Sie einfach nur erschöpft sind und Ruhe brauchen.«

»Ich brauche keine Ruhe«, antwortete Donner, während er sich aus dem Sessel quälte und die Zähne gegen die Schmerzen aufeinanderbiss. »Ich muss etwas überprüfen.« Vorsichtig schüttelte er die Taubheit aus seinen Händen. Jemand hatte ihm im Schlaf die gebrochenen Finger geschient und verbunden. Er schob seinen Pullover ein Stück nach oben und betrachtete die blaue Stelle an den Rippen.

»Sie halten ganz schön was aus«, bekundete Gotthard, während sein Sohn beim Anblick der Verletzung kräftig durchatmete. Offenbar taugte er wirklich nicht zur Jagd, denn dort gab es schlimmere Wunden zu sehen.

»Was wissen Sie denn schon über mich?«

»Angeblich sind Sie einer der besten Polizisten, erzählt man sich.«

Donner hörte kaum noch zu, sondern rang um sein Gleichgewicht. Der Duft von aufgebackenen Brötchen, der von der Küche kam, weckte ein Knurren in seinem Magen. Trotz des Hungergefühls wollte er keine Zeit verlieren. Irgendwo in seinem Kopf spukte noch der Albtraum herum. Er betrachtete die Wohnstube mit den vielen Geweihen und versuchte, sich an letzte Nacht zu erinnern.

»Hier haben wir gesessen«, sagte er halblaut und suchte den Kräuterlikör und die Teetasse, von der er getrunken hatte. Nach einer Weile schwang er herum. »Was haben Sie gestern zuletzt zu mir gesagt?«

Gotthard zuckte mit den Schultern und schickte seinen Sohn aus dem Zimmer. »Wir haben über Violetta und ihre Eltern geredet. Ich habe Ihnen von der Grabstelle erzählt.«

»Nein, Sie sagten etwas anderes.«

»Was meinen Sie, ich kann mich nicht mehr an meine Worte erinnern.«

»Sie haben vom Steiger geredet, der Violetta geholt und in einer der hiesigen Gruben vergraben hat.«

»Kann sein, wozu ist das wichtig?«

»Sie müssen mich auf der Stelle zu der Höhle bringen, in der Sie mich gefunden haben.«

»Was wollen Sie denn dort?«

Für einen Moment war Donner geneigt, ihm von den Stimmen in der Höhle zu erzählen. Vielleicht waren nämlich nicht alle gehörten Worte Einbildung gewesen. »Wir brauchen Werkzeug und vor allem Licht. Jede Menge Licht!«

Gotthard kaute auf seiner Lippe. »Das halte ich für keine gute Idee. Das ist viel zu gefährlich. Es hat einen Grund, warum die wenigsten Einheimischen den Schacht kennen und er auch nicht für die Öffentlichkeit freigegeben ist.«

»Eben«, entgegnete Donner. »Genau deshalb ist er für mich ja so interessant.«

Bevor Gotthard weitere Einwände vorbringen konnte, kehrte sein Sohn Kevin zurück, der offensichtlich die ganze Zeit im Flur an der Tür gelauscht hatte. »Ich begleite euch. Zu dritt wird es einfacher.«

»Nein, du wirst schön hierbleiben!«

»Doch, ich …«, setzte der jüngere Gotthard an, doch sein Vater hob den Arm zum Schlag.

Als der Alte seine Entgleisung bemerkte, ließ er den Arm ganz langsam sinken, so als wäre nichts gewesen. Dann drehte er sich wieder Donner zu und straffte sich. »Gut, gehen wir.«

Donner nickte. »Gehen wir.«

KAPITEL 44

Nach dem Selbstmord von Andreas Preuß hatte die Kriminalpolizei Lia Winter etliche Stunden zum Vorfall vernommen. Mehrfach hatte sie während der Vernehmung versichert, die neue Mitarbeiterin von Kriminalhauptkommissar Vogel zu sein. Am Anfang hatten ihr die Beamten kein Wort geglaubt, begünstigt dadurch, dass man ihren vermeintlichen Chef trotz wiederholter Anwahlversuche nicht an die Strippe bekam, damit er ihre Aussage bestätigte. Erst KPI-Leiter Moll persönlich, den man extra in der Freizeit angerufen hatte, hatte für Aufklärung gesorgt.

Zwischen drei und vier Uhr hatte Winter den Vernehmungsraum beim Kriminaldauerdienst verlassen dürfen. Danach hatte sie selbst noch etliche Male Vogels Nummer gewählt. Ohne Erfolg. Über das Führungs- und Lagezentrum hatte sie die Erreichbarkeit des zuständigen Bürgerpolizisten in Erfahrung bringen können. Doch Deutschmann hatte ihre Anrufe allesamt abgewürgt. Nach knapp zwei Stunden Schlaf und einer erneuten Anwahl von Vogels Handynummer hatte sie sich in ihren Wagen gesetzt und war nach Pöhla aufgebrochen. Am Gemeindeamt wollte sie sich mit Außendienstleiter Forchner treffen. Doch der befand sich schon die ganze Nacht im Dauereinsatz auf der Suche nach Erik Donner. Statt

Forchner traf sie am Treffpunkt nur den Leiter vom K11, Henry Stark, dessen Praktikanten, den Ortsvorsteher und zwei hiesige Verwaltungsangestellte an.

»Wann haben Sie zuletzt mit ihm gesprochen?«, wollte Stark von ihr wissen.

»Das war exakt um 21.37 Uhr«, gab Winter Auskunft. »Wie gesagt, das Gespräch ist mitten im Satz abgebrochen.«

»Bei diesen Temperaturen liegt es zu dreiundachtzig Prozent am Akku«, redete der seltsame Praktikant mit dem Namen Levi Hentschel und dem verunglückten Haarschnitt, der ein wenig aussah wie ein Rockstar beim Fasching. »Während meiner Zeit im Handyshop habe ich …«

»Schon gut, Levi«, unterbrach Stark ihn. »Ich denke nicht, dass uns das jetzt weiterhilft. Kümmere dich lieber umgehend um eine Ortung von Sokrates' Handy.«

»Das können Sie sich sparen«, bremste Winter. »Das Gerät sendet nicht mehr. Vom Provider liegen mir nur die Daten vom Umsetzer vor, dessen Sendebereich jedoch einen Umkreis von fünfhundert Metern abdeckt.«

»Bitte?« Der Hauptkommissar mit dem unmodernen Jackett schaute sie fragend an. »Wie haben Sie das angestellt?«

»Wenn man sich ein wenig mit den technischen Möglichkeiten auskennt, so wie ich, stellt es kein Problem dar, ein Handy zu orten.«

»Das kann ich bestätigen«, unterstrich Hentschel, wobei er Winter gleichzeitig verlegen anlächelte. Bevor er weitersprechen konnte, wurde er jedoch von seinem Vorgesetzten zur Ruhe ermahnt.

»Und was schlagen Sie vor?«, fragte Stark.

Winter zwinkerte dem jungen Polizeianwärter zu. »Ich habe eine vage Beschreibung von Herrn Vogels letztem Aufenthalt. Leider kenne ich mich im Ort nicht aus.«

»Entschuldigung«, redete Ortsvorsteher Uhlig dazwischen. »Ich verstehe nicht, weshalb wir uns jetzt unbedingt mit Ihrem Kollegen Vogel beschäftigen müssen. Ich dachte, wir konzentrieren uns auf Herrn Donner.«

»Gut, dass Sie sich bereit erklären, der Kollegin bei ihrer Suche zu helfen«, nahm Stark die Wortmeldung zum Anlass, eine Aufgabe zu verteilen.

Uhlig warf erst Stark einen ungläubigen, dann Winter einen vernichtenden Blick zu. Es war unverkennbar, was er von der Idee hielt. Sie nickte ihm dankbar zu und schob seinen Unwillen auf mangelnden Schlaf. Immerhin wusste sie, welche Anstrengungen letzte Nacht unternommen worden waren, um ein Tötungsverbrechen aufzuklären.

»Dafür fehlt mir die Zeit«, wehrte Uhlig ab und schaute demonstrativ auf seine Armbanduhr. »Eigentlich wollte ich schon längst …«

»Dort muss ein Weg zu einem Campingplatz führen«, beschrieb Winter die Örtlichkeit. »Bei gutem Wetter oder am Tag kann man die Skisprungschanze sehen. Und in der Nähe steht ein rotes Fachwerkhaus.«

Uhlig schien zu überlegen. »Woher wissen Sie das so genau?«

»Weil mein Chef es mir beim Telefonat exakt so beschrieben hat.«

Danach herrschte eine Weile Stille. Bis Stark das Wort ergriff. »Können Sie damit etwas anfangen, Herr Uhlig?«

»Ich weiß immer noch nicht, warum …« Er beendete das Kopfschütteln, als er bemerkte, dass alle ihn erwartungsvoll anblickten. Er strich sich die sichtliche Erschöpfung aus dem Gesicht und setzte eine gefällige Miene auf. »Natürlich werde ich Ihnen helfen. Ich fahre vor und Sie folgen mir mit Ihrem Fahrzeug. Ich glaube, ich weiß, wohin wir müssen.«

»Sehr gut«, kommentierte Stark die Entscheidung. »Levi, du fährst mit Frau Winter mit.«

»O nein«, wehrte Winter ab, denn sie wusste nicht so recht, was sie von dem Anwärter halten sollte. Sicher würde er später ein aufrichtiger Polizeibeamter werden, aber irgendwie schien er nicht der Hellste zu sein. »Ich möchte Ihnen keine Umstände machen, Sie beide haben bestimmt jede Menge zu tun.«

»Das ist schon okay«, widersprach Stark. »Ich muss ohnehin ein paar Telefonate führen, bei denen ich absolute Ruhe brauche.«

»Da gibt es ein Problem mit meinen Schuhen«, meldete Hentschel sich zu Wort und streckte seine Beine unter der Tischplatte hervor. »Die trägt doch immer noch Herr Donner.«

Alle sahen gleichzeitig auf seine Socken und Winter konnte sich ein Schmunzeln nicht verkneifen.

Kurz darauf saß sie allein in ihrem Fahrzeug und verfolgte die Rücklichter von Uhligs dunklem SUV. Sie prägte sich nicht nur die Strecke, sondern auch sein Kennzeichen ein. Von der Hauptstraße bogen sie nach kurzer Fahrzeit in ein Wohngebiet ab, in dem schmucke kleine Häuser dicht an dicht standen. Trotz der engen Straßen und der tückischen Schneedecke trat Uhlig mächtig aufs Gas. Fast kam es Winter wie eine Verfolgungsfahrt vor. Die Winterreifen ihres Mazda 3 taten alles, um die Karosse in der Spur zu halten. Gleichzeitig las sie die Straßenschilder: Schulplatz, Am Pfeilhammer, Paul-Schneider-Straße …

Plötzlich bremste Uhlig die Räder seines SUV bis zum Stillstand. Winter genügte ein Blick zur Seite, um das rote Fachwerkhaus und das halb von Schnee bedeckte Hinweisschild zum Campingplatz zu erkennen. Sie hatten den richtigen Ort erreicht.

Sie stieg aus und schaute auf die weiße Nebelwand, die sich hinter einem freien Platz auftat. Auf den ersten Blick sah es aus, als ginge es dort nicht weiter, aber der Eindruck täuschte. Es ging sehr wohl weiter. Von der Kante ging es in den freien Fall über.

»*Wenn ich noch einen Schritt mache, kann ich fliegen*«, murmelte sie Vogels Worte vor sich hin, bis sie Uhligs Stimme vernahm.

»Brauchen Sie mich noch?« Seine Fahrertür stand offen und er beugte sich vom Sitz ins Freie.

Winter schüttelte nur den Kopf, denn sie konstruierte gedanklich ein mögliches Szenario, was letzte Nacht an dieser Stelle geschehen sein mochte. Selbst den Boden suchte sie mit ihren Blicken nach möglichen Spuren ab. Doch die Schneedecke gab keine Geheimnisse mehr preis.

»Dann passen Sie auf sich auf«, verabschiedete Uhlig sich.

Sekunden später hörte sie den Motor seines Geländewagens aufheulen. Sie blieb allein mit dem Wind und der Tiefe.

Sie betrachtete ein Verkehrsschild, das augenscheinlich von Anwohnern aufgestellt worden war – keinesfalls jedoch von einer offiziellen Behörde. Vogel hatte es ihr beschrieben: eine Kante und ein Strichmännchen. Vorsicht, Absturzgefahr!

Bedachtsam, und immer nach links und rechts schauend, näherte sie sich der Abbruchkante. Als sie den Nebel mit ihrem Blick durchdrang, konnte sie die darunterliegende Landschaft erkennen. Und noch etwas anderes: eine goldschimmernde Rettungsdecke, die etwa fünf Meter unter ihr in einer Astgabel hing.

Kapitel 45

Ohne die Ortskenntnis des Jägers hätte Donner die alte Grube niemals gefunden. Und selbst jetzt, als er mit der Taschenlampe die Stöße und Firste anleuchtete und in geduckter Haltung den Gang entlanglief, erkannte er die Grotte nicht wieder.

»Kein Wunder«, sagte Gotthard, der hinter ihm lief. »Sie saßen in völliger Dunkelheit. Und als man Sie hier auf einem Tragegestell rausgeschafft hat, waren Sie bewusstlos. Ich weiß noch, wie die Feuerwehrleute über Ihr Gewicht geflucht haben.«

Bei dieser Bemerkung betastete Donner seinen Bauch. Die letzten Wochen hatte er kaum etwas gegessen, vielmehr seinen Kummer im Alkohol ertränkt. Vorhin, als sie zur Grube aufgebrochen waren, hatte Gotthards Sohn ihm ein Leberwurstbrot geschmiert, von dem Donner nur widerwillig abgebissen hatte. Jetzt war er dankbar, dass er die Wanderung nicht mit leerem Magen stemmen musste.

»Passen Sie bloß auf Ihren Kopf auf«, mahnte Gotthard und schulterte eine Spitzhacke. »Ich habe keine Lust, Ihretwegen erneut die Bergrettung rufen zu müssen.«

»Wie weit ist es noch? Sie sagten, es sei nur ein kleiner Schacht.«

Gotthard lachte auf und das Echo hallte ihnen voraus in die Dunkelheit. »Sie haben wirklich keine Ahnung, wie tief es in dieser Region in die Berge geht, oder?«

»Mit meiner damaligen Dienstgruppe beim KDD habe ich vor Jahren mal ein Ausflug in den Markus-Röhling-Stolln in Annaberg gemacht.«

»Ah, eine geführte Bergwerksbesichtigung! Das ist mit dem hier nicht zu vergleichen. Spüren Sie das eigenartige Gefühl, als würde der Berg Sie mit seinem eisigen Hauch verschlingen wollen?«

Ich spüre höchstens den kalten Atem des Todes. Und der kommt garantiert nicht aus meinem Rachen.

Innerlich fluchte Donner über Hentschel, denn dessen Winterschuhe waren gegen die Kälte so effektiv wie ein Elektroheizgerät in freier Wildbahn.

Je tiefer sie gingen, umso beklemmender drückte die Enge zwischen den Gesteinswänden auf seine Psyche. Fast kam es ihm vor, als würde er in ein tiefes Grab steigen. Seine größte Sorge galt dem Licht. Er wusste inzwischen, was es bedeutete, der Finsternis hilflos ausgesetzt zu sein. Gleichzeitig faszinierten ihn die von Menschenhand geschaffenen Hohlräume.

»Es ist erstaunlich, zu welchen Leistungen wir imstande sind«, murmelte er vor sich hin.

Zum Guten wie zum Bösen.

Beim Gehen zog er einen Handschuh aus und betastete ehrfurchtsvoll die Oberfläche der Wände. Das Gestein war glatt und feucht, an vielen Stellen hatten sich eine feine Moosschicht und unbekannte Ablagerungen gebildet.

»Ah, ich merke schon, wie die Gier Sie erfasst«, kam es belustigt von hinten.

Kurz blieb Donner stehen und sah Gotthard an, der seine Spitzhacke über die andere Schulter lehnte und die Taschenlampe in die andere Hand wechselte.

»Es war die Gier der Menschen, die das bewerkstelligt hat«, redete der Jäger weiter. »Und es war die Gier, die etliche von ihnen das Leben kostete.« Er hob den Arm und leuchtete mit der Taschenlampe an Donner vorbei. »Da vorn ist es, dort haben wir Sie gefunden.«

Die letzten Meter eilte Donner zu der Stelle, die Gotthard meinte. Er leuchtete mit seiner Taschenlampe das Plateau unter ihm ab, wo er gelegen hatte und fast erfroren wäre. Auch wenn es den Schacht noch keine hundert Jahre gab, sah es hier wie eine von Urmenschen verlassene Versammlungsstätte aus. Fehlten nur die Kelche und die Kerzen für irgendein mystisches Höhlenritual.

»Früher wurde an dieser Stelle die Mettenschicht, also die letzte Schicht vor Weihnachten, gefeiert«, erläuterte Gotthard. »Nur, was suchen wir jetzt hier?«

»Ich weiß es nicht.«

Gotthard stieß einen zynischen Laut aus. »Und trotzdem kommen wir hierher? Sie machen mir vielleicht Spaß.«

»Kommen wir damit hinunter?«, fragte Donner und zeigte auf einen Käfig, der an Ketten hing und mit Stahlträgern gesichert war.

»Es ist ein alter mechanischer Aufzug, den Sie mittels Seilzug und einer Kurbel im Inneren des Käfigs hoch und runter bewegen können. Einfach, aber effektiv.«

Prüfend rüttelte Donner an der Stahlkonstruktion.

Alt, aber solide. Genau wie ich.

»Zeigen Sie mir, wie es geht?«

»Dort löst man die Verriegelung«, antwortete Gotthard und zeigte auf einen massiven Hebel. »Danach können Sie den Käfig betreten. Passen Sie auf, er schwankt ziemlich. Wenn man sich daran gewöhnt hat, fällt es einem leicht. Danach bewegen Sie langsam die Kurbel. Drehen Sie zu schnell, kann es passieren, dass sich Kette und Zahnräder verklemmen.«

Krachend betätigte Donner den genannten Hebel. Dann öffnete er die Aufzugtür, deren Eisenscharniere einen hellen Klang von sich gaben. »Sie machen einem echt Mut.«

»Eigentlich ist das Material für die Ewigkeit verbaut, aber man kann ja nie wissen.«

Damit nahm Donner ihm die Spitzhacke ab und fuhr in die Tiefe. Während er sich abseilte, leuchtete ihm Gotthard. Die kurze Fahrt verlief ohne Zwischenfälle. Als er den Höhlenboden selbst im Lichtschein seiner Taschenlampe betrachtete, versuchte er, sich zu erinnern, wo genau er gesessen und gelegen hatte. Er war in der Dunkelheit umhergewandert auf der Suche nach einem Ausgang. Gefunden hatte er nur Wände – genau wie jetzt.

»Hab Ihnen doch gesagt, dass es dort unten nichts zu finden gibt«, sagte Gotthard von der oberen Plattform aus, nachdem Donner einige Minuten umhergewandert war und mit dem Werkzeug gegen Stein geklopft hatte.

Stirb dort, wo all die anderen liegen.

Hatte er sich tatsächlich so getäuscht? Er war hergekommen in der Hoffnung, einen geheimen Schacht oder einen Hohlraum zu finden. Irgendeinen Hinweis, der auf ein Verbrechen in der Vergangenheit hindeutete. Doch falls es einen solchen gab, schien der Berg ihn für immer verschluckt zu haben.

Resigniert fluchte Donner.

»Machen Sie sich nichts draus«, kam es von oben.

Ein letztes Mal leuchtete Donner umher, dann stieg er in den Käfig. Er legte die Taschenlampe auf den Boden und wollte nach der Kurbel greifen, als er im Lichtkegel etwas entdeckte. Hinter den Gitterstäben bemerkte er loses Gestein am Boden. Zuerst dachte er an eine Täuschung aus Licht und Schatten, dann schnappte er sich Lampe und Hacke und sprang aus dem Käfig.

»Ziehen Sie den Aufzug hoch!«, rief er hinauf.

Gotthard verstand nicht gleich. Erst nach erneuter Aufforderung machte er sich von oben an der Mechanik zu schaffen. Langsam hob sich der Käfig, und Donner bekam freie Sicht auf die aufgeschichteten Steine, die man bei flüchtiger Betrachtung als normale Gesteinswand wahrnahm.

Mit einiger Beklemmung, weil er fürchtete, der Aufzug könnte hinabfahren und ihn zerquetschen, trat Donner näher und krachte die Spitzhacke zwischen die Steine. In Windeseile hatte er einige beseitigt, wodurch zuerst ein Spalt entstand und danach ein Hohlraum zum Vorschein kam.

Er warf die Hacke krachend beiseite und beugte sich dicht über den Boden. Wenn er sich anstrengte, konnte er vielleicht komplett hineinkriechen. Vorerst leuchtete er nur in die Dunkelheit, dann griff er mit einer Hand hinein.

»Was machen Sie da unten?«, fragte Gotthard, der den Aufzug gestoppt hatte.

Donners Finger ertasteten mehrere lose Gegenstände, die keinesfalls in diese Grube gehörten.

Definitiv kein Stein.

»Ich bin fündig geworden!«, rief er hinauf.

»Was haben Sie gefunden?«

Donner zog einen länglichen, leicht gebogenen Gegenstand hervor, kniete sich hin und betrachtete ihn im Licht. »Eine Clavicula.«

»Eine *was*?«

»Ein menschliches Schlüsselbein.«

KAPITEL 46

Allmählich stieg die Raumtemperatur in der winzigen Kirche. An den Fensterscheiben schmolzen die Eiskristalle. In seinen Körper kehrte das Leben zurück. Vermutlich lag es am Gesang des Kinderchors, der die Herzen der Zuhörer erwärmte.

Stille Nacht, heilige Nacht!

Beinahe fühlte er Glückseligkeit – wenn sein Nebenmann nicht ständig mit wechselnden Stimmen dazwischenreden würde …

»… nasse Kleidung wechseln!«

»Die Schuhe zuerst!«

»Da, seine Zehen!«

»O Gott, was ist das?«

Vogel schlug die Augen auf. Künstliches Licht blendete ihn. Sekunden vergingen, dann realisierte er seine Umgebung. Er hing nicht länger zwischen Ästen, zig Meter über dem Boden, bei klirrender Kälte, sondern lag in einem Rettungswagen. Mehrere Leute kümmerten sich um ihn. Eine Decke wurde bis unter sein Kinn gelegt.

»Man hat ihm einige Zehen amputiert«, hörte er den Notarzt sagen. »Ist schon eine Weile her, wenn ich mir die Narben betrachte.«

»Beim Steiger, was hat dieser Mann in seinem Leben alles durchmachen müssen?«, fragte ein anderer.

»Das wollen Sie lieber nicht wissen«, redete eine Frau.

»Winter?«, stammelte Vogel. »Winter, sind Sie das?«

Anscheinend verstand ihn niemand. Der Sanitäter, der sich über sein Gesicht beugte und die Pupillenreaktion kontrollierte, schüttelte nur den Kopf, als wollte er dem Arzt sogleich den Totenschein zum Ausfüllen reichen.

»Fünfunddreißig eins!«, rief jemand.

Offenbar hatte man seine Körpertemperatur gemessen. So schlecht sah es gar nicht aus. Er spürte Muskelzucken, konnte die Finger bewegen.

»Ist er tot?«

»Was für eine dämliche Frage«, erwiderte Vogel, doch wieder reagierte niemand auf seine Worte.

Dafür tauchte in seinem Blickfeld Winter auf. Von unten betrachtet sah sie mit ihrem kahlen Schädel und der besorgten Miene nicht gerade wie ein Weihnachtsengel aus. Eher wie jemand, der selbst medizinische Hilfe benötigte. Dafür musste Vogel beinahe weinen, als sie ihm behutsam über die Stirn strich.

»Ich habe Sie, eingewickelt in Ihre Rettungsdecke, gefunden und den Außendienstleiter verständigt, der sofort die Bergung eingeleitet hat«, hauchte sie in Vogels Ohr. Dann zupfte sie den Notarzt am Ärmel. »Er kommt zu sich.«

»Okay, alle raus«, bestimmte der Mediziner und hielt eine Spritze ins Licht der Deckenlampe.

»Ich hoffe, das Zeug schickt mich nicht zurück in meinen Albtraum«, sagte Vogel, diesmal kräftiger, wobei er heftig mit den Zähnen klapperte. »Ich hasse Kinderchöre.«

»Das ist nur zur Stärkung Ihrer Abwehrkräfte, zusammen mit der Glukoseinfusion.«

Halb benommen nahm Vogel die Schläuche an seinem Arm wahr. Er konnte jede Stärkung brauchen, denn er war noch längst nicht am Ende. Selbst nachdem ihn ein Unbekannter über die Kante gestoßen und Vogels Sturz wie durch ein Wunder von einem Nadelbaum abgefangen worden war und er von da an wie eine zu hoch gekletterte Katze in den Ästen gehangen hatte, war er nur kurzzeitig schockiert gewesen. Schnell hatte sein Verstand die Kontrolle übernommen. Zuerst hatte er um Hilfe gerufen. Vergeblich. Die gesamte Nacht hindurch hatte niemand ihn gehört. Schon bald hatte er gewusst, dass er unbedingt ein Auskühlen des Körpers vermeiden musste. Also hatte er die Rettungsdecke aus seiner unerschöpflichen Jackeninnentasche gezogen und sich vorsichtig darin eingewickelt. Andere hätten vermutlich die Äste des Baumes zum Wippen gebracht, um die Muskeln zu bewegen, aber das hätte sie im Nu ausgelaugt und am Ende wären sie doch erfroren. Vogel hatte stattdessen absolut regungslos dagelegen und sich von den Schneeflocken bedecken lassen. Immer den Schlund vor Augen. Einige Äste hatten bedrohlich geknackt, aber er hatte es stundenlang durchgehalten. Beinahe die ganze Nacht, bis er vor Erschöpfung in Schlaf gefallen war. Zu dem Zeitpunkt war der Morgen schon im Anbruch gewesen.

»Winter!«, krächzte er. »Winter, sind Sie noch anwesend?«

»Ich bin bei Ihnen«, antwortete sie und fügte leise an: »Herr Großinquisitor.«

»Bevor Sie gehen, lassen Sie mir bloß Ihr Handy da.«

Ortsvorsteher Theodor Uhlig telefonierte von seinem Geländewagen aus. »Mir schleichen hier eindeutig zu viele Polizisten im Ort herum. Ich dachte, Sie wollten sich darum kümmern?«

Er stand in sicherer Entfernung zu der Stelle, wo der junge Außendienstleiter der Polizeidirektion die Bergungsmaßnahmen beendete. Gleich würde er zu der Gruppe stoßen und sein Bedauern über das schreckliche Unglück zum Ausdruck bringen.

»Ach, Sie sagen, Sie haben alles im Griff?«, redete Uhlig in sein Handy. »Dieser Kriminalist Preuß versicherte mir damals, der Fall sei abgeschlossen. Warum sucht die Polizei dann jetzt wieder nach Violetta Hartwig? Das gefällt mir nicht …«

Bürgerpolizist Lars Deutschmann betrachtete seine frisch geputzten Schuhe und hörte zu, was sein Gesprächspartner am anderen Ende der Leitung sagte.

»Haben Sie das verstanden?«, drang es aus dem Hörer.

»Jedes einzelne Wort«, bekundete Deutschmann. »Erik Donner ist kein Problem.«

Das Telefonat wurde beendet. Danach saß Deutschmann noch einige Zeit still da und stierte auf seine Pistole, die neben ihm auf dem Tisch lag. So viele Jahre war in diesem Ort alles ruhig gewesen …

Sein Handy klingelte. Er nahm das Gespräch an und war überrascht über den Anrufer. Besonders überrascht war er jedoch, als er erfuhr, worum es ging.

Sandro Karlsfeld betrat die Gaststube *Hutzenstube* und suchte seinen Stammplatz auf, wo er ungestört frühstücken konnte. Die wenigen Anwesenden begrüßten ihn.

»Hast du schon gehört, Steiger, an der Klippe nahe der Paul-Schneider-Straße ist einer der Stadtbullen abgestürzt«, sprach ihn jemand an.

Neugierig blieb Karlsfeld stehen. »Und?«

»Der Teufelskerl hat überlebt.«

»Ja, hat die ganze Nacht draußen in der Kälte gelegen, der Arme«, stimmte ein anderer Gast ein. »Einen solchen Sturz übersteht sonst niemand heil. Da geht es mindestens zwanzig Meter abwärts.«

»Mich wundert das überhaupt nicht«, redete der erste Sprecher wieder. »Angeblich heißt der Mann Vogel.«

Verhaltenes Gelächter.

Karlsfeld nahm es schweigend zur Kenntnis und ging an seinen Platz, wo er sich eine Suppe bestellte und diese nachdenklich löffelte.

»Ich soll *wohin* kommen?«, staunte Benno Pappendick zuerst über den Anruf, dann über die Forderung. Sein Blick ging zur Uhr. »Ausgeschlossen, das geht nicht. Warum, fragen Sie?« Hilfesuchend schaute er zu Katja, ob sie eine Ausrede für ihn parat hielt. Doch sie schien sich nicht im Geringsten für seine derzeitigen Nöte zu interessieren. Sie blieb stumm, schaute sogar regelrecht schadenfroh, als wollte sie ihm mitteilen: *Ich wusste, dass sie dich irgendwann drankriegen.*

»Nun, heute ist mein freier Tag und ich …« Er stockte, weil sein Gesprächspartner aus heiterem Himmel einen Namen erwähnte, an den Pappendick sich nur allzu gut erinnerte. »Sandra Zellner? Der Name sagt mir nichts. Wieso sollte es also wichtig sein? Journalistin?«, wiederholte er Zellners Beruf. Die Frau hatte ihm vor Jahren einige unbequeme Fragen gestellt. »Sie hat damals etwas über mich in Erfahrung gebracht und ein unveröffentlichtes Dossier verfasst, sagen Sie? Aha, ja, jetzt erinnere ich mich dunkel an die Frau. Aber warum kommen Sie mir mit dieser Erkenntnis zehn Jahre später?« Er raufte sich die Haare. Am liebsten hätte er das Telefonat auf der Stelle beendet. »Erst jetzt aufgetaucht, meinen Sie? Verstehe … Hm, gut, geben Sie mir eine Stunde Zeit …«

KAPITEL 47

Damals (zehn Jahre zuvor)

Zum zweiten Mal an diesem Tag suchte die Journalistin das Haus mit dem vermoosten Schieferdach auf. Am Morgen hatte sie es bereits probiert, jedoch niemand angetroffen. Daraufhin hatte sie in der Gastwirtschaft *Hutzenstube* ausgiebig gefrühstückt und sich bei der Gelegenheit bei den Einheimischen umgehört. Gegen Mittag waren etliche hungrige Gäste eingetroffen. Dabei war es unverhofft zu einem längeren Gespräch mit dem Bürgermeister gekommen. Fromm kannte sie und ihren Ruf als eifrige Reporterin. Anders, als sie erwartet hatte, war der Mann gegenüber Journalisten aufgeschlossen und gab bereitwillig Presseauskünfte. Im Gespräch beklagte er allerdings die negative Berichterstattung über seine Gemeinde. Das hätten Pöhla und seine Einwohner nicht verdient. Sie hatte entgegnet, dass die Öffentlichkeit nicht den Ort, sondern allein das spurlose Verschwinden eines unschuldigen Mädchens verachtete. Er hatte den Kopf geschüttelt und die Zeitungsberichte als persönlichen Angriff gewertet. Trotz der Meinungsverschiedenheit war er höflich geblieben. Eine Eigenschaft, die sie im Job bei ihren Interviewpartnern immer öfter vermisste.

Bei ihrer Verabschiedung hatte Fromm gefragt, ob sie zurück in die Heimat fahren oder im Ort weiter an ihrer Story arbeiten würde. Um sich nicht in die Karten blicken zu lassen, und zum Schutz ihrer Informationsquellen, hatte sie ihn belogen und die Adresse verschwiegen, vor der sie nun stand.

Inzwischen war es kurz vor halb zwei. Die Wintersonne schaffte es kaum, die Temperaturen aus dem Keller zu holen. Dafür verdrängte sie die Wolken, wodurch der Himmel hell und freundlich wirkte.

Wiederholt drückte sie den Klingelknopf lange. Ihr Atem trat sichtbar aus. Ein Hund bellte und sprang gegen die Zwingerstäbe. Es schallte so laut, als stünde er direkt hinter ihr. Doch Zellner hatte keine Angst vor großen Tieren. Bei ihrer Arbeit brauchte sie Nerven wie Drahtseile und ein gewisses Maß an Skrupellosigkeit. Andernfalls kauften ihr die Redaktionen keine einzige Story ab. Niemand öffnet verschlossene Türen mit einem weichen Eisen. Und darum ging es in ihrem Job: Türen zu öffnen, wo immer es ging.

Zuerst schien es auch diesmal, als wäre niemand anwesend, doch plötzlich ging die Haustür einen Spalt auf. Na bitte! Sie verglich das Gesicht des Mannes mit dem Foto, das in ihrer Mappe klemmte. Auf dem Bild sah er deutlich ausgeschlafener aus, aber hier war sie dennoch richtig. Ihre Zufriedenheit verbarg sie hinter einer ihrer unzähligen einstudierten Mimiken. Statt mit Dreistigkeit probierte sie es mit Charme.

»Hi, ich heiße Sandra Zellner!« Sie schenkte ihm einen reizenden Augenaufschlag und hielt ihm ihren Presseausweis hin. Sogleich streckte sie ihm die Hand entgegen, die er zögerlich ergriff. »Sicher haben Sie schon von mir gehört.«

Er schüttelte wie benommen den Kopf. »Tut mir leid, ich habe das Klingeln nicht gleich vernommen. Stehen Sie schon lange hier?«

»Kaum der Rede wert.« Sie winkte ab und kicherte gespielt. »Können wir uns kurz im Warmen unterhalten? Ich bin seit drei Stunden zu Fuß unterwegs, mein Auto steht am Ortsrand und ich habe mir eine Laufmasche gezogen.« Sie zeigte auf ihre Strumpfhose, die sie beim Klicken des Türschlosses hastig mit ihrem Schlüssel eingerissen hatte.

Er kniff die Augen zusammen und schaute an ihr vorbei. Offenbar suchte er ihren Wagen.

»Eigentlich will ich mich ausruhen«, vertröstete er sie schließlich. »Hinter mir liegen ein paar harte Arbeitstage.«

»Ach, stehen Sie wieder in einem festen Beschäftigungsverhältnis?«

»Probearbeiten.«

»Warum erzählen Sie mir nicht ein wenig von Ihrer neuen Arbeit?« Sie schob ihre Schuhspitze über die Türschwelle. »Drinnen …«

Ein letzter prüfender Blick in seine eigene Wohnung, dann ließ er sie in den engen Flur eintreten.

»Vorsicht, stolpern Sie nicht«, warnte er sie und schob eine Umzugskiste aus dem Weg vor eine massive Holztür, die vermutlich zum Keller führte. »Ich räume gerade etwas um.«

»Danke, Sie müssen sich aber für das Chaos keineswegs entschuldigen. Wenn Sie wüssten, wie es bei mir aussieht. Ich bin die mieseste Hausfrau der Welt.«

Er lächelte dünn. »Stört es Sie, wenn wir uns in der Küche unterhalten? Ich würde Ihnen als Entschädigung für die Unordnung auch einen Kaffee spendieren.«

»Da sage ich nicht Nein.«

Es war eine schmucklose, aber praktisch eingeräumte Küche, die für Zellners Geschmack etwas zu dunkel wirkte. Das lag am viel zu kleinen Fenster. Es roch nach Essig. Während er die Kaffeemaschine mit einem Filter und Wasser füllte, bot er ihr einen Stuhl mit dem Rücken zur Zimmertür an. Sie setzte sich und nahm sofort den Stapel Zeitungen ins Visier, der auf dem Tisch lag.

»Ich bin hier wegen Violetta Hartwig.«

Er hustete. »Ja, das habe ich mir gedacht.«

»Ich schätze, momentan gibt es hier kein anderes Thema.« Sie fächerte die Zeitungen auseinander. Die unterste war bereits zwei Wochen alt.

»Ich verfolge die Sache aufmerksam in der Tageszeitung.«

Darauf ging sie nicht ein. Unter dem Stapel lagen noch zwei Rechnungen, ein paar Zettel und eine Jagdzeitschrift.

»Kennen Sie einen Kriminaloberkommissar Andreas Preuß?«

Er legte den Kaffeelöffel geräuschvoll zur Seite, schaltete die Maschine ein und drehte sich ihr zu. »Ist das nicht der Polizist, der in dem Vermisstenfall die Ermittlungen leitet?«

»Ich dachte, das könnten Sie mir eher sagen.«

»Wie meinen Sie das?«

Diese Frage erstaunte sie, denn als sie zuletzt bei Preuß im Büro gesessen und in einem unbeobachteten Moment in dessen Handy die Telefonliste durchstöbert hatte, kam dort eine Festnetznummer auffallend häufig vor. »Nun, Sie haben ihn doch mehrfach angerufen oder erinnern Sie sich etwa nicht mehr daran?«

»Woher haben Sie diese Information?«

»Sagte ich nicht, dass ich Journalistin bin?«

»Preuß …«, murmelte er den Namen nach einer Weile und schob die Augenbrauen verärgert zusammen. »Wie viele andere im Ort wurde auch ich zu Violettas Verschwinden befragt. Keine große Sache, reine Routine. Ob ich was mitbekommen habe … Ob ich zu besagter Zeit etwas Ungewöhnliches festgestellt habe … Solche Dinge halt.«

Sie nickte, als verstünde sie ihn. »Dafür haben Sie Herrn Preuß aber wirklich oft angerufen.« Sie schaute zurück in den

Korridor auf der Suche nach einem Festnetztelefon. »Waren es acht oder neun Anrufe?«

Die Kaffeemaschine röchelte. Er zuckte mit den Schultern und nahm zwei Tassen aus dem Schrank.

»Was wollen Sie denn nun eigentlich von mir wissen?«

»Ich will herausfinden, was Violetta zugestoßen ist.« Wie beiläufig hob sie den Zeitungsstapel an.

»Das wollen wir alle. Leider kenne ich die Antwort darauf genauso wenig wie Sie.«

»Sie haben eine Tochter?«, fragte sie, als er gerade Kaffee einschenkte.

»Was?«

»Eine Tochter.« Sie zog den Kassenbeleg eines Bekleidungsgeschäfts unter den Zeitungen hervor und hielt ihn hoch. »Ich nehme an, das Kleidchen ist nicht für Sie.«

»Ach das!« Er zupfte ihr den Bon aus den Fingern und knitterte ihn in die Tasche seiner Jogginghose. »Nein, das Kleid war ein Geburtstagsgeschenk für die Tochter einer Bekannten. Ich habe extra eine Nummer größer gekauft, damit es im Sommer passt.«

»Ein Geschenk also … Genau wie die restlichen Sachen, die auf dem Zettel stehen, nehme ich an.«

Statt zu antworten, stellte er ihr die volle Tasse hin und nahm aus dem Kühlschrank eine angefangene Milchpackung.

»Warten Sie kurz, ich hole ein Foto von der Geburtstagsfeier. Darauf sehen Sie, wie ich es der Kleinen überreiche. Inzwischen können Sie meinen Kaffee kosten.«

Als er das Zimmer verließ, durchstöberte sie den Stapel mit den Zeitungen genauer. Ein eigenartiges Gefühl hatte sie während der Unterredung beschlichen. Um sich nichts anmerken zu lassen, beschloss sie, das Gespräch am Laufen zu halten.

»Bezüglich Ihrer neuen Tätigkeit …«

Sie kam nicht mehr dazu, den Satz zu beenden. Etwas Hartes traf sie am Hinterkopf und raubte ihr die Sinne.

Kapitel 48

Heute

»Haben Sie es meinem Kollegen ausgerichtet?«, fragte Donner, nachdem Gotthard an die Fundstelle zurückgekehrt war.

»Wie Sie es mir aufgetragen haben«, antwortete der Jäger und blendete Donner mit der Taschenlampe. »Ich musste ein Stück den Berg hinauf, bis ich Empfang hatte. Ihre Leute wollten sofort herkommen. Sind Sie sicher, dass Sie das durchziehen wollen?«

»Wie meinen Sie das?«

»Nun ja, bisher hatte ich nicht den Eindruck, dass Ihre Leute Ihnen besonders viel Vertrauen schenken.«

Vom Scharren in der Felsspalte war Donner ziemlich außer Atem. Er betrachtete seine schmerzenden Hände. Die Fingerkuppen waren aufgerieben und an den Knöcheln blutete die Haut. Für die gröbsten Brocken hatte sich die Spitzhacke als hilfreich erwiesen. Unterm Strich hatte sich die Plackerei gelohnt. Zu seinen Füßen lag ein abscheulicher Fund. Und dieser war längst noch nicht vollständig. »Ich laufe nicht mehr davon. Diesmal werden sie mir glauben, verlassen Sie sich darauf.«

»Was denn, haben Sie etwa noch mehr gefunden?«

Kaum merklich nickte Donner. »Kommen Sie runter und schauen Sie es sich selbst an.«

Bisher hatte er neun Knochen aus dem Spalt geholt, den Rest beließ er unangetastet. Das war Sache der Kriminaltechniker. Vielleicht fanden die Spurenexperten Hinweise, die Donner sonst womöglich mit weiteren Grabungen vernichtet hätte. Bestimmt lag hier unten der Schlüssel zu einem Verbrechen aus der Vergangenheit. Auf jeden Fall bewies der Fund, dass es in der Umgebung einen Mörder gab. Einen Mörder, dessen Tun bisher unentdeckt geblieben war.

»Gehen Sie zur Seite!«, rief Gotthard von oben.

Donner trat aus der Nische. Kurz darauf setzten die Geräusche des Kettenwerks ein. Gotthard fuhr den Aufzug in Position, um einsteigen zu können. Gerade als er die Gittertür aufschob, drang aus dem Höhlengang ein tanzender Lichtschein.

»Da kommt jemand!«, rief Donner ihm zu, da Gotthard mit dem Rücken zur Lichtquelle stand. Zugleich wunderte er sich sehr, wie schnell seine Kollegen hergekommen waren.

»Das ist doch völlig unmöglich, ich habe erst vor fünfzehn Minuten angerufen«, hörte er Gotthard noch sagen, dann tauchte plötzlich Deutschmann vor ihm auf.

Der Bürgerpolizist kam jedoch in Begleitung einer weiteren Person.

»Kevin!«, rief Gotthard den Namen seines Sohnes und wollte ihm entgegengehen.

»Stehen bleiben, Helmar!«, brüllte Deutschmann ihn an, zielte mit einer Pistole auf den Jäger und hielt den Jungen mit dem anderen Arm zurück.

»Aber wieso denn das?«, empörte sich der Junge. »Lassen Sie mich los!«

»Dein Vater macht gemeinsame Sache mit einem Mörder.«

»Lars, bist du komplett irre?«, konnte Donner sich nicht zurückhalten, was dazu führte, dass die Pistolenmündung auf ihn umschwenkte.

»Zu dir komme ich gleich.« Abwechselnd zielte der Polizist danach mit der Waffe auf Gotthard und Donner. »Es war richtig von Kevin, mich anzurufen.«

»Du Unglücksrabe hast ihm erzählt, dass der Kommissar bei mir ist?«, herrschte Gotthard seinen Sohn an und machte einen Schritt vor.

»Noch einen Schritt und ich drücke ab«, warnte Deutschmann ihn. Es hörte sich nicht danach an, als würde er bluffen. Eher schien er die Beherrschung zu verlieren. Im Zusammenspiel mit den Echos der Höhle klang seine Stimme gleich doppelt bedrohlich.

»Das habe ich nicht gewollt«, schwor Kevin Gotthard.

»Ganz ruhig, Kleiner«, beschwichtigte Deutschmann ihn. »Das hast du gut gemacht. Der da unten hat zwei Polizisten und eine Frau kaltblütig umgebracht. Wenn der Tag vorbei ist, bist du ein Held, Kevin. Alle Zeitungen werden berichten, dass du das einzig Vernünftige getan hast und den örtlichen Polizisten verständigt hast.«

»Was redest du da für einen Blödsinn?«, brauste Donner auf, gleichzeitig wollte er die Aggressionen des verblendeten Bürgerpolizisten auf sich lenken, um die beiden anderen aus der Schusslinie zu nehmen. »Komm hier runter und schau dir an, was ich gefunden habe.«

»Nein, wir spielen diesmal nach meinen Regeln«, widersprach Deutschmann. »Du kommst hier hoch und legst dir freiwillig die Handfesseln an. Wie klingt das?«

»In diesem Ort lebt ein Mörder, verdammt!«

»Der einzige Mörder, den ich kenne, steht fünf Meter unter mir. Bis du herkamst, hatten wir hier den Himmel auf Erden. Alle waren glücklich, weil es keine Angst gab. Doch seit du aufgetaucht bist, haben die Menschen Angst. Und meine Aufgabe ist, den Menschen die Angst zu nehmen und sie vor Gefahren zu beschützen. Man vertraut mir, weil ich für Ordnung sorge, verstehst du? Sie möchten in Frieden Weihnachten feiern und all das Böse vergessen. Und ich möchte das auch. Die Adventszeit ist uns im Erzgebirge heilig. Unsere Traditionen, unsere Bergbaugeschichten, unsere Lieder, das alles ist uns heilig, doch seit du da bist, geht wieder das Gerücht von einem dunklen Steiger um, der ein Kind in den Berg getragen hat.«

»Hier unten hast du deine Toten!«, erwiderte Donner und deutete auf die Knochen vor sich, die Deutschmann von seinem Standort aus nicht sehen konnte.

»Scheiße, Erik, es reicht!« Mit dem Pistolenlauf deutete er zum Aufzug. »Hochkommen! Wird's bald?«

Donner presste die Lippen aufeinander und überlegte, was er tun konnte, um Deutschmann zur Vernunft zu bringen. Schließlich nickte er.

Ich werde nicht mehr weglaufen.

Nach dem Fund würde für ihn alles gut ausgehen. Seine Kollegen würden bald eintreffen und dann würden die Ermittlungen eine neue Richtung bekommen. Und selbst der Bürgerpolizist konnte nichts dagegen tun.

»Los, Helmar«, sprach Deutschmann Gotthard an, nachdem er mit einem breiten Grinsen zur Kenntnis genommen hatte, wie Donner sich in Bewegung setzte. »Zeig, dass du einer von uns bist, und bring ihn rauf.«

Widerwillig trat der Angesprochene zum Aufzug. Es dauerte, bis Donner in den Käfig trat, und sein Begleiter ließ sich jede Menge Zeit beim Hochfahren.

»Tritt von ihm weg!«, befahl Deutschmann Gotthard, als Donner die obere Ebene erreichte. »So ist es gut, Erik, ich wusste, dass du weißt, wann du verloren hast.«

Dem wollte Donner nicht zustimmen.

Du machst einen riesigen Fehler, der dich den Job kosten könnte.

Er verkniff sich einen Kommentar und trat aus dem Aufzug. In dem Moment erschallten Stimmen im Höhlengang auf der gegenüberliegenden Seite. Deutschmann wirbelte herum und wirkte hektisch. Er warf Donner seine Handschellen zu. Die letzten Meter rutschten die Eisen über den Steinboden.

»Anlegen!«

Donner gehorchte nicht sofort, sondern betrachtete kopfschüttelnd die Fesseln zu seinen Füßen, wie er zuvor den Knochenfund betrachtet hatte. »Das können wir gleich mit unseren Kollegen klären.«

»Schnauze!«, brüllte Deutschmann und stapfte mit großen Schritten auf ihn zu. Die Pistole hielt er am ausgestreckten Arm nach vorn. »Jetzt ist endgültig Schluss!«

»Bist du wahnsinnig!«, rief jemand hinter ihm. »Waffe fallen lassen, sofort!«

Es war Stark, der mit einem ganzen Tross eintraf. Augenblicklich flankierten Außendienstleiter Forchner und dessen Gehilfe Lichtenberg den Kriminalhauptkommissar. Auch sie zogen ihre Pistolen.

»Waffe runter!«, bekräftigte Lichtenberg Starks Aufforderung.

»Nein, ich nehme einen Mörder fest«, widersprach Deutschmann und stellte sich seitlich hinter Donner, die Dienstwaffe noch immer auf das Ziel gerichtet.

Auch wenn es in ihm brodelte, hob Donner bereitwillig die Hände ein Stück an, um ihm zu verdeutlichen, dass er keinerlei Widerstand leisten wollte. »Verlier jetzt bloß nicht die Nerven, sonst endet das hier in einem kompletten Chaos.«

»Du hast mir gar nichts zu sagen, Kommissar Monster! Du bist festgenommen.«

»Das ist doch Schwachsinn«, redete Stark, als würde er mit einem Kind sprechen. »Lass den Mann gehen, dann können wir das Ganze vergessen.«

»Nein, ich habe die Verantwortung für alles, was in Pöhla geschieht. Der Ort fällt in meinen Zuständigkeitsbereich. Ihr korrupten Stadtbullen arbeiten doch alle zusammen. Ich werde Herrn Donner an neutraler Stelle abliefern. Dann wird sich herausstellen, dass er für den Tod von drei Menschen verantwortlich ist.«

»Letzte Warnung!«, mischte Lichtenberg sich ein. Er hielt seine Waffe derart entschlossen, dass es selbst Donner Angst bereitete.

Ich hätte doch davonlaufen sollen.

»Ben, ich hoffe, du weißt, was du tust.«

»Reden Sie mit Ihrem Freund«, rief Stark den Ortsvorsteher herzu, der die ganze Zeit im Hintergrund stand.

»Lars, bitte«, sprach Uhlig ihn an und trat vor. »Wir können die Sache doch vernünftig klären.«

»Was erzählst du da?«, reagierte Deutschmann gereizt. »Du hast mich doch vorhin angerufen und gesagt, ich soll die Sache regeln.«

Alle schauten Uhlig an, der gar nicht wusste, ob er lächeln oder beschämt den Kopf senken sollte. Stattdessen hob er beschwichtigend die Hände. »Ich bin sicher, hier liegt ein Missverständ…«

Weiter kam er nicht, denn plötzlich ergriff Helmar Gotthard die Initiative. Bis dahin hatte er still im Schatten gestanden, doch nun stürzte er sich auf Deutschmann und schlug ihm den ausgestreckten Arm nach oben. Ein Schuss löste sich mit ohrenbetäubendem Hall. Reflexartig duckte Donner sich. Als die Taubheit in seinem Gehör nachließ, vernahm er Gebrüll. Lichtenberg hielt Deutschmann bereits im Griff. Forchner war der Erste, der sich um Kevin Gotthard kümmerte. Bis dessen Vater hinzukam und den Polizeikommissar zur Seite stieß.

»O Gott, einen Arzt!«, rief Gotthard.

Genau wie Donner sahen alle – einschließlich des geschockten Deutschmann – auf den Jungen, der bewusstlos dalag. Sein Blut färbte den Steinboden. Der Querschläger hatte ihn am Kopf getroffen.

Kapitel 49

Seit über einer Stunde harrten Vogel und Winter in dem Haus aus. Mittlerweile hatte er sich sogar an den Geruch von Mottenkugeln und Farbe gewöhnt. Dagegen konnte er noch immer nicht fassen, was sie innerhalb dieser Mauern entdeckt hatten. Gewöhnlich konnte Vogel so leicht nichts schockieren. Er hatte sogar einmal am eigenen Leib miterlebt, wie ein Mann seine fünf Hauskatzen als Geschosse für eine selbst gebaute Kanone benutzt hatte, nur um sein Grundstück vor dem Betreten der Polizei zu schützen. Noch heute erinnerte Vogel sich, wie eines der Tiere mitten im Gesicht eines Kollegen gelandet war – Krallen und Fangzähne voraus. Die Katze hatte schwer verletzt überlebt. Genau wie der Kollege. Er hatte ein Auge eingebüßt.

Während Winter hinter ihm im Arbeitszimmer auf und ab lief, als wäre sie selbst eine Katze auf Beutefang, ruhte Vogel seinen geschwächten Organismus in einem Sessel aus. Inzwischen hatte sich seine Körpertemperatur wieder stabilisiert. Nur ab und zu musste er noch husten. Doch allmählich ließ das Druckgefühl in der Brust nach. Bald würde er wieder vollends der Alte sein. Seine Assistentin hatte ihm in der Küche des Hauseigentümers einen Pfefferminztee gekocht und mit drei

Löffeln Honig versetzt. Genüsslich trank er ihn. Der Tee vertrieb den letzten Rest Kälte aus seinen Gliedern.

»Finden Sie nicht, dass wir genügend Beweise haben, um unsere Kollegen zu verständigen?«, fragte sie.

»Nein, das finde ich nicht«, antwortete er. »Wir gehen erst, wenn ich alles weiß. Haben Sie ein Schlagwerkzeug gefunden?«

»Natürlich.« Von einer Ablage nahm sie einen Hammer, wie er gern von Steinmetzen verwendet wurde. Beinahe drohend präsentierte sie ihm das Werkzeug. »Reicht der?«

Vogel betrachtete den schweren Hammer mit Genugtuung. »Wenn ich Ihnen das Zeichen gebe, benutzen Sie ihn.«

Ihr schweres Luftholen verriet ihm ihre Bedenken. Gehorsam antwortete sie jedoch: »Ich warte auf Ihren Befehl.«

Kaum hatte sie es versprochen, da hörten sie, wie das Schloss der Haustür klackte. Das Türblatt wurde aufgestoßen, geschlossen. Stille. Dann Schritte. Wieder Stille.

»Wir sind hier!«, rief Vogel nach draußen, weil der Hauseigentümer offenbar nicht wusste, wo er zuerst nach den Eindringlingen suchen sollte.

Sofort näherte sich der Gerufene. Die angelehnte Tür zum Arbeitszimmer flog auf. Der Hauseigentümer Benno Pappendick brauchte zwei Sekunden, um die Situation zu erfassen.

»Das ist Einbruch!«, zürnte er.

»Ja, in der Tat«, reagierte Vogel gelassen und führte die dampfende Tasse zu seinen Lippen. »Und ich habe mir erlaubt, mir einen Ihrer Teebeutel zu nehmen. Ist das dann eigentlich schon Mundraub? Was meinen Sie, Kollegin Winter?«

Wie vereinbart blieb Winter stumm. Dafür nahm sie es sicherlich freudig zur Kenntnis, dass er sie mit Kollegin anredete.

Pappendick schaute sich um, als suchte er nach einem geeigneten Gegenstand, um die Eindringlinge zu vertreiben. Vielleicht schaute er sich aber auch nur nach dem Festnetztelefon um, das Vogel von der Telefonsteckdose entkoppelt und versteckt hatte. Schließlich blieb der Hausherr an der Türschwelle stehen. »Wenn Sie auf der Stelle gehen, verzichte ich auf eine Anzeige.«

Darüber konnte Vogel nur müde lächeln. »Den Spaß kann ich mir jetzt schon bildhaft vorstellen. Ich bin sicher, bei der Kriminalpolizei interessiert man sich brennend für all die abartigen Dinge, die wir in Ihrem Haus gefunden haben.«

Pappendicks Hals zuckte und er verengte die Mundwinkel. Nun wirkte er wie ein Teufel, der niemanden lebend aus dem Raum lassen wollte. »Ich werde Sie …!«

Mitten in seine Tirade hinein zog Vogel ein Tuch von einem Gegenstand, der bis dahin verhüllt neben seinem Arm auf dem Tisch gestanden hatte. Schlagartig weiteten sich Pappendicks Augen. In seinem Blick spiegelten sich Angst und Scham. Wie versteinert stierte er auf den kindlichen Schädelknochen, an dessen Hinterkopf ein winziges Loch klaffte. Die Stelle sah aus, als hätte jemand sie mit einem spitzen Gegenstand durchbohrt.

»Fangen wir damit an«, sagte Vogel beherrscht. »Wer ist das?«

»Tun Sie bitte Katja nichts!«, reagierte Pappendick fast panisch. Er machte sogar einen Schritt nach vorn und streckte eine Hand aus, als wollte er nach dem Knochen greifen. Doch erstens stand er dafür zu weit entfernt und zweitens trat Winter an Vogel vorbei und hielt den Hammer hoch.

»Katja?«, fragte Vogel, um sicherzugehen, dass er sich nicht verhört hatte. Er zeigte auf den Schädel. »Nannten Sie den hier eben Katja?«

»Bleib ganz ruhig, Katja, Karlchen wird dafür sorgen, dass dir nichts passiert.«

Verwundert blickte Vogel über seine Schulter und fing sich Winters fragende Miene ein. »Was ist das für ein Spielchen?«, hakte er nach. »Wer ist Karlchen?«

»Ich bin Karlchen«, antwortete Pappendick und zeigte auf sich. »Ich bin Karlchen.«

»Das habe ich mir gedacht, doch Sie heißen nicht Karl.«

»Nicht Karl! Karlchen.«

Langsam fand Vogel die Unterhaltung albern. »Okay, Kollegin Winter, zertrümmern Sie den Knochen.«

Gehorsam hob sie den Hammer zum Schlag.

»Nein!«, kreischte Pappendick und Vogels Arm schnellte Einhalt gebietend nach oben.

»Ich höre«, sagte er.

»›Karlchen, Karlchen‹ ist ein uralter Abzählreim. Das habe ich mit Katja immer gespielt.«

Verwirrt schüttelte Vogel den Kopf. »Ein Abzählreim?«

»*Karlchen, Karlchen lief ums Eck, nahm dem Bub die Schuhe weg. Die Schuhe warn zu groß, da macht das Karlchen barfuß los.*« Mit passenden Handbewegungen unterstrich er einzelne Worte. »Kennen Sie den denn nicht?«

Vogel wurde ungeduldig und ein wenig verärgert. »Ich kenne andere Abzählreime – für Erwachsene. Also was ist das für ein Blödsinn, den Sie mir da erzählen?« Er packte den Schädel und stieß damit nach vorn, was Pappendick zu einem Schreckenslaut nötigte. »Ich frage Sie zum letzten Mal: Wer ist das?«

»Sie müssen mir glauben, das ist Katja.« Pappendick zog ein Gesicht, als wollte er gleich losheulen, bevor er mit dem Schädel zu sprechen anfing. »Ja, ich weiß, Katja, er tut dir weh, aber mach dir keine Sorgen, ich regle das. Karlchen ist bei dir.«

»Er redet mit dem Schädel wie mit einem Menschen«, flüsterte Winter Vogel von hinten zu.

»Das merke ich selbst«, zürnte Vogel, doch er nahm Pappendick die Show nicht ab. Vor lauter Aufregung nahm in Vogels Brust das Brennen wieder zu. Er hustete so sehr, dass ihm tiefgelbes Sekret aus dem Rachen spritzte. »Ich sag Ihnen jetzt was, Herr Pappendick, oder meinetwegen auch Karlchen, ich werde diesen Schädelknochen mitnehmen und …«

»Nein!«, schrie Pappendick und warf die Hände über dem Kopf zusammen. »Nehmen Sie mir nicht meine Katja weg. Ich habe doch nur sie. Ich …«

»Unterbrechen Sie mich nie wieder, oder meine Kollegin wird Ihnen beide Kniescheiben zertrümmern!«, fauchte Vogel ihn an. »Und glauben Sie mir, jeder Richter, der hört, dass Sie den Schädel eines Kindes bei sich zu Hause aufbewahren, wird mir glauben, dass es Notwehr war. Erst recht, wenn sich herausstellt, dass dieser Schädel von Violetta Hartwig stammt.«

»Bitte, nein, das ist Katja«, schluchzte Pappendick.

»Sagen Sie ihm endlich, woher Sie den verdammten Knochen haben«, ging Winter ihn jetzt an, obwohl ihr Vogel strikte Anweisung zum Stillschweigen gegeben hatte.

Vogel ließ ihren Zwischenruf durchgehen, denn Pappendick nickte.

»Er stammt aus dem Museum, in dem ich arbeite.«

»Lügen Sie mich an?«

»Nein, Sie müssen mir glauben …«

Vogel ballte die Fäuste, denn jeder Satz, der so begann, schien ihm wert, ihn anzuzweifeln. Anscheinend bemerkte Pappendick, wie ungehalten Vogel auf die Einleitung reagierte, weshalb er kurzzeitig innehielt. Vogels Zähnefletschen deutete er vermutlich auch falsch, denn damit verkniff sich Vogel nur die stärker werdenden Schmerzen. Immer, wenn Leute es mit der Unwahrheit versuchten, rebellierte nämlich sein Körper.

»Vorsicht!«, mahnte Vogel. »Sie haben sicherlich gemerkt, dass man in meiner Abteilung anders arbeitet, als es die Kriminalpolizei gewöhnlich tut. Also überlegen Sie gut, bevor Sie sprechen.«

»Wie gesagt, der Schädel befand sich in einer Holzkiste in einem Abstellraum zwischen Dachziegeln, die als Reserve für

Ausbesserungsarbeiten dienten, und Kartons mit archivierten Dokumenten«, begann er zu erzählen. »Ich entdeckte die Kiste, als ich aus dem Raum ein altes Bild für die Museumsleiterin holen sollte. Ich bin regelrecht über die Kiste gestolpert, verstehen Sie? Sie war so groß ...« Er deutete mit den Händen eine quadratische Form von vielleicht fünfzig Zentimetern an. »Ich sehe sogar noch die rote Stempelung auf den Brettern vor mir: ST-1877-B-X5. Bis heute weiß ich nicht, was die Aufschrift bedeutete. Aber vermutlich stammte die Kiste aus Sachsen-Anhalt. Die Buchstaben ST stehen für das Nachbarbundesland. Dort gab es früher zig Tagebaue zur Kohleförderung.« Er zuckte mit den Schultern. »Unter normalen Umständen hätte ich sie vielleicht ignoriert, aber es befand sich eine unbeschädigte Banderole auf dem Deckel, was darauf hindeutete, dass niemand die Kiste je geöffnet hatte. Und das hat meine Neugier geweckt. Dennoch habe ich volle zwei Jahre gewartet, um zu sehen, was damit passiert. Aber niemand hat sich für den Inhalt interessiert. Also habe ich irgendwann heimlich nachgesehen. Sie können sich vorstellen, wie erschrocken ich im ersten Moment war, als ich den kleinen Knochen zwischen der Holzwolle entdeckte.«

Ja, das konnte Vogel sich vorstellen. Auf ihn wirkte die Erzählung seltsam, aber nicht unlogisch. »Lassen Sie mich raten, Sie waren erschrocken, weil der Schädel zu Ihnen gesprochen hat.«

Pappendick nickte und erzählte weiter.

Kapitel 50

Inzwischen war der erste Schock bei allen überwunden. Donner assistierte Forchner mit der Taschenlampe. Er staunte, wie routiniert sich der Kollege um den lebensbedrohlich verletzten Kevin Gotthard kümmerte. An seiner Stelle wäre Donner in Hektik verfallen. Allein das Blut, das zwischen Forchners behandschuhten Fingern durchsickerte, verunsicherte ihn.

Deshalb sind mir die Toten lieber. Da kann man nichts mehr falsch machen.

Für den provisorischen Verband hatte Donner zumindest selbstlos das Innenfutter seiner Jacke geopfert. Eigentlich gehörte das Kleidungsstück Helmar Gotthard, aber dem war die Jacke vollkommen egal. Im Augenblick zählte nur das Leben seines Sohnes.

»Musst du den nicht straffer anlegen?«, wollte Donner wissen. »Damit es so eine Art Druckverband ergibt?«

Forchner verneinte. »Da ich nicht weiß, wie schwer der Schädel verletzt ist, lege ich den Verband lieber etwas lockerer an. Andernfalls drückt die Blutung vielleicht auf sein Gehirn.«

»Du hättest besser Notarzt statt Außendienstleiter werden sollen«, konnte Donner sich einen Kommentar nicht verkneifen.

»Früher war ich bei den Jungen Sanitätern. Habe sogar über ein Medizinstudium nachgedacht. Den notwendigen Numerus clausus hätte ich locker erfüllt. Aber meine Eltern …«

283

»Könnten Sie beide bitte aufhören?«, fuhr Gotthard dazwischen, während er tatenlos zusah, wie sein Sohn reglos dalag und von fremden Händen erstversorgt wurde. »Wissen Sie überhaupt, was Sie da tun?«

Weder weinte der Jägersmann noch klagte er, aber Donner spürte seine Verbitterung und die Schuldgefühle. Er war jedoch nicht der Einzige, der sich Vorwürfe machte.

»Das habe ich nicht gewollt«, wiederholte Deutschmann nun schon zum vierten oder fünften Mal, seit sich der Schuss gelöst hatte.

Von Lichtenberg bewacht, hockte der Bürgerpolizist wie ein getretener Hund an einer Wand. Der Obermeister hatte ihm vorsorglich die Handfesseln angelegt. Zusätzlich hatte er die Dienstwaffe sichergestellt, deren Abzug Deutschmann Minuten zuvor betätigt hatte. Nach Rekonstruktion des Geschehens war das Projektil von der Grubendecke abgeprallt und hatte den jungen Gotthard erwischt. Geistesgegenwärtig hatte Forchner die Vitalfunktionen des Getroffenen überprüft und mit den Erste-Hilfe-Maßnahmen begonnen.

»Puls und Atmung sind in Ordnung«, bekundete er. »Aber wenn nicht bald Hilfe kommt, sieht es schlecht für ihn aus.«

In dem Moment schauten alle zum Höhlengang. Schnaufend wie ein Dampfkessel kehrte Stark zurück. Da innerhalb des Bergmassivs niemand Handyempfang hatte, waren der K11-Leiter, Hentschel und der Ortsvorsteher zum Ausgang geeilt, um einen Notruf abzusetzen.

»Die in der Rettungsleitstelle schicken umgehend die Bergrettung«, keuchte Stark.

»Und wo sind Levi und Uhlig geblieben?«, fragte Donner.

Vor Erschöpfung stützte Stark sich gegen die Wand und deutete mit dem Daumen zum Ausgang. »Die warten draußen und lotsen die Rettungskräfte.« Er zog ein Taschentuch hervor und wischte sich den Schweiß von der Stirn. Dem Keuchen des Dicken nach schien jeder Atemzug sein letzter zu sein. »Ich hoffe, Erik … du hast uns nicht wegen einer dämlichen Finte hergerufen. Gotthard sagte am Telefon, du hättest ein menschliches Schlüsselbein gefunden.«

Auch wenn Donner sich das Treffen mit den Kollegen völlig anders vorgestellt hatte und nun das Unglück des Jungen bedauerte, hatte er nicht gelogen. »Ich habe nicht nur einen Knochen gefunden, sondern Dutzende.«

»Was?«

Donner nickte bloß. Unbewusst hatten die beiden Kriminalisten angefangen zu flüstern.

»Reden wir hier über ein komplettes Skelett?«, wollte Stark wissen.

Am liebsten hätte Donner aufgelacht. Stattdessen sagte er: »Am bestens machst du dir selbst ein Bild vom Ausmaß.«

»Du machst mir echt Angst.«

Manchmal mache ich mir selbst Angst.

»Wundert dich das?«

Schweigend schauten sie zu den anderen. Deutschmann hatte den Kopf auf den Knien abgelegt und murmelte wie ein Tattergreis vor sich hin. Im ersten Moment schien es, als würde er beten, aber es war kein Gebet, denn es kamen die Worte Mörder und Donner vor. Dagegen kauerte Gotthard regelrecht gefasst über dem reglosen Körper seines Sohnes. Forchner, der neben ihm hockte, berührte die kräftige Schulter des Jägers und flüsterte ihm aufmunternde Worte zu. Ob er ihm dadurch die Selbstvorwürfe nehmen konnte, vermochte Donner nicht abzuschätzen. Für eine kurze Weile genoss er die andächtige Ruhe der Höhle. Dabei stellte er sich vor, er wäre vollständig rehabilitiert und ein anderer der Morde überführt. Erst das Klappern der Aufzugtür holte ihn in die grausame Realität zurück. Es war noch lange nicht ausgestanden.

»Kommst du?«, fragte Stark.

»Nach dir«, ließ Donner ihm den Vortritt.

Nacheinander fuhren sie zur unteren Ebene, wo der Tod seine knochigen Arme weit ausgebreitet hatte und sie empfing. Wahrscheinlich hatte Stark in seiner Karriere noch weitaus mehr Leichen gesehen als Donner, aber als sie auf die Knie gingen, ihre Köpfe knapp über dem Boden hielten und in den Spalt leuchteten, zuckte der Dicke derart heftig zusammen, als hätte der blanke Horror seine Finger nach seiner Seele ausgestreckt.

»Grundgütiger, warum hat das bisher niemand entdeckt?«, stieß er aus, bedacht darauf, es nicht zu laut auszusprechen. »Das sieht ja beinahe aus wie in einem Massengrab.«

»Kein Massengrab«, widersprach Donner und leuchtete jeden Winkel aus, damit sein Kollege das Ausmaß besser überblicken konnte. »Wenn ich die Anzahl der Schädel richtig zähle, sind es exakt vier.«

»Meine Güte, vier Leichen! Was meinst du? Ob die hier unten gestorben sind?«

»Kaum vorstellbar, dafür fehlen mir die Fesseln. Und freiwillig sind die da garantiert nicht in die Spalte hineingekrochen. Außerdem bin ich mir nicht mal sicher, ob die Körper bei den vorherrschenden Klimabedingungen schon vollständig verwest wären. Selbst in den Sommermonaten ist es hier drin schweinekalt. Da verirrt sich keine Fliege her.«

»Du musst es ja wissen, als Gottvater aller Fliegen.«

Überrascht von der Schlagfertigkeit des Dicken, schaute Donner ihn skeptisch an. »Ich versaue dir ja ungern die Laune, aber schau dir mal die Gebeine ganz hinten genauer an.«

Stark rückte näher zur Felsöffnung und beide richteten ihre Taschenlampen auf dieselbe Stelle im Inneren.

»Verdammt, ist das etwa …?« Er beendete den Satz nicht, sondern schaute Donner mit weit aufgerissenen Augen an.

»Das ist das Skelett eines Kindes.«

Kapitel 51

»Wie sind Sie ausgerechnet auf den Namen Katja gekommen?«, fragte Vogel.

Nervös wackelte Pappendick mit dem Kopf. »Als Kind hieß eine Freundin Katja. Wir haben immer zusammen gespielt. Schon damals haben wir uns mit dem Abzählreim geneckt, nicht wahr, Katja?«

Er fixierte den Schädel und ein Lächeln stahl sich in sein Gesicht.

»So ist es«, sprach er nun in einer anderen, deutlich höheren Stimmlage. »Karlchen, Karlchen lief ums Eck …«

Dieses Benehmen fand Vogel ziemlich krank. Anscheinend bemerkte Pappendick Vogels Abneigung gegen das Zwiegespräch mit dem Knochen, weshalb er den Reim abbrach.

»Entschuldigung, ich erzählte von der Kiste …« Er kratzte sich im Nacken und machte einen Schritt auf einen Stuhl zu. »Darf ich?«

Vogel kniff die Augen zusammen und wog ab, wie viel Freiraum er ihm gewähren sollte. »Ich bevorzuge es, wenn Sie stehen.«

»Aber das ist mein Haus, hier habe ich das Sagen.«

»Nicht mehr«, entgegnete Vogel und hustete wieder, bis Winter ihm leicht auf den Rücken klopfte. »Jedenfalls so lange nicht, wie wir hier das Sagen haben. Und wir sind zu zweit und haben einen Hammer mitgebracht.«

Mit einem Unmutslaut trat Pappendick zurück zur Tür. »Sie halten mich sicher für geistesgestört, aber wenn man so viele Jahre Tag für Tag in einem Museum hockt und stumme Exponate bewacht, dann fängt man irgendwann an, mit den toten Gegenständen zu reden. Und dann fällt einem auf, dass jedes Ding eine Seele besitzt.« Er zeigte auf den Kinderschädel. »Genau wie Katja, sie hat mich gerufen und gebeten, sie aus der dunklen Kiste zu befreien. Zuerst wollte ich zur Museumsleiterin gehen und mich nach dem Kopf erkundigen, zu welchem Zweck er angeschafft wurde, dann hegte ich jedoch Zweifel, ob die Leiterin überhaupt eine Verwendung dafür hatte. Im Regionalmuseum stellen wir nämlich keine Knochen aus. Also habe ich mir gedacht, dass niemand ihn braucht und das Schicksal uns zusammengeführt hat. Vermutlich stammt er aus irgendeiner Ausgrabung. Wie gesagt, in Sachsen-Anhalt gab es viele Kohlegebiete. Und schauen Sie sich die Struktur des Knochens richtig an, er scheint mir sehr alt zu sein.«

»Keine Sorge, ich habe ihn mir aufmerksam angeschaut«, versicherte Vogel. Längst war er zu der Einschätzung gekommen, dass sein Besitzer ihn gereinigt und poliert hatte. Aber das war nicht das Auffällige, sondern eine Stelle am Hinterkopf des Knochens. »Das Loch hier! Das sieht mir eher wie eine Schussverletzung aus. Kleinkaliber, würde ich schätzen.«

»Dann wissen Sie mehr als ich. Katja sagte mir, sie wäre mit dem Hinterkopf auf einen winzigen spitzen Stein gefallen.«

Vogel grinste. »Ja, das scheint mir ein glaubhaftes Szenario. Fahren Sie fort.«

»Mehr gibt es dazu eigentlich nicht zu erzählen. Außer, dass ich den Kopf aus dem Museum habe mitgehen lassen. Einen Gegenstand, an den sich niemand mehr erinnert hat, wohlgemerkt.« Er lächelte bitter und blähte den Brustkorb auf, als er zu einem weiteren Redeschwall ansetzte. »Ich werde ihn nicht zurückgeben, falls es das ist, was Sie von mir verlangen. Sie wissen gar nicht, wie einsam ich hier lebe. Und auf Haustiere reagiere ich allergisch. Dank Katja ist mein Leben ein Stück reicher geworden. Ich weiß, wie verrückt das alles für Sie klingen mag, aber ich habe nur sie. Im Laufe der letzten fünfzehn Jahre habe ich irgendwann angefangen, mit den Gegenständen im Museum zu reden. Bis auf Katja hat kein einziges Ausstellungsstück geantwortet, nicht wahr?«

»So ist es, Karlchen«, verstellte er wieder die Stimme. »Wir beide gehören zusammen.«

»Also zeigen Sie ein Herz, Herr Vogel, und geben Sie sie mir zurück.«

Demonstrativ schob Vogel den Schädel ein Stück zurück, was Pappendick zu einem zornigen Mundwinkelspiel nötigte.

»Nicht so schnell, erst erzählen Sie mir, was mit Violetta passiert ist«, forderte Vogel und nickte müde zum Knochen. Inzwischen dauerte ihm die Befragung zu lange, denn er merkte, wie ihm langsam die Kraft zum Reden und Zuhören schwand. Offenbar hatte ihm die Nacht im Freien deutlich mehr zugesetzt, als er sich eingestehen wollte.

»Zu Violetta kann ich Ihnen nicht mehr sagen als bei unserer letzten Unterhaltung.«

»Kollegin Winter!«

Wieder holte Winter mit dem Hammer aus, woraufhin Pappendick nach vorn stürzte und flehend die Hände hochriss. Wieder hielt Vogel sie im letzten Moment vom Schlag ab.

»Was denn nun?«, murrte Winter, um dann leiser zu sprechen. »Ich dachte, wir wollten kompromisslos sein.«

»Schon gut, Sie haben gewonnen«, sagte Pappendick mit zittriger Stimme. »Ich sage Ihnen alles, nur verschonen Sie Katja.«

»Darauf warte ich schon seit Minuten und meine Geduld ist beinahe aufgebraucht.«

»Ich muss mich setzen, sonst brechen mir die Beine weg«, bettelte er.

»Sie bleiben gefälligst stehen und reden auf der Stelle!«, schrie Vogel ihn an, selbst kaum noch bei Stimme.

»Verdammt, ja, sie wurde entführt!«, platzte Pappendick mit der Wahrheit heraus. »Unmittelbar auf dem Waldweg vor meinem Haus. Durch einen Zufall habe ich alles aus meinem Haus beobachtet. Den Transporter, den Fahrer mit dem Basecap …«

Diesmal unterbrach Vogel ihn nicht, obwohl es fraglich erschien, ob man von hier aus tatsächlich Details auf dem Weg am Flussufer mit bloßem Auge erkennen konnte. Viel wahrscheinlicher war es, dass Pappendick das Mädchen mit einem Fernglas auf dem Schulweg gestalkt hatte. Dazu würden die Fotos im Nebenraum passen. Er behielt seine Gedanken für sich und ließ Pappendick weiterreden.

Also erzählte der Hauseigentümer alles, was er wusste. Sogar von den Spuren, die er am Tatort entdeckt und eigenhändig verwischt hatte, erzählte er bereitwillig. Und nachdem er beendet hatte, musste selbst Vogel ein wenig schlucken. Nicht, weil Pappendick mit grausamen Details aufgetrumpft hatte, sondern weil die Beschreibung des Tathergangs äußerst plausibel und damit glaubhaft klang.

Schließlich war es Winter, die das Wort ergriff, nachdem Pappendick geendet hatte. »Sie haben einen Schuhabdruck und den Anhänger von Violettas Ranzen gefunden? Und darüber haben Sie kein Wort gegenüber der Polizei verloren?« Sie trat an Vogel vorbei und wirkte, als wollte sie mit dem Hammer auf Pappendick losgehen. »Wie krank sind Sie eigentlich?«

Vogel hielt sie zurück, denn der Angesprochene nickte leutselig.

»Verstehen Sie nicht? Ich wollte Violetta persönlich finden und ihren Entführer zur Rechenschaft ziehen.«

»Warum wollten Sie das für ein fremdes Kind tun?«, fragte Vogel. »Weil Sie das Mädchen begehrt haben? Weil Sie sich an dem Kind vergehen wollten?«

»Nein, nein!«, protestierte Pappendick weinerlich. »So einer bin ich nicht.«

»Oh, die Anzahl der Fotos, die wir gefunden haben, spricht eine andere Sprache. Auf mich machen Sie sehr wohl den Eindruck, als hätten Sie pädophile Neigungen.«

»Ich wollte sie nur beschützen, warum glauben Sie mir denn nicht? Katja, sag es ihnen!«

»Violetta war meine Freundin«, verstellte er wieder die Stimme. »Wir haben uns angefreundet.«

Weil das Rollenspiel Vogel endgültig reichte, warf er das Tuch wieder über den Schädel. »Was lief da zwischen Ihnen und Violetta?«

Kapitel 52

»Ich habe das Mädchen im Museum kennengelernt«, antwortete Pappendick auf Vogels Frage. »Unsere Begegnung war schlichtweg Schicksal. Genau wie mich das Schicksal zu der Kiste mit der eingesperrten Katja geführt hat.«

»Reden Sie keinen Blödsinn, Sie Pädosexueller!«, fuhr Winter ihn an.

Vogel griff nach ihrem Arm und versenkte seine spitzen Fingernägel in ihren Jackenstoff, damit sie es bis unter die Haut spürte, wie ernst ihm Pappendicks Aussage war. Mit einem Zischen riss sie sich los und knetete danach den Hammer in ihren Händen.

»Es war genau an dem Tag, als ich Katja aus dem Museum befreien wollte. Die Museumsleiterin war nicht da und eine Angestellte mit einer Schulklasse beschäftigt. Ich wollte also die Kiste in einem unbeobachteten Moment über das Treppenhaus nach draußen schaffen, als plötzlich Violetta vor mir stand. Exakt fünf Stufen unter mir, das weiß ich heute wie damals. Sie glauben gar nicht, wie ertappt ich mich gefühlt habe. Zuerst wollte ich schnell an dem Kind vorbeitreten, aber dann sagte es seinen Namen und fragte mich, was ich in der Kiste hätte. Und auf einmal habe ich in Violettas Blick eine unerklärbare Traurigkeit und gleichzeitige Aufgewecktheit entdeckt, die mich bis ins Mark getroffen hat. Über ihrer linken Augenbraue war ein roter Striemen. Zuerst hatte ich mir bei der Verletzung nichts gedacht, aber später überlegte ich mir, dass vielleicht jemand sie gegen eine Tischkante oder einen Schrank gestoßen hatte. Denn genau das war es, was ich danach erfahren hatte. Ihre Eltern sollen sie misshandelt haben. Immerzu musste ich an diesen unschuldigen Blick eines Kindes denken, das sich an irgendjemanden wenden wollte, weil die Eltern es schlecht behandelten. Sie hat mich auf der Treppe angesprochen, weil sie in mir einen Vertrauten erkannt hat.«

Vogel konnte nicht glauben, was er da hörte. Pappendick hatte sich eine Wahrheit zurechtgebogen, die jeder Vernunft widersprach. Auch wenn ihm eine passende Erwiderung auf der Zunge lag, zwang Vogel sich zum Zuhören. Denn er wollte unbedingt wissen, wohin die Schilderung führte.

»Verstehen Sie, warum ich vorhin sagte, ich musste sie beschützen?«, redete Pappendick weiter. »Es war meine Pflicht. Wenn ich sie geliebt habe, dann wie ein Vater sein Kind.«

»Was bilden Sie sich eigentlich ein?«, hielt sich Winter auch diesmal nicht zurück. »Sie waren niemals ihr Vater, sondern ein völlig Fremder, verstehen Sie das eigentlich?«

»Sie lassen mich nicht ausreden, verdammt! Ich habe der Kleinen natürlich gezeigt, was sich in der Kiste befand. Zuerst dachte ich, Violetta würde sich vor dem Knochen erschrecken, aber dann hat sie gestaunt und mich gefragt, wer das sei. Dann habe ich ihr Katjas Namen verraten, und wissen Sie, was Violetta gemacht hat? Sie hat ebenfalls mit Katja gesprochen und ihr über die Stirn gestreichelt. Wenn das keine Seelenverwandtschaft ist, dann weiß ich es nicht.«

»Und von da an haben Sie sie gestalkt«, warf Vogel ihm vor.

»Sie wollen mich nicht verstehen«, brauste Pappendick auf. Jetzt lief er vor der Zimmertür auf und ab. »Ich habe sie weder angefasst noch jemals danach mit ihr gesprochen. Ich habe über sie gewacht wie ein Engel.«

Vogel glaubte nicht an Engel. Schon gar nicht an solche, die ein Schattendasein in der verlassenen Gaststätte ihrer Mutter führten und sich mit Totenschädeln unterhielten. Was seine Beziehung zu Violetta anging, hatte Vogel genug gehört, um einen Einblick in das kranke Gehirn von Pappendick zu bekommen. Einen anderen Fakt verstand er dagegen weniger. »Sie sagten vorhin, Sie hätten an der Stelle, wo ein Unbekannter das Kind in den Transporter gezerrt hat, Violettas Schulranzenanhänger gefunden. Geben Sie ihn mir.«

Pappendick kratzte sich am Kopf, dann zog er ein buntes Kettchen aus seiner Hosentasche. Er hielt sich den Anhänger vors Gesicht und betrachtete ihn, als wäre es seine Seele, von der er sich verabschiedete. »Bloß ein dämliches Andenken, mehr nicht.«

Wütend warf er ihn Vogel hin, der ihn ungeschickt auffing.

»Demzufolge stammte die Mail mit dem Foto von Ihnen.«

»Selbstverständlich hat Linda sie von mir erhalten, von wem denn sonst?«

»Werden Sie nicht tollkühn«, warnte Vogel ihn. »Das ist mir seit ein paar Minuten klar, nur verstehe ich nicht, warum Sie es getan haben. Und wer hat den Brief geschrieben?«

Pappendicks Miene veränderte sich. Für einen Augenblick sah er regelrecht stolz aus. Als wäre ihm ein Geniestreich gelungen. »Den Brief habe ich mit meinen eigenen Händen geschrieben.«

»Die Linienführung ist die eines Mädchens«, wandte Winter ein. »Wollen Sie uns weismachen, das da auf dem Brief wäre Ihre Handschrift?«

Pappendick schmunzelte. Sicherlich wusste er, dass Vogel und Winter zuvor seine Wohnung durchsucht und entsprechend auch handschriftliche Unterlagen von ihm gesichtet hatten. Er schüttelte den Kopf. »Was glauben Sie denn, wie lange ich für die Sätze üben musste, damit sie täuschend echt aussahen? Ich musste ein altes Deutschheft von Violetta zu Hilfe nehmen.«

»Ich dachte, Sie haben nie wieder mit ihr geredet?«, stellte Winter eine Zwischenfrage. »Woher hatten Sie dann das Deutschheft?«

»Eine berechtigte Frage«, ergänzte Vogel lobend, obwohl seine Fantasie ausreichte, um selbst eine mögliche Erklärung zu finden.

»Das möchte ich nicht sagen, weil es völlig irrelevant ist«, rechtfertigte Pappendick sich.

»Verstehe«, sagte Vogel. »Wahrscheinlich haben Sie sich heimlich in ihre Schule geschlichen und in der Hofpause ihr Klassenzimmer aufgesucht. Oder Sie haben die Mülltonnen bei ihr zu Hause durchwühlt.«

»Glauben Sie, was Sie wollen. Ich habe nichts Verbotenes getan. Mir zeigt Ihre Reaktion jedoch, dass Sie sich ebenfalls von der Handschrift haben täuschen lassen. Sie dachten ernsthaft, eine junge Frau – womöglich Violetta selbst – hätte den Brief geschrieben.«

Schon seit er von dem Brief wusste, hatte Vogel über ein Schriftgutachten nachgedacht. Jetzt fragte er sich, ob Pappendicks Text auch einen Experten täuschen konnte. Wie dem auch war, bei Linda Groß hatte es fabelhaft funktioniert.

»Richtig ist, dass Violetta inzwischen achtzehn sein müsste, entsprechend wäre ihr Schriftbild erwachsener geworden.«

»Ein Umstand, der mir bei meinem Plan vortrefflich geholfen hat. Nach fast zehn Jahren der Suche nach Violettas Entführer war ich am Ende mit meinen Ermittlungen. Aber ich weiß, dass er hier irgendwo in der Gegend lebt. Da kam ich auf die Idee, ihn aus seiner Deckung zu locken. Ich brauchte nur noch einen Köder. Wer eignete sich da besser als Linda, die ohnehin jeden im Ort mit ihren Verschwörungstheorien verrückt machte. Also habe ich auf ihre Internetsuche geantwortet, um ihr Hoffnung zu machen, dass ihre Cousine noch leben würde. Damit es sie überzeugte, gab es nur eine einzige Möglichkeit: Violetta musste ihrer Verwandten persönlich einen Brief schreiben.«

»Klingt logisch. Wie kommen Sie darauf, dass der Täter aus der Gegend kommt? Ich meine, es könnten ja auch die Tschechen gewesen sein. Bei unserem letzten Gespräch bestätigten Sie diese Theorie sogar.«

»Das waren nicht die Tschechen. Man hat Violetta zwar mit deren Transporter entführt, aber von den Tschechen war es keiner.«

»Wieso sind Sie da auf einmal so sicher?«

»Weil ich am Tag von Violettas Verschwinden einen Schuhabdruck im Schnee gefunden habe. Einen Schuhabdruck, den ich acht Wochen danach erneut in Pöhla entdeckt habe – und eine Weile später zum dritten und letzten Mal.«

Vor lauter Verzückung über diese Information leckte Vogel sich die Lippen, obwohl es eine unkontrollierte Geste von Neugier war und damit ein Anzeichen von Schwäche des Vernehmers. Schnell überspielte er die Nachlässigkeit. »Sie hatten also einen Schuhabdruck, von dem offenbar auch mein Kollege Preuß nichts wusste, gut … Zeigen Sie ihn uns.«

Erst zögerte Pappendick, dann ging er zu einem Schrank und holte daraus einen Hefter hervor. Diesen legte er auf den Tisch. Gleichzeitig schnappte Vogel sich den Schädel und klemmte ihn sich unter den Arm. »Reine Vorsichtsmaßnahme.«

Pappendick funkelte ihn verächtlich an und klappte den Hefter auf, in dem eine Fotosammlung zum Vorschein kam. Er zeigte auf das allererste Bild. Selbst Vogel konnte mit seinen schwachen Augen die erstklassige Schuheindruckspur im Schnee erkennen. Das Profil war fast vollständig zu sehen und der Fotograf hatte sogar einen Zollstock wie bei einer Tatortfotografie angelegt.

»Das hier ist das Allererste«, sagte Pappendick voller Stolz. »Damit haben meine Nachforschungen begonnen. Ich habe bis heute exakt eintausendvierhundertundsieben weitere Profile von Schuhsohlen archiviert. Die meisten konnte ich verschiedenen Einwohnern zuordnen. Leider führte das bis heute nicht zur Klärung der Identität des Täters.«

Im Kopf überschlug Vogel die Zahl. »In zehn Jahren haben Sie somit fast jeden zweiten Tag ein Profil fotografiert und ausgewertet. Sie sind also nicht nur ein Stalker, sondern auch ein Schuhfetischist.«

»Natürlich ist die Suche nach neuen Profilen im Laufe der Jahre für mich zu einer Art Manie geworden, aber ich tat es für einen höheren Zweck. Ich wollte Violetta finden.«

»Sie wollten nicht Violetta finden«, widersprach Winter, »sondern ihren Entführer. Haben Sie mal daran gedacht, anhand des Profils die Schuhmarke und den Typ herauszufinden?«

»Es handelt sich um den *Legacy* der Marke *Stormlord* – ein wirklich seltener Winterschuh. Der wird aber schon seit sieben Jahren nicht mehr produziert. Leider hat mir dieses Wissen bisher nichts genützt.«

»Und wo haben Sie den Abdruck zuletzt festgestellt?«, fragte Vogel.

»Wie gesagt, das war gut drei Monate nach Violettas Verschwinden gewesen. Der Winter war in dem Jahr extrem hart und schneereich gewesen. Wir hier im Erzgebirge mussten bis in den Mai Winterbekleidung tragen. Jedenfalls fand ich den Schuhabdruck am Waldrand nordwestlich von hier. Direkt auf einem Wanderweg am Wernitzbächel. Ich weiß, diese Entdeckung klingt nach einem Lottogewinn, aber ich kann Ihnen das Bild zeigen. Lassen Sie mich kurz suchen.« Er blätterte im Hefter bis zum entsprechenden Datum und schlug die

Seite auf. Mehrere Fotos dokumentierten die Fundstelle und die Nahaufnahme des Profils. »Glauben Sie mir nun?«

Eine Weile betrachtete Vogel die Aufnahmen. »Sie sagten, acht Wochen nach der Entführung haben Sie den Abdruck zum zweiten Mal entdeckt. Wo war das?«

Pappendick nickte langsam und ausdauernd. »Das ist der interessanteste Punkt von allen. Bevor ich es Ihnen jedoch sage, müssen Sie mir versprechen, dass Sie mir meine Katja nicht wegnehmen.«

Eigentlich war Pappendick nicht in der Position für Verhandlungen, aber Vogel ging auf das Spiel ein. »Abgemacht. Sie erzählen mir, wo Sie den Abdruck gefunden haben, und ich nehme Ihnen den Schädel nicht weg.«

Ein paar Sekunden wog Pappendick ab, ob er der Zusage trauen konnte, dann lösten sich seine Lippen. »Ich habe das Profil auf dem Grundstück der Hartwigs gefunden.«

KAPITEL 53

Donner rieb den Schmutz von seinen Händen und leuchtete Stark mit der Taschenlampe an. »Hey, ich hoffe doch schwer, dass damit der Verdacht gegen mich endgültig ausgeräumt ist.«

Geblendet vom Licht, schirmte Stark seine Augen ab. »Du musst zugeben, dass trotzdem ein Restzweifel bleibt.«

»Was denn?« Donner zeigte auf den Spalt. »Willst du mir die da drin etwa anhängen?«

»Ich mache mir nur Gedanken, wie die nächsten Schritte aussehen. Wird ziemlich lange dauern, eh wir die Identität der Toten kennen. Mein Gott, drei Erwachsene und ein Kind! Ich brauche dringend einen Schokoriegel, sonst sackt mir der Kreislauf ab.« Er schnaufte einmal tief durch. »Glaubst du, das da drin ist Violetta Hartwig?«

»Mir stellt sich eher die Frage: Wer sind die drei anderen?«

Unentwegt prüfte Tim Forchner den Zustand des bewusstlosen Kevin Gotthard. Die Kälte in der Höhle und die Nässe trugen nicht zur Erholung seines Organismus bei. Auch wenn Forchner kein Arzt war, schätzte er die Überlebenschance des Jungen auf unter fünfzig Prozent ein. Inständig hoffte er, dass die Retter baldigst eintrafen und seinen Kreislauf stabilisierten.

»Warum dauert das denn so lange?«, schimpfte derweil der alte Gotthard, der zusehends die Nerven verlor. Inzwischen lief er wie aufgescheucht auf und ab und leuchtete immer wieder in den Bergwerksgang. »Können wir ihn nicht wenigstens bis zum Ausgang bringen?«

Forchner schüttelte den Kopf. »Wenn wir ihn tragen, destabilisieren wir ihn höchstwahrscheinlich. Wir wissen nicht, wie schwer ihn das Projektil getroffen hat. Wenn Sie etwas für Ihren Sohn tun wollen, geben Sie mir Ihre Felljacke. Dadurch können wir ihn warm halten.«

Regelrecht kampfbereit entledigte Gotthard sich der Jacke und warf sie ihm hin. Auch Forchner zog seine gefütterte Uniformjacke aus. Von der Statur war er kräftiger gebaut als der Achtzehnjährige, demnach würde er schon nicht gleich erfrieren. Doch schon Minuten später bemerkte er seinen Irrtum. Nur mit Rollkragenpullover und Unterhemd am Oberkörper bekleidet, fror er entsetzlich. Das Zittern verging jedoch urplötzlich, als Gotthard vollends die Beherrschung verlor.

»Das ist alles deine Schuld!«, ging er auf Deutschmann los.

Geistesgegenwärtig stellte Lichtenberg sich zwischen die beiden, um den Streit zu verhindern. Doch obwohl er selbst ein Hüne war, übertraf Gotthard ihn an Körpergröße noch um ein Stück. Fast spielend leicht stießen die Jägerpranken den Obermeister beiseite. Natürlich ließ Lichtenberg den Schubser nicht auf sich sitzen, sondern ging zum Gegenangriff über.

»Da haben Sie sich den Falschen ausgesucht«, mahnte er, packte Gotthard und drehte ihm nur eine Sekunde später den Arm auf den Rücken.

Forchner sah sich genötigt einzugreifen. Die Rufe von Donner und Stark, was hier oben vor sich gehe, ignorierte er und versuchte, die beiden Kämpfenden zu beruhigen. Im Getümmel bekam er jedoch Gotthards schweren Stiefel in die Magengrube.

»Ich bringe ihn um«, stieß Gotthard voller Bitterkeit aus. »Ich bringe ihn um, wenn mein Sohn stirbt ...«

Nachdem die Kriminalbeamten das Haus verlassen hatten, war Pappendick heulend zusammengebrochen. Der unausstehliche Kommissar mit der kränklichen Hautfarbe und dem schlechten Gebiss hatte ihm Katja weggenommen. Ohne mit der Wimper zu zucken! Danach war Pappendick von einer qualvollen Leere ergriffen worden. Es fühlte sich an, als hätte ihm das Jugendamt das eigene Kind weggenommen. Nie zuvor hatte er einen solch tiefen Trennungsschmerz erfahren. Nicht einmal, als seine Mutter gestorben war.

Während er weinte, beschimpfte er sich als Idiot, weil er sich auf das Wort des Beamten verlassen hatte. Der hatte versprochen, Katja nicht mitzunehmen, wenn Pappendick redete. Pappendick hatte seinen Teil der Abmachung erfüllt, aber der Kommissar ...

Nein, im Prinzip war es nicht der Kommissar gewesen, der Katja gegriffen hatte, sondern seine Kollegin. Eiskalt hatte sie ihre Finger nach dem Schädel ausgestreckt und ihn in ihrer Tasche verschwinden lassen.

Pappendick hegte keine Hoffnung, dass er Katja jemals wiedersehen würde. Wütend warf er Möbel und Inventar zu Boden. Er schrie seine Trauer aus Leibeskräften heraus. Fünfzehn Jahre lang hatte er sich nicht mehr so einsam gefühlt wie jetzt. Man hatte ihn betrogen. Und er wusste auch, dass dafür jemand bezahlen musste ...

Zurück in Winters Wagen, griff Vogel sofort in die Tasche mit dem Schädelknochen. Eine Weile inspizierte er ihn stumm, bis er ihn seiner Fahrerin kommentarlos in den Schoß legte. Die Assistentin schrie auf, als der Knochen über ihre Oberschenkel rollte und in den Fußraum purzelte.

»Sie sind ein kranker alter Mann!«

Vogel überhörte die offenkundige Beleidigung. Dafür wunderte er sich über ihre heftige Reaktion, denn bis dahin hatte er sie für jemanden gehalten, der weder Tod noch Teufel fürchtete.

»Was haben Sie denn?«

»Das ist ein Kind, verdammt!«

Vogel legte den Kopf schief und zischte böse. »Denken Sie bloß nicht, ich wäre pietätlos, aber das da ist kein Kind mehr. Das da ist gar nichts gegen das, was wir eben in Erfahrung gebracht haben. Pappendick ist ein widerlicher Mensch, denn er hat Violetta Hartwig begehrt. Aber ist er auch ihr Entführer? Wer weiß. Deshalb muss ich jetzt in Ruhe telefonieren. Also schreien Sie das nächste Mal gefälligst leise.«

Er hielt die Hand auf, damit sie ihm ihr Mobiltelefon gab. Sie verstand und reichte es ihm widerwillig. Er wählte eine Nummer aus dem Gedächtnis und kurz darauf hob Staatsanwalt Krause ab.

»Sieh an, Kriminalhauptkommissar Vogel, der Nimbus der Polizeidirektion, von Ihnen habe ich lange nichts mehr gehört. Ich hatte schon die Hoffnung, dass Sie bereits unter der Erde liegen und sich die Würmer an Ihrem Fleisch die Mägen verderben.«

»Sie meinen wohl eher die Fische.«

»Wie bitte?«

»In meinem Testament habe ich eine Seebestattung angeordnet. Und keine Sorge, selbst Sie habe ich in meinem Nachlass großzügig bedacht. Ihnen lasse ich eines meiner Zahnimplantate zukommen, damit Sie sich stets vor Augen führen, dass Sie sich an mir die Zähne ausgebissen haben.«

»Herrje, Vogel, warum stören Sie mich?«

»Ich brauche umgehend einen Durchsuchungsbeschluss für ein Grundstück.«

»Ja sicher, und womit wollen Sie mich diesmal erpressen?« Krause lachte zynisch, denn vermutlich erinnerte er sich gerade an die fingierten Fotos mit einem Transvestiten, die Vogel als unlauteres Mittel in einem anderen Fall arrangiert hatte. »Oder wollen Sie mir wieder weismachen, Sie würden beim Justizminister ein gutes Wort für mich einlegen? Auf das Versprechen des Oberstaatsanwaltspostens bin ich nur einmal hereingefallen.«

»Ich kannte den damaligen Justizminister tatsächlich, und ich habe ihm mitgeteilt, dass ich Sie für untauglich für eine Beförderung halte.«

»Sie mies…«

»Sagt Ihnen der Fall Violetta Hartwig etwas?«

»Das Mädchen, das spurlos verschwand? Die Akte habe ich von meinem Vorgänger geerbt.«

»Sie ahnen gar nicht, wie kurz davor ich stehe, den Fall aufzuklären.«

»Aha, daher weht der Wind. Sie wollen noch einmal groß auftrumpfen.«

»Ich brauche den Ruhm nicht mehr, weil mir im Leben nicht mehr so viel Zeit bleibt, um ihn zu genießen.« Er hustete laut ins Telefon. »Aber Sie sind ein mediengeiler Hurenbock, und weil ich das weiß, werde ich Ihren Namen nennen, wenn dieser Cold Case aufgeklärt ist und die große Publicity losgeht. Wie klingt das in Ihren Ohren?«

Es entstand eine Gesprächspause, in der Vogel sich fragte, ob er zu weit gegangen war.

Irgendwann räusperte sich Krause. »Hört jemand das Gespräch mit?«

Vogel schaute zur Fahrerseite, von wo aus Winter ihn finster anfunkelte. »Nein, Sie wissen, dass ich solche Abmachungen grundsätzlich im Geheimen treffe.«

»Um welches Grundstück geht es?«

»Um das von Violetta Hartwigs Eltern.«

»Das bekomme ich nie hin.«

»Geben Sie sich einfach Mühe. Schmieren Sie dem Bereitschaftsrichter Honig ums Maul oder drohen Sie ihm. Ist mir egal, wie Sie es anstellen, ich verlasse mich auf Sie. Am besten erwähnen Sie bei Ihrem Anruf, dass die Familie einen Pädophilen beheimatet. Damit ködern Sie jeden Richter dieser Welt.«

Seit der Steiger nicht mehr in den Berg einfuhr, fehlte ihm etwas Grundlegendes: das Gefühl der Schatzjagd. Jeden Tag, wenn er sich aus dem Bett erhob, fühlte es sich an, als hätte ihm jemand einen Teil seiner Seele geraubt. An dieser Stelle war eine Leere zurückgeblieben, die ihn rastlos machte. Seit Jahren versuchte Sandro Karlsfeld, diese Leere zu füllen, indem er sich im Ort wichtigmachte. Denn wer überall mitreden kann, der ist ein willkommener Gesprächspartner. Dem fliegen die Herzen aller entgegen.

Und die Gier nach Neuigkeiten war eben auch eine Art Schatzjagd.

Als er die Sirenen durch den Ort lärmen hörte, wusste er, dass etwas passiert war. Egal, was es war, es würde für ordentlich Gerüchte sorgen. Und nur darum ging es ihm. Gerüchte streuen …

KAPITEL 54

Später Nachmittag. Im Erzgebirge senkte sich die Wintersonne hinter den Bäumen. Zu den Klängen der Weihnachtsmusik rieselte der Schnee so sanft zur Erde, dass man den Eindruck gewinnen konnte, der Heilige Abend wäre längst angebrochen. Aus den Schornsteinen stieg heller Qualm. Es roch nach Tannennadeln und Reisig. Auf den Straßen des Ortes herrschte Adventsfrieden pur. Doch an den Stammtischen, beim Bäcker, im Autohaus, in der Kerzenzieherei, sogar in der Seifenfabrik, in der Linda Groß bis zu ihrem Tod gearbeitet hatte, und nicht zuletzt in den Häusern erzählten sich die Menschen von den Verbrechen der letzten Tage. Man erzählte sich auch vom Verschwinden eines kleinen Mädchens, ein Kriminalfall, der sich vor zehn Jahren ereignet hatte und den die Einheimischen bis heute weitestgehend verdrängt hatten. Nun breitete sich das Gerücht von einem Serienmörder aus, der seine Opfer in den angrenzenden Bergen verscharrt hatte. Wenn man einen der Bewohner gefragt hätte, woher sie das wussten, hätte jeder geantwortet: Der Steiger hat es mir erzählt.

Der Steiger wusste immer alles als Erster.

Unterdessen wurden in einer kleinen Bergmannsgrube unter den Augen des Außendienstleiters und zweier Kriminaltechniker vier Skelette geborgen.

Die Toten kennen die Wahrheit.

In gewisser Weise war Donner ein Knochenleser. Vielleicht würden die Lebenden in Kürze ein Stück Wahrheit finden. Deshalb fuhren sie zu einem Gehöft, wo überraschend eine Durchsuchung unter der Führung von Sokrates Vogel stattfand. Sogar die schaulustige Nachbarschaft war vor ihnen eingetroffen und versperrte ihnen die Zufahrt. Erst als Hentschel hupte, Stark das mit Magnethalterung versehene Blaulicht aufs Autodach stellte und ein paar Uniformierte eine Gasse bildeten, konnten sie passieren.

»Fahr direkt bis auf den Hof«, kommandierte Donner vom Rücksitz.

»Die Familie hat einen ziemlich gefährlichen Hund«, mahnte Hentschel. »Beim letzten Besuch hat er mich fast gebissen. Herr Stark kann es bezeugen, nicht wahr?«

Vom Beifahrersitz kam nur ein Unmutslaut.

»Ich bin auch gefährlich«, sagte Donner. »Vor allem, wenn wir als Allerletzte von einem wichtigen Polizeieinsatz bei den Eltern von Violetta Hartwig erfahren. Wieso wussten wir nichts von dem Durchsuchungsbeschluss? Ich dachte, das K11 würde die Ermittlungen leiten.«

»Weil Sokrates ständig sein eigenes giftiges Süppchen kocht«, reagierte Stark gereizt auf den Vorwurf. »Der Teufel allein mag wissen, wie er es geschafft hat, dem Richter den Beschluss aus dem Kreuz zu leiern. Würde mich nicht wundern, wenn das Ding gefälscht ist. Und davon abgesehen, kannst du froh sein, dass wir dich mitnehmen, Erik.«

Gedanklich winkte Donner ab und zeigte mit ausgestrecktem Finger zur Frontscheibe hinaus. »Da hinten steht der Totengräber. Halt direkt auf ihn zu und fahr ihn um.«

»Meinen Sie das ernst, Herr Donner?«

»Levi, das war ein Witz«, mischte Stark sich hastig ein.

Das denkst du!

Während sich der Wagen dem alten Kriminalhauptkommissar näherte, beobachtete Donner, was sonst noch auf dem Grundstück passierte. Überall liefen dunkel gekleidete Polizisten herum. Über Starks Kopf hinweg hatte Vogel eine geschlossene Einheit aus der Direktion angefordert. Gegenüber dem Lagezentrum hatte er die Maßnahme mit erheblichen Widerständen der Grundstückseigentümer begründet.

Als Hentschel den Wagen anhielt und Donner ausstieg, hörte er bereits Leopold Hartwig quer über den Hof brüllen.

»Ey, wie viele von euch Drecksbullen kommen denn noch her? Das ist Rechtsbeugung, was ihr hier macht! Wenn ich ein Gewehr hätte, würde ich euch alle abknallen!«

Auch seine Frau, die ebenfalls von einer Handvoll Uniformierter zurückgehalten wurde, versuchte nur halbherzig, ihren Mann zu beruhigen. »Ach, lass gut sein, Leo, du weißt doch, wie beschissen unser Rechtsstaat funktioniert. Wenn wir ein Lumpenpack wären wie die Ausländer, dann würden sie uns anständig behandeln. So sind wir aber nur Deutsche, die brav ihre Steuern zahlen.«

Während seines Aufenthalts in dem kleinen Erzgebirgsort hatte Donner einige kuriose Dinge erlebt, was er jedoch nicht gesehen hatte, war auch nur ein einziger Ausländer. Natürlich wusste er, dass er mit diesem Argument bei Claudia Hartwig nicht punkten konnte. Doch letztlich war ihm die Meinung der Frau ohnehin schnuppe.

Bevor Stark die Initiative ergreifen konnte, eilte Donner zu einem Erdaushub, in den ein Minibagger permanent seine Schaufel stieß. Umringt von einer kleinen Gruppe der geschlossenen Einheit und einer jungen Dame, die Donner nicht kannte, stand Vogel da wie der Sensenmann höchstpersönlich.

»Und, schon was gefunden?«, fragte Donner.

»Nein«, antwortete Vogel wie beiläufig. Er würdigte Donner keines Blickes, sondern stierte in das Grab, das immer tiefer wurde. »Und du, heute gar nicht auf der Flucht?«

Sehr scharfsinnig.

»Ist der Durchsuchungsbeschluss echt?«, konterte Donner mit einer Gegenfrage.

»So echt wie meine Zähne.«

»*Welcher* Teil deiner Zähne?«

Diesmal schaute Vogel ihn an und grinste. »Eigentlich solltest du mir dankbar sein. Ich will nicht behaupten, dass ich das hier für dich tue, denn daran würde ich nie im Leben denken, aber du musst zugeben, dass du sehr wohl davon profitierst, falls wir einen Hinweis auf Violettas Verbleib finden.«

Kopfschüttelnd wandte Donner den Blick ab und schaute sich auf dem Gehöft um. Weiter hinten protestierten die Hartwigs noch immer dagegen, dass die Polizei die Andachtsstätte für ihre Tochter schändete. Einen Bagger anrollen zu lassen und die Grabstelle eines Kindes – selbst wenn es sich um eine ersatzweise handelte – öffnen zu lassen, konnte mit den entsprechenden Medienkontakten für jede Menge öffentlichen Ärger sorgen. Vor allem, wenn sich herausstellte, dass die Polizei umsonst gegraben hatte.

Anscheinend teilte Stark Donners Bedenken, denn er stellte eine berechtigte Frage. »Was ist, wenn du hier nichts findest, Sokrates?«

»Das lass mal meine Sorge sein, Henry.«

»Wie kommt es, dass du dich auf einmal so brennend für den Vermisstenfall der kleinen Hartwig interessierst?«, fragte Donner. »Hab gehört, dafür hättest du sogar deine Gesundheit geopfert.«

»Ach, weißt du, Erik, nach deinem Anruf hat mir mein Gewissen einfach keine Ruhe gelassen. Immerhin geht es hierbei um ein Kind. Da kann ich meine innere Stimme einfach nicht ignorieren.«

Natürlich glaubte Donner ihm kein Wort. Bevor er ihn jedoch mit seiner Sicht der Dinge konfrontieren konnte, verstummte der Motor des Minibaggers. Die unbekannte Kollegin hatte dem Baggerführer ein Zeichen gegeben. Jetzt kniete sie sich an den Rand der Grube und hielt den Kopf schief.

»Was sehen Sie, Winter?«, fragte Vogel.

»Es sieht aus wie ein …«

Sie kam nicht dazu weiterzusprechen, denn Leopold Hartwig hatte es irgendwie geschafft, sich aus dem Zugriffsbereich der Polizisten zu befreien. Wild lärmend stürmte er nun auf die Gruppe um Donner zu. Auch seine Frau folgte, doch mit ihrer Leibesfülle war sie nicht annähernd so schnell und so gewandt wie ihr drahtiger Mann, weshalb sie von ihren Bewachern zügig eingeholt wurde. Dafür schnappte Hartwig sich im Rennen eine herumliegende Zaunlatte.

»Runter von meinem Hof!«, schrie er.

Mit erhobenen Händen trat Hentschel ihm entgegen. »Bleiben Sie ruhig, Herr Hartwig! Ich bin sicher, wir können das vernünftig klären.«

Gerade noch rechtzeitig, bevor Hartwig in Schlagreichweite kam, packte Donner den Polizeianwärter von hinten und zerrte ihn aus der Gefahrenzone. Im Gegenzug machte er selbst sich bereit, die Zaunlatte irgendwie abzufangen und Hartwig niederzustrecken.

»Runter von meinem …!«

Weiter kam Hartwig nicht. Vor Donners Augen und ohne, dass dieser auch nur einen Finger rühren musste, brach der Hausherr zitternd zusammen. Zwei hauchdünne Projektile an Kabeln, abgefeuert von einem Elektroschocker, beraubten ihn jeglicher Motorik. Erst nach einigen Sekunden unterbrach

Vogel den Stromfluss. Er hatte die Elektroden abgefeuert. Jetzt gab er den Uniformierten den Befehl, Hartwig abzuführen.

Doch die Festnahme von Hartwig war nebensächlich, denn alle stierten ungläubig auf das Gerät in Vogels Hand.

»Was zum Henker tust du da?«, fragte Stark. »Nur das SEK besitzt solche Elektroschockpistolen.«

Völlig gelassen trennte der Angesprochene die Kabel von der Waffe ab und steckte sie weg. »Können wir dann weitermachen?«, fragte er, ohne jemanden direkt anzusprechen, und trat neben Winter. »Was wollten Sie sagen?«

»Es sieht aus wie ein Schulranzen«, vollendete Winter ihren vorherigen Satz.

Auch Donner und die anderen, einschließlich des ortsansässigen Baggerführers, traten an das ausgehobene Grab.

»Ist das etwa …?«, fragte Stark.

Daraufhin nickte Vogel und präsentierte an seinem Zeigefinger einen Kettenanhänger mit einem Namen. »Sieht ganz nach der dazugehörigen Schultasche aus.«

Weil es kein anderer tat und er sich nicht davor scheute, das Totenreich zu betreten, sprang Donner in die Grube. Mit den Händen räumte er die restliche Erde beiseite. Zum Vorschein kam tatsächlich ein bunter Ranzen. Als Donner ihn jedoch anheben wollte, spürte er einen Widerstand. Erst als er kräftiger zog, löste sich der Ranzen aus dem Erdreich. Im selben Moment stieß von oben jemand einen Fluch aus.

Jetzt sah auch Donner, was die Träger blockiert hatte. Unter dem Schulranzen lagen Knochen.

»O mein Gott! Ist das Violetta?«, hörte Donner Winter sagen, während er sich über den Knochenfund hermachte.

Was ist das für ein krankes Spiel?

»Nein, die stammen ganz sicher nicht von Violetta«, gab er kurz darauf Entwarnung. »Es sieht aus wie Teile eines Hundeskeletts.«

KAPITEL 55

Drei Tage nach dem Fund von Violettas Schulranzen saß Donner im Büro des Polizeipräsidenten. Unwirsch blätterte der fünfundfünfzigjährige Calvin Magerhans durch die Mappe mit den neusten Zeitungsartikeln, die ihm die Pressestelle täglich zusammenstellte.

»Mist! Mist! Mist!«, sagte er bei jedem einzelnen Blatt, weil ihm nicht gefiel, was die Medien über die Vorfälle in der kleinen Erzgebirgsgemeinde und über die Rolle der Polizei schrieben. »Ich könnte jetzt dringend einen Anruf gebrauchen, bei dem mir mal jemand etwas Positives mitteilt.«

Donner schwieg und sinnierte darüber, wie gut es ihm eigentlich damit ging, niemals Polizeichef geworden zu sein.

Obwohl ich für den Posten natürlich die besten Voraussetzungen mitgebracht hätte.

Hinter seinem riesigen Schreibtisch wirkte der gedrungene Mann mit der Halbglatze noch ein Stück kleiner. Sobald man ihm jedoch die Hand schüttelte, spürte man, wie kräftig der ehemalige Judoka tatsächlich war.

»Ist es wirklich wahr, dass es sich bei dem Skelett um den Hund des örtlichen Jägers handelt?«

»Danach sieht es aus«, antwortete Donner knapp, wobei er nicht das Gefühl hatte, Magerhans hätte wirklich eine Antwort

311

von ihm gebraucht. »Es handelt sich um die Rasse Deutsch Drahthaar.«

Erst vor einer Stunde war diese Information in Umlauf geraten.

Donner hatte davon auch nur erfahren, weil er vor seinem Termin beim Präsidenten in seiner Abteilung, dem K11, vorbeigeschaut und sich bei Henry Stark über die neusten Entwicklungen erkundigt hatte. Zu Donners Verwunderung war der Kommissariatsleiter überaus gesprächig gewesen. Ein neutraler Beobachter hätte den Eindruck gewinnen können, zwischen Donner und Stark hätte es niemals eine Fehde gegeben.

Aber wir sind garantiert keine Freunde. Calvin ist vielleicht mein Freund, aber nicht der Dicke. Ich bin für Henry das Monster und er bleibt für mich einfach nur der Dicke.

Die Untersuchung des Knochenfundes und die Aussagen von Zeugen hatten ergeben, dass es sich zweifelsfrei um den vor elf Jahren getöteten Hund von Helmar Gotthard handelte. Über Nacht waren Unbekannte in den Zwinger eingedrungen, hatten das Tier vergiftet und den Kadaver über den Zaun gehängt. In seiner Wut hatte Gotthard Anzeige gegen die Hartwigs erstattet. Das Verfahren war jedoch aus Mangel an Beweisen eingestellt worden.

»Heute früh ist auch noch sein Junge im Krankenhaus Schwarzenberg durch die Schussverletzung verstorben«, schob Magerhans nach und strich sich über die Halbglatze, als könnte er das alles nicht fassen.

»Hab davon gehört«, erwiderte Donner. »Bürgerpolizist Deutschmann wird sich wegen fahrlässiger Tötung verantworten müssen. Schätze, nach Wertung aller Umstände wird ihn der Richter mit einer Bewährungsstrafe davonkommen lassen. Aber egal, welches Strafmaß er bekommt, den Achtzehnjährigen macht das ohnehin nicht wieder lebendig.«

»Verdammt, Erik, warum sterben überall Menschen, wo du deinen Fuß hinsetzt?«

Darüber dachte Donner eine Weile nach, obwohl er bereits beim Betreten des Büros mit dieser Frage gerechnet hatte. Er schmunzelte bitter, weil er die Antwort sehr genau kannte. »Früher habe ich gedacht, ich würde hinter dem Tod aufräumen, aber in Wahrheit läuft der Tod hinter mir her.« Er ließ eine Pause, weil er neben dem Tischbein eine tote Stubenfliege entdeckte. Sie lag friedlich auf dem Rücken, als schliefe sie in einer besonders kuriosen Haltung. »Vermutlich bin ich so was wie der ungeliebte Enkel des Sensenmannes.«

»Red keinen Blödsinn. Verrat mir lieber, was ich noch mit dir machen soll. Egal, wohin man dich schickt oder welche Aufgabe man dir gibt, du machst immer …« Er hielt inne, verkrampfte die Mundwinkel und schüttelte den Kopf. »Nein, Probleme wäre das falsche Wort. Für die Sache in Pöhla kannst du schließlich nichts, das ist mir durchaus bewusst. Aber du musst zugeben, dass du immer in Schwierigkeiten gerätst und ich das auf Dauer nicht dulden kann. Natürlich kennen wir uns vom Studium, aber dein Bonus bei mir ist nahezu aufgebraucht. Verstehst du, was ich dir damit sagen will?«

Das konnte Donner sehr gut verstehen. Am liebsten sollte er tot umfallen wie die Fliege am Tischbein. Aber den Gefallen tat er ihm garantiert nicht. Und selbst wenn er es versuchte, bestand eine sehr hohe Chance, dass er ähnlich wie Jesus nach drei Tagen wieder putzmunter in die Direktion hineinspazierte. »Nee, ich habe keine Ahnung, was du mir sagen willst.«

Magerhans winkte ab. »Von mir bekommst du vorerst keine Erlaubnis, deinen Dienst wieder antreten zu dürfen. Du lässt dich erst mal schön weiter krankschreiben.«

»Hab gehört, das K11 könnte Unterstützung brauchen.«

»Aber nicht von dir!«

Bevor das Gespräch außer Kontrolle lief, klingelte zum Glück Magerhans' Telefon. Hastig riss er den Hörer zum Ohr.

»Was gibt es?«, fragte er seine Vorzimmerdame. »Der KPI-Leiter? Stellen Sie ihn durch.«

Das anschließende Telefonat dauerte kaum eine Minute. In dieser gab der Polizeipräsident nur vereinzelte Laute von sich. Ansonsten schwieg er und fixierte Donner, als hätte der unangenehme Gesprächsinhalt mit ihm zu tun.

Jetzt wird er mich gleich fragen, warum ich in den letzten drei Tagen ein paar private Telefonate im Fall Violetta Hartwig geführt habe.

Doch zu Donners Verwunderung konfrontierte Magerhans ihn nicht mit dieser Tatsache. Stattdessen legte er den Hörer seelenruhig ab, faltete die Hände auf der Tischplatte und blieb wie versteinert sitzen.

Weil ihm die Haltung des Präsidenten komisch vorkam, räusperte Donner sich nach knapp einer halben Minute. »Schlechte Nachrichten, nehme ich an.«

Magerhans wackelte unschlüssig mit dem Kopf. »Die Kinderleiche in dem Bergwerk … es ist Violetta Hartwig. Skelettgröße, Gebissabgleich und DNA-Analyse lassen keine Zweifel. Wir haben das Mädchen gefunden.« Er blickte von der Tischplatte auf. »*Du* hast sie gefunden.«

»Verstehe«, sagte Donner. Auch bei ihm schnürte sich schlagartig die Kehle zu, als er es vernahm.

Gemeinsam saßen sie danach noch eine Weile stumm da. Der Anruf eben hatte Klarheit gebracht, aber nichts Positives, wie von Magerhans gewünscht. Ganz im Gegenteil, jetzt ging das Frage-und-Antwort-Spiel erst in die entscheidende Phase.

»Sobald der Staatsanwalt grünes Licht gibt, wird das K11 Helmar Gotthard verhaften.«

»Hatte Gotthard ein Motiv, das Kind umzubringen?«

»Vergeltung, meinte der KPI-Leiter«, sagte Magerhans. »Laut unseren Unterlagen gab es mehrere Anzeigen und Beschwerden seitens Gotthard gegen die Familie Hartwig. Dabei hat er fast immer den Kürzeren gezogen.«

Donner überdachte diese Theorie, kam aber im Moment zu keinem anderen Ergebnis. »Tja, wenn das so ist ...«

»Was hattest du überhaupt in Pöhla zu suchen?«, fuhr Magerhans wieder auf.

Donner schaute zur Seite, blickte durch das Fenster zum Hof hinaus, wo man das Gebäude der Inspektion Zentrale Dienste und das dahinterliegende Hochhaus am Schlossteich sehen konnte. Draußen war es kalt, aber der Himmel freundlich. Sogar die Wintersonne strahlte. Auf das Fensterbrett hatte jemand einen kleinen Lichterbogen gestellt.

Stille Nacht, heilige Nacht ...

»Ich wollte einfach nur zur Besinnung kommen«, sagte er leise.

Magerhans seufzte. »Das kann ich verstehen; kein anderer, den ich kenne, hat mehr durchmachen müssen als du. Tut mir leid, ich wollte nicht aufbrausend sein.«

»Schon gut, mein Temperament müssen die Leute ja auch ertragen.«

»Was wirst du jetzt tun?«

Natürlich wusste Donner, welche Antwort Magerhans hören wollte. Also gab er sie ihm. »Ich werde Urlaub machen.«

Magerhans nickte zufrieden. »Vielleicht fährst du mal an die Ostsee. Ein Spaziergang am Strand soll auch im Winter herrlich sein.«

Donner stand auf, ging zur Tür und drehte sich noch einmal um. »Ich denke eher, ich sollte mein Tschechisch mal wieder auffrischen.«

Kapitel 56

Seit drei Tagen berichteten sämtliche Medien von den tödlichen Ereignissen in dem kleinen Erzgebirgsort, in den Vogel heute zurückkehrte. Dabei tauchte auf nahezu jedem Fernsehsender das Gesicht von Theodor Uhlig auf. Man hätte meinen können, der Ortsvorsteher hätte sich um jedes Interview gerissen. Allerdings musste Vogel anerkennen, dass der Kommunalpolitiker vor der Kamera einen erstklassigen Job machte. Weder kritisierte er die Arbeit der Polizei noch trumpfte er mit Vorverurteilungen auf. Wortwörtlich bezeichnete er einige Geschehnisse in seiner Gemeinde als *eine parabolische Verkettung unglücklicher Umstände.*

Zuletzt hatte er sich bestürzt über den Tod des jungen Kevin Gotthard geäußert.

Gemeinsam mit Winter hielt Vogel vor dem Grundstück des Jägers. Die Kollegen der anderen Abteilungen parkten hinter ihnen.

Seit dem Mittag hatten beide nun Gewissheit über das Schicksal der kleinen Violetta. Vogel hatte das Ergebnis der Leichenidentifizierung noch vor dem K11 erfahren, obwohl Starks Abteilung die Untersuchung im Auftrag der Staatsanwaltschaft forciert hatte. Die Identifizierung des kindlichen Skeletts hatte Vorrang vor den drei erwachsenen

Toten. Aufgrund fehlender Kleidungsstücke oder markanter Identifikationsmerkmale würden sich die forensischen Ermittlungen bestimmt noch einige Tage hinziehen. Im schlimmsten Fall sogar Wochen oder Monate.

»Sobald wir die Namen kennen, werden sich auch die letzten Puzzleteile zusammensetzen«, bekräftigte Vogel gegenüber Winter, die den Zündschlüssel abzog.

»Sie haben doch bestimmt schon eine Vermutung, oder?«, kam es von ihr zurück.

Wie viele andere Kriminalbeamte hatte Vogel sich in den letzten Tagen Gedanken zur Identität der drei Toten gemacht. Zu einem eindeutigen Ergebnis war er nicht gekommen. »Sagen wir, ich habe zwei Vermutungen.«

»Und möchten Sie diese mit mir teilen?«

»Nein.« Damit stieß Vogel die Beifahrertür auf und quälte sich aus dem Sitz.

»Wir sind echt ein gutes Team«, kam es von der anderen Seite.

Inzwischen war ihm die fleißige Assistentin beinahe ans Herz gewachsen, aber um seine Geheimnisse mit ihr zu teilen, dafür reichte es eben noch nicht.

»Wo bleibst du denn, Henry?«, rief er Stark zu, der mit seinem Fahrer als Letzter am Grundstück eintraf.

Mit einem Haftbefehl und einem Durchsuchungsbeschluss unter dem Arm stapfte der K11-Leiter auf ihn zu. »Das hier ist doch kein Wettrennen.«

Ihm auf dem Fuß folgte sein Praktikant, der seine Edelgarderobe von zuletzt gegen eine Lederkluft getauscht hatte und damit aussah wie die schlaksige Kopie von Ozzy Osbourne. Hinter den beiden liefen ein Beamter vom K11, zwei Kriminaltechniker und zwei Kollegen vom Kriminaldauerdienst.

»An einem Wettrennen hast du bestimmt zuletzt in der Grundschule teilgenommen«, konnte Vogel sich einen

Seitenhieb auf Starks Leibesfülle nicht verkneifen. »Mit mäßigem Erfolg, nehme ich an.«

»Wie dem auch sei«, wiegelte Stark ab. »Wir warten noch auf Verstärkung vom Polizeirevier Aue. Ich möchte ein paar Streifenbeamte dabeihaben für alle Eventualitäten.«

»Sollten wir nicht lieber gleich losgehen und ihn festnehmen?«

»Jeden Moment müssten die Kollegen eintreffen, also warten wir die paar Minuten. Nach derzeitigem Stand müssen wir davon ausgehen, dass Helmar Gotthard mehrere Menschen umgebracht hat, einschließlich eines achtjährigen Mädchens. Wir wissen nicht, was uns da drin erwartet.«

»Eben«, erwiderte Vogel. »Wenn ich hier das Sagen hätte, dann …«

»Du hast hier aber so viel zu sagen wie die Krümel in meiner Brotdose«, unterbrach Stark ihn.

Vogel verkniff es sich, ihn daran zu erinnern, dass das K11 einzig und allein dank des Grabfundes mit einem Haftbefehl vor dem Grundstück stand. Alle Beweise und Indizien führten zu Gotthard. Er hatte ein Motiv gehabt, Violetta zu entführen und umzubringen. Nicht zuletzt kannte er den Zugang zum versteckten Bergwerk, in dem Donner vier Skelette entdeckt hatte. Nun war Vogel hier, um sicherzugehen, dass die Polizei auch den Richtigen verhaftete. Er wollte dabei sein, wenn Gotthard ein Geständnis ablegte. Stark mochte ein guter Kriminalist sein, aber er ging bei den Ermittlungen niemals unkonventionelle Wege, sondern arbeitete Fälle regelrecht schulbuchmäßig ab.

Das war natürlich eine Strategie, die bei Vorgesetzten, Staatsanwälten und Richtern gut ankam, aber Vogel vertrat eben eine andere Philosophie. Ihm war bei der Wahrheitsfindung jedes Mittel recht.

»Merkt hier jemand was?«, fragte er in die Runde.

Alle reckten die Köpfe und schauten sich suchend um.

»Auf dem Grundstück geht es verdammt still zu«, sprach Winter als Einzige aus, was Vogel auffiel.

Anerkennend nickte er. »Meines Wissens besitzt Gotthard drei Hunde, über deren Gebell sich schon mal die Anwohner im Unterdorf beschwert haben.«

»Vielleicht ist er mit den Hunden spazieren«, brachte der leicht minderbemittelte Polizeianwärter an.

»Mag sein, aber vielleicht ist jetzt auch ein guter Zeitpunkt, den Hof zu betreten und nachzusehen.«

Nach Sekunden, in denen Stark mit einer Entscheidung rang, gab er schließlich das Zeichen zum Losmarschieren. Minuten später stierte die Gruppe kopfschüttelnd und entsetzt in die Hundezwinger, in denen halb volle Futternäpfe standen und daneben drei tote Hunde lagen.

»Vielleicht sieht der gnädige Herr jetzt endlich ein, wohin uns das Warten führt«, konnte Vogel sich einen Seitenhieb nicht verkneifen. Er wusste, wie sehr Stark Hunde liebte und wie sehr ihn der Anblick schmerzen musste.

»Also schön, schnappen wir uns diesen Bastard«, entschied Stark wütend, und zum ersten Mal in all den Dienstjahren wurde Vogel Zeuge, wie der dicke Kollege seine Dienstwaffe zog.

Stark war dann auch der Erste, der an der Haustür klingelte. Doch auch nach mehrmaligen Versuchen öffnete niemand.

»Ruf einen Schlüsseldienst«, wies er einen Kollegen vom KDD an, während sein Praktikant und die anderen vorsichtig durch die Fensterscheiben ins Innere schauten.

»Das dauert zu lange«, befand Vogel. »Winter, kommen Sie gefälligst her!«

Natürlich ahnte sie, was er von ihr wollte. »Sie wissen, dass ich das nicht kann.«

»O doch, und wie Sie das können. Wenn Sie hier ordentlich mitarbeiten, werde ich Ihren Namen später gegenüber den Pressevertretern lobend erwähnen.«

»Das haben Sie dem Staatsanwalt auch schon versprochen.«

»Seien Sie versichert, dass Sie mir deutlich näher am Herzen liegen als Staatsanwalt Krause.«

»Bisher dachte ich immer, Sie hätten gar kein Herz.«

»Wenn Sie endlich den Mund halten würden, könnten Sie es sogar schlagen hören.«

Unter den verwunderten Augen von Stark zückte sie ihr Lock-Picking-Set und machte sich am Türschloss zu schaffen. Kurz darauf schwang die Tür nach innen und die Gruppe stürmte ins Haus. Vogel trat als Letzter und ohne jegliche Eile über die Schwelle. Sofort fiel ihm die Totenstille auf, gefolgt vom Geruch des Todes.

KAPITEL 57

Prag ist immer eine Reise wert. Im Winter vielleicht sogar noch mehr als im Sommer. Besonders in der dunklen Jahreszeit entfaltet die Goldene Stadt ihren besonderen Reiz. Dann spiegeln sich unzählige Lichter auf der Moldau, wodurch die Wasseroberfläche wie Edelmetall glänzt.

Bald würde die Dämmerung einsetzen.

Doch für die Schönheit der Stadt hatte Donner heute kein Auge. Nach der Unterhaltung mit Polizeipräsident Magerhans hatte er sich in seinen Volvo gesetzt und war in Richtung der tschechischen Grenze aufgebrochen. Über zwei Stunden dauerte die Fahrt. Zuvor hatte er sich telefonisch bei der Familie, die im Stadtteil Smíchov lebte, angekündigt. Bei seinem Anruf hatte er sich als Kriminalbeamter vorgestellt, der im Fall Violetta Hartwig ermittelte.

Nachdem man ihn fälschlicherweise des Mordes verdächtigt hatte, war sein Ehrgeiz angestachelt. Natürlich musste er vorsichtig vorgehen, um die laufenden Ermittlungen des K11 nicht zu gefährden. Immerhin war er nicht im Dienst. Entsprechend bezahlte er Benzinkosten und Mautgebühr aus eigener Tasche.

Aber jeder Euro ist es mir wert.

Denn dadurch hatte er endlich wieder eine Aufgabe.

Er fuhr am Areal der Staropramen-Brauerei vorbei und parkte vor dem Wohnblock, wo der fünfunddreißigjährige Marian Hájek bei seinen Eltern wohnte. Donner stieg aus und klingelte am entsprechenden Namensschild. Er schaute auf seine Armbanduhr. Knapp fünfzehn Minuten zu spät.

»Kdo je tam?«, knisterte es aus der Wechselsprechanlage.

»Donner«, nannte er seinen Namen. Danach sagte er auf Tschechisch, dass er angerufen hatte. »Volal jsem vám.«

»To jste vy, ten policista z Německa?«

»Ano, to jsem já«, bestätigte er, dass er der Polizist aus Deutschland war.

Kurz darauf summte der Türöffner. In der dritten Etage empfing ihn die Mutter von Marian Hájek. Sie strahlte Freundlichkeit, aber auch ein wenig Argwohn aus. Er zeigte seinen Ausweis und fragte, ob er eintreten dürfe. Sie warf nur einen flüchtigen Blick auf das Dokument, viel mehr interessierte sie sich für seine auffälligen Gesichtsnarben. Sie war nicht die Erste, die sich bei seinem Anblick fragte, ob er wirklich Polizist war. Um einigermaßen seriös aufzutreten, hatte er sich extra die Haare gekämmt und zusätzlich Hentschels glitzernde Tarnkappenschuhe angezogen.

»Keine Sorge, es wird nicht lange dauern«, redete er weiter auf Tschechisch.

»Mluvíte opravdu dobře česky«, lobte sie seine Sprachkenntnisse und ließ ihn in den warmherzig eingerichteten kleinen Flur eintreten.

Ich gebe mir Mühe.

»Snažím se.«

Donner hatte in der Schule im Russischunterricht immer gute Noten geschrieben. Aufgrund seines Interesses für osteuropäische Sprachen hatte er an der Polizeifachhochschule zusätzlich Polnisch belegt. Später hatte ihn der damalige Polizeipräsident persönlich überredet, im Rahmen der Grenzzusammenarbeit an einem Tschechischkurs teilzunehmen. Es würde seiner Karriere förderlich sein, hatte man ihm versprochen.

Auf den Karrieresprung warte ich heute noch.

Erstaunlicherweise kamen ihm die Vokabeln relativ geschmeidig über die Lippen. Vermutlich lag das am gewinnenden Wesen der Wohnungsinhaberin, die ihn an seine eigene kranke Mutter erinnerte.

»Mein Sohn ist in seinem Zimmer«, sagte sie in ihrer Landessprache und klopfte an eine der Türen. »Seit der Anklage und dem Tod seines Freundes Miloš Smetana lebt er in seiner eigenen Welt. Ich wünschte, Sie könnten ihm helfen.«

Weder wusste Donner, was er darauf antworten sollte, noch, was ihn in dem Zimmer hinter der Tür erwartete. Unwillkürlich fiel Donner ein Satz des berühmten Pragers Franz Kafka ein: *Von einem gewissen Punkt an gibt es keine Rückkehr mehr.*

Die Worte beschrieben auf erschreckende Weise sein eigenes Leben. Eigentlich ging das Zitat noch weiter, aber so gefiel es ihm besser.

Mit gemischten Gefühlen wartete Donner vor dem Zimmer. Niemand bat herein. Hájeks Mutter öffnete vorsichtig die Tür, als würde dahinter ein Baby schlafen. Ein Kleinkind, gefangen im Erwachsenenkörper, saß dann auch in der Mitte des winzigen Raumes auf einem Teppich. Donner sah Hájek nur von hinten, denn er drehte sich nicht zur Tür, sondern legte um sich herum irgendwelche Fußballerkarten. Dem Anschein nach handelte es sich um die Sammelbilder zu einer längst vergangenen Weltmeisterschaft. Erst als seine Mutter neben ihn trat, bewegte er den Kopf in ihre Richtung, ohne einen Ton zu sagen.

»Das ist der Polizist, von dem ich dir erzählt habe«, sprach sie mit ihm. »Erinnerst du dich, Marian?«

Keine Antwort. Auch Donners leise Begrüßung schien er nicht wahrzunehmen. Hajek war vollständig in seine Karten versunken. Eine Weile stand Donner unschlüssig herum. Er hatte gewusst, dass Marian Hájek einen Marathon an psychologischen Therapien hinter sich hatte – seine Mutter hatte Donner am Telefon davon erzählt und ihn sogar gewarnt, dass eine Befragung keinen Sinn machen würde –, aber dass der Mann sich aufgrund seines Traumas derart geistig abschottete, damit hatte Donner nicht gerechnet. Er wusste von Menschen, die sich nach einem posttraumatischen Erlebnis in sich zurückzogen, Kontakte zu anderen mieden, teilnahmslos und gleichgültig wirkten. Hájeks Verhalten übertraf die üblichen Symptome noch um mindestens zwei Stufen.

Nicht nur die Tapete wirkte auf Donner bedrückend. Die Poster an der Wand zeigten Rockgruppen und Popsänger, deren größte Erfolge mindestens zehn bis fünfzehn Jahre zurücklagen. Einige Stars lebten schon lange nicht mehr, allen voran Michael Jackson.

»Hier«, sprach die Mutter ihn an und reichte ihm eine Kiste voller Dominosteine. »Hocken Sie sich hin und spielen Sie mit ihm. Das liebt er.«

Bevor er Widerspruch einlegen konnte, war sie aus dem Zimmer geeilt und Donner blieb mit dem stummen Mann zurück.

Ratlos blickte er in die Kiste.

So in etwa habe ich mir das vorgestellt. Ich fahre nach Prag auf eine gepflegte Runde Domino.

Missgestimmt kauerte er sich auf den Teppich und räumte die Steine aus. Erst nach einer Weile reagierte Hájek. Er griff sich den Großteil der Steine und baute sie wild durcheinander vor sich auf. Zuerst wollte Donner ihn zurechtweisen, dass man Domino anders spielt, aber dann stellte er sich auf Hájeks Regeln ein. Selbst als er an einen Stein mit einer Sechs eine Drei anlegen wollte, ließ Donner es durchgehen, auch wenn es so natürlich keinen Sinn ergab. Im Gegenzug stieß Hájek Donners Stein weg, als er eine Zwei an eine Vier anlegen wollte.

Ach, na, du bist mir ja ein schöner Falschspieler.

»Hast du das mit deinen Kumpels Miloš und Jaromír auch immer so gespielt?«, fing Donner mit einer unverfänglichen Frage an. Er wollte sehen, wie Hájek auf die Namen reagierte.

Tatsächlich unterbrach Hájek kurzzeitig, um sich unter der Nase zu streichen, dann legte er weiter Steine nach einem nicht entschlüsselbarem System. Das Kratzen an der Nase schien nur eine unwillkürliche Bewegung gewesen zu sein. Bestimmt erinnerte er sich an Miloš Smetana und Jaromír Němec. Zu dritt waren sie vor zehn Jahren in einem Transporter nach Pöhla gefahren, um beim ersten – und im Nachhinein einzigen – Steigerfest mitzufeiern.

»Hast du Jaromír mal wieder gesehen?«

Während Miloš Smetana zwei Jahre nach Violettas Entführung sein Leben gehasst, sich mit Crystal Meth vollgepumpt und irgendwann Selbstmord begangen hatte, war Jaromír Němec bereits kurz nach Entlassung der Untersuchungshaft spurlos verschwunden. Augenzeugen wollten ihn danach noch zwei- bis dreimal in Pöhla gesehen haben. Bis heute hielt sich das Gerücht, er sei untergetaucht, weil er tatsächlich etwas mit Violettas Verschwinden zu tun gehabt habe.

»Jaromír«, versuchte es Donner erneut. »Erinnerst du dich an ihn?«

Erinnerst du dich an irgendwas?

Für alle Fälle hatte Donner Fotos der drei ehemaligen Freunde einstecken. Er griff in seine Mantelinnentasche, holte drei Porträts heraus und hielt ihm das Bild von Němec hin. Hájek rückte ein Stück zur Seite und legte weiter Dominosteine, obwohl Donner längst nicht mehr mitspielte.

»Hey, Marian, kennst du den?«

Keine Antwort. Hájek legte Stein um Stein, bis er alle angelegt hatte. Donner schaute auf das entstandene Gebilde.

»Sehr gut!«, lobte Donner ihn und legte auf die Steine alle drei Fotos. »Wollen wir *Wer bin ich* spielen?«

Sekundenlang stierte der Angesprochene auf die Porträts. Donner glaubte schon, er würde endlich antworten, doch noch immer blieben seine Lippen verschlossen. Also tippte Donner auf das Bild von Hájek. »Wer ist das? Na, erkennst du den?«

Als Hilfestellung zeigte Donner mit dem Finger auf Hájek. Keine Reaktion.

»Und der hier?«, versuchte Donner es mit Miloš Smetana, inzwischen leicht ungeduldig. »Miloš war oft in diesem Zimmer, hat mir deine Mutter erzählt.«

Weil auch das nichts brachte, tippte er erneut auf Jaromír Němec. »Hat Jaromír sich von dir verabschiedet, bevor er gegangen ist?«

Diesmal drehte Hájek sich um und stand auf. Er lief zu einer Kommode, auf der ein Dampfschiffmodell stand.

»Huckleberry Finn«, sagte er auf einmal.

Obwohl seine ersten Worte Donner überraschten, nickte er enttäuscht. »Ja, ich kenne die Abenteuer von Tom Sawyer und Huckleberry Finn. Eine Geschichte von Freundschaft, Tod und einem Schatz.«

Und von einem Floß – keinem modernen Schiff wie deins.

»Huckleberry Finn«, wiederholte Hájek und bewegte das Schiff von einer Schrankseite zur anderen. Unterdessen schaute sich Donner nachdenklich im Zimmer um. Sein Blick blieb an einer Wand mit Fotos von Hájeks Vergangenheit hängen. Darunter befanden sich auch Aufnahmen, auf denen man die drei Freunde Arm in Arm sah. Ein besonders gelungenes Bild nahm Donner ab. Augenscheinlich war es auf dem Steigerfestival entstanden, denn im Hintergrund befand sich das Zirkuszelt, das der ehemalige Bürgermeister erwähnt hatte. Mit diesem Bild wollte Donner einen letzten Versuch unternehmen.

Er trat auf Hájek zu und zeigte ihm das Bild. »Vermisst du die beiden?«

Statt zu antworten, schaute Hájek Donner tief und fest an. Etwas Trübes lag in seinem Blick, etwas, das selbst Donners Seele aus irgendeinem unbekannten Grund Mitleid verspüren ließ.

»Huckleberry Finn«, wisperte Hájek zum dritten Mal, was Donner ein Schmunzeln entlockte.

Resigniert schüttelte er anschließend den Kopf. Er hatte sich wahrlich mehr von dem Besuch versprochen. Zur Verabschiedung klopfte er dem Mann behutsam auf die Schulter. Als er das Foto zurück an die Wand hängte, fiel ihm plötzlich etwas auf dem Bild auf. Hastig führte er es dicht vor sein Gesicht, um die Details besser erkennen zu können. »Das gibt es doch nicht!«

Er blinzelte mehrfach, glaubte aber, sich nicht zu irren. Er drehte sich zu Hájek um und hielt das Foto hoch. »Kann ich mir das ausleihen, Marian?«

Als Antwort sagte Hájek: »Huckleberry Finn.«

KAPITEL 58

Im Haus hingen unzählige Jagdtrophäen. Die ausgestopften und präparierten Wildtierköpfe und Waldvögel strahlten selbst im Tod Eleganz und einen gewissen Stolz aus. Umringt von den stummen Tieren, saß der Jäger selbst tot im Sessel. Von der Leiche ging nicht annähernd so viel Erhabenheit und Anmut aus wie von den Trophäen.

»Leider zu spät«, kommentierte Vogel das blutige Szenario in der Mitte des Raumes.

Niemand konnte Helmar Gotthard mehr festnehmen. Sein Hinterkopf war eine einzige breiige Masse, deren Flüssigkeit ins Sitzpolster gedrungen war. Der untere Teil seines Gesichts war bis zur Unkenntlichkeit entstellt. Es gab kaum eine Stelle, wo kein Blut klebte. Der Rest seines halb nackten Körpers hing da wie von einem Volltrunkenen. Die Schultern hängend, die Arme schlaff, der Bauch gestaucht, die Beine gummiartig verdreht. Zu seinen Füßen lag eine Flinte. Auf dem Lauf befanden sich ebenfalls Blutspritzer.

»Er muss sich den Gewehrlauf in den Rachen geschoben und abgedrückt haben«, sprach Stark aus, was alle dachten. »Offenbar hat er den Tod seines Sohnes nicht verkraftet.«

»An seinem Unterhemd ist ein Briefumschlag befestigt«, sagte Winter und deutete auf den Leichnam.

Aufgrund des vielen Blutes hatte selbst Vogel den Umschlag nicht gleich gesehen. Längst hatte er sich Einweghandschuhe übergestreift. Doch bevor er näher trat, wies er einen der Kriminaltechniker an, Fotos von der Auffindesituation zu fertigen. In der Folge drückte der Angesprochene mehr als zwanzig Mal auf den Auslöser seiner Digitalkamera. Danach trat Vogel dicht an den toten Gotthard heran und nahm ihm den mit einer Büroklammer am Kragen befestigten Briefumschlag ab.

»Dann wollen wir uns mal seine letzten Worte ansehen.« Vorsichtig zog er einen gefalteten Zettel aus dem Umschlag und las den einzigen Satz, der mit Hand darauf geschrieben stand, laut vor. »*Ich habe sie umgebracht!*«

Dem Moment des Schweigens folgte Hentschels Kommentar. »Ich glaube, er meint Violetta Hartwig.«

»Davon sollen wir wohl ausgehen«, antwortete Vogel und übergab das Papier und den Umschlag an den anderen Kriminaltechniker.

Dieser steckte die Beweismittel in eine Spurensicherungstüte.

»Das Wort *sie* könnte aber auch als Mehrzahl zu verstehen sein«, ergänzte Winter.

»Ein guter Einwand«, lobte Vogel sie und betrachtete das Zimmer eingehender. »Insgesamt ist der Text ziemlich dürftig. Ich kenne Analphabeten, die vor ihrem Freitod längere Abschiedsbriefe verfasst haben.« Während er redete, prägte er sich den Stand der Möbel und etlicher Gegenstände ein, den Zustand der Gardinen, die Lichtverhältnisse und sogar den Leichengeruch, der ihn schwer umgab und an Gemüseabfälle erinnerte. Er betrachtete zudem jeden Zentimeter des Holzbodens und des Teppichs. Überall gab es Flecken und jede Menge Hundehaare.

Als er sich an den Händen des Toten zu schaffen machte, meldete sich einer der Kriminaltechniker zu Wort. »Sollten wir mit der Leichenschau nicht warten, bis der Arzt eintrifft?«

»Ihr könnt gern warten«, antwortete Vogel und prüfte, inwieweit sich die Totenflecken wegdrücken ließen. »War Gotthard Links- oder Rechtshänder, Kollegin Winter?«

»Rechtshänder«, gab sie, ohne zu zögern, Auskunft, sehr zum Erstaunen von Stark.

»Was machst du denn da?«, fragte der K11-Leiter, als Vogel Gotthards rechte Hand dicht an seine Nase führte.

»Ich rieche.«

»Das sehe ich, aber warum?«

»Wegen der Schmauchspuren oder des Öl- und Pflegemittelgeruchs.« Als er genug an der Haut gerochen hatte, betrachtete er die Handfläche eingehender und entdeckte winzige Abdrücke, die vom Rückschlag der Waffe stammen konnten. »Wir wollen ja sichergehen, dass Gotthard auch wirklich selbst abgedrückt hat.«

»Das ist nicht dein Ernst, Sokrates, dafür haben wir Experten. Zwei Kriminaltechniker stehen direkt neben dir.«

»Experten hin oder her, ich verlasse mich lieber auf meine Nase.«

»Und was sagt dir deine Nase?«

»Dass die Kriminaltechniker mit ihrer Arbeit beginnen sollten.« Er trat vom Sessel weg und stellte sich vor Stark hin. »Ich habe zwar deinen Bericht gelesen, kann mich aber nicht mehr an den genauen Wortlaut erinnern. Vielleicht hilfst du mir auf die Sprünge … Was hat Gotthard in dem Bergwerk doch gleich zu Deutschmann gesagt?«

Stark antwortete nicht sofort, obwohl er die Antwort kannte. »Er hat ihm gedroht, ihn umzubringen, wenn sein Sohn stirbt.«

»Ah, genau …«

Keiner der Anwesenden gab einen Kommentar dazu ab. Alle lauschten der Melodie, die aus Vogels Manteltasche spielte. Seit drei Tagen hatte er das Steigerlied als Klingelton eingestellt.

Er nahm sein Mobiltelefon zur Hand, wunderte sich über die Anrufnummer und nahm das Gespräch an.

»Hier ist Sandro Karlsfeld, ich muss dringend mit Ihnen reden.«

»Ach, das ist ja ein Zufall!«, begrüßte er den Steiger und lief aus dem Zimmer, weil der Anrufer das Gespräch vertraulich wissen wollte. »Wir haben gerade an Sie gedacht. Worüber möchten Sie mit mir reden?«

»Ich habe über unser Gespräch in der *Hutzenstube* nachgedacht und darüber, was Sie mir gesagt haben ...«

Er zögerte, und Vogel spürte, dass ihm etwas auf der Seele brannte.

»Und jetzt wollen Sie Ihr Gewissen erleichtern, nicht wahr?«

»Ich hatte damals kein schlechtes Gewissen, zumal ich recht hatte und der Polizei einen wertvollen Hinweis gegeben habe. Dabei habe ich mich all die Jahre mit der Lüge arrangiert. Also, das klingt jetzt vermutlich ziemlich verrückt, was ich Ihnen erzähle, aber ich war von Ihrem Auftreten echt eingeschüchtert.«

Vogel wusste nicht, ob er das als Lob werten sollte oder ob Karlsfeld einfach zu viel getrunken hatte. »Reden Sie endlich in klaren Sätzen, bevor ich wirklich ungemütlich werde.«

»Also ich habe damals den Transporter der Tschechen gar nicht gesehen. Das habe ich nur behauptet, um mich vor der Polizei wichtig zu machen.«

Vogel brauchte einen Augenblick, um zu verstehen, was Karlsfeld ihm da berichtete. »Meinen Sie den Tag, als Violetta Hartwig entführt wurde?«

»Ja, ja, richtig! Ich weiß, Ihre Kollegen haben damals Spuren des Mädchens im Wagen gefunden, aber ich habe den Transporter nie gesehen.«

Langsam wurde Vogel ärgerlich, er versuchte aber, gelassen zu bleiben. »Warum rufen Sie mich dann nach so vielen Jahren an und erzählen mir das?«

»Na ja, also ich bin in mich gegangen und dachte, es wäre vielleicht richtig, endlich reinen Tisch zu machen. Immerhin soll wohl jetzt der Gotthard im Tatverdacht stehen …«

Vogel schaute hinter sich zum Zimmer, in dem der Tote lag. Er unterließ es, Karlsfeld zu berichten, dass sich die Sache mit Gotthard soeben erledigt hatte. »Über Ihre Falschaussage werden wir uns später unterhalten. Jetzt muss ich …«

»Warten Sie!« Karlsfeld stotterte. »Ich habe ja nicht völlig gelogen. Ein anderer hat den Transporter an dem besagten Morgen dafür tatsächlich gesehen. Von ihm hatte ich auch die Information, die ich dann als meine ausgegeben habe …«

KAPITEL 59

Unmittelbar nach dem Passieren des tschechischen Grenzübergangs versuchte Donner den Kollegen Vogel per Handy zu erreichen. Das Rufzeichen ertönte, aber der Hauptkommissar nahm das Gespräch nicht an.

Ignorier mich ruhig weiter, du alter Knochen.

Sogleich probierte Donner es auf dem Büroapparat von Vogels *streng geheimem* Büro. Dort hob zwar jemand ab, aber es meldete sich niemand.

»Hallo?«, blaffte Donner in die Freisprecheinrichtung. »Albrecht? Albrecht, bist du das?«

Natürlich antwortete der stumme Mitarbeiter ihm nicht. Aber er konnte zuhören.

»Albrecht, ich weiß, dass du das bist, also sag deinem Herrscher, dass er mich unverzüglich zurückrufen soll, sobald er zurückkehrt. Es ist verdammt wichtig. Es geht um Marian Hájek. Wirst du ihm das ausrichten?«

Keine Antwort von der anderen Seite. Nur Knacken, Rauschen und Schniefen.

Schrecklich, da kann man ebenso gut versuchen, einem Hund Lottospielen beizubringen. Da weiß man auch nicht, ob er es kapiert hat. Und am Ende kommt nichts dabei rum.

Missgestimmt beendete Donner das Telefonat und das Radio setzte ein. In den Nachrichten vernahm er noch die letzten Sätze einer Sensationsmeldung.

… ein vierundsechzigjähriger Peruaner den Lotto-Jackpot abgeräumt, nachdem sein Hund zuvor mit seiner Schnauze die richtigen Zahlen getippt hatte. Am Gewinnschein klebte sogar noch der Speichel des Wundertiers.

»Heiliger Guinefort!«, stieß Donner aus. »Ich hätte wetten können, dass die in Peru ihre Hunde eher fressen.«

Kurz bevor er den Abzweig zur Staatsstraße 218 erreichte, überlegte Donner, ob er einen Abstecher nach Pöhla machen sollte. Kurzerhand entschied er sich dagegen. Allein der Abstecher nach Prag war dienstrechtlich riskant. Da er wegen psychischer Probleme noch immer krankgeschrieben war und ihm demzufolge nicht erlaubt war, hoheitliche Aufgaben wahrzunehmen, musste er gut abwägen, wie weit er seine privaten Ermittlungen trieb. Außerdem durfte er Magerhans' Gutmütigkeit nicht endlos auf die Probe stellen. Donner war durchaus bewusst, dass der Polizeipräsident ihm weitaus mehr Freiheiten einräumte als den meisten anderen Beamten. Im Grunde fühlte er sich noch immer nicht bereit, wieder vollumfänglich in den Dienst einzusteigen. Aber dann trat sein unberechenbarer Charakter in den Vordergrund, sein Zwang, für Gerechtigkeit zu sorgen, und raubte ihm den Schlaf. Dem Tod auf den Grund zu gehen und letztendlich einen Serienmörder zur Strecke zu bringen, das war schließlich seine Berufung.

Während er mit sich haderte, klingelte sein Telefon. Zu seinem Erstaunen rief Vogel ihn tatsächlich zurück, allerdings nicht vom Büro, sondern von seinem Handy.

»Was ist denn so wichtig an Marian Hájek?«, kam Vogel sogleich auf den Tschechen zu sprechen. »Ich stecke hier in Pöhla bis zum Hals in Ermittlungen, also fassen Sie sich kurz.«

»Moment, Moment!«, unterbrach Donner ihn, weil ihn der Rückruf verwirrte. »Wie kann Albrecht Sie verständigt haben, wenn Sie gar nicht in Ihrem Büro sind? Ich dachte, er kann nicht sprechen.«

»Schon mal was von SMS gehört? Und nein, das ist keine bizarre Sexpraktik.«

Donner lachte nicht. »Ich liebe Ihren finsteren Humor.«

»Das ist kein Humor, sondern die Fähigkeit, anderen den Spiegel der Dummheit vorzuhalten. Kommen Sie zur Sache!«

»Ich fahre gerade aus Prag zurück, wo ich Hájek bei seinen Eltern besucht habe. Dabei habe ich Ihren Schuh gefunden …«

Donner wartete auf eine Erwiderung, doch am anderen Ende herrschte Schweigen.

»Sind Sie noch dran?«, vergewisserte Donner sich.

»Von was für einem Schuh reden wir hier?«, kam es zurück, doch Donner hörte heraus, dass Vogel längst eine Ahnung hatte.

Vom Beifahrersitz nahm Donner das Foto der drei Tschechen zur Hand und hielt es beim Autofahren vor sich hin. »Den Winterschuh *Legacy* der Marke Stormlord. Ich habe hier ein Foto, das vor zehn Jahren auf dem Steigerfest entstanden ist, und auf diesem trägt Jaromír Němec exakt diesen Schuh. Man erkennt ihn gestochen scharf und ich habe ihn mit Bildern aus dem Internet verglichen. Es ist zweifellos der *Legacy*.«

»Und nun denken Sie, weil Benno Pappendick den Profilabdruck dieses Schuhs damals an der Stelle entdeckt hat, an der Violetta entführt wurde, ist Jaromír Němec unser Täter?«

In diese Richtung dachte Donner tatsächlich.

»Da gibt es allerdings zwei Probleme …«

Irgendwie hatte Donner damit gerechnet, dass der alte Kommissar etwas in der Art sagen würde. »Welche?«

»Niemand hat Němec in den letzten zehn Jahren gesehen.«

»Dann ist er eben ein geschickter Täter. Vielleicht hat er sein Äußeres verändert und sich eine neue Identität gegeben. Er war Softwareprogrammierer. Solche Typen sind von Haus aus clever, weil sie jede Menge Wissen aus dem Internet ziehen.«

»So so, aus dem Internet also … Ist das Ihre Theorie?«

»Nein«, knurrte Donner zurück. Er ärgerte sich mittlerweile, dass er Vogel überhaupt angerufen hatte. Leider war der Kerl ein ziemlich genialer Ermittler.

Fast so genial wie ich.

»Damit wollte ich lediglich verdeutlichen, wie wichtig Jaromír Němec in diesem Fall sein könnte.«

»Oh, da haben Sie ausnahmsweise recht!«

Es klang nicht wie ein Lob. »Wie darf ich das verstehen?«

»Inzwischen kennen wir den Aufenthaltsort von Jaromír Němec.«

Donner traute seinen Ohren nicht. »Wie ist das möglich?«

»Das Ergebnis kam vor knapp zehn Minuten von der Rechtsmedizin. Jaromír Němec ist tot – und *Sie* haben seine sterblichen Überreste zusammen mit denjenigen von Violetta Hartwig und zwei weiteren unbekannten Leichen gefunden.« Es klang, als würde er sich darüber freuen. »Unter uns, ich hatte damit gerechnet, dass es sich bei einem der männlichen Skelette um Němec handelt. Danke für den Hinweis mit dem Schuh, das meine ich diesmal wirklich aufrichtig.«

Sekundenlang saß Donner nur still da. Die Realität flog links und rechts wie ein Film an ihm vorbei. Er fuhr plötzlich auf einer Straße, die ins Nirgendwo führte.

»Hat Marian Hájek sonst noch etwas gesagt?«, riss ihn Vogels Frage zurück in die Wirklichkeit.

»Hájek ist nicht sehr gesprächig. Er ist … ein äußerst schwieriger Gesprächspartner.«

»Das sind Sie auch. Hat er über den damaligen Fall gesprochen?«

»Am Anfang hat er kein einziges Wort gesagt, erst als ich ihm ein Bild seines Freundes Němec gezeigt habe, hat er geredet, allerdings immer dieselben zwei Wörter: Huckleberry Finn.«

»Wiederholen Sie das!«

»Was?«

»Den Namen, verdammt!«

»Huckleberry Finn, wieso?«

Von Vogel kam nur ein nachdenklicher Laut, gefolgt von: »Ich muss kurz überlegen … Verflucht, das ist es!«

»Was?«, wunderte Donner sich über die plötzliche Euphorie.

»Huckleberry Finn!«

»Ich verstehe nicht …«

»Das hatte ich auch nicht erwartet, ich muss dazu etwas überprüfen.«

»Was müssen Sie überprüfen, verdammt, reden Sie!«, wurde nun auch Donner laut.

»Donner, Sie sind der Beste!«

Das weiß ich.

»Haha, veralbern kann ich mich selbst.«

»Sie müssen schleunigst wieder Ihren Dienst antreten«, kam es aus den Lautsprechern, und Donner glaubte sich verhört zu haben. »Lassen Sie sich einen Termin beim Polizeiarzt geben, der soll Sie voll diensttauglich schreiben. Dann nehmen Sie umgehend Kontakt zu Jaromír Němec' Eltern und Verwandten auf. In der Zwischenzeit kümmere ich mich um eine andere Sache.«

»Ich verstehe gar nichts mehr. Selbst wenn ich mich fit genug für den Dienst fühlen würde, bekomme ich niemals zeitnah einen Termin beim Polizeiarzt.«

»Das lassen Sie mal meine Sorge sein. Morgen früh melden Sie sich auf der Hans-Link-Straße.«

»Beim Ärztlichen Dienst?«, vergewisserte Donner sich. »Und warum soll ich überhaupt mit Jaromír Němec' Eltern reden?«

»Wegen Huckleberry Finn natürlich.«

Kapitel 60

Um nicht ins Gedränge zu geraten, verließ Sokrates Vogel die Fähre als einer der letzten Mitreisenden. In Trelleborg lag kein Schnee, aber der Wind erinnerte ihn trotzdem daran, dass der Winter auch Schweden in seinen eiskalten Klauen hielt. Nicht erst seit er in Rostock das Schiff betreten hatte, merkte Vogel, wie sehr ihm die Temperaturen und die Anstrengungen der letzten Tage zusetzten. Im Nierenbereich spürte er es besonders. Jeder Schritt tat ihm weh, aber wenn er sich hinsetzte, fühlte es sich an, als steche jemand mit einem glühenden Eisen in seinen Rücken. Dazu hatten die Wellenbewegungen seinen Magen rebellieren lassen. Auch sah er in unregelmäßigen Abständen Doppelbilder und sein Herz drückte. Vor allem, wenn er hustete. Der Husten war am schlimmsten.

Aber er musste unbedingt eine letzte Sache überprüfen. Mit Winters Hilfe hatte er sämtliche telefonischen und schriftlichen Auskünfte bekommen, aber um sich vor Ort von den Tatsachen zu überzeugen, reiste er nun nach Staffanstorp.

Bevor er zum Taxistand ging, drehte er sich noch einmal um und schaute zum Anlegeplatz zurück. Er hustete dabei so laut, dass andere Passagiere einen weiten Bogen um ihn machten. In seinem Brustkorb stürmte es. An der Kaimauer schaukelte friedlich das Schiff, mit dem er von Rostock hergekommen war. Am Bug stand in großen blauen Lettern: *Huckleberry Finn*. Es war die Fähre, mit der Jaromír Němec vor fast zehn Jahren nach Trelleborg übersetzen wollte. Das hatte er damals seinem Freund Marian Hájek und einigen Verwandten mitgeteilt. Es war eine seiner letzten Nachrichten gewesen, danach hatte man nie wieder etwas von dem Tschechen gehört, in dessen Transporter einst Violetta Hartwig entführt worden war. Dank Donners Unterstützung hatte Vogel all das in den letzten zwei Tagen herausgefunden. Jetzt musste er nur noch herausfinden, wie Jaromír Němec, statt lebendig auf der *Huckleberry Finn*, als Leiche in einer Höhle landen konnte.

Vogel erreichte den Taxistand, sprach einen der Fahrer auf Englisch an und hielt ihm einen Zettel mit einer Adresse nahe Staffanstorp hin.

»Das dauert keine Stunde«, antwortete der Fahrer. »Zahlen Sie gut?«

»Machen Sie sich darüber keine Sorgen, die Fahrt bezahlt der Freistaat Sachsen.« Zur Verdeutlichung, was er meinte, hielt er seinen Dienstausweis mit dem Polizeiwappen hoch. »Können Sie mich dorthin bringen?«

»Sachsen?«, wiederholte der Fahrer mit schwedischem Akzent und hielt ihm die Tür auf. »Okay, crazy cop, let's go.«

Vogel nickte und stieg in das Taxi. Bis hierhin klappte es ganz vorzüglich. Donner hatte für ihn dank seiner Sprachkenntnisse wertvolle Ermittlungen in der Ostzone geführt. Die Lorbeeren wollte Vogel jedoch selbst ernten. Und dabei konnte er weder Tschechisch noch Schwedisch. Trotzdem hatte er die Reise zu den Wikingern angetreten. Für einen Mann, der im Sozialismus aufgewachsen war, sprach er ein passables Englisch. Notfalls musste er sich eben mit Händen und Füßen unterhalten. Selbst ohne Zehen konnte er damit wunderbar kommunizieren, wenn es darauf ankam.

Gemütlich fuhr der Schwede los. Rund zehn Minuten hörte Vogel halbherzig zu, was der Fahrer über Land und Leute erzählte. Während er darüber nachdachte, wie verrückt diese Reise eigentlich war, fielen ihm die Augen zu.

»Eintausendvierhundertsechzig Kronen«, lautete der Weckruf des Taxifahrers, mit dem er Vogel aus einem wunderschönen Traum, in dem es keinerlei Schmerzen gab, jäh in die kalte Realität holte.

Kaum angekommen in der Wirklichkeit, meldeten sich seine Beschwerden in Form eines Hustenanfalls. Auf der Suche nach Orientierung sah Vogel nach links und nach rechts. Neben einem zugefrorenen Fischteich, reifüberzogenen Wiesen und uralten Nadelbäumen standen sieben bunte Holzhäuser. Der perfekte Ort, um behütet vor der Vergangenheit leben zu können. Da Vogel genügend Geld einstecken hatte, gab er glatt zweitausend Kronen, forderte aber im Gegenzug eine Quittung.

Vogel deutete mit den Fingern das internationale Zeichen für Geld an. »Wenn Sie hier auf mich warten, bekommen Sie noch mal so viel.«

Die Augen des Taxifahrers leuchteten. »Gern, crazy German cop.«

Beim Aussteigen tat Vogels Brustkorb entsetzlich weh. Kurzzeitig musste er sich an der Karosserie abstützen.

»Mach jetzt bloß nicht schlapp, du altes Scheusal«, redete er mit seinem Herzen. »Aufgeben kannst du, wenn das hier vorbei ist.«

Hustend wankte er über die unbefestigte Straße. Hoffentlich spähte niemand hinter den Gardinen. Er ging auf ein himmelblaues Haus mit weißen Fensterrahmen zu. Eine schwarze Katze kroch unter einem Holzstapel hervor, fauchte ihn an und lief weg. Selbst die Tiere begegneten ihm mittlerweile mit Antipathie. Nun gut, Vögel und Katzen vertragen sich ja von Haus aus nicht.

An der Haustür kämpfte er um Luft und sicheren Stand. Ausgerechnet jetzt wurde ihm schwindelig. Er kniff die Augen zusammen und wischte sich übers Gesicht. Sowohl an der Klingel als auch am Briefkasten stand der Familienname: Ström. Mit einem Finger zeichnete Vogel die Hausnummer am Türrahmen nach. Sieben. Für manche eine Glückszahl, für andere einer der besten Thriller.

Er klingelte. Eine zierliche Frau mit einem blauen Rollkragenpullover, der ihr zwei Nummern zu groß war, aber farblich zum Haus passte, öffnete die Tür. Er schätzte sie auf höchstens zwanzig Jahre. Zuerst hatte sie gelächelt, jetzt schaute sie ihn skeptisch an. Ein schwedisches Weihnachtslied drang nach draußen.

»Mein Name ist Vogel«, krächzte er. Auch diesmal zeigte er seinen Dienstausweis. Erneut hustete er und musste sich am Türrahmen festhalten. »Ich bin Kriminalbeamter aus Deutschland … Könnte ich vielleicht einen Schluck Wasser haben?«

Statt ihn hereinzulassen, rief die junge Frau nach drinnen. Sogleich erschien ein großer blonder Mann. Er war deutlich älter, vermutlich ihr Vater.

»Was wollen Sie?«, kam es freundlich, aber reserviert.

»Herr Ström?«, vergewisserte Vogel sich und fand es zugleich peinlich, wie erbärmlich er vor den beiden stand. »Ich suche jemanden. Doch könnte ich vorher einen Schluck Wasser haben?«

Ström berührte die Dame an der Schulter und sagte etwas zu ihr. Vogel verstand den Namen Ester, zweifellos ihr Name, und das schwedische Wort Mor, was Mutter bedeutete. Sie sollte wohl ihrer Mutter über den seltsamen Besucher Bescheid geben.

Vogel bedankte sich. Mit zitternden Händen zog er ein Foto aus seiner Manteltasche und reichte es ihm. »Ich suche diesen Mann. Kennen Sie den?«

Ström betrachtete das Porträt lange, schüttelte dann den Kopf. »Nein, den habe ich nie zuvor gesehen. Wer ist das?«

»Der Mann, der hier wohnen soll.«

Mitten in Ströms verwundertes Gesicht hinein brachte Ester ein Glas Wasser nach draußen. Ihr folgte eine weitere Frau, offensichtlich ihre Mutter. Vogel stellte sich ihr vor und trank hastig. Nur kurzzeitig ging es ihm besser. Am liebsten hätte er sich jetzt auf die Holzbank vor dem Haus gesetzt.

»Sie sind ein Polizist aus Deutschland?«, fragte Frau Ström ungläubig. »Was hat das zu bedeuten?«

»Wie gesagt, ich suche diesen Mann«, wiederholte er und tippte auf das Bild, das Ström nun seiner Frau reichte. »Ich ermittle in einem alten Entführungsfall. Sagt Ihnen der Name Violetta Hartwig etwas?«

Ström schüttelte den Kopf und schickte Ester wieder ins Haus, während seine Frau die beiden Männer konsterniert anschaute. Dann redete sie. »Nein, wir kennen auch keine Violetta.«

Vogel versuchte einen Blick ins Haus zu erhaschen, konnte aber nichts erkennen. »Wohnt sonst noch jemand bei Ihnen?«

»Bitte, hören Sie auf damit«, wurde Ström resoluter. »Was wollen Sie von uns?«

»Antworten, ich will nur Antworten.« Beim Sprechen musste er ein neuerliches Husten unterdrücken. Der Druck auf seinen Brustkorb wurde unerträglich. Er nahm den beiden das Foto weg. »Wohnt dieser Mann hier irgendwo in der Gegend?«

»Nein«, sagte Ström wieder und gab seiner Frau zu verstehen, dass er den Rest allein regeln würde. »Und nun gehen Sie bitte.«

Vogel fühlte sich gesundheitlich nicht in der Lage, das Gespräch auf seine Weise fortzuführen. Andererseits glaubte er, genug Informationen zu haben. Er prägte sich Ströms Gesicht ein und verabschiedete sich.

Während er zurück zum Taxi ging, nahm er sein Handy und wählte Winters Nummer. Sie ging sofort ran, denn so hatten sie es zuvor besprochen.

»Es läuft wie erwartet, ich muss nur noch kurz etwas überprüfen.«

»Sie lallen, ist alles in Ordnung bei Ihnen?«

Der Wind schnitt in sein Gesicht, brachte Schnee mit. Die Schmerzen nahmen zu, raubten ihm langsam den Verstand.

»Hören Sie zu, spätestens morgen bin ich zurück. Bereiten Sie sich gut vor, verstanden?«

»Da gibt es noch etwas …«

Vogel konnte sie kaum noch verstehen, weil ihm schwindelig wurde und sein Gehör beeinträchtigt war.

»Inzwischen liegt die Identität des weiblichen Skeletts vor«, sagte sie.

»Lassen Sie mich raten, es ist …«

Weiter kam er nicht. Kurz bevor er das Taxi erreichte, brach er zusammen.

KAPITEL 61

Donner kehrte zurück in den Ort, in dem man ihn, einer Hexenjagd gleich, als Mörder von Linda Groß und zwei Polizisten vorverurteilt hatte. Das war vor über einer Woche gewesen. An diesem Nachmittag fiel nicht einmal sein fremdes Autokennzeichen auf. Offenbar erinnerte sich niemand mehr an den Volvo, der kürzlich Gegenstand kriminaltechnischer Untersuchungen gewesen war. Am vereinbarten Treffpunkt parkte er seinen Wagen. Lia Winters Mazda stand bereits vor dem unscheinbaren Gebäude einer ehemaligen Klempnerfirma. Gleichzeitig stiegen sie aus ihren Fahrzeugen.

»Wie geht es Sokrates?«, erkundigte er sich nach dem Gesundheitszustand des Kollegen.

»Oh, er verflucht die schwedischen Ärzte und deren Medikamente, also denke ich, dass er auf dem Weg der Besserung ist.«

»Schade«, sagte Donner mit einem Schmunzeln. »Als ich von seinem Kreislaufzusammenbruch hörte, hegte ich schon die Hoffnung, der alte Knochen würde endlich das Zeitliche segnen. Haben Sie sich das richtig überlegt, in seiner Abteilung zu arbeiten?«

»Warum nicht? Wenn man sich auf seinen Charakter einstellt, ist es dort ziemlich spannend.«

»Na, ich weiß ja nicht. Ich durfte seine Gruft ein-, zweimal betreten und für mich hat es dort unten nach Urin gerochen. Und das kam garantiert nicht von Albrecht Semmler.«

»Das Problem der Abwasserleitungen ist bekannt, darum kümmere ich mich demnächst«, verteidigte sie Vogels Abteilung. »Vielleicht kommt der Geruch auch von den alten Akten, die riechen manchmal muffig, ja sogar leicht säuerlich.«

Muffig und leicht säuerlich also. Klingt ein wenig nach mir, wenn ich schlechte Laune habe.

Donner zuckte mit den Schultern und wurde ernst. »Die Identität des weiblichen Skeletts steht fest.«

Sie nickte. »Mein Chef hatte bereits damit gerechnet. Sandra Zellner, eine ehemalige Journalistin. Anscheinend ist sie dem Mörder zu nahe gekommen.«

»Dann wissen Sie ja, was uns bevorsteht. Besser, Sie bleiben hier.«

»Herr Vogel meinte, ich soll mich nur an Sie wenden, an keinen anderen. Das habe ich getan, aber der Deal lautet, dass wir es gemeinsam erledigen. Das habe ich Ihnen am Telefon mitgeteilt. Wollen Sie jetzt einen Rückzieher machen?«

Donner stieß einen belustigten Laut aus, obwohl die Situation alles andere als komisch war. »Das Wort Rückzieher kommt in meinem Wörterbuch gar nicht vor.«

»Sehr gut, genau wie in meinem.«

Winter machte Anstalten vorzugehen, aber er hielt sie zurück.

»Ich weiß, dass Sie noch nicht so lange dabei sind, also machen Sie keine Dummheiten und lassen Sie mich die Sache regeln.«

Sie sah ihn ernst an. »Ich denke, ich habe alles im Griff. Immerhin habe ich mich bis spät in die Nacht auf diesen Tag vorbereitet und war bereits zwei Stunden vor Ihnen in Pöhla.

Ich habe mich so unauffällig wie möglich umgehört. Sie ist zu Hause und wird ganz sicher mit uns reden.«

Von diesem Engagement war Donner mehr als beeindruckt. »Trotzdem möchte ich, dass Sie voll konzentriert sind. Ich hoffe, Sie wissen, dass das hier längst keine bloße Ermittlung in einem Cold Case ist.«

»Ich weiß, wir suchen einen Serienkiller.«

Gemeinsam gingen sie zu dem Haus, dessen Fensterbänke zur Straßenseite mit brennenden Lichterbögen geschmückt waren. Im Hinterhof gab es einen Anbau mit einem Schieferdach, dessen Fenster im völligen Gegensatz komplett abgedunkelt waren. Winter klingelte an der Haustür, und wie erwartet, öffnete ihnen die vierundvierzigjährige Ehefrau.

Da Donner unter Anspannung selten eine sympathische Miene hinbekam, nahm er wenigstens Haltung an und wies sich als Kriminalbeamter aus. »Guten Tag, Frau Fromm, hätten Sie ein paar Minuten für uns?«

Statt zu bejahen, sah sie Donner mit gerunzelter Stirn an. Ihre skeptische Mimik hellte sich geringfügig auf, als Winter ihr freundlich zulächelte. »Schon wieder die Kriminalpolizei? Mein Mann sagte mir, dass wir erst kürzlich Besuch von einem Ihrer Kollegen hatten. Es ging um einen alten Vermisstenfall.«

»Ist Ihr Mann zu Hause?«, stellte Donner die überflüssige Frage.

Wie erwartet, verneinte sie.

»Es geht tatsächlich noch einmal um Violetta Hartwig«, redete Winter. »Sicherlich haben Sie in den letzten Tagen die Berichte im Fernsehen verfolgt.«

Leonore Fromm schaute wieder zu Donner und kniff die Augenlider leicht zusammen. Dann hob sie zögerlich den Zeigefinger auf ihn. »Sind Sie etwa der Polizist, der …?«

Bevor sie den Gedanken vollends aussprechen konnte, nickte er zu Bestätigung. »Genau der, über den anfangs die

347

Nachrichten berichtet haben. Keine Sorge, ich bin kein Straftäter. Im Gegenteil, ich sperre Verbrecher ein.«

»Wir glauben, dass Sie uns bei unseren Ermittlungen helfen können«, versuchte Winter, ihr die Skepsis zu nehmen. »Beim letzten Gespräch mit meinem Kollegen hat Ihr Mann viel von Ihnen erzählt. Er scheint sehr glücklich mit Ihnen.«

»Oh, das freut mich natürlich, wir haben vor elf Jahren geheiratet. Damals hatten wir beide eine harte Zeit hinter uns. Ich hatte erfahren, dass ich keine Kinder bekommen kann, und seine erste Frau ist mit einem Immobilienmakler durchgebrannt. Später musste er auch noch sein Bürgermeisteramt abgeben, an dem er so gehangen hat, und sein Sohn ist ausgewandert.« Sie seufzte, lächelte aber dabei. »Im Laufe der Jahre hat Lutz etliche Rückschläge verkraften müssen. Er ist ein wunderbarer Mann, er bemüht sich sehr um mich.«

»Wann haben Sie seinen Sohn das letzte Mal gesehen?«, hakte Winter nach.

»Vincent?« Leonore Fromm winkte ab. »Das ist verdammt lang her. Wie ich bereits sagte, ist er nach Schweden ausgewandert. Dazu müssen Sie wissen, er hat mich nie als neue Frau an der Seite seines Vaters akzeptiert. Er schafft es nicht einmal, mir zum Geburtstag zu gratulieren. Lutz und sein Sohn telefonieren hin und wieder, aber als wirklich innig würde ich ihr Verhältnis nicht beschreiben. Meist ruft Vincent an.«

Donner und Winter tauschten einen Blick aus, den Fromm auf ihre Weise deutete.

»Stimmt etwas nicht?«

»Ich würde die Unterhaltung mit Ihnen gern im Haus fortsetzen, wenn das möglich ist«, sagte Winter.

»Und ich würde mir gern die alte Wohnung von Vincent anschauen«, hakte Donner ein, bevor Fromm etwas einwenden konnte. »Einfach, um einen besseren Eindruck von ihm zu bekommen.«

»Ich verstehe nicht, wie Ihnen das bei Ihrer Arbeit helfen soll. Ich meine, die Zimmer wurden inzwischen renoviert und in den Schränken und Kisten befinden sich nur noch ein paar wenige persönliche Sachen von Vincent. Wie gesagt, er lebt schon lange nicht mehr hier.«

»Könnten Sie mir trotzdem den Schlüssel zum Anbau geben?«, blieb Donner hartnäckig und hielt die flache Hand auf.

Zögerlich trat Fromm zurück in den Hausflur und holte von einem Schlüsselbrett einen Schlüsselbund. »Sie haben Glück, derzeit sind die Zimmer nicht vermietet.« Sie reichte ihm das Bund. »Verraten Sie mir endlich, weshalb Sie gekommen sind?«

»Das tue ich gern«, übernahm Winter, wie Donner es mit ihr besprochen hatte. »Dafür sollten wir allerdings hineingehen.«

Noch bevor die Tür ins Schloss fiel, ging Donner zum Wohnbereich, den Vincent Fromm vor knapp zehn Jahren verlassen hatte. Zu Donners Erstaunen roch es in den Räumen frisch. Nichts wirkte altmodisch oder verstaubt, stattdessen fand er eine ländliche, aber dennoch modern eingerichtete Gästeunterkunft vor. Unter anderen Umständen hätte er die Tapetenfarben, die Schlafcouch und die IKEA-Stühle als gemütlich empfunden. Doch er war nicht hier, um ein paar weitere Urlaubstage zu verbringen, sondern um die Vergangenheit zu ergründen.

Tatsächlich hingen in einem Zimmer noch Bilder und Poster. Als Vincent Fromm beschlossen hatte, Pöhla den Rücken zu kehren, war er fast neunzehn gewesen. Damals war er arbeitslos geworden und wohl irgendwie perspektivlos. Nachdem sein Vater sein Bürgermeisteramt verloren hatte, war er mit vielen Einheimischen in Streit geraten – auch mit seinem damaligen Arbeitgeber. In der Folge hatte er Schweden zu seinem erklärten Ziel gemacht. Er wollte auf den Spuren seiner Mutter wandeln, soll er wohl überall in der Gemeinde herumerzählt haben. Mit einem robusten neuen Markenrucksack und unzerstörbaren Wanderstiefeln hatte er geprahlt.

Tja, und was ist aus Schweden geworden?

Eine Karte des skandinavischen Landes hing in dem Zimmer, in dem sich auch noch Bekleidung und Bücher von ihm befanden. Sogar ein Fotoalbum fand Donner. Als er darin blätterte, bekam er den Eindruck, als wäre Vincent Fromm ein jugendlicher Rebell gewesen. Oft posierte er mit freiem Oberkörper, einem Bier in der Hand und mit Freunden Arm in Arm. Mal vor einem Lagerfeuer, mal in einer Industrieruine.

In einem anderen Raum fand Donner eine Truhe mit alten Schuhen. Obenauf lagen ein paar alte, aber kaum benutzte Wanderschuhe. Er drehte sie um und schaute im Profil nach der aufgedruckten Größe. Vermutlich hatten die Schuhe tatsächlich einmal Vincent Fromm gehört.

Während Donner jeden Schrank und jedes Regal inspizierte, fragte er sich, was sein ehemaliger Kollege Andreas Preuß über die Entführung von Violetta Hartwig gewusst hatte.

Alles. Er wusste alles.

Mit dieser Überzeugung öffnete Donner die Tür zum Kellergeschoss.

KAPITEL 62

Lutz Fromm kam pünktlich von der Arbeit nach Hause. Obwohl er einen Haustürschlüssel besaß, klingelte er, denn seine Frau Leonore war daheim. Anders als sonst öffnete sie ihm jedoch nicht. Darüber wunderte Fromm sich. Gewöhnlich schaute sie bereits aus dem Fenster, sobald er den Wagen in der Einfahrt parkte.

Er sah sich um, weil er plötzlich das Gefühl hatte, beobachtet zu werden. Aber er hatte sich geirrt. Auf der Straße befand sich niemand. Er schüttelte den Kopf über seine eigene Einfältigkeit, dann steckte er den Schlüssel ins Schloss. Alles war wie immer.

»Schatz, bist du da?«, rief er und legte Hut, Schal und Jacke ab.

Bevor er erneut nach seiner Frau rief, zog er die Schuhe aus. Dabei bemerkte er den fehlenden Kaffeeduft, der sonst durch die Zimmer schwebte, wenn er von der Arbeit kam. Nicht einmal die Kaffeemaschine röchelte. Auch spielte keine Weihnachtsmusik, die Leonore und er in der Adventszeit so liebten. Es lief überhaupt keine Musik. Im Haus herrschte eine beängstigende Stille.

Bis er das Schluchzen vernahm.

Sofort eilte er ins Wohnzimmer, weil er annahm, seine Frau wäre gestürzt oder etwas Schlimmeres wäre vorgefallen. Er fand Leonore in einem Sessel, umringt von benutzten Taschentüchern. Auf dem Glastisch neben ihr standen ein Glas und eine Whiskyflasche aus seiner Bar. Sonst trank sie nie seinen Schnaps. Höchstens gemeinsam mit ihm einen spanischen Rotwein oder in der Adventszeit einen Glühwein.

»Was ist denn los, Schatz?«, fragte er und ging auf sie zu.

Als er ihre Wange berühren wollte, schlug sie seine Hand weg.

»Vorhin waren zwei Polizisten da.«

»Polizisten?«, wiederholte er, obwohl er es verstanden hatte und ihn ein Schauder ergriff. Er trat einen Schritt zurück, blieb jedoch frontal vor ihr stehen und musterte ihre verwischte Schminke im Gesicht und die durchnässten Haarsträhnen. »Warum hast du mich denn nicht angerufen, dann wäre ich auf der Stelle zu dir gekommen. Was wollten sie denn?«

»Sie haben sich nach deinem Sohn erkundigt.«

Fromms Blick ging zum Kamin, wo die Bilder von Vincent standen. »Und?«

»Wann hast du deinen Sohn eigentlich das letzte Mal gesehen?«

Er ging einen weiteren Schritt zurück, schaute sich um, ob er irgendwelche Veränderungen in der Wohnung entdeckte, Hinweise, die ihm Aufschluss gaben, was hier vorgefallen war.

Nichts. Alles war wie immer.

»Ich verstehe nicht, was die Frage soll«, antwortete er. »Du weißt, dass ich nur noch telefonischen Kontakt zu Vincent pflege. Und das auch nur sporadisch. Letzte Woche hat er mich angerufen, das weißt du genau. Ich bin ja heilfroh, wenn er mir ab und zu eine Postkarte schickt.«

»Den Postkartenstapel aus deinem Schreibtisch habe ich mir vorhin angesehen, nachdem die Kriminalbeamten danach gefragt haben. Besonders für die Schrift und die Textinhalte haben sie sich interessiert. Sechs Postkarten in zehn Jahren. Sie haben sie mitgenommen … und sich anschließend nach den Anrufen erkundigt.«

Fromms Blick ging zur Schreibtischschublade, dann zum Tresor. Beide schloss er stets ab.

»Du meinst die Telefonate zwischen mir und meinem Sohn?«, fragte er, während er sich ebenfalls ein sauberes Glas holte. »Was soll daran so interessant sein? Es ist nur Vincent, mein Sohn.«

»Oh, ich weiß, dass du mit *jemandem* telefoniert hast.« Sie lächelte bitter und schnaubte in ein Taschentuch. »Warum hat Vincent eigentlich nie mit mir gesprochen? Wenigstens ein kurzes Hallo oder ein Geburtstagsgruß hätten gereicht, auch wenn ich nur seine ungeliebte Stiefmutter bin.«

Hilflos ruderte Fromm mit den Armen. »Entschuldige, ich werde es ihm das nächste Mal ausrichten, wenn es dir so am Herzen liegt.«

»Das nächste Mal«, zischte sie. Sie füllte ihr Glas und trank es fast in einem Zug leer. Als er sich ebenfalls eingießen wollte, zog sie ihm die Flasche weg. »Was hat Vincent damals getan? Warum musste er verschwinden?«

Fromm merkte, wie ihm das Blut heruntersackte. Viel zu laut setzte er das leere Glas auf dem Tisch ab. Er sehnte sich eine Weihnachtsmelodie herbei, die leise und fröhlich aus der Musikanlage drang und das Beklemmungsgefühl in seiner Brust verdrängte. Aber in den Lautsprecherboxen herrschte Totenstille.

»Leonore, ich weiß nicht, was mit dir los ist«, versuchte er es mit Versöhnung. Er startete einen zweiten Versuch, sie zu umarmen, wollte ihr zeigen, dass er sie liebte. Erneut blockte sie ab. Ihr trauriger Blick schmerzte unendlich. »Ich will es dir ja erklären, aber es ist kompliziert.«

»Nein, das ist es ganz bestimmt nicht. Die Polizei weiß, was dein Sohn getan hat. Und jetzt will ich es aus deinem eigenen Mund hören.« Sie leerte ihr Glas, und dann schrie sie ihn an, dass der Whiskey aus ihrem Mund spritzte. »Was hat Vincent damals getan?«

Erschrocken wich Fromm zurück. Nie zuvor hatte er seine Frau so erlebt. Seit seiner Hochzeit vor elf Jahren hatte er geglaubt, mit ihr ein glückliches Leben führen zu können. Doch die Vergangenheit holte ihn nun mit brachialer Gewalt ein. Im Grunde hatte er die letzten Jahre eine Lüge gelebt. Niemand wird mit einer Lüge glücklich.

»Er hat sie umgebracht.«

Statt entsetzt zu reagieren, blieb Leonore seelenruhig sitzen. Selbst ihre Tränen hatten aufgehört. In diesem Augenblick wirkte sie wie eine Richterin, die auf das Plädoyer eines Verteidigers wartet, ihr Urteil jedoch längst gefällt hat.

»Wen hat er umgebracht?«, fragte sie kompromisslos. »Sprich es endlich aus!«

Fromm nickte zu sich selbst. Er wollte ihr die erwartete Verteidigungsrede geben. »Er hat Violetta Hartwig umgebracht.« Nun war es ausgesprochen, doch sie wartete immer noch. »Es war ein Unfall gewesen. Er hat es nicht gewollt. Mein Sohn war kein Mörder, er war ein dummer Junge. Er hat einen Fehler gemacht, als er Violetta entführte.«

Diesmal huschte über Leonores Gesicht ein Anflug von Entsetzen. Es verdeutlichte Fromm, dass sie nicht die eiskalte Anklägerin war. Da sie keinen Ton von sich gab, erzählte er weiter.

»Er konnte nicht länger mit ansehen, wie das Mädchen von ihren beschissenen Eltern misshandelt wurde. Du kennst die Gerüchte, Leonore, ihr Onkel, Thomas Hartwig, soll sich an ihr vergangen haben. Mein Gott, sie war acht Jahre alt! Dahin gehend habe ich meinen Sohn verstanden, auch wenn es völlig absurd war, das Mädchen zu entführen. Vincent hatte zuvor ein Dutzend anonyme Anzeigen bei der Polizei eingereicht, aber niemand hat Violetta beschützt, verstehst du?« Fromm erwartete nicht, dass seine Frau antwortete. »Bis heute weiß ich nicht, wieso er sie in seinem Keller eingesperrt hatte. Als ich ihn gefragt habe, gab er mir nur fadenscheinige Erklärungen. Er wollte sie irgendwann wieder freilassen oder mit ihr nach Schweden auswandern und sie als seine Tochter aufziehen. Was für ein Schwachsinn! Er war ja beinahe selbst noch ein Kind. Er hatte sie entführt, sich jedoch keine Gedanken über die Konsequenzen gemacht. Dabei hatte er sich sogar einen ausgeklügelten Plan zurechtgelegt. Er hatte am zweiten Abend des Steigerfests mit den drei Tschechen gefeiert und getrunken. Während sie sangen und ein Bier nach dem anderen tranken, hat er von Jaromír Němec den Fahrzeugschlüssel gestohlen. Danach hat er sich verabschiedet und gewartet. Am Morgen, als sie volltrunken in ihrem Zelt schliefen, hat er sich in den Transporter gesetzt und Violetta auf dem Weg zur Schule abgefangen. Zuvor hatte er sich die gleichen Schuhe wie der Fahrzeughalter gekauft, weil er hoffte, dass die Polizei einen Schuhabdruck finden würde. Sein Plan ging nicht zu hundert Prozent auf, aber irgendwie hat es funktioniert, den Verdacht auf die Tschechen zu lenken. Aus Berechnung hat er dem Steiger erzählt, er hätte früh morgens den Transporter beim Luchsbachtal gesehen. Und was macht Sandro, dieser Dummkopf, nur um sich im Ort wichtig zu machen? Er schnappt die vermeintliche Beobachtung dankbar auf und gibt sie als seine eigene an die Polizei weiter. Das hat Vincent vortrefflich hinbekommen …« Fromm merkte, dass er ohne Pause redete. Er sehnte sich nach einem Schluck Whiskey. Deshalb trat er auf sie zu und riss ihr die Flasche aus der Hand. Er trank, ohne ein Glas zu bemühen. Der Schnaps vertrieb die innere Kälte, die er spürte, seit er sein Haus betreten hatte. »Vincent hatte alle getäuscht, bis auf den Kommissar … Der

Kommissar, dieser Preuß, der hat es rausgefunden, weil Violetta ihn angerufen hat. In einem unbeaufsichtigten Moment war sie irgendwie an Vincents Festnetztelefon gelangt. Sie hatte einfach die Wahlwiederholungstaste gedrückt. Tags zuvor hatte mein Sohn mit Preuß telefoniert. Also kannst du dir vorstellen, bei wem Violettas Anruf gelandet ist … Wie gesagt, der Kommissar hat alles gewusst. Als Vincent sie mit dem Telefonhörer erwischte, muss er sie erschreckt haben. Der Stuhl hat gewackelt und sie hat das Gleichgewicht verloren. Dadurch ist sie seitlich mit dem Kopf auf eine Kommodenkante geknallt. Sie hat nicht einmal geschrien, sie war sofort tot. Verstehst du, warum ich eingangs sagte, es sei ein Unfall gewesen? Vincent hat das nicht gewollt. Er war ein Dummkopf und er hat einen Fehler gemacht.«

»Einen Fehler«, wisperte sie und schüttelte ungläubig den Kopf. »Und dann hat Vincent es dir erzählt, nicht wahr?«

Fromm nahm einen weiteren Schluck vom Whiskey. Er nickte voller schwerer Erinnerungen. »Ja, er hat es mir erzählt, als es längst zu spät war …«

KAPITEL 63

Damals (zehn Jahre zuvor)

Vincent stand heulend vor ihm wie ein Schuljunge, der ein schlechtes Zeugnis beichten muss. Bereits da wusste Lutz Fromm, dass sein Sohn erneut etwas Schlimmes getan hatte.

»Was ist es diesmal?«, fragte Fromm ruhig, auch wenn er sich innerlich vor der Antwort fürchtete.

»Du musst mitkommen«, schluchzte Vincent. »Du musst mitkommen und es dir selbst ansehen.«

»Keine Spielchen mehr, Vincent. Ich habe dir einmal geholfen. Also sag mir, was passiert ist.«

Ununterbrochen schüttelte sein Sohn den Kopf. »Sie ist in meinem Keller, verdammt! Du musst unbedingt mitkommen. Ich weiß nicht, was ich mit ihr machen soll.«

Vor Fromms geistigem Auge entstanden Bilder, die schrecklicher nicht sein konnten. Er erinnerte sich an den Tag vor mehr als einem Monat, als Vincent ihm die tote Violetta Hartwig gezeigt und seine Missetat gebeichtet hatte. Schockiert hatte Fromm vor dem Leichnam gestanden. Er hatte den umgestürzten Stuhl betrachtet, das Blut an der Schrankkante und die Wunde am Kopf des Kindes.

Das habe ich nicht gewollt, hatte Vincent an dem Tag mehrfach versichert. Fromm hatte ihm geglaubt, denn ein guter Sohn belügt seinen Vater nicht und ein guter Vater glaubt seinem Sohn.

Aber Vincent hatte Violetta eingesperrt, daran gab es weder etwas zu leugnen noch zu beschönigen. Er hatte ein kleines Mädchen auf dem Schulweg entführt und in seinem Keller versteckt gehalten. Und anscheinend hatte er es wieder getan …

»Zeig sie mir«, entschied Fromm.

Daraufhin gingen sie in den Anbau, in dem Vincent wohnte. Sie stiegen die Treppe in das Kellergeschoss hinab. Mit jeder Stufe roch es mehr nach einem eingesperrten Menschen. Und mit jeder Stufe wuchs in Fromm die Angst. Kurz überlegte er, einfach umzukehren und den Dingen seinen Lauf zu lassen, doch ihm war bewusst, dass es für eine echte Umkehr längst zu spät war. Violettas Entführung und ihr tragischer Tod konnten nicht mehr ungeschehen gemacht werden.

Zu schnell für Fromms Geschmack bekam er die Wahrheit zu sehen, vor der er sich gefürchtet hatte. In dem Käfig, in dem Vincent einige Zeit Violetta gefangen gehalten hatte, saß nun eine Erwachsene. Gefesselt, geknebelt und zu Tode verängstigt. Sekundenlang stand Fromm nur schweigend da und fing den flehenden Blick der Frau ein. Er war auf die Lüge seines Sohnes hereingefallen. Vincent hatte versprochen, die Gitter abzumontieren, die Stäbe zu zerschneiden und das Metall zum Schrotthandel zu bringen. Nichts sollte mehr an seine grausame Tat erinnern. Den Stahl für die Konstruktion hatte er nach und nach aus seinem alten Betrieb mitgehen lassen.

Fromm wollte der Frau ein paar aufmunternde Worte sagen, aber er brachte es einfach nicht fertig. Stattdessen wandte er sich an seinen Sohn, der mit bibbernder Unterlippe neben ihm stand und darauf wartete, dass sein Vater eine Entscheidung traf.

»Was hat das zu bedeuten?«, fragte Fromm.

Hilflos hob Vincent die Schultern. »Sie tauchte auf einmal hier auf und hat mir Fragen über Violetta gestellt. Sie ist Journalistin, siehst du?«

Er übergab seinem Vater einen Presseausweis. Darauf stand der Name Sandra Zellner. Auch ohne ihn zu lesen, wusste Fromm, wer da vor ihm hockte. Zellner war ihm mehrfach begegnet und hatte ihn interviewt. Immerhin war er der Bürgermeister.

»Sie hat mich bequatscht«, redete Vincent weiter. »Daraufhin habe ich sie in meine Küche gelassen und ihr einen Kaffee angeboten. Sie wusste von Violettas Anruf bei dem Bullen. Der Scheißbulle hat gequatscht!«

»Preuß?«, vergewisserte Fromm sich, dass sie von demselben Polizisten redeten.

»Wer denn sonst? Ich wusste, dass der Kerl nicht dichthalten würde! Mein Gott, jetzt ist alles aus! Sämtliche Gerüchte und Falschmeldungen waren umsonst. Wir hätten ihm nie vertrauen dürfen.«

»Beruhige dich«, ermahnte Fromm ihn, obwohl er auch keinen Plan parat hatte, was er tun sollte. Sie steckten zu tief im Sumpf des Verbrechens. »Der Oberkommissar hat ganz sicher nicht mit ihr geredet. Dafür hat er zu viel Geld von mir genommen. Preuß ist völlig bankrott, und außerdem hängt er da genauso mit drin, seit er sich entschieden hat, zu schweigen und Violettas Verschwinden zu vertuschen. Nein, Preuß war es nicht, Frau Zellner war einfach zu neugierig.« Auf einmal merkte Fromm, wie er Wut auf die Journalistin entwickelte. »Wie lange sitzt sie schon hier unten?«

»Seit gestern. Ich musste sie k. o. schlagen und hier einsperren. Was sollen wir jetzt mit ihr machen?«

Fromm überlegte lange, dabei gab es nur zwei Möglichkeiten. Keine davon würde seinem Sohn gefallen.

»Jemand wird sie vermissen«, sagte Fromm.

»Sie ist freie Journalistin, das steht auf ihrer Visitenkarte«, wandte sein Sohn ein. »Ich glaube nicht, dass sich irgendeine Redaktion um ihren Verbleib kümmert.«

»Trotzdem wird jemand sie vermissen. Man wird ihre letzten Telefonanrufe überprüfen und den letzten Umsetzer orten, in dem das Mobiltelefon eingeloggt war. Du hast hoffentlich ihr Handy verschwinden lassen …«

»Ja, Scheiße, klar habe ich das. Ich habe an alles gedacht, bin mit dem Handy bis nach Prag gefahren, habe unterwegs wahllos Leute angerufen und das Gerät zuletzt in der Moldau versenkt.«

»Sehr gut, du hast an alles gedacht.«

Während sein Sohn jammerte und sich die Haare raufte, schaute Fromm sich im Kellerraum um. Er suchte etwas. Einen geeigneten Gegenstand.

»Scheiße, ich kann doch immer noch nach Schweden auswandern, Papa, oder?«

»Sicher kannst du das«, antwortete Fromm. »Ich denke sogar, das wird das Beste für dich sein.«

»Ja, ich habe es überall im Ort herumerzählt«, klang Vincent plötzlich erleichtert. »Ich brauche nur meinen Rucksack zu schnüren und mich von meinen Freunden zu verabschieden.«

Gefangen von seinem irren Glauben an Schweden, merkte er nicht, wie Fromm ein Stück Seil aus einer Schublade nahm und es zu einer Schlinge formte. »Vincent, sei nicht albern, du hast hier doch gar keine Freunde.«

»Aber Papa, es ist doch nur zum Schein, damit mein Verschwinden glaubhaft wirkt.«

»Das stimmt.«

Damit drehte Fromm sich zum Käfig um.

In dem Moment realisierte Vincent das Seil. Seine Augen waren vor Entsetzen weit aufgerissen. Er wich sogar vor seinem Vater zurück. »Scheiße, was hast du vor?«

»Es muss aufhören, mein Junge. Es muss endlich aufhören.«

Kapitel 64

Heute

»Begreifst du, was ich dir da erzähle?«, fragte Fromm seine Ehefrau, die noch immer im Sessel saß – ein leeres Glas in der Hand, Angst in ihrem Blick. »Es hat einfach nicht aufgehört. Vincent hatte sogar noch Violettas Ranzen in seiner Wohnung versteckt. Er wollte ihn irgendwann bei den Hartwigs auf dem Grundstück vergraben. Das habe ich später für ihn übernommen, um die Sache endgültig zu beenden. Aber es hat einfach nicht aufgehört.«

»Du hast deinen eigenen Sohn umgebracht?«, kam es erstickt aus ihrer Kehle.

Weder nickte Fromm noch bejahte er es. Sie brauchte keine erneute Antwort. Stattdessen trank er wieder vom Whiskey, drehte sich um und ging zum Fenster. Unterwegs dahin stellte er die Flasche auf den Schreibtisch. Er warf nur einen flüchtigen prüfenden Blick auf die Schublade. Es spielte keine Rolle mehr, wie sie das Schloss aufbekommen und die gefälschten Postkarten entnommen hatte. Vincent hatte nie auch nur einen Anruf getätigt oder eine Karte abgeschickt. Er war nicht einmal in Schweden angekommen. Mit drei anderen Leichen hatte er fast zehn Jahre in einem stillgelegten Bergwerk gelegen.

Während seiner Tätigkeit als Touristenführer hatte Fromm die Stelle regelmäßig überprüft. Bis heute hatte er die Lüge von seinem lebenden Sohn in Schweden aufrechterhalten können. Er hatte die Leute genarrt. Mit fingierten Postkarten, die man sich über einen Internetservice zuschicken lassen konnte, und einer Smartphone-App, die Anrufe simulierte.

»Es hat einfach nie aufgehört«, wiederholte er und spähte durch die Fensterscheiben nach draußen. Keine Polizei, keine Auffälligkeiten. Es war ein friedlicher Winternachmittag im Advent. Fromm fühlte es warm in seinem Herzen, doch es kam nicht von den tanzenden Schneeflocken im Laternenlicht, sondern vom Whiskey. »Zehn Jahre! Zehn verdammte Jahre hat es gedauert, bis du es herausgefunden hast.«

Er blickte Leonore an. Seine Frau presste die Lippen aufeinander, schüttelte den Kopf. Er schämte sich, weil sie ihn wie einen Mörder ansah.

»Zum Teufel mit dir!«, schrie sie und warf das Glas nach ihm.

Ein Schritt zur Seite reichte, das Geschoss verfehlte ihn. An der Wand hinter ihm zerbarst es zu tausend Splittern.

Er hatte ihr die Wahrheit über ihn ersparen wollen, nun war er entlarvt und seine Ehe lag in Scherben. Betroffen über diese Erkenntnis, kamen ihm die Tränen.

»Bis heute verfolgen mich die im Todeskampf verzerrten Gesichter von Vincent und der Journalistin. Irgendwann kam einer der angeklagten Tschechen dahinter – Jaromír Němec hieß er –, dass nur mein Sohn ihn hintergangen haben konnte. Eigentlich war er längst freigesprochen, aber die Sache ließ ihm keine Ruhe. Zu belastend hing ihm der Ruf eines Entführers und Mörders an, denn seinen Transporter hatte man am Morgen von Violettas Verschwinden durch den Ort fahren sehen. Also tauchte er nach einigen Wochen hier auf und erkundigte sich nach Vincent, weil er ihn zur Rede stellen wollte. Als ich ihn vertröstet habe, wollte der Idiot mit der Fähre doch tatsächlich nach Trelleborg und dann weiter nach Staffanstorp, wo Vincent angeblich lebte. Was blieb mir anderes übrig, als ihn ebenfalls umzubringen?« Beschämt über die eigene rhetorische Frage, ging er zum Tresor. »Danach blieb es lange Zeit still. Kriminaloberkommissar Preuß kontaktierte mich dann zwar noch ein paarmal, vor allem, weil er mich darüber informierte, dass man dem Verschwinden der Journalistin Zellner keine größere Beachtung bei der Polizei schenkte. Ich habe es ihm nie erzählt, aber er ahnte wohl, dass ich sie umgebracht habe. Aus diesem Grund forderte er noch mehr Geld. Beinahe war ich geneigt, ihn auch verschwinden zu lassen, aber letztlich arrangierten wir uns. Bis vor Kurzem waren wir durch ein abscheuliches Wissen aneinandergekettet. Aber wie gesagt, es hörte einfach nicht auf. Denn dann kam Linda Groß zu mir und zeigte mir ein Bild mit dem Anhänger von Violettas Schulranzen … Da wusste ich, dass es längst noch nicht zu Ende war.«

»Was tust du da?«, fragte Leonore, als er am Tresor die Kombination zum Öffnen einstellte.

»Was wohl?« Auf dem Tastenfeld tippte er die letzte Zahl ein und zog die gepanzerte Tür auf. »Ich hole den Beweis, dass ich ein Mörder bin.«

Damit griff er unter ein paar wertvolle Urkunden, seine Finanzunterlagen und den falschen Brief, den er in der Mordnacht zusammen mit einem Laptop aus Linda Groß' Wohnung gestohlen hatte, nach der Dienstpistole von Polizeikommissar Dany Wolf. Er erinnerte sich noch genau daran, wie er die Waffe das erste Mal in die Hand genommen hatte. Am Berg, als er sich halb in den verunfallten Streifenwagen hineingebeugt und er dabei in die blutunterlaufenen Augen des Eingeklemmten geschaut hatte. Die Pistole hatte sich schwer angefühlt, schwerer als jetzt. Es hatte ihn auch unendliche Überwindung gekostet, den Polizisten in den Kopf zu schießen.

Danach war es ihm leichtgefallen. Griffsicherung spannen, zielen und abdrücken.

Er umklammerte den Pistolengriff und schwang herum, sodass die Mündung auf seine Frau zeigte.

Leonore zog die Beine an, presste ihren Rücken in die Sessellehne, dass das Polster knarzte. »O Gott, ich wusste nicht, wie wahnsinnig du bist!«

Auch wenn in der Aussage die Wahrheit steckte, schmerzte es ihn, dass sie so mit ihm sprach. »Was denn? Glaubst du ernsthaft, ich könnte dir etwas antun? Traust du mir das wirklich zu?« Er weinte, wischte sich die Nase. Natürlich war die Waffe geladen. Er hatte sie bewusst in diesem Zustand in den Tresor gelegt, falls Kriminalbeamte ihn jemals aufgefordert hätten, ihnen den Inhalt zu zeigen. Doch es war nicht die Polizei, die ihn zu der Tat drängt, sondern seine wunderschöne Leonore. »Ich habe dich immer geliebt, genau wie meinen Sohn.«

Ohne noch länger zu zögern, hob er die Pistole. Er setzte sie sich direkt an die Schläfe und drückte ab.

Kapitel 65

Klick. Sofort als Donner das Geräusch vernahm, stürzten er und Winter in das Wohnzimmer. Er vom Flur, und Vogels Assistentin kletterte aus dem Schrank, den die Ehefrau des Hauseigentümers vor zwei Stunden ausgeräumt hatte, damit ein Mensch darin Platz fand.

Lutz Fromm nahm die beiden Fremden mit Verzögerung wahr. Zu sehr war er über das Klicken der Pistole verwundert. Fassungslos und zitternd betrachtete er die Waffe in seiner Handfläche. Eigentlich hätte er tot sein müssen. Doch stattdessen stand er aufrecht auf seinen Beinen. Er versuchte gar nicht, erneut zu schießen, sondern wirkte wie erstarrt.

»Ich wette, wenn wir Ihren Wagen untersuchen«, sprach Donner ihn an, »werden wir Unfallspuren finden, die vom Zusammenprall mit dem Funkstreifenwagen stammen.«

Erst da hob Fromm den Kopf. Der große, stattliche Mann stierte Donner an wie ein Geist.

»Wie ist das möglich?«, kam es stockend aus seinem Mund.

»Sie meinen, warum keine Patronen im Magazin sind?«

»Ihr Möbeltresor ist ein Standardmodell, wie man es teilweise in Urlauberhotels findet«, klärte Winter ihn auf. »Sie glauben gar nicht, wie viele Urlauber ihre PIN vergessen. Dann rufen sie in der Rezeption an und ein Mitarbeiter kommt und öffnet ihnen den Safe. In aller Regel gibt man dazu über eine bestimmte Tastenkombination den Herstellercode ein. So habe ich es bei Ihrem Tresor gemacht, nachdem ich mir den Herstellercode für Ihr Modell aus dem Internet herausgesucht habe.«

Selbst im Nachhinein war Donner noch verblüfft, wie erschreckend einfach sie den Geldschrank geöffnet hatte.

Falls ich mal einen Tresor haben sollte, muss ich definitiv den Herstellercode ändern.

»Wir haben vermutet, dass Sie Wolfs Dienstwaffe nicht einfach weggeschmissen haben, Herr Fromm«, redete Donner wieder. »Also wollten wir auf Nummer sicher gehen und haben uns von Ihrer Frau ein mögliches Versteck zeigen lassen.«

»Leonore, du?«, wandte Fromm sich an seine Ehefrau.

Die Angesprochene drehte den Kopf zur Seite. Nicht vor Scham, sondern weil sie nicht länger in das Gesicht eines Mörders blicken wollte.

Um ihr Mut zu machen, trat Winter neben sie und fasste sie an der Schulter. »Danke für alles. Sie haben absolut das Richtige getan. Ohne Ihre Mithilfe wäre es mit einem Geständnis seinerseits deutlich schwieriger geworden.«

»Schwieriger, aber nicht unmöglich«, fügte Donner an. Er kreiste kampfbereit mit den Schultern und dehnte seinen Nacken. »Und wir beide wissen ja mittlerweile, dass ich nie aufgebe, nicht wahr? Wie oft wollten Sie mich eigentlich töten?«

Keine Antwort von Fromm. Wieder betrachtete er die Pistole, als könnte er sie mit bloßer Willenskraft nachladen.

»Selbst wenn Sie den Abzug noch tausend Mal betätigen, Sie werden gar nichts mehr ändern.«

»Was haben Sie vorhin mehrfach betont?«, fragte Winter ihn. »Es hat einfach nicht aufgehört. So geht es den meisten Serienmördern, sie können einfach nicht aufhören. Fängt man einmal mit dem Töten an, ist es wie ein juckender

Ausschlag – nur schlimmer. Können Sie in jedem Fachbuch über das Morden lesen. Na ja, in fast jedem.«

»Nein, Sie verstehen mich kein bisschen«, kam es schluchzend von Fromm. »Ich habe das nicht gewollt.«

»Da belügen Sie sich selbst«, widersprach Donner. »Ich habe mehr Mörder zur Strecke gebracht, als Sie Leute umgebracht haben. Keinem Einzigen habe ich abgenommen, dass er es nicht gewollt hat.«

Danach sagte keiner etwas. Fromm schwankte auf der Stelle, unter ihm knarrte eine Diele. Das Sesselpolster, in dem Leonore Fromm saß, knarzte. Sie hustete. Winter schnalzte mit der Zunge. Eine riesige Fliege kreiste im Inneren des Lampenschirms, doch dann sah Donner, dass es sich um eine Motte handelte, die mit ihren Flügeln heftig gegen den Glaskorpus schlug. Draußen auf der Straße lief unvermittelt eine Blaskapelle entlang und spielte das Steigerlied.

Danach herrschte Stille.

Es wurde Zeit.

»Frau Fromm«, sagte Donner schließlich. »Besser, Sie verlassen jetzt das Zimmer. Wir werden Ihren Mann festnehmen und dann aus dem Haus führen.«

Wortlos erhob sie sich. Stolz, aber verletzt. Sie blickte ihren Ehemann nicht ein einziges Mal mehr an.

»Nein, Leonore!«, flehte er, als sie sich zur Tür bewegte, durch die Donner Minuten zuvor eingetreten war. »Rede mit mir! Das kannst du doch nicht wollen. Willst du ohne ein Wort gehen? Willst du mich hier so eiskalt stehen lassen?«

Keine Antwort. Erst auf dem Flur fing sie entsetzlich an zu schluchzen.

Donner machte einen Schritt auf Fromm zu und hielt die Handfesseln sichtbar in der linken Hand. »Ich würde lügen, wenn ich behaupte, dass Sie den Anblick Ihrer enttäuschten Ehefrau bald vergessen haben werden. Leider gibt es für Sie kein Erbarmen. Ihr Schluchzen werden Sie von nun an jede Nacht hören, das kann ich Ihnen versprechen, und allein das wäre Strafe genug für Sie.«

»Herr Fromm«, sprach Winter den ehemaligen Bürgermeister an, der nur reglos dastand und die Tränen kaum noch halten konnte. »Würden Sie bitte die Waffe fallen lassen? Mein Kollege legt Ihnen jetzt die Handschellen an, einverstanden?«

Kein Nicken, nur ein schwaches Zucken des Augenlids. Ansatzlos stürmte Fromm nach vorn. Direkt auf Donner zu. Die Pistole hatte er zum Schlag erhoben. Unverkennbar wollte er Donner den Schädel einschlagen.

»Wann stirbst du endlich, du Monster?«, schrie er.

Irgendwie hatte Donner den Angriff vorhergesehen. Entsprechend tauchte er unter dem Schlag weg wie früher zu seinen aktiven Zeiten als Boxer. Als er den Oberkörper wieder aufrichtete, schnellte seine Schlaghand nach vorn. Seine Faust traf Fromms Gesicht mit brachialer Gewalt. Was da knackte, waren nicht Donners Finger.

KAPITEL 66

Vogel konnte der alten Waldgaststätte einfach nichts Positives abgewinnen. Davorzustehen und die verwitterte weiße Holzfassade zu betrachten, widerte ihn an. Sogar umringt von Schneeflocken wirkte sie wie ein verfluchter Ort. Eigentlich war er gegenüber Niedertracht und Abscheulichkeiten hartgesotten, aber von dem Gebäude ging eine ungute Aura aus, die selbst Vogel einen Schauer über den Rücken jagte. Natürlich ließ er sich das gegenüber Winter nicht anmerken. Vielmehr überspielte er sein Empfinden mit einer sarkastischen Bemerkung.

»Schauen Sie es sich genau an, dann bekommen Sie eine Vorstellung von dem Krankenhaus in Schweden, in dem man mich vor drei Wochen ans Bett gefesselt hatte.«

»Nach meinem Kenntnisstand hat man Sie in einer modernen Privatklinik in Malmö wieder auf die Beine gebracht. Die dortigen Mitarbeiter waren freundlicher zu Ihnen, als Sie es verdient haben. Wenn überhaupt, hätte das Klinikpersonal Grund zum Klagen.«

»Ach, was wissen Sie denn schon«, wiegelte er ab. »Seit Sie zusammen mit Erik Donner einen Mehrfachmörder festgenommen haben, sind Sie mir ein bisschen zu vorlaut.«

»Ich dachte, Sie wollten, dass ich von Ihnen lerne.«

Statt diese Bemerkung zu parieren, wies er sie an, endlich die Klingel zu betätigen. Kaum hatte es geläutet, riss der Hausherr die Tür auf, als hätte er dahinter gewartet.

»Was wollen Sie denn schon wieder hier!«, blaffte Benno Pappendick die beiden an. »In der Zeitung stand, dass sämtliche Verbrechen aufgeklärt sind. Demzufolge haben Sie hier nichts mehr zu suchen.«

»Warum so gereizt? Sind Sie immer noch sauer, weil wir Ihnen Katja weggenommen haben?«

»Ich habe mich über Sie erkundigt, eine Abteilung mit der Bezeichnung K77 gibt es gar nicht. Die haben Sie sich ausgedacht.«

»Na so was, dann muss ich wohl eine Erfindung sein.«

Pappendick zischte und zeigte auf Winter. »Und Ihre Assistentin ist gar keine richtige Polizistin. Zu Beginn meines Anrufs in der Polizeidirektion wusste niemand etwas mit ihrem Namen anzufangen.«

»Sie wissen ja, wie vergesslich Leute sein können«, beschwichtigte Vogel ihn, aber Pappendick schien die Doppelbedeutung nicht zu verstehen. Dafür war er offensichtlich zu aufgebracht. »Ihre Museumsdirektorin konnte sich zum Beispiel auch an keine Holzkiste mit der Aufschrift ST-1877-B-X5 erinnern.«

»Was wollen Sie noch von mir?«

»Mich bei Ihnen bedanken«, sagte Vogel, was ein überraschtes Gesicht bei Pappendick verursachte. »Dürfen wir vielleicht eintreten?«

»Nein, ohne entsprechenden Gerichtsbeschluss kommen Sie beide garantiert nie wieder in mein Haus.«

Vogel unterließ es, ihn darauf hinzuweisen, dass sie bereits einmal ohne einen Beschluss und ohne seine Zustimmung in sein Haus gelangt waren. Stattdessen stellte Vogel einen Fuß zwischen Tür und Schwelle.

»Treten Sie zurück oder ich erstatte Anzeige wegen Hausfriedensbruchs.«

»Ja, ja, tun Sie das«, blieb Vogel gelassen. »Wie gesagt, Sie haben maßgeblich zur Aufklärung der schrecklichen Taten beigetragen. Das von Ihnen fotografisch gesicherte Schuhprofil stammte im weitesten Sinne tatsächlich von Violettas Entführer.«

»Ja, der Sohn vom alten Bürgermeister war es gewesen«, gab Pappendick sein Wissen kund, das vermutlich ebenfalls aus der Zeitung stammte. Gleichzeitig versuchte er, die Tür zuzudrücken. Jedoch hinderte Vogels Fuß ihn daran. »Anscheinend war der Vincent irgendwann mal am Grab gewesen und hat im matschigen Erdboden zufällig seinen Schuhabdruck hinterlassen.«

»Weil Sie Vincent Fromm als Täter ansprechen: Wissen Sie, was mich seit Tagen beschäftigt?«

Als Antwort knurrte Pappendick nur und zog sich ein Stück in den dunklen Flur zurück.

»Helmar Gotthard hat in seinem Haus Suizid begangen und einen Abschiedsbrief mit einem Geständnis hinterlassen.« Vogel machte eine Pause, um die Mimik seines Gesprächspartners zu beobachten. »Es war ein äußerst kurzer Text, unüblich für einen Abschiedsbrief, aber die Aussage war eindeutig: Gotthard gab zu, Violetta umgebracht zu haben.«

»Das interessiert mich nicht.«

»Sie sollten es sich trotzdem anhören«, redete Winter dazwischen.

»Sicher verstehen Sie die Diskrepanz«, übernahm Vogel wieder. »Auf der einen Seite wissen wir, dass Vincent Fromm Violetta entführt hat und für ihren Tod verantwortlich ist, andererseits liegt uns das Geständnis von Gotthard vor. Wir haben selbstverständlich ein Schriftgutachten in Auftrag gegeben, das zweifelsfrei seine Handschrift bestätigt hat. Außerdem haben wir Schmauchspuren an seinen Händen gefunden, die von der

Tatwaffe stammten, mit der er sich den Kopf weggeschossen hat.«

Pappendick blinzelte desinteressiert, gleichzeitig zeigten seine Wangenmuskeln eine gewisse Anspannung. »Sind Sie endlich fertig?«

»Nun hat meine Kollegin in Erfahrung gebracht, dass Gotthard kurz vor seinem Tod betrunken im Wald herumgeschossen hat, vermutlich aus Wut über den Verlust seines Sohnes. Mehrere Zeugen wussten das zu berichten. Die Aussagen wurden durch das Blutergebnis gestützt.«

»Ich würde jetzt gern die Tür schließen …«

»Das würde die Schmauchspuren und die Rückschlagspuren an seinen Händen erklären.« Vogel hob den Zeigefinger. »Und das wiederum wäre das perfekte Alibi für einen Täter, der Gotthard kurz darauf mit dessen eigener Flinte bedroht, ihn ein falsches Geständnis zu Papier bringen lässt und ihm schließlich den Lauf in den Mund steckt.«

»Ein Täter«, übernahm Winter, »der fälschlicherweise geglaubt hat, Helmar Gotthard hätte etwas mit der Entführung zu tun, weil man das Skelett seines Hundes mit dem Schulranzen des Mädchens in einem Grab gefunden hat.«

Vogel nickte zustimmend. »Ein Täter, der seit zehn Jahren nach Violettas Entführer gesucht hat.«

Einige Zeit danach standen sie nur da und stierten sich an, dann passierte etwas Seltsames. Pappendick ließ die Tür los und fing laut an zu lachen.

»Darum sind Sie hergekommen? Nur dafür, weil Sie glauben, ich hätte den Jäger umgebracht?« Vor lauter Lachen hatte er Mühe, klar zu sprechen. »Sie beide sind gar nicht so humorlos, wie ich zuletzt dachte. Sie beide sind ein Witz, nein, zwei gleich, jeder Einzelne von Ihnen ist einer.«

Mit grimmiger Miene wollte Winter sich an Vogel vorbeidrängen und auf Pappendick losgehen, aber Vogel hielt sie zurück und stimmte mit in das Gelächter ein.

»Ja, Sie haben recht, das ist natürlich völliger Blödsinn!« Vogel klopfte sich auf die Schenkel und schüttelte vor Lachen den Kopf. »Sie ein Mörder, wie abwegig! Sie doch nicht! Sie haben ja nur den Totenschädel eines Kindes in Ihrem Haus versteckt gehalten.«

Gleichzeitig mit Vogel hörte auch Pappendick auf zu lachen. Auf einmal waren jegliche Heiterkeit und Überheblichkeit aus seinem Gesicht verschwunden. An deren Stelle traten Skepsis und eine gewisse Alarmbereitschaft.

»Zu schade, dass Katja Ihr Gesicht in diesem Moment nicht sehen kann«, sagte Vogel. »Ihr Schädel liegt nämlich bei der Rechtsmedizin. Und wissen Sie, wie Katja mit richtigem Namen hieß?«

Pappendick wartete keine Antwort ab, sondern packte das Türblatt und wollte es zuschmeißen. Vogels Schuh verhinderte das Zufallen der Tür, leider jedoch nicht den Schmerz durch die Quetschung.

»Schnappen Sie ihn sich!«, kreischte Vogel und sofort stürzte Winter dem Flüchtenden hinterher.

Noch vor der Treppe brachte sie ihn zu Fall, indem sie ihm von hinten in die Waden trat. Bevor sie sich auf ihn schmeißen konnte, wirbelte Pappendick herum. Er schrie und trat mit den Füßen nach ihr. Doch da stand Vogel bereits neben ihm und sprühte ihm eine Ladung Pfefferspray in die Augen.

Während Pappendick sich vor Schmerzen krümmte, legte Vogel ihm die Handschellen an und belehrte ihn über seine Rechte.

»Das Mädchen hieß Luna Barsin.« Vogel war es egal, ob Pappendick ihm zuhörte. »Sie verschwand vor fünfzehn Jahren beim Spielen an einem Fluss in der Nähe von Freiberg. Bisher war man davon ausgegangen, dass sie ertrunken sei. Jetzt ist ihr Schädel aufgetaucht, und das Loch im Knochen stammt von einem spitzen Gegenstand, etwa einem Zimmermannshammer. Ihre Geschichte vom Kistenfund im Museum habe ich Ihnen nicht abgenommen, denn ich glaube nicht an Märchen. Allerdings glaube ich, dass Sie Luna Barsin entführt und umgebracht haben.«

»Nein, Katja!«, geiferte Pappendick. »Du verdammtes Schwein, sie heißt Katja! Merk dir das endlich!«

Gemeinsam mit Winter hob Vogel den Gefesselten auf die Beine.

»Sie wollten Violetta entführen, aber jemand ist Ihnen zuvorgekommen, nicht wahr?«, konfrontierte Winter ihn mit der Wahrheit.

»Sie gehörte mir, verstanden?«, brüllte Pappendick und spuckte aus. »Violetta gehörte mir!«

»Darf ich ihn an die Revierkollegen übergeben?«, fragte Winter.

Vogel nickte. »Passen Sie auf, dass er sich beim Einsteigen in den Funkwagen nicht den Kopf stößt.«

KAPITEL 67

Weihnachten und Silvester waren vorbei und Donner saß erneut im Büro des Polizeipräsidenten. Auf dem Schreibtisch zwischen ihnen vertrocknete ein Gesteck aus Tannenzweigen. Die darauf befindliche Kerze war längst heruntergebrannt. Über den Jahreswechsel war Magerhans um Jahre gealtert. Wenn er so weitermachte, gab Donner ihm höchstens noch ein halbes Jahr. Danach würde der Fünfundfünfzigjährige als lebende Mumie durch die Gänge der Polizeidirektion wandeln.

»Von wem redest du da?«, fragte Magerhans aus heiterem Himmel.

Verlegen rutschte Donner im Sessel umher. Anscheinend hatte er laut gedacht. »Vogel. Sokrates Vogel. Du musst zugeben, der Typ kann unmöglich ein normaler Mensch sein.«

Magerhans winkte ab. »Ach, hör mir bloß mit dem auf! Bis vor Kurzem kannte ich den Mann und seine Abteilung gar nicht.«

Ja, wenn man ihn kennenlernt, ist die Welt nicht mehr dieselbe.

»Ich kann dich sehr gut verstehen«, heuchelte Donner Empathie, denn in Wirklichkeit fand er, dass Magerhans als oberster Polizeichef ruhig ein wenig leiden konnte.

»Wie dem auch sei, wir haben zwei Mörder gefasst, und die Ermittlungen laufen reibungslos, aber noch immer fällt die Presse wie eine Meute Geier über uns her«, schimpfte Magerhans. »Im Fall von Violetta Hartwig verlangt man lückenlose Aufklärung über die Vertuschungen der letzten zehn Jahre. Führende Politiker der Opposition haben sich eingeschaltet, und permanent fordert jemand meinen Kopf. Ich komme mir schon vor wie eine Hydra.« Er griff sich an den Hals, als müsste er prüfen, ob zumindest der Kopf in der Mitte noch richtig saß.

Für meinen Geschmack ist dein Kopf etwas zu unförmig, und die abgemagerten Wangen passen zwar zu deinem Nachnamen, aber eben nicht zu dir, ansonsten sitzt er aber perfekt. Ich finde, er darf ruhig noch ein Weilchen dort oben bleiben.

Mit Magerhans hatte Donner eine Art Fürsprecher, den er sich um jeden Preis warmhalten musste. »Ach, Calvin, du weißt doch, wie das bei den Presseheinis läuft: Nicht Erfolgsmeldungen zählen, sondern Skandale. Und falls es dir zu viel wird, kannst du ja mit deinem klangvollen Namen noch ein Unterhosenlabel gründen.«

»Würdest du bitte diesen Witz unterlassen? Darüber konnte ich schon beim Studium nicht lachen.«

»Ich auch nicht, aber irgendwie kann ich nicht anders.«

Magerhans schlug mit einem Lineal auf die Tischplatte. »Erik, die Situation ist absolut ernst!«

»Nicht für mich.«

Seit Donner wieder im Dienst war, fühlte er sich besser. Mittlerweile achtete er wieder auf sich und seinen Körper. Wie lange der Neujahrsvorsatz anhielt, darauf wollte er zwar nicht wetten, aber vorerst beschäftigte er sich mit ausgewogener Ernährung, ging regelmäßig um den Häuserblock spazieren, rasierte sich täglich und hatte sich komplett neu eingekleidet. Diese Veränderungen waren auch dringend notwendig gewesen, wie er im Nachhinein feststellte. Beim Ausräumen seiner Schränke hatte er Kleidungsstücke gefunden, deren Annahme selbst die DRK-Kleiderkammer verweigert hatte. Besonders über seine Schuhe hatten die Mitarbeiter den Kopf geschüttelt. Seitdem trug er Exemplare von *Floris van Bommel* – und fühlte sich gut darin.

Zufrieden betrachtete er sein neues Schuhpaar. Die Treter waren längst nicht so auffällig wie diejenigen, die er sich von Hentschel geborgt und komplett ramponiert hatte, aber in dem rotbraunen Leder, das er heute trug, machte er trotzdem eine exzellente Figur.

Nur die Partnerin an seiner Seite fehlte ihm. Sie fehlte ihm schmerzlich …

»Mir ist noch immer nicht ganz klar, wie Fromm das alles arrangiert hat«, riss Magerhans ihn aus seinen trüben Gedanken. »Ich meine, die Sache mit dem vielen Blut in deinem Pensionszimmer.«

»Er wollte Linda Groß loswerden, nachdem sie ihm den Schulranzenanhänger gezeigt hatte. Und um sie loszuwerden, hat er mich als ihren Mörder auserkoren. Er hat ihr gegenüber meinen Namen genannt und ihr von meiner Aufklärungsquote vorgeschwärmt. Ich sei ein richtiger Superbulle und so …« Donner winkte ab, weil er es selbst nicht hören wollte. »Begünstigt wurde sein Plan dadurch, dass ich mit Linda Groß irgendwie in Streit geraten bin …«

»Das ist ja mal was Neues.«

»Jedenfalls hatte er riesiges Glück, dass ich an dem Abend vollkommen dicht war. Da ich selbst bis heute nicht weiß, wie ich zurück zur Pension gefunden habe, wundert es mich nicht, dass ich mein Zimmer an dem Abend nicht abgeschlossen habe. Es war ihm ein Leichtes gewesen, mir in die Pension zu folgen, mir die Schlüssel abzuknöpfen und später das Blut über mich zu verteilen. Und dann hat er noch die ganzen Baumarktartikel in meinem Kofferraum positioniert … Wenn du mich fragst, ist Fromm einer von den richtigen eiskalten Killern.«

»Ich habe mir den Mann in der Zelle angesehen. Zu keiner Zeit hatte ich den Eindruck, dass da ein Mehrfachmörder vor mir sitzt. Einer, der nicht davor zurückschreckt, ein Hundeskelett auszugraben und es zusammen mit einem Ranzen bei seinen gehassten Nachbarn zu verscharren. Lutz Fromm hat sich mit mir wie ein höflicher Gast unterhalten. Geradezu lammfromm, wenn das Wortspiel gestattet sei.«

Donner massierte sich die rechte Faust und erinnerte sich an den Moment, als er Fromms Kinn getroffen hatte. »Nun, ich denke, ich habe ihm klargemacht, dass er verloren hat.«

»Ach, Erik, wenn die Dinge immer so einfach wären.«

Nichts ist einfach. Selbst eine Fliege ist bei genauer Betrachtung ein komplexes Ungetüm.

Auf dem Schreibtisch schrillte das Telefon. Magerhans hob ab und wechselte ein paar Worte mit seiner Sekretärin am anderen Ende der Leitung.

»Wer?«, fragte er in den Hörer. »Eine Kollegin aus Leipzig? Ja gut, stellen Sie sie durch.«

Donner zählte im Stillen bis drei, dann redete Magerhans wieder.

»Magerhans«, nannte er seinen Namen. »Ja, Sie haben recht, ich bin der Polizeipräsident. Um was geht es? Ach, Sie wollen gar nicht mit mir sprechen …« Kurz lauschte Magerhans der Anruferin, dann nahm er den Hörer vom Ohr und hielt ihn Donner hin. »Sie sagt, sie will mit dir reden.«

»Wer will mit mir reden?«

»Eine gewisse Kriminalhauptkommissarin Frost. Kennst du die?«

Und ob Donner sie kannte. Er kannte sie nur zu gut. Aber ihre letzte Begegnung war lange her.

Statt die Frage zu bejahen, schüttelte Donner den Kopf. Er brauchte keine neuen Probleme. Darauf lief es hinaus, wenn Klara Frost ihn nach fast zwanzig Jahren sprechen wollte.

Während er in der Vergangenheit schwelgte, beugte Magerhans sich über den Schreibtisch.

»Nimm schon, es klingt wichtig.«

Doch anstatt ihm den Hörer abzunehmen, stand Donner wortlos von seinem Stuhl auf und verließ das Zimmer.

NACHWORT UND DANKSAGUNG

Liebe Leserin, lieber Leser,

vielen Dank, dass Sie mein Buch gekauft und gelesen haben. Ich hoffe, Sie haben sich vom Kriminalfall und von den Figuren bestens unterhalten gefühlt. Die Grundidee zum Buch basiert auf einem wahren Geschehen während meines Dienstes: Bei einer Wohnungsdurchsuchung nach Betäubungsmitteln wurde zufällig ein Karton entdeckt, in dem der uralte Schädelknochen eines Kindes lag. Ein Schädel mit einem kleinen Loch. Selbstverständlich wurde der Fund an das Kommissariat 11 übergeben. Resultierend aus diesem Erlebnis habe ich danach meine Fantasie spielen lassen und meine Gedanken in einem Roman verarbeitet.

Langjährige Fans der Erik-Donner-Reihe hatten beim Lesen vielleicht das Gefühl, dass sich diese Geschichte noch etwas mehr von den vorherigen Bänden abhebt als sonst. Genau das war von mir beabsichtigt, auch wenn ich grundsätzlich versuche, in jedem Buch neue Impulse zu setzen. Während in den bisherigen sechs Erik-Donner-Bänden als zentrales Thema das Motiv Rache vorherrschend war, dreht sich in diesem Thriller alles um einen sogenannten Cold Case, ein ungeklärtes Verbrechen.

Mit dem nunmehr siebten Fall für Erik Donner will ich für meinen mir ans Herz gewachsenen Protagonisten bewusst eine Zäsur setzen. Man kann diese Geschichte somit auch als eine Art Reset und persönlichen Neubeginn für Erik Donner sehen. Damit dieser Neuanfang nicht gleichzeitig auch das Ende ist, hoffe ich, dass dieses Buch viele begeisterte Leser und dadurch seine Fortsetzungen findet. Daher wäre es wünschenswert, wenn Sie Ihre Begeisterung für *Tod und kein Erbarmen* mit einer positiven Rezension ausdrücken.

Wer die bisherige Entwicklung des eigenwilligen Hauptkommissars noch nicht kennt, dem lege ich die Vorgängerbände ans Herz. Aber Vorsicht, die Thriller sind nichts für schwache Nerven.

An dieser Stelle möchte ich, wie gewohnt, auf ein paar reale Örtlichkeiten hinweisen, die im Buch genannt werden. Pöhla (als Ortsteil der Stadt Schwarzenberg) gibt es tatsächlich. Dort findet man die erwähnte Pöhlbachschanze (auf der unter anderem Olympiasieger Jens Weißflog seine ersten Skisprungerfahrungen gesammelt hat), das ehemalige Rathaus und natürlich das berühmte Besucherbergwerk Zinnkammern. Bereits seit dem frühen Mittelalter wurde im Erzgebirge Bergbau auf Erze betrieben. Wie im Buch beschrieben, ist die Region stolz auf ihre Bergbautradition, was unter anderem durch Architektur, Kleidung, Bräuche, Speisen und Lieder ausgedrückt wird. Besonders in der Weihnachtszeit bekommt man ein Gefühl für diese Tradition.

Übrigens soll laut Gerüchten in Pöhla das längste Weihnachtslied der Welt (bis zu sechzehn Strophen), das *Heiligobndlied*, entstanden sein. Offiziell gilt Annaberg-Buchholz im Erzgebirge als Entstehungsort des Liedes.

Mein Dank geht auch diesmal an die Menschen, die mich beim Entstehen des Thrillers unterstützt haben: Alexandra Scherer, Jennifer Bruno, Kerstin Gilbert, Jana Kurfürst, meine Arbeitskollegen sowie Lektorin und Korrektor des Verlags Lutz Garnies und das Team von Amazon Publishing.

Gern können Sie mir per E-Mail (autor@eliashaller.com) Lob, Kritik oder einfach einen Gruß zukommen lassen. Neuigkeiten zu meinen Büchern erfahren interessierte Leser auf meiner Homepage (www.eliashaller.com) und meiner Facebook-Seite (www.facebook.de/HallerKrimis).

Elias Haller, November 2019

Zeitfracht Medien GmbH
Ferdinand-Jühlke-Straße 7
99095 Erfurt, Deutschland
produktsicherheit@kolibri360.de

Druck:
CPI Druckdienstleistungen GmbH
im Auftrag der
Zeitfracht Medien GmbH
Ein Unternehmen der Zeitfracht - Gruppe
Ferdinand-Jühlke-Str. 7
99095 Erfurt